Hanna Mina

Bilderreste

Roman aus Syrien

Aus dem Arabischen von Angela Tschorsnig
Unter Mitwirkung von Peter Lober

Mit einem Nachwort von Hartmut Fähndrich

Lenos Verlag

Arabische Literatur im Lenos Verlag
Herausgegeben von Hartmut Fähndrich

Die Übersetzerin
Angela Tschorsnig, geboren 1960 in Karlsruhe. Studium der Angewandten Sprachwissenschaft in Germersheim. 1987 Übersetzerdiplom in Französisch und Arabisch. Seit 1988 als freiberufliche Übersetzerin und Dolmetscherin tätig, lebt derzeit in Karlsruhe.

Titel der arabischen Originalausgabe:
Baqâyâ ṣuwar
Copyright © 1975 by Hanna Mina, Damaskus

Copyright © der deutschen Übersetzung
1994 by Lenos Verlag, Basel
Alle Rechte vorbehalten
Lektorat: Andreas Tunger-Zanetti
Satz und Gestaltung: Lenos Verlag, Basel
Umschlag: Anne Hoffmann Graphic Design, Basel
Foto: Marina Tetzner
Printed in Germany
ISBN 3 85787 225 X

Bilderreste

1. Kapitel

Mein kranker Vater wird auf einer Bahre hinausgetragen.
Dahinter geht meine Mutter und weint.
Als wir ihn nicht mehr sehen können, kehren wir durch den grossen Torbogen zurück in den Hof.
Die Wohnhäuser stehen um einen weitläufigen Platz. Öffnungen dunkler, kühler Räume weisen auf den staubigen Hof. Auf den Steintreppen, die zu den Wohnungstüren hinaufführen, sitzen Frauen mit heulenden Kindern. Hier und da steht müssig ein Mann.
Über den Hof verteilt: Unbrauchbares, Kehricht und mit Jasmin bepflanzte Blumenkübel. An den Mauern kalte Feuerstellen, das Brennholz daneben. Hühner laufen durch den Schmutz unter einem alten Ford hindurch, neben dem ein Haufen Orangen aufgeschüttet liegt. Ein Mann sitzt auf dem Kotflügel, das Kinn auf die Hand gestützt, und schaut auf die Orangen, während die Kinder sich um das Auto scharen und ebenfalls auf den Haufen starren. Auf einem Stein hockt eine Frau und stillt ein Kind an ihrer schlaffen Brust.
Das war mein Geburtshaus. Das genaue Datum meiner Geburt weiss niemand mehr, obwohl mein Vater damals das Ereignis feierte, indem er seine Tagesproduktion verschenkte, ein Tablett mit Muschabbak, dem in Öl ausgebackenen, zuckergetränkten Spritzgebäck, und obwohl meine kleine Mutter — so erzählte man — über das Ereignis beglückt war. Ich war der erste Sohn nach drei Töchtern und sollte der einzige bleiben, weil die folgenden einer nach dem anderen an Malaria, Typhus, Pocken und nicht zuletzt daran starben, dass wir in unserer Armut ständig unterernährt waren.

Später, als ich in die Schule kam, wunderte sich mein Lehrer über mein Geburtsdatum, das in der Geburtsurkunde mit 1911 angegeben war. Er strich mir übers Haar und bemerkte: „Das kann nicht sein, Kleiner, dann wärst du ja älter als ich! Da ist etwas falsch. Wer ist daran schuld?"

Ich war erschrocken und schwieg. Ich fragte mich, was das bedeutete: Würde der Lehrer mich von der Schule schicken? Oder würden die Gendarmen meinen Vater wegen der falschen Angaben verprügeln und verhaften? Vor Angst wusste ich nicht, was ich antworten sollte. Aber der Lehrer schickte mich freundlich mit dem Auftrag nach Hause, meinen Vater in die Schule zu bitten. Er kam noch am selben Vormittag, legte die Hand auf die Brust und verbeugte sich vor meinem Lehrer. Was er zu ihm sagte, hörte ich nicht.

Als ich am Abend nach Hause kam, fragte ich meinen Vater danach. Er antwortete mir nicht. Er konnte weder lesen noch schreiben. Keiner in der Familie und auch niemand in der Nachbarschaft konnte lesen oder schreiben.

Eingetragen worden waren wir ins Personenstandsregister durch einen Muchtar, der selbst praktisch Analphabet war, als wir zehn Jahre nach meiner Geburt nach Iskenderûn zogen.

Meinen Vater hat es nie interessiert — auch nicht, als er davon erfuhr —, ob da ein Fehler war oder wie er zustandegekommen sein könnte. Er schimpfte über den Muchtar und fuhr meine Mutter an, weil sie schon wieder eine Katastrophe über uns hereinbrechen sah. Offenbar war er damals zusammen mit einem bejahrten Kaffeehausbesitzer zum Muchtar, dem Bürgermeister des Viertels, gegangen, um sich mit seiner Familie registrieren zu lassen. Er hatte dem

Mann alle Mitglieder unserer Familie aufgezählt, worauf der Muchtar sein metallenes Tintenfass aus der Leibbinde genestelt und mit einer Schreibfeder aus Rohr die Namen meines Vaters, meiner Mutter und von uns Kindern notiert hatte. Kann sein, dass er sich nach den Geburtsdaten erkundigt hat, oder aber er hat sie gnädigerweise ungefragt vermerkt, und mein Vater hatte dann wohl mit dem Kopf genickt, wie er es immer tat, wenn er nicht Bescheid wusste, und damit die Daten bestätigt. Später dann hatte der Bürgermeister seine Aufzeichnungen aufs Standesamt gebracht und ins Register eintragen lassen. Daraufhin wurde uns ein Familienbuch ausgestellt, auf dem vorne das Bild meines dunkelhäutigen Vaters mit seinem Tarbusch befestigt war. Dieses Familienbuch hatte mein Vater nach Hause gebracht, und meine Mutter hatte es unter der Wäsche in ihrer ehemaligen Brauttruhe, die unser einziger Schrank war, verwahrt. Dort war es dann in Vergessenheit geraten, bis ich in die Schule kam und der Lehrer die falsche Eintragung entdeckte. Mein Geburtsdatum war nicht der einzige Fehler. Unsere Familie stammte ursprünglich aus al-Suidîja in der Nähe der Stadt Antakya. Entweder wusste der Muchtar davon, oder mein Vater hatte es ihm gesagt, jedenfalls machte er al-Suidîja zum Geburtsort aller Familienmitglieder und damit auch zu meinem. Dieser Fehler ist heute noch Bestandteil meiner amtlichen Identität, und daran wird sich nichts mehr ändern. Der Eintrag, der sich auf mein Alter bezog, ist inzwischen berichtigt worden. Aufgrund der Aussagen von Zeugen, die sich an meine Geburt in dem erwähnten Haus in der Stadt Latakîja erinnerten, wurde die Jahreszahl in 1924 geändert. Ein weiterer Anhaltspunkt waren die Jahreszahlen, die mein

Onkel in seiner Bibel auf der Innenseite des Einbands als Geburtsdaten der Familie vermerkt hatte. Buchstaben hatte er nicht schreiben können.

Bei der Einschulung erfuhr ich nicht nur Datum und Ort meiner Geburt, sondern zu diesem Zeitpunkt fing ich auch an, meinen vollständigen Namen zu tragen. Als ich 1939 mit meiner Familie zurück nach Latakija zog, zurück in die Stadt, die ich als kleines Kind verlassen hatte, fragte ich meine Mutter, in welchem Haus ich geboren sei.

„Das Haus war gross und sehr alt, deshalb ist es abgerissen worden", erklärte sie bedauernd.

Obwohl es nicht mehr steht, zeigt sich mir das Haus meiner Kindheit in traumbildhaften Bruchstücken. Vom Beginn der bewussten Wahrnehmung meiner Existenz sind Bilderreste erhalten, die sich verbinden und trennen, die auftauchen und sich auflösen, sich aneinanderreihen, abreissen, die hochgewirbelt werden und in sich zusammenfallen und die im Lauf der Zeit verblassen und verwittern wie die Schrift auf den Grabsteinen in Sonne, Regen und Wind.

Heute ist mir vom Inneren dieses Hauses nur verschwommen die Szene von den aufgeschütteten Orangen, dem Ford und meinem kranken Vater erhalten, der auf der Bahre durch den Torbogen hinausgetragen wird, gefolgt von meiner weinenden Mutter. Wahrscheinlich haben sich diese Bildausschnitte erhalten, weil sie als meine eigene Wahrnehmung die schmerzlichen Erlebnisse im Leben unserer Familie illustrierten, von denen meine Mutter so oft erzählte. Jenes Ereignis war der Anfang eines Lebens des rastlosen Umherwanderns und der leidvoll erfahrenen Heimatlosigkeit.

Meine Mutter besteht darauf, ich sei damals drei Jahre alt

gewesen. Ich kann es mir zwar kaum vorstellen, aber vielleicht erklärt sich die Lebendigkeit, mit der ich mich an die Bilder aus meiner Kindheit erinnern kann, aus der Intensität, mit der sie sich in mein Gedächtnis einprägten. Meine Vergangenheit bleibt zeit meines Lebens unsterblich. Sie reift in mir, wird geläutert und durchsichtig wie Tropfen klaren Wassers. Auch während ich mitten in der Gegenwart stehe, und auch wenn ich mir meine Zukunft erträume und dann auf diesen Träumen errichte, geschieht es selten, dass ich mich mit etwas beschäftige, ohne dabei auf die Wiederholbarkeit des Gärungsprozesses zu stossen, aus dem jener Spiritus stammt, mit dem meine Seele durchtränkt ist und den ich durch den kleinen Funken der Erinnerung immer wieder neu entflammen kann.

Sobald ich jedoch versuche, mich zu erinnern, was vor jenem Tag gewesen sein könnte, an dem mein Vater auf der Bahre weggetragen wurde, wird der Funke der Erinnerung von einer undurchdringlichen schwarzen Wand verschluckt. Was vor jenem Ereignis oder vor der Zeit in jenem Haus gewesen ist, kann ich nicht hervorholen. Diese Bilder auf meinem Erinnerungsfilm sind verschmort. Die Worte meiner Mutter mit ihrer kleinen Gestalt, ihrem runden, braunen Gesicht, ihren zarten, ängstlichen Zügen – sie konnten sie nie heraufbeschwören. Sie hat uns, meinen Schwestern und mir, endlos lange Geschichten aus ihrer Zeit und ihrer Erinnerung erzählt. Aus ihren Worten setzte ich mir fremde Bilder für die leere Leinwand zusammen, die erscheint, wenn ich den Zeitabschnitt vor meinem Bild von jenem Haus abspulen will. Ich sammelte die Bilderreste und fügte sie so lange immer neu aneinander, bis mir mit der Zeit immer mehr eigene Wahrnehmungen dessen zur Verfügung standen, was ich mit meiner Familie in den langen Jahren von der Kindheit bis ins Erwachsenenalter erlebt habe.

Die Geschichten meines Vaters erzählten mir von der Welt ausserhalb des Hauses, die Erinnerungen meiner Mutter drehten sich um unser Familienleben. In dunklen Winternächten, wenn der Wind um das Haus tobte und der russende Docht der Lampe gespenstische Figuren angstvoller Vorstellungen auf die nackten Lehmwände warf, tröstete sie uns mit Geschichten, die auch ihr die Angst vertrieben, wenn Vater nicht da war.

Wir lebten auf einem trostlosen Feld im Dorf al-Suidîja, mein Vater war meistens in der Ferne oder unten im Tal, um mit anderen Armen als Taglöhner Süssholzwurzeln auszureissen. Weit um uns her nichts ausser vereinzelte Häuser in den Maulbeerplantagen. Die Maulbeerbäume waren die meiste Zeit des Jahres ohne Blätter und sahen tags schwermütig und nachts unheimlich aus.

In solchen Nächten sass unsere Mutter, umgeben von meinen drei Schwestern, auf einer alten Matte. Als einziger Sohn war ich das Lieblingskind der Familie und sass auf ihrem Schoss, den Kopf auf ihren Knien, während sie sich damit entspannte, uns die Geschichten von „Sâhir und Sahra", der schönen „Sitt al-Budûr" oder „dem Mädchen, dem Kadi und dem Honigtopf" zu erzählen oder in ihren Erinnerungen zu kramen. Oft stimmte sie mit uns ein Lied an, und während wir einschliefen, wo wir gerade lagen, sang sie traurige Melodien, bis ihr die Augen überliefen und schwere Tränen ihre Wangen hinunterrollten und auf ihre Knie tropften. Mehr als einmal bin ich davon erwacht, dass solche

Tränen mein Gesicht nässten. Ich sah dann erstaunt von ihrem Knie auf, und sie beeilte sich, ihre Tränen wegzuwischen, strich mir über das Haar, sagte mir, ich solle weiterschlafen, und ich machte die Augen wieder zu. Hinter meinen Lidern sah ich dann einer bunten Fata Morgana gleich meine Imaginationen, in denen sich Zuneigung zu Sâhir, Mitleid für Sahra und Hass gegen Karagös* mischten. Grausamer Karagös, schwarzäugige, dunkle Schattenfigur, der du die Liebenden auch im Tode trenntest, indem du dir dein Grab zwischen ihrer beider Gräber grubst. Du hast den Dornenstrauch eingepflanzt, der im Frühling, als sich die roten Damaszenerrosen auf Sâhirs Grab und die weissen Aprilrosen auf Sahras Grab öffneten, die Blüten der Liebenden trennte. Als sie versuchten, sich zu umarmen, liessest du deine Dornen spriessen, so dass die Rosen der Liebenden verdorrten.

Die Erinnerungen meiner Mutter waren so dauerhaft wie die angstvollen Nächte lang und das Chininwasser bitter, das wir aus den Blättern des Chinabaums abkochten und als Medizin gegen die allgegenwärtige Malaria tranken. Aus ihren Erinnerungen erfuhr ich, dass sie als Vollwaise von Verwandten an der Küste in der Nähe von Antakya im Dorf al-Suidîja aufgezogen worden war. Ihre ältere Schwester war nach der Generalmobilmachung durch die Türken vor dem Ersten Weltkrieg, dem Seferberlik mit seinen zahlreichen Epidemien und der grossen Hungersnot, nicht mehr dagewesen. Es hiess, sie habe nach Griechenland geheiratet. Meine Mutter fragte immer und immer wieder nach ihr und

---

*Karagös: schwarze Gestalt; im Märchen: der strenge Tadler. (Anm.d.A.)

wollte sich bei einem Mann mit dem Familiennamen Akda ihre Adresse besorgen, um ihr einen Brief schreiben zu lassen. Doch es kam nie dazu. Das mittlere der Geschwister, Riskallâh, ihr einziger Bruder, war unter den Osmanen zum Militärdienst in der Türkei einberufen worden. Von dort hatte er nach seinen beiden Schwestern geschickt. Zusammen mit Frauen, die ihren Ehemännern in die Garnison folgten, waren die beiden Mädchen auf einem Segelschiff nach Mersin gereist. Zwei Wochen hatte die stürmische Überfahrt gedauert, bei der die Wellen das Schiff hin- und hergeworfen hatten, so dass es zuletzt beinahe untergegangen wäre.

In Mersin hatten meine Mutter und ihre Schwester sich als Mägde verdingt, der Bruder war an Lungenentzündung gestorben.

„Dein Onkel, mein Sohn", schwärmte meine Mutter, „war ein richtiger Mann. Fröhlich, grosszügig und mutig war er, wie die Helden in den Märchen. Alle haben ihn geliebt, auch der Tod, und der hat ihn mitgenommen. Ich war noch ein kleines Mädchen und habe um deinen Onkel und meine Schwester geweint, völlig verängstigt in der fremden Stadt mit den vielen Menschen, die dort hin- und herliefen. Ich war beileibe nicht die einzige, deren Familie im Krieg und auf der Flucht auseinandergerissen worden war. Ich war also ganz allein in der Fremde, hatte nicht einmal entfernte Verwandte dort, und unsere Stadt war weit und die Zeit des Seferberlik hart und grausam. Endlose Flüchtlingskolonnen zogen über das Land, während ich Magd beim Stationsvorstand am Bahnhof Limâdik war. Hoch und heilig hatte er sich geschworen, dein Onkel, mein Sohn, dass er aus dem

Kübel der Türken kein Karawâna* essen würde. Er hat seinen Schwur gehalten und nie davon gegessen. Er ist sich selbst treu geblieben. Zur Zwangsarbeit hatten sie ihn eingezogen, denn seinesgleichen war zum Dienst mit der Waffe nicht zugelassen. Zwangsarbeit zu leisten hat ihm sein Stolz aber nicht erlaubt, deshalb hat er sich bei jeder Gelegenheit gedrückt und ist schliesslich desertiert. Zuerst hatten sie ihn als Lohnarbeiter auf eine Plantage in Anatolien abkommandiert, danach zur Eisenbahn und als Aufseher in eine Werkstatt. Dann hat er nach seinen Schwestern und den anderen Heimatlosen aus unserem Dorf geschickt. Sie sind gekommen, haben sich ihm angeschlossen und Brot und harte Arbeit gefunden. Er selbst hat auch immer hart gearbeitet. Auch dein Vater ist deinem Onkel gefolgt, weil er von ihm beeindruckt war und in seiner Nähe sein wollte. Doch schliesslich ist dein Onkel von uns und in Vater Abrahams Schoss gegangen."

Daran erinnere ich mich. Ich hob meinen Kopf von ihrem Knie und fragte: „Wer ist Vater Abraham? Mein Grossvater?"

„Nein. Der Stammvater Abraham. Der Pfarrer sagt, er ist unser aller Vater Abraham. Das verstehst du erst, wenn du grösser bist. Also unterbrich mich nicht!"

Ich schwieg, weil ich auf den Rest der Erzählung gespannt war. In meiner Vorstellung prägte sich „unser aller Vater Abraham" ein als alter Mann mit weissem Vollbart, lächeln-

---

*Verpflegung der osmanischen Soldaten, bestehend aus heissem Wasser mit ein paar Linsen darin. Mein Vater pflegte zu sagen, dass man schon ein geübter Taucher sein müsse, wenn man da ein Linsenkorn herausfischen wolle. (Anm.d.A.)

den Augen, einem kräftigen Körper und zwei Knien, zwischen denen alle sitzen oder schlafen konnten, die zu ihm gingen, um nie wieder zurückzukehren, denn dorthin schickte meine Mutter alle die, die von uns gegangen waren und nicht wiederkamen.

Als einmal ein Nachbar starb, ging meine Mutter ins Trauerhaus und schloss sich den weinenden Frauen an, die um den Sarg standen. Der Leichnam war zugedeckt. Ich durfte nicht zu ihm, durfte sein Gesicht nicht sehen. Meine Mutter sagte, er schlafe.

Zu Hause dann fragte ich: „Wo ist denn unser Nachbar hingegangen?"

„In Vater Abrahams Schoss."

„Und wo wohnt Vater Abraham?"

„Im Himmel."

„Gibt es dort Häuser und Brot und Wasser?"

„Im Himmel gibt es alles."

„Warum nimmt er dann seine Frau und die Kinder nicht mit?"

„Sie gehen, wenn sie gerufen werden."

„Und mein Vater? Weshalb geht er nicht dorthin?"

„So etwas darfst du nicht sagen", schalt sie mich. „Du bist doch noch so klein, wie willst du denn ohne ihn leben?"

„Dann geh doch du und nimm mich mit."

Sie drückte mich fest an sich und weinte: „Das darfst du nie mehr sagen. Ich möchte nicht, dass du oder dein Vater oder ich dort hingehen. Du bist noch zu klein dafür, frag nicht nach solchen Sachen!"

Ich habe gehorcht und nicht weiter gefragt. Aber ich konnte nicht verstehen, warum sie nicht wollte, dass wir in

Abrahams Schoss gingen, wo doch mein Onkel schon dorthin gegangen war. Der Onkel war doch gut und grossmütig gewesen. Alle hatten den Onkel gemocht. Gott hatte ihn gemocht. Der Tod hatte ihn gemocht und zu sich genommen. Mochte mich der Tod nicht, weil er mich nicht zu sich nahm?

Dieser Onkel war durch ihre Erzählung zum Inbegriff meiner Träume geworden. Sehnlichst wünschte ich mir, ich könnte zu ihm gehen und mit ihm im blauen Himmel im Schoss unseres Vaters Abraham sitzen. Dabei beschäftigte mich auch die Frage, wieso die da oben im Himmel nicht herunterfielen, obwohl nichts den Himmel von der Erde her stützte. Das Dach unserer Hütte und die Dächer der anderen Hütten ruhten ja schliesslich auch auf Pfeilern.

Meine Mutter fuhr mit der Geschichte meines Onkels fort: „Im Sommer hat er uns mit zu den Saisonarbeitern auf den Baumwollfeldern genommen. Er war der Kapo und der einzige Vorarbeiter, der darauf geachtet hat, dass auch die Kleineren ihren Anteil Brot bekamen. Wenn er gemerkt hat, dass ein Mädchen oder eine Frau mit der Arbeit im Rückstand war, hat er ihr geholfen, bis sie die anderen wieder eingeholt hatte. Oh, wie gut und gefürchtet er war! Er hat sich gut ausgekannt in Anatolien, er hat gewusst, wer die Herren waren und wo Wegelagerer sassen. Er war gewieft und ist immer durchgekommen. Er hat mit vollen Händen Brot an die Waisen und Kranken verteilt. Wenn sie wissen wollten, wo das Brot herkam, hat er zur Antwort gegeben: ‚Gott schickt es, denn Gott würde auch einen Wurm nicht vergessen, der in der Steinwüste lebt.' Ich habe mich immer gefragt, warum Gott dann deinen Onkel in der Stunde der Not vergessen hat. Denn eines Tages haben sie ihn in der Stadt geschnappt und in die Kaserne geschleppt. Unsere Männer haben damals gemeint, diesmal würde für ihn kein Weg an der Linsensuppe vorbeiführen, nun würde er sie löffeln müssen. Doch er hat keinen Löffel davon geschluckt. Er ist desertiert und durch Eis und Schnee über die Berge gelaufen. Als er bei uns ankam, war er zu Tode erschöpft. Er hat gehustet, sich mit hohem Fieber im Bett hin- und hergeworfen und ist nicht wieder aufgestanden. Zu den Leuten, die um sein Krankenlager standen, hat er gesagt: ‚Meine Lampe ist am Verlöschen, und für mein Schwesterchen' – dabei hat er auf mich gezeigt – ‚tragt in Zukunft ihr die Verantwortung.' ‚Rede nicht so, Risk, teurer Risk, morgen stehst du wie ein Löwe auf', haben sie ihm zugeredet. Aber er hat ihnen nur erschöpft zugelächelt und den Kopf zur Seite gedreht. Er hat immer nach Wasser verlangt. In seinen Eingeweiden hat es ihn wie Feuer gebrannt, und sein Gesicht war ganz heiss. Sie haben seine Stirn mit Schnee gekühlt, aber er hat ihn mit der Hand weggewischt: ‚Hört auf, mich zu quälen! Es ist sowieso nichts mehr zu machen. Mit mir ist es vorbei.' Dann hat er angefangen, wirr zu reden. Wir andern im Holzhaus haben Feuer gemacht, aus einer Kanne ist Dampf aufgestiegen. Wir sind einfach nur so dagesessen. Ich habe mich an seinem Bett hingekniet und geweint und geweint und ihn immer wieder schluchzend angefleht: ‚Mach doch die Augen auf, sag doch etwas!' Ich wusste nicht, was der Tod bedeutete, und es ist mir nicht in den Sinn gekommen, mein Bruder könnte nicht mehr aufstehen. Ich kam nicht einmal auf den Gedanken, er könnte mich so weit weg von zu Hause jetzt gleich allein lassen. Irgendwann bin ich aufgestanden und habe aus seiner Truhe eine Handvoll Linsen geholt, die in ein Hemd gewickelt waren. Ich wollte ihm etwas Warmes kochen. Da kam ein älterer Mann zu mir und meinte, das könne ich auch morgen noch machen. ‚Morgen hat er bestimmt Hunger', habe ich ihm geantwortet. Der Mann hat weggeschaut und sich wieder hingesetzt. Ich habe nicht gemerkt, dass er weinte, und bin nicht im entferntesten auf die Idee gekommen, Risk könnte am nächsten Morgen tot sein. Ein anderer Mann hat mir vorgeschlagen, ich solle mich doch bei ihm zu Hause ein bisschen hinlegen, und seiner Frau aufgetragen, mit mir wegzugehen. Aber ich habe mich geweigert, weil ich da sein wollte, falls mein Bruder mich brauchte. ‚Wenn sie dableiben will, soll sie dableiben, lass sie nur', haben die anderen gemeint. Also bin ich dageblieben. Als es dann schon dämmrig wurde, habe ich ein Rasseln in seiner Brust gehört und mich wieder neben ihn hingekniet. Er hat mir sein Gesicht zugewandt und mühsam die Augen geöffnet. Dann hat er seine Hand zu mir ausgestreckt. ‚Gib ihm die Hand, Marjam', hat einer gesagt. Das habe ich getan, und er hat meine Hand in seiner auf seine Brust gelegt und mit brüchiger Stimme ‚Marjam!' gesagt. ‚Ich bin da, Risk, mein Bruder, was ist?' Er hat angestrengt versucht, die Augen offenzuhalten. ‚Du liebe, du kleine, mein Waisenkind', hat er gesagt, dann hat er die Augen geschlossen. Seine Hand hat meine Hand losgelassen. Auf einmal habe ich Tränen auf seinem Gesicht gesehen und geweint. Der ältere Mann ist zu mir gekommen und hat mich getröstet. ‚Es ist der Schweiss von seiner Stirn, hab keine Angst.' Er hat mich hochgehoben und auf dem Arm getragen. Eine Frau hat ‚Risk ist tot' geschrien, und alle haben geweint. Als sie mich aus dem Haus geführt haben, habe ich mich gewehrt."

Wieder war ich auf dem Knie meiner Mutter eingeschlafen, bevor sie zu Ende erzählt hatte. Den Rest der Geschichte hörte ich ein anderes Mal. Auch meine kleine Schwester war eingeschlafen. Meine Mutter und die beiden anderen Schwestern weinten, wie immer, wenn traurige Geschichten erzählt wurden. Als ich älter wurde, begriff ich, dass mein Vater ein Freund meines Onkels gewesen war und ebenfalls aus al-Suidîja stammte. Er hat meine Mutter, die Waise, geheiratet. Sie war in die Hütte jenes älteren Mannes eingezogen, weil sie niemanden mehr hatte, und aus dieser Hütte als Braut ausgezogen, um mit meinem Vater das Elend des Seferberlik und des Ersten Weltkriegs zu teilen.

In der Fremde, in irgendwelchen Dörfern und Städten Anatoliens, sind meine beiden älteren Schwestern auf die Welt gekommen. Nach dem Ersten Weltkrieg kehrte unsere Familie nach Syrien zurück, und zwar nach Latakîja und nicht nach al-Suidîja, weil in Latakîja zwei Onkel von mir lebten. Dort wurde ich am 9. März in dem grossen Haus mit dem weitläufigen Innenhof geboren. Die fünf Kinder, denen meine Mutter vor mir das Leben geschenkt hatte, hat alle der Tod gemocht. Er hat sie in den Schoss unseres Vaters Abraham hoch hinauf in den blauen Himmel geholt.

2. Kapitel

Zwei Männer tragen einen zugedeckten Körper auf der Bahre an mir vorbei. Das ist das Bild, an das ich mich ganz genau erinnere. Der da unter dem Tuch auf der Bahre lag, war mein Vater, und meine Mutter weinte wegen ihm. Nachdem sie ihn weggetragen hatten, kehrten wir in den Hof zurück. Da stand der Ford, und daneben lagen die Orangen auf einem Haufen.

Meine Mutter beachtete weder den Mann, der sich an den Kotflügel des Autos lehnte, noch den Haufen Orangen daneben, sondern ging stumm ins Haus. Ich dagegen ging auf den Mann zu. Voller Sehnsucht schaute ich nach den Orangen. Eine davon gab er mir. Beglückt nahm ich sie und rannte damit ins Zimmer zu meiner Mutter. Sie sah mich gross an, Tränen liefen ihr über das Gesicht, sie nahm mich auf den Schoss. Das alles geschah wortlos. Nach kurzer Zeit langweilte ich mich, machte mich von ihr frei und ging in den Hof zurück. Dort stellte ich mich zu den Kindern, die sich im Kreis um die Orangen versammelt hatten. Am Kotflügel des Wagens lehnte immer noch der Mann und stützte nach wie vor seinen Kopf in die Hand, während ihn seine magere Frau mit Beschimpfungen überschüttete. Er hielt den Kopf gesenkt und sagte nichts.

Der Mann neben dem Ford war Kyriakou, unser Nachbar. Er stammte aus Griechenland und war von Beruf Mechaniker. Bevor bei uns überall Generatoren auftauchten, war es sein Traum gewesen, einen Elektrogenerator zu erfinden. Er verbrachte viel Zeit am Brunnen im Hof bei dem

Versuch, mit Wasser Strom zu erzeugen. Doch es klappte nicht. Meine Mutter versicherte, er sei als Mechaniker sehr geschickt gewesen. Den Ford hatte er vom Schrott geholt. Der Vorbesitzer, ein Franzose, hatte ihn dort abgestellt, weil er nicht mehr daran geglaubt hatte, dass man ihn noch reparieren könnte. Kyriakou hatte das Wrack gekauft und wieder ein Auto daraus gemacht. Unter Kyriakous geschickten Händen setzten sich alle Maschinen wieder in Bewegung. Man sagte von ihm, alles, was er berühre, verwandle sich in Gold. Dennoch war er ein Versager, hatte Schulden und zu Hause nichts zu sagen. Seiner Meinung nach war seine Frau daran schuld, dass alles schief ging, und seine Frau wiederum behauptete, das liege nur an dem verfluchten Generator. Über diesen Punkt waren auch die Meinungen der Nachbarn geteilt, die sich allerdings darin einig waren, Kyriakous Frau sei eine dumme Schlampe, eine Hasenscharte mit einer bösen Zunge, weil sie die unzulänglichen Arabischkenntnisse ihres Mannes dazu benutzte, ihn blosszustellen.

So hatte sie einmal eines ihrer Kinder vor dem Vater angeschrien: „Verflucht sei dein Vater!" Als Kyriakou eingeworfen hatte: „Genausogut kannst du sagen: ‚Verflucht sei meine Mutter!'", womit er natürlich seine Frau meinte, hatte sie rasch entgegnet: „Genau, verflucht sei auch deine Mutter."

Sie schimpfte unaufhörlich, so lange, bis er irgendwann die Beherrschung verlor und mit irgendeinem Werkzeug, das er gerade in der Hand hielt, nach ihr warf. Manchmal raufte er sich auch vor Zorn die Haare, liess alles stehen und liegen und flüchtete aus dem Hof. Dann ging er zum Saufen in irgendeine Schenke, kam nach Mitternacht betrunken zurück und wünschte jedem, der ihm über den Weg lief, auf griechisch mit „Kalispéra" einen guten Morgen. Seine Frau riss dann die Tür auf und kreischte ihm entgegen: „Kaliméra, guten Morgen, du ..." Und schon fingen sie wieder an zu streiten. Das endete regelmässig damit, dass die Frau zum Brunnen rannte und das angefangene Werk ihres Mannes kaputtmachte.

Als Kyriakou den Ford reparierte, nahm das ganze Viertel daran teil. Die Hupe mit dem Gummiball, die aussen befestigt war, kam nie zur Ruhe. Frauen und Männer umkreisten staunend das Gefährt. Am Schluss nahm die „Kyriakousche" neben ihrem Mann Platz, und sie machten zusammen einen Ausflug ans Meer. An diesem Tag schimpfte sie nicht. Lange erzählte sie von dem Wagen, der ohne Pferde und ohne Geholper fährt, als ruhe man darin auf einem Kissen aus Straussenfedern. Die Nachbarn fragten sie, ob sie Angst gehabt habe und wie man sich fühle. Am Anfang, sagte sie, sei sie aufgeregt gewesen, dann aber habe sie es genossen und das Gefühl gehabt, als schwebe sie in einer Schaukel stetig vorwärts, während am Strassenrand ein Baum nach dem andern vorbeiflog.

„Wir haben sie bewundert, weil sie so etwas Tolles erlebt hat. In unseren Augen hatte Kyriakou magische Fähigkeiten. Ein alter Nachbar hat sich die Sache so erklärt, dass unter der Motorhaube ein Ifrît, ein hilfreicher Geist, versteckt sei, der das Auto schiebe. Dann haben die anderen es auch ausprobieren dürfen. Ich bin nicht eingestiegen. Es sind überhaupt sonst keine Frauen mitgefahren, nur Männer. Aber dein Vater war dabei. Dieses Auto hat uns ruiniert, nur Unglück hat es gebracht, und deswegen mussten wir dann aus Latakîja wegziehen."

Dann erzählte sie uns von Vater: „In Mersin hat er als Lastenträger im Hafen und auf den Decks der Schiffe gearbeitet. Er war so stark, dass er die schwersten Säcke und Ballen getragen hat. Bei seinen Kumpels hiess er mit Spitznamen ‚der Ägypter'."

„Warum ‚der Ägypter'?"

„Weil er in Ägypten gewesen ist."

„Und wo ist Ägypten?"

„Über dem Meer auf der anderen Seite. Genau weiss ich es nicht. Euer Vater ist mit dem Schiff dorthin gefahren. Er hat mich in Mersin gelassen und ist weggefahren. Ich habe damals lange nichts von ihm gehört. Das Schicksal hat es nicht gut mit ihm gemeint."

„Warum hat das Schicksal es nicht gut mit ihm gemeint?" fragte meine grosse Schwester.

„Weil Gott es so wollte."

„Warum wollte Gott es so?"

Da wurde meine Mutter ungehalten: „Gegen Gottes Willen darf man sich nicht sträuben. Das ist harâm, verboten!"

Meine Schwester schwieg. Sie spürte, dass sie diese Frage besser nicht gestellt hätte. Dann fragte ich: „Und warum ist Vater dorthin gegangen?"

„Weil es Gottes Wille war."

„Der Wille Gottes oder der Wille jener Frau, die ihm schöne Augen gemacht hat?" erkundigte sich meine Schwester.

„Auch diese Frau hat ihm Gott auf den Weg gestellt."

Jene Frau ist bis heute eine dunkle Erinnerung für meine Mutter. Eine Verwandte meiner Mutter, eine Cousine von ihr, die Witwe war, hatte sich an Vater herangemacht und ihn betört. Seiner Darstellung nach hat sie seine Kleider auf dem Schiff versteckt, und deshalb musste er die Reise bis Alexandria mitmachen. Mutter hat ihm das nicht abgenommen. Er war ohnehin nicht der Inbegriff eines treuen Ehemanns, und die Cousine hatte keinen Mann. Wie auch immer, er war weggegangen, war gescheitert und zurückgekommen. Mutter freute sich über seine Rückkehr und verzieh ihm. Er erzählte ihr dafür von Ägypten, der „Mutter der Menschheit", erzählte ihr von den Gaunern und ihren schönen Reden und davon, wie dort die Marktschreier ihre Waren mit klangvoller Stimme besingen. Auch die Nachbarn gesellten sich dazu, um seine Geschichten zu hören, die Geschichten „des Ägypters", der die „Mutter der Menschheit" mit eigenen Augen gesehen hatte.

Meine Mutter hat über unseren Vater immer wieder gesagt: „Ja, ihr Kinder, er hat ‚die Mutter der Menschheit' und noch viel mehr gesehen. Euer Vater ist ein ruheloser Geist. Er ist kein Bauer, aber er hat auch anderswo keinen festen Platz für sich gefunden. Er sagt, dass er immer noch nach seinem Stück Kuchen sucht. Wir hatten eine Nachbarin in Mersin, deren Sohn genauso unbeständig war, und die hat zu ihm gesagt: ‚Dein Stück Kuchen ist eine Fata Morgana.' Der Sohn hat den Kuchen nicht zu fassen bekommen, aber er konnte es nicht lassen. Deshalb hat er es nie zu etwas gebracht und ist genauso arm wie wir. Eure Grossmutter war eine rechtschaffene Frau. Sie ist bei uns im Haus gestorben, und danach kam ihre gute Seele als Taube zu uns zurück und setzte sich auf unser Dach. Grossmutter ist eine Heilige gewesen. Sie hat nichts gegen euren Vater einzuwenden gehabt. Doch er hatte kein Glück. Er hat einfach die Jagd nach dem Kuchen nicht aufgeben können."

Meine Schwestern und ich wussten nicht, was eine Jagd

war. Bei Nachbarn hing ein Bild von einer Verfolgungsjagd, auf dem ein Reiter mit einem riesigen Schnurrbart, in einer Hand das blanke Schwert und in der andern den Schild, einen anderen verfolgte. Wenn ich Mutters Erzählungen von der Jagd nach dem Kuchenstück lauschte, wünschte ich mir, ich hätte selbst auch einen Kuchen, den ich verfolgen könnte.

So öffnete ich eines Tages den Brotkasten, in der Hoffnung, aus ihm würde die Kuchenjagd hervorpreschen. In der Ecke, in der unser Bettzeug aufeinandergestapelt lag, versteckte ich mich und wartete auf die Reiter, hinter denen ich herrennen wollte. Ich machte mich ganz klein, versuchte den Atem anzuhalten und wartete auf meine Jagdszene. Es war Sommer, meine Mutter und meine Schwestern zupften draussen Maulbeerblätter für die Seidenraupen. Ich schlief in meinem Versteck ein. Doch während ich schlief, kam nicht die Kuchenjagd aus dem Brotkasten herausgaloppiert, sondern die Katze sprang hinein und stahl sich vom Brot. Als Mutter zurückkam und die Bescherung sah, schimpfte sie mit den Schwestern wegen ihrer Nachlässigkeit. Sie suchten nach mir und weckten mich dann auf. Ich hörte, was mit dem Brot passiert war, und schwieg, denn Mutter fragte mich nicht danach. Sie fürchtete, ich hätte geschlafen, weil es mir nicht gut ging, nahm mich in den Arm und presste ihre Lippen gegen meine Stirn. Das war ihr Fieberthermometer. Sie stellte also fest, dass ich gesund war, küsste mich vor Glück und vergass die Katastrophe, der unsere Lebensmittel zum Opfer gefallen waren. Mir war es nicht geglückt, eine Verfolgungsjagd mitzuerleben. Ganz anders mein Vater, der Kyriakou dazu hatte überreden können, sich zusammen mit ihm auf die Jagd nach dem Glück zu machen. Ich war damals drei Jahre alt, und mein Vater arbeitete nicht mehr im Hafen. Er hatte sich den rechten Arm gebrochen, als sich vom Ladegeschirr eines Dampfers eine Kiste gelöst hatte. Danach hatte er zunächst als Schuster, dann als Süsswarenverkäufer gearbeitet. Später pries er sich in verschiedenen Dörfern als Architekt für Landhäuser an, doch kein Haus kam je zustande, denn er mauerte ohne Richtschnur und Lot, und die Mauern, die er tagsüber gebaut hatte, stürzten noch am selben Abend wieder ein.

In den Zeiten zwischen seinen verschiedenen Tätigkeiten fand er in billigen Spelunken seinen Ruhepunkt auf der Jagd nach dem Glück. Dort konnte er denen, die sich wie er von der Jagd ausruhten, von seinen Abenteuern erzählen. Er schilderte seine Erlebnisse bei der „Mutter der Menschheit" und machte phantastische Pläne für weitere Reisen, und es fand sich immer einer, der bereit war mitzumachen.

Nachdem Kyriakou wieder einmal Streit mit seiner Frau gehabt und die Hoffnung auf die Vollendung seines Generators endgültig aufgegeben hatte, liess er sich von meinem Vater als Kompagnon für ein riskantes Unternehmen anheuern. Von Latakîja aus fuhren sie in die Kasb-Berge zu einem gefährlichen Handel. Kyriakou hatte den Motor des Generators verkauft, und mein Vater hatte den letzten Rest von Mutters Schmuck zusammengeklaubt. Eines Nachts, als alle ungestört schliefen, weil es kein „Kaliméra" und „Kalispéra" gab, machten sie sich heimlich in dem klapprigen Ford davon.

In den Kasb-Bergen wächst guter Tabak. Schmugglerbanden kontrollierten die Zufahrtswege und beförderten den

Tabak auf Maultieren von den Bergen herunter nach al-Suidîja. Im Kopf meines Vaters hatte sich die Idee festgesetzt, er könnte den Maultieren mit dem Auto Konkurrenz machen. Dazu brauchte er Kyriakou und hatte ihn überredet, mit seinem Auto in den Tabakschmuggel einzusteigen. Hals über Kopf hatten sie sich in ein Abenteuer gestürzt, bei dem sie alles verloren.

Es war ein schier aussichtsloses Unterfangen, mit dem Ford über die schwer zugänglichen, geröllbedeckten Pfade im Gebirge bis dahin durchzukommen, wo sie den Tabak übernehmen konnten. Nur Kyriakous Mechanikerkönnen war es zu verdanken, dass sie überhaupt ihr Ziel erreichten. Sie gaben alles, was sie hatten, für den Tabak aus. Dann machten sie sich zurück auf den Weg nach al-Suidîja. Auf halber Strecke wurden sie von Strassenräubern angegriffen. Sie drohten, sie umzubringen, und zwangen sie, die Ware, die nun nicht mehr ihnen gehörte, in ein Dorf nicht weit von al-Suidîja zu fahren.

„Dein Vater, mein Sohn, war ein unerschrockener Mann. Er zog in die Berge und übernachtete dort im Freien ohne einen Gedanken an Angst oder den Tod. Er schlief im Wald bei den wilden Tieren wie zu Hause in einem Bett. Das habe ich von Leuten, die ihn kannten oder mit ihm unterwegs waren, oft genug gehört, und er selbst hat es mir auch erzählt. Oft genug habe ich ihm zugeredet, und er gab sich einsichtig, aber es hat sich nie etwas geändert. Wie oft habe ich ihn vor den Folgen seiner Abenteuer gewarnt und geglaubt, er würde nun dableiben, doch er ist immer wieder weggegangen. Wie oft bin ich in ihn gedrungen, um herauszubekommen, was in seinem Kopf vorging, doch ich habe es nie ergründet.

Ich habe es oft nicht leicht gehabt mit deinem Vater, doch er hatte es mit sich selbst am schwersten. Ich habe ihm immer verziehen. Er hatte sich so an sein Pech gewöhnt, dass es ihn nicht weiter überraschte, als die Schmuggler ihnen den Tabak abgenommen haben. Und während Kyriakou vor Angst gezittert und vor Enttäuschung über das verlorene Geschäft geweint hat, hat sich dein Vater eine Zigarette angezündet und sich mit den Wegelagerern unterhalten. Das hat Kyriakou mir selbst erzählt. Er hat sich überhaupt nicht aufgeregt und mit den Schmugglern fröhlich getrunken. Er hat es fertiggebracht, sich ganz selbstverständlich hinzulegen und zu schlafen, während die Räuber ihre andere Beute und Pinienbrennholz auf den Ford dazugeladen haben. Mit Tabak, Brennholz, Kesseln, einem Pferdesattel, Nüssen, Gewehren, einer Aussteuerkiste und sonstigen Beutestücken und noch dazu mit der Leiche eines Kameraden beladen ist das Auto dann weitergefahren. Der Bandenchef hat sich neben Kyriakou gesetzt, drei Räuber haben sich auf den Rücksitz gedrängt, und auf beiden Seiten ist ein Mann mit dem Gewehr im Anschlag auf dem Trittbrett mitgefahren. Dein Vater hat hinten auf der Pritsche auf den Säcken gesessen.

‚Wenn Kyriakou nicht dabeigewesen wäre, wäre ich abgehauen.' Das hat euer Vater mir selbst gesagt. ‚Wenn es bergauf ging, ist der Ford ganz langsam geworden. Es wäre kein Problem für mich gewesen, in die Büsche neben dem Weg zu springen und mich dort zu verstecken. Ich war schon drauf und dran abzuspringen, aber Kyriakou hat so verzweifelt ausgesehen, und ich habe auch die Flinte gesehen, die von draussen auf seinen Kopf gerichtet war. In einer Kurve hat uns plötzlich eine andere Bande beschossen. Der Ford ist stehengeblieben, und Kyriakou ist unter das Lenkrad abgetaucht. Ich bin unter das Auto gekrochen und habe das Ende des Scharmützels abgewartet. Zunächst habe ich niemanden gesehen. Sie waren hinter Felsen und Bäumen versteckt. Als der Bandenchef die Autotür aufgemacht hat, haben sie sofort auf ihn geschossen, und er ist aus der offenen Tür herausgefallen. Der Schuss hat ihn am Kopf getroffen, und er hat herumgezappelt wie ein Vogel an der Leimrute. Danach hat die Schiesserei nicht mehr lang gedauert. Wir haben uns ergeben und die Hände hochgenommen. Aus den Verstecken sind vermummte Männer herausgekommen und haben denen, die am Leben geblieben waren, die Waffen abgenommen. Anschliessend haben sie uns die Hände auf dem Rücken gefesselt.'

Tja, mein Sohn, so hat er es erzählt, und so ist es gewesen. In jener Zeit hat der Tod die Reisenden von der Strasse gepickt wie der Hahn die Weizenkörner vom Boden. Strassenraub war ein einträglicher Beruf, und oft waren die Reisenden noch in den Kleidern unterwegs, die sie bei der Abreise angezogen hatten, da wurden sie von den Wegelagerern bis auf die Unterhosen ausgezogen. Wenn einer von den Räubern hätte Auto fahren können, wären Kyriakou und dein Vater bestimmt nicht wieder zurückgekommen. Auch beim zweiten Überfall sind sie gezwungen worden, die neuen Herren zu transportieren, die diesmal das Auto und die Ladung erobert hatten und nun ihre Beute aus anderen Überfällen auch noch dazuluden. Sie haben Kyriakou ins Gesicht geschlagen und ihm befohlen loszufahren. Deinen Vater haben sie, gefesselt wie er war, auf dem Rücksitz festgebunden. Es war im Spätherbst und sehr kalt. Der Wind hat die

Schneeflocken vor sich hergetrieben. Weil es so kalt war, ist der Ford nicht mehr angesprungen. Kyriakou sind die Tränen übers Gesicht gelaufen, und er ist auf die Knie gefallen, als sie ihm gedroht haben, ihn umzulegen. ‚Tötet mich nicht', hat er die Ganoven angefleht, ‚ich bringe ihn wieder zum Laufen.' Und mit Gottes Hilfe ist es ihm tatsächlich gelungen, das Auto wieder flottzumachen. Während der ganzen Zeit ist dein Vater gefesselt und durchnässt hinter dem Auto gelegen, und keiner hat sich um ihn gekümmert. Erst als sie im Dorf angekommen waren, hat man ihm die Fesseln abgenommen. Der Dorfälteste dort war ein guter Mann. Er hat die beiden bei sich aufgenommen, ihnen etwas zu essen gegeben und sie in ihrem Auto nach al-Suidîja begleitet. Gewissermassen als Entschädigung hat er ihnen eine Ladung Orangen mitgegeben."

Diese Orangen hatte ich an jenem Tag im Hof liegen sehen, als mein Vater auf der Bahre davongetragen wurde. Kyriakou hatte ihn mit Lungenentzündung zurückgebracht. Und meine Mutter erzählte uns weiter: „Sie haben ihn mehr tot als lebendig ins Krankenhaus gefahren. Ich habe den ganzen Tag geweint. Ich habe solche Angst gehabt − um ihn, dass er sterben, um mich, dass ich Witwe, und um euch, dass ihr Waisen werden könntet. Doch um dich habe ich mich von allen Kindern am meisten gesorgt. Ich hatte doch so inständig darum gefleht, dich zu empfangen, und dich unter Schmerzen geboren, wie es in der Kirche heisst. Der Tag deiner Geburt war die Krönung meiner Mutterschaft, und ich habe damals dem Herrn gedankt und seinen Segen auf dich herabgerufen. Um deine Krippe erstrahlte helles Licht. Ich habe eine Kerze vor der Ikone angezündet und demütig mein Dankgebet gesprochen. Damals im Wochenbett habe ich ungeheure Angst um dich gehabt. Der Gedanke, du könntest nicht überleben, weil du so zart warst, hat mich nicht losgelassen. Ständig hast du geweint. Sie wollten mich dazu überreden, dir Mohnsaft zu trinken zu geben, damit du endlich schliefst. Aber das wollte ich nicht. Sie haben mich gewarnt, du würdest nicht überleben, wenn du keinen Schlaf fändest. Einige Monate nach deiner Geburt haben sie mir sogar den Rat gegeben, ich solle an einem Freitag zur Moschee gehen und mich mit dir beim Gebetsruf unter das Minarett stellen. Dazu sollte ich dich mit einem Pantoffel deines Vaters auf den Mund schlagen. Das habe ich dann getan.

Ich habe dich bei den Schwestern zu Hause lassen müssen, um bei reichen Leuten in Latakîja deren Sohn zu stillen, einen Säugling im gleichen Alter wie du. Es ist mir sehr schwer gefallen, deine Nahrung zu verkaufen. Aber dein Vater war auf einer seiner Reisen, und wir hatten überhaupt nichts zu essen. Ich konnte ja nicht als Dienerin arbeiten, während ich dich stillte. Es ist mir einfach nichts anderes übriggeblieben, als die Hälfte deiner Milch zu verkaufen, um dich zu ernähren. Dieser Milchbruder von dir heisst Jules. Wenn es einmal nötig ist, geh ruhig zu ihm. Er ist reich und gehört zu einer angesehenen Familie. Seine Mutter stammt aus einem wohlhabenden Haus und ist eine gute Frau. Sie wollte dich sehen, bevor ich ihren Sohn stillte, um sich von der Qualität meiner Milch zu überzeugen. Ich habe dich auf den Arm genommen, meinen Schleier über dich gelegt und dich im Namen Christi zu ihr getragen. Meine Gebete waren nicht vergeblich. Während ich auf den Treppenstufen sass und wartete, bis sie mir erlaubte, hereinzukommen, hast du die ganze

Zeit geschlafen. Ich habe Gott angefleht, dich weiterschlafen zu lassen, bis sie dich gesehen hatte. Und er hat mich erhört. Sie hat den Schleier hochgenommen und dich angeschaut. Sie war eine hübsche Frau, und ihr Herz war freundlich, denn sie hat sich damit begnügt, dein Gesicht anzusehen, und ich habe sie dabei immer wieder gebeten, mich nicht wegzuschicken. Sie hat zur Bedingung gemacht, dass ihr Sohn morgens, wenn ich viel Milch hatte, immer als erster gestillt wurde. Ich sollte meine Brust waschen und mein Gesicht von ihrem Sohn abwenden. Ausserdem sollte ich das Essen, das sie mir gaben, bei ihnen zu mir nehmen und nicht nach Hause tragen. Alle Bedingungen habe ich erfüllen können, ausser der letzten. Die Bissen sind mir im Hals steckengeblieben, und da hat sie gemerkt, dass es über meine Kräfte ging, auch noch diese Bedingung zu erfüllen. Deshalb hat sie mir dann zusätzlich zu meinem Essen noch etwas für deine Schwestern mitgegeben. Wenn wir eines Tages wieder nach Latakîja kommen, nehme ich dich zu ihr mit. Sie wird deinen Kopf in ihre Hände nehmen, dann kannst du selbst sehen, was für hübsche weisse Hände sie hat. Vielleicht darfst du ihr die Hand küssen, ihren Mann begrüssen und deinen Milchbruder kennenlernen. Vielleicht geben sie dir auch ein paar abgelegte Kleider von ihm, Spielzeug und ein wenig Geld."

Solange ich ein Kind war, sind wir nicht wieder nach Latakîja zurückgekommen, wie es meine Mutter erhofft hatte. Nach Vaters glückloser Fahrt mit Kyriakou und seinem Krankenhausaufenthalt rieten die Ärzte ihm, zur Genesung aufs Land zu ziehen. Da meine Mutter in al-Suidîja entfernte Verwandte hatte und ihr dort ein kleines Stück Land gehörte, beschloss Vater dorthin zu gehen. In al-Suidîja wurde ich mir zum ersten Mal meines eigenen Lebens bewusst. Von diesem Zeitpunkt an finden sich auf dem Film meiner Erinnerungen nicht mehr die verwischten Bilder, sondern es setzt eine Reihe realer Ereignisse und Szenen ein, die sich zu einer eigenständigen Bildfolge verknüpfen.

Als wir endlich wieder nach Latakîja zurückkehrten, war ich schon in der Pubertät. Meine Mutter ist aber nicht mit mir zu jener hübschen Frau und deren Sohn, meinem Milchbruder, hingegangen, obwohl sie oft genug davon sprach und es ihr sehr am Herzen lag. Warum sie ihr Vorhaben nicht in die Tat umgesetzt hat, weiss ich nicht. Ich glaube, ich habe bei irgendeiner Gelegenheit, an die ich mich nicht mehr richtig erinnern kann, diese Frau und ihren Sohn lange Zeit später doch noch gesehen. Ich erfuhr ihre Namen erst, nachdem sie schon gegangen waren. Die Frau war weit über vierzig, und von ihrer Schönheit war nicht mehr sehr viel übrig. Über dem schönen Antlitz, dessen Ebenmass noch zu erkennen gewesen war, hatte der Schleier des Alterns gelegen. Sie war füllig geworden und ein wenig gebeugt. Die zarte, weisse Hand hatte Fettpölsterchen und Altersflecken gehabt. An ihrem Sohn war mir nichts aufgefallen als eine grosse Nase in einem ungewöhnlich langweiligen Gesicht. Er hatte seiner Mutter so wenig ähnlich gesehen wie dem Bild, das ich mir von ihr gemacht hatte. Diese Frau hatte mit meinen Vorstellungen von der hübschen Dame, die mit ihrer weissen Hand mein Gesicht aufdeckte, nichts zu tun.

Ob ich den beiden tatsächlich begegnet bin oder ob ich sie in der Erinnerung mit irgend jemand anderem verwechsle, ist gleichgültig. Ein Gefühl der Zuneigung und Dankbarkeit habe ich ihnen gegenüber trotzdem. Uns verbanden Brot, Salz und Milch, auch wenn all das nicht von Dauer war. Mein Milchbruder war wie ich gewachsen und entwöhnt worden. Danach war meine Mutter nicht mehr in jenes Haus gegangen. Doch sie hatte in anderen Häusern andere Kinder gestillt und andere Leute bedient, die ihr andere Vorschriften machten. Nach Vaters Genesung von seiner Lungenentzündung beschlossen wir, aus Latakîja abzureisen.

Und wir zogen um ...

3. Kapitel

Wie wir den Umzug von Latakîja nach al-Suidîja bewerkstelligten, weiss ich nicht mehr. Auch an die erste Zeit in dieser Ortschaft an der Küste kann ich mich nicht mehr erinnern. Die Küste bekam ich sowenig zu sehen wie das Meer. Auch den Marktflecken im Zentrum der aus weit verstreuten Ansiedlungen bestehenden Ortschaft, von dem mein Vater sagte, er heisse al-Luschîja, bekam ich nie zu Gesicht.

Die Familien meiner Eltern stammten aus al-Suidîja. Es war unser Heimatdorf. Wir hatten dort Verwandte, von denen ich aber nur einen kennenlernte. Meine Grosseltern waren gestorben, und vom Kern unserer Sippe war niemand mehr übrig. So lebten wir dort wie Fremde, obwohl wir dorthin gehörten. Wir wohnten am Rand der Ortschaft; ich könnte nicht einmal sagen, ob am nördlichen oder südlichen Rand, auf jeden Fall weit weg vom Meer und auch weit weg vom Zentrum und dem Markt.

Mein erstes bewusstes Bild unseres Aufenthalts dort war ein abgehäutetes Rind, das am Ast eines abgestorbenen Baumes hing. Gestrüpp und Olivenbäume, ein Feuer, einige Männer, mein Vater. Das war am Ostersamstag.

Nach fünfzig Tagen Fastenzeit kam am folgenden Tag endlich das Osterfest. An Ostern ist Christus im Morgengrauen von den Toten auferstanden, und es gibt Kuchen und Eier zu essen.

Schon seit Februar hatte meine Mutter sorgfältig alle Hühnereier aufbewahrt. Wir lebten und arbeiteten als Pächter auf den Gütern des Muchtars, der gleichzeitig Grossgrundbesitzer, Friedensrichter und der lokale Vertreter der Staatsgewalt war. Das uns zugewiesene Feld war klein und kahl bis auf die Maulbeerbäume. Unsere einzige Verpflichtung bestand darin, in der warmen Jahreszeit Seidenraupen zu züchten. Der Vater hatte sich mit dem Muchtar auf einen unvorteilhaften Handel eingelassen. Auch dieses Mal hatte er kein Glück beim Geschäft gehabt, aber es war ihm nichts anderes übriggeblieben. Wir brauchten etwas zu essen, deshalb musste er sich mit einem kargen Feld zufriedengeben. Der Muchtar schrieb unseren Namen über ein Schuldkonto in seinem Schuldenheft. Das erste, was dort als Vorschuss auf die Seidenernte angeschrieben wurde, waren fünfzig Kilo einer Mischung aus Gerste und Dreck. Dazu kamen eine halbe Elle Leinwand und etwas Salz, Öl, Petroleum und Seife. Dabei legte er meinem Vater ans Herz, ein verlässlicher Kleinpächter* und fleissig und redlich zu sein, damit er seine Schulden auch wieder abzahlen könne. Mein Vater legte seine Hand zuerst gegen die Stirn, dann legte er sie aufs Herz und sagte: „Zu Befehl, Herr!"

Unser Haus war ein schmaler, rechteckiger Bau aus ungebrannten Lehmziegeln, der durch eine Wand in zwei Hälften geteilt wurde. Der eine Teil war der Stall, der andere diente als Wohnraum. Wir hatten keine grösseren Tiere, also blieb der Stall leer. Lediglich die Hühner, die entfernte Verwandte von Mutter uns überlassen hatten, liefen und scharrten dort herum. In einer Ecke des Stalls lag das Brennholz, in einer anderen die runden Fladen aus getrocknetem Dung.

---

*Ein Kleinpächter war damals ein selbständiger Landarbeiter, dem ein Viertel des Ertrags des von ihm bewirtschafteten Landes überlassen wurde. (Anm.d.A.)

Unter einer Öffnung oben in der Wand stand auf der gegenüberliegenden Seite ein Ofen aus Stein und Lehm. Vater machte sich, unterstützt von der ganzen Familie, daran, den Boden unseres Feldes umzupflügen und die Maulbeerbäume zu beschneiden. Doch noch bevor er damit fertig war, kam ein Bote und bestellte ihn zum Muchtar. Vater ging. Beim Muchtar wurde ihm mitgeteilt, zuallererst habe er auf den Feldern des Muchtars zu arbeiten, und ausserdem habe meine Mutter bei der Arbeit im Haus des Muchtars mitzuhelfen. Wieder legte mein Vater seine Hand zuerst gegen die Stirn, dann aufs Herz und sagte: „Zu Befehl, Herr!"

Kurz nach dem Morgengrauen des nächsten Tages gingen die beiden zur Fron. Meine Schwestern und ich blieben zu Hause. Wir spielten, meine grosse Schwester erzählte uns Geschichten. Dann gingen wir hinaus, um Stroh und trockenes Kleinholz auf den Feldern zu sammeln. Andere Kinder trafen wir nicht in der Umgebung, denn die Häuser lagen in grossen Abständen über die Maulbeerbaumfelder verstreut. Zwischen den Feldern verliefen Bewässerungsgräben, und wenn wir bis dorthin gekommen waren, kehrten wir um und gingen mit dem Stroh und dem Brennholz, das wir gesammelt hatten, nach Hause.

Ich fühlte mich auf diesem öden Feld nicht wohl. Es war Herbst, die Maulbeerbäume hatten sämtliche Blätter verloren, das Gras war verdorrt. Alles war vergilbt. Die Sonne hatte ihre Kraft verloren, und es wehte ein kalter Wind. Meine Mutter blieb lange beim Muchtar, und ich weinte nach ihr. Irgendwann schlief ich auf den Knien meiner Schwester ein. Als es dunkel geworden war und wir die Tür geschlossen und uns auf der Matte niedergelassen hatten, kamen unsere Eltern erschöpft nach Hause und liessen sich in eine Ekke fallen. Mutter küsste mich und erzählte von dem Berg Weizen, den sie gesiebt habe, bis ihr Kreuz lahm geworden sei. An den Händen habe sie lauter Blasen bekommen, und am nächsten Tag müsse sie beim Muchtar saubermachen und Wäsche waschen. Die Frau des Muchtars habe ihr anvertraut, dass der Muchtar unter Wahnvorstellungen leide und deshalb seine Kleider immer selbst wasche und allen verboten habe, sein Zimmer zu betreten oder etwas zu berühren, was ihm gehörte. Von ihr wusste Mutter auch, dass der Muchtar bis abends in seinem Laden, der direkt ans Haus angebaut war, arbeitete, dann zu Abend ass und danach in sein Zimmer ging, in das auch sie, seine Frau, nicht hineingehen durfte, wenn er sie nicht dazu aufforderte.

Mein Vater schwieg. Er hockte da, den Rücken an die Wand gelehnt, die Beine angezogen und die Ellenbogen auf die Knie gestützt. Sein Kopf ruhte zwischen seinen geballten Fäusten, und seine Blicke bohrten sich in den Boden des Zimmers. Bevor er sich schlafen legte, sagte er zu Mutter: „Morgen gehen wir nicht zur Zwangsarbeit." Sie versuchte ihn umzustimmen und erinnerte ihn daran, dass der Winter vor der Tür stand und dass wir, wenn uns der Muchtar nichts zu essen gab, hungern müssten, ausserdem hätten wir bei ihm Schulden zu bezahlen, bevor wir weggehen könnten. Doch er schwieg weiter. In diesem Moment fand der eigentliche Aufbruch statt. In Gedanken machte er sich jetzt schon auf den Weg und liess die Familie als Pfand zurück. Mutter verstand ihn. Wie er wusste sie von der Unbarmherzigkeit des Muchtars, seiner Ungerechtigkeit und vom elenden Leben auf seinen Ländereien, und wie er litt sie unter der Demütigung und Erschöpfung. Vor ihr lag ein weiterer solcher Tag, und danach noch einer und noch einer und die Gewissheit einer Schufterei ohne Ende. Und sie wusste, dass es auch im Winter so weitergehen würde, dass sie auch dann zum Muchtar würde gehen müssen, durch den Regen, im Schlamm und in der Kälte. Sie wusste, dass sie der Ausbeutung nur ein Ende machen konnte, indem sie wegging. Doch wie und wohin? Wir hatten nichts in der Hand, Schulden beim Muchtar und lebten einsam auf diesem öden Feld am Rande des Dorfs, auf uns allein gestellt in der Fremde, verloren. Wir konnten nicht einfach weggehen.

Wenn sie allein gewesen wäre, hätte sie sich am nächsten Morgen zusammen mit Vater auf den beschwerlichen Weg machen können. Aber sie hatte Kinder, die sie einerseits nicht zurücklassen, andererseits aber auch nicht mitschleppen konnte. Ohne ihre Kinder konnte sie nicht weggehen. Ihr Mann jedoch würde darauf keine Rücksicht nehmen, nachdem sein Entschluss einmal feststand. Natürlich würde sie am Morgen versuchen, ihn zum Bleiben zu bewegen, natürlich würde sie weinen und ihn anflehen, uns nicht allein zu lassen. Aber im Grunde glaubte sie schon jetzt nicht mehr daran, dass er am nächsten Morgen auf sie hören würde.

In derselben Nacht kam es zu einem schrecklichen Zwischenfall. Bewaffnete Banditen überfielen ein Haus in der Nachbarschaft. Die Räuber hatten in die Wand des Hauses ein Loch gebrochen, und einer von ihnen war in das Haus eingestiegen. Die Witwe, der das Haus gehörte, hatte den Eindringling bemerkt, als er ihren Hausrat zusammenpackte, und sich auf ihn gestürzt. Seine Komplizen hatten sie im Dunkeln für einen Mann gehalten und geschossen. Dabei hatten sie den Eindringling verletzt, er war zusammengebrochen und hatte gebrüllt, sie hätten ihn umgebracht.

Einen verletzten Kameraden nahmen die Räuber normalerweise mit, damit er nicht den Behörden in die Hände fiel und seine Komplizen verriet. Der angeschossene Einbrecher hatte jedoch aus irgendeinem unerfindlichen Grund nicht gewollt, dass sie ihn mitnahmen. Vielleicht war er der Meinung gewesen, sie hätten ihn mit Absicht angeschossen. „Kommt nicht näher", hatte er ihnen zugebrüllt, „sonst bringe ich euch auch um!" Zwischen ihm und den anderen Banditen war es zu einem Schusswechsel gekommen; doch schliesslich war dem Verletzten die Munition ausgegangen, und die anderen hatten ihn erledigt.

Am nächsten Morgen kam Gendarmerie aus al-Luschîja, und von den umliegenden Feldern liefen Schaulustige herbei, um sich anzuhören, was in der Nacht vorgefallen war, und den toten Verbrecher zu begaffen. Auch Vater ging hin. Mutter hingegen machte sich auf den Weg zum Muchtar zum Waschen und Putzen und liess uns allein zu Hause. Wir weinten vor Aufregung und Angst und wagten uns nicht aus dem Haus. Doch bald darauf hörten wir Stimmen näherkommen. Es waren die Kinder vom Feld nebenan. Sie sprachen miteinander über den Einbruch und liefen dabei auf unser Haus zu. Unsere Mutter hatte sie getroffen und gefragt, ob sie nicht mit uns spielen wollten. Wie glücklich waren wir, dass an einem solchen Tag Gleichaltrige kamen und wir uns nicht so allein fühlten in dieser düsteren Welt, eingeschlossen auf unserem Grundstück. Meine Schwestern öffneten die Tür. Draussen stand ein Junge mit seinen beiden Schwestern. Er war über zehn, ungefähr so alt wie meine ältere Schwester. Er kannte alle Felder in der Umgebung von seinen Streifzügen, auf denen er mit seiner Schleuder Jagd auf Vögel machte. Er hatte auch schon einmal den Muchtar gesehen und wusste in allen Einzelheiten über den Überfall der vergangenen Nacht Bescheid. Er hatte die Hufspuren der Gendarmerie auf dem Weg in der Nähe erkannt und war sicher, dass sie auf demselben Weg mit der in eine Decke gewickelten Leiche des Räubers wieder zurückreiten würden.

Der Junge meinte, wir könnten hinausgehen und uns an den Weg setzen, wenn wir die Leiche sehen wollten. Wir schlossen die Tür und gingen los. Am Rande eines Bewässerungsgrabens setzten wir uns auf den Boden und warteten, während der Junge weitschweifige Geschichten erzählte. Dabei wandte er sich immer an meine Schwester. Wir standen oder hockten um ihn herum und hörten ihm gespannt zu, um ja nichts zu verpassen. Irgendwann fragte ihn meine Schwester, ob er in seinem Leben schon einmal einen Räuber gesehen habe. Er antwortete nicht gleich. Er war der älteste von uns und zeigte sich als der grosse Junge von seiner verwegenen Seite. Wahrscheinlich dachte er, meine Schwester würde ihn nicht mehr bewundern, wenn er noch nie einen Räuber gesehen hatte. Er löste das Problem, indem er uns erklärte: „Räuber klauen Kinder. Deshalb dürfen Kinder keine Räuber sehen." Ich sah zu meiner Schwester hinüber und stellte fest, dass sie geistesabwesend ins Nichts starrte. Wir schwiegen. Irgendwann fragte ich ihn: „Wie sieht denn jetzt so ein Räuber aus?"

Das Bild, das ich mir anlässlich seiner Beschreibung von den Banditen machte, entsprang weniger seinen Worten als vielmehr meiner Angst. In meiner Vorstellung waren es dunkle Typen mit üppigen Schnauzbärten, dicken Lippen, grossen Ohren und zerzaust abstehenden langen Haaren, unter denen dämonische Gesichter hervorstarrten. Wir entliehen uns das Material für das Bild aus den gängigen Geschichten über alle möglichen Geisterwesen und erschufen uns in diesem Augenblick die Räuberfigur, die uns in den kommenden Winternächten den Schlaf rauben sollte. Was der Junge von dem Überfall zu erzählen wusste, vergrösserte unser Entsetzen nur noch. Die Frau, die sich dem Räuber entgegengestellt hatte, erhielt in unserer Vorstellung die Kraft und Standfestigkeit einer störrischen Kuh. Verglichen mit ihr erschien uns unsere Mutter klein und schwach wie ein Schaf oder eine Stoffpuppe. Den ganzen Tag lastete auf uns das Gefühl der Sehnsucht nach Sicherheit.

Als Mutter am Abend zurückkam, schlug sie vor, wir sollten einen Stein hinter die Tür legen, doch Vater fuhr sie an: „Wovor fürchtest du dich denn?" Dann erklärte er ihr, und wir saugten seine Worte in uns ein, dass ihr doch hoffentlich klar sei, dass die Einbrecher nicht kämen, um die Leute zu erschrecken, sondern um Geld oder Getreide zu stehlen, und dass sie doch am besten wisse, dass wir weder Geld noch Getreide besässen, und dass die Räuber im Haus der Nachbarin eingebrochen hätten, um sich deren Kuh zu holen. Die Argumente unseres Vaters gaben uns wieder Zuversicht, so dass wir in jener Nacht erleichtert die Augen schlossen. Vater erzählte auch von einem Nachbarn, der eines Nachts aufgewacht war, als bei ihm Räuber ebenfalls ein Loch in die Hauswand gebrochen hatten. Er hatte sich seine Jagdflinte gegriffen und im Dunkeln auf sie gewartet. Die Einbrecher hatten sich nicht einigen können, wer als erster hineingehen sollte, nachdem der Mauerdurchbruch fertig war. Nach einer gewissen Zeit hatte einer von ihnen seinen Kopf ins Hausinnere gesteckt. Der Nachbar hatte auf ihn gezielt und geschossen. Von dem Schuss waren die Leute in den umliegenden Häusern aufgewacht und ihm zu Hilfe geeilt. Doch die Räuber hatten sich schon aus dem Staub gemacht. Im Licht der Petroleumlampen hatte man Blutspuren neben dem Loch in der Wand entdeckt und war ihnen ein Stück weit gefolgt. Vater kam am Ende der Erzählung zu dem Schluss, das erste, was wir im nächsten Sommer mit dem Erlös aus der Seidenernte kaufen müssten, sei eine Flinte.

Einige Tage später, es war ein Sonntagmorgen, zog Mutter ihr Ausgehkleid an und ging mit Vater nach al-Luschîja, um sich dort bei Bassûs über ihre Verwandten zu beschweren, die sich das kleine Grundstück ihres Vaters angeeignet hatten und ihr ihr Erbteil verweigerten. Bassûs gehörte zu den angesehenen Persönlichkeiten im Dorf. Man gab etwas auf sein Wort. Er pflegte in Seide gekleidet ans Meer hinunterzuschreiten und sich von den Barfüssigen und Halbnackten wie unseresgleichen bestaunen zu lassen; sein Name tauchte in ihren Geschichten und Liedern auf. Man nannte ihn Bassûs, den Emir. Die Leute sagten zum Beispiel: „Emir Bassûs ist heute in seinem Seidengewand hier vorbeigeschritten."

Bassûs hörte sich die Beschuldigungen unserer Mutter an, schickte nach der Gegenpartei und entschied dann, sie müssten ihr entweder Grund und Boden zurückgeben oder sie in angemessener Höhe dafür entschädigen. Doch am darauffolgenden Sonntag hatte Bassûs seine Meinung geändert und sich auf die Gegenseite geschlagen. Als Begründung führte er an, Mutter sei schliesslich nicht die einzige Erbin und es gebe da noch einen Bruder und eine Schwester. Mutter brachte Zeugen dafür, dass ihr Bruder gestorben und die Schwester nach Griechenland gegangen war und seither nichts von sich hatte hören lassen. Die Zeugenaussagen hatten jedoch keine Wirkung, da die Gegenpartei Emir Bassûs versprochen hatte, seinen Einflussbereich auszuweiten, was auf Kosten unserer verwaisten Mutter ging.

Der nächste Schritt wäre gewesen, in Antakya bei Gericht Klage einzureichen. Doch für meine Mutter kam das nicht in Frage. Nicht nur weil Antakya weit weg war, sondern schon allein deswegen, weil sie das Geld für die Prozesskosten nicht hätte aufbringen können. Ausserdem sagt das Sprichwort zurecht: Gottes Gerechtigkeit findet man in keinem Gerichtssaal. So blieben ihr nur die wirkungslosen Tränen, die sie weinte. Ein Nachbar redete ihr zu: „Hör auf zu weinen, Nachbarin. Den Emir Bassûs erweichst du damit ebensowenig wie den Muchtar. Sieh dir unsere Nachbarin an, die sie überfallen haben. Sie hat keine Träne vergossen und sich niemandem zu Füssen geworfen. Sie sah nur eines, dass sie entweder die Kuh retten würde oder sterben müsste. Die Kuh wurde gerettet und sie mit ihr. Auch so kann das Leben sein."

Der Kampf ums Überleben, tagaus, tagein, von früh bis spät, bis zum letzten Atemzug, in Wind und Wetter und voller Angst in der Dunkelheit mit ihren Gespenstern, das war hier das tägliche Brot. Der Emir Bassûs, in dessen Haus angeblich die Gerechtigkeit regierte, damit die „verirrten Schafe" dort eine Zuflucht fänden, war nichts als eine Legende, die irgend jemand in die Welt gesetzt hatte. Meine Mutter hätte sich zusammenreissen müssen, aufhören zu weinen, aufhören, sich zu fürchten wie ein Schaf vor dem Wolf, denn dem Schaf, das furchtsam blökt, wird am ehesten die Kehle durchgebissen. Doch meine Mutter war und blieb ängstlich und hatte alle Hoffnung aufgegeben, als sie das Haus des Emirs verliess. Die Eltern kamen nicht den Weg entlang, sondern von der anderen Seite über die Felder zurück, so dass wir zuerst erschrocken Räuber auf uns zukommen wähnten. Sie kamen erst spät am Nachmittag und waren erschöpft vom langen Fussmarsch. Unterwegs hatten sie bei einem Verwandten von uns einen kurzen Besuch gemacht in der Hoffnung, er würde sich an sie erinnern und sie bekämen dort ein Glas Wasser und könnten sich ein wenig ausruhen.

Dieser Verwandte war ein Bruder meiner Grossmutter mütterlicherseits und lebte als Bauer mit seiner Scholle verwurzelt. Er hatte sein Land damals nicht verlassen, um nach Anatolien zu gehen, und man sagte ihm nach, er sei zu Zeiten der grossen Hungersnot ein Bandit gewesen. Doch er stritt das ab. Er habe ganz im Gegenteil den Strassenräubern ihre Beute wieder abgenommen. „Damals habe ich als fliegender Händler gearbeitet. Ich habe mein Maultier vorauslaufen lassen und bin in sicherem Abstand hinterhergegangen. Wenn irgendwelche Wegelagerer aufgetaucht sind, bin ich in Deckung gegangen und habe ihnen zugerufen: ‚Lasst meine Ware in Ruhe, oder ich knalle euch ab! Mit mir legt euch besser nicht an, denn wer eine Schlange zu schlucken versucht, erstickt daran.' Wenn einer nicht friedlich war, habe ich geschossen. Man stirbt nur einmal, das war meine Devise. Und mit der Zeit hat sich das unter den Strassenräubern herumgesprochen. Sie wussten, wer ich war, und sind mir aus dem Weg gegangen. Daraus hat sich dann ein neuer Beruf entwickelt. Ich habe angefangen, Reisende zu beschützen. Ich habe die Leute nicht ausgebeutet. Von Frauen und Kindern habe ich keinen Groschen Schutzgeld genommen. Das Geschäft ist gut gelaufen und hat sich bald ausgeweitet, und ich habe auch andere Aufträge angenommen. Wenn sich zum Beispiel jemand bei mir beklagt hat: ‚Ach, Onkel Ibrahîm, unterwegs haben sie uns überfallen, sie haben uns bis aufs Hemd ausgeplündert‘, und die Kinder dabei geweint und die Frauen die Hände gerungen haben, ist mein Herz nicht aus Stein geblieben. Ich habe gefragt, wo sie überfallen worden waren, und sie haben es mir beschrieben. Wenn ich verstanden hatte, habe ich mit dem Kopf genickt und weitergefragt: ‚Ein einzelner oder eine Bande?‘, denn eine Räuberbande hat immer irgendwo auch ihr Lager in der Nähe.

Mit der Zeit habe ich mich mit den verschiedenen Räuberbanden und ihren Lagerplätzen gut ausgekannt. Auch um mich hatte sich inzwischen eine Gruppe Männer geschart, und mein Maultier war nach wie vor dabei. Mit leeren Händen bin ich niemals losgezogen. Es ist nicht gut, sich auf tollkühne Abenteuer einzulassen. Nicht weil ich Angst davor gehabt hätte, sondern weil es unwirtschaftlich und unsauberes Geschäftsgebaren ist. Die Erde hat mich gelehrt, dass man erntet, was man sät. In die Satteltasche habe ich einen wollenen Mantel, eine Kürbisflasche voll Arak, ein Ratl luftgetrockneter Fleischstreifen und eine Handvoll Tabak gesteckt. Wie üblich habe ich mein Maultier vorausgeschickt, so dass sie es schon von weitem kommen sahen und wussten: Brahûm ist im Anmarsch. Wenn ich bei ihnen ankam, habe ich sie freundlich begrüsst: ‚Hallo, ich bin da. Gebt eure Beute zurück!' Zuerst haben sie gelacht: ‚Du kommst allein und willst unsere Beute abholen?' – ‚Warum nicht? Ich bin ja einer von euch, doch zuerst wollen wir zusammen trinken. Nehmt meinem Maultier die Satteltaschen ab. Wir wollen zusammen feiern.' Sie haben sich den Arak, das Fleisch und die Geschenke genommen. Dann haben sie sich im Halbkreis zusammengesetzt, und ich habe mich ihnen gegenüber auf den Boden gehockt. Mein Gewehr habe ich immer auf dem Schoss liegen gehabt. Das ist seriöses Geschäftsgebaren. Sobald einer Anstalten gemacht hat, hinter mich zu treten, bin ich zornig aufgestanden: ‚So geht das nicht, richtige Männer sehen einander ins Gesicht. Versucht keine krummen Sachen mit mir.' – ‚Hast du Bedenken? Vertraust du uns nicht?' – ‚Gott bewahre, wer würde wohl einem Wegelagerer nicht vertrauen!'

Wenn das Gastmahl zu Ende war, ist es mit dem Handel losgegangen. Ich habe durchaus mit mir reden lassen. Ich musste ja ihre Beute nicht unbedingt vollständig zurückgeben. Das eine oder andere Stück durften sie gerne behalten. Später haben sie dann jemanden mit dem ausgelösten Gut zu mir nach Hause geschickt. Der Überbringer hat immer meine Gastfreundschaft genossen und Gastgeschenke bekommen. Nicht selten allerdings wollten sie ihre Beute nicht wieder herausgeben. In solchen Fällen war ich dann nicht mehr der Beschützer und Unterhändler, sondern selbst ein Räuber. Was sie sich mit Gewalt genommen hatten, musste ich ihnen mit Gewalt wieder nehmen. Dazu habe ich mich mit meinen Männern in einen Hinterhalt gelegt, genau wie sie es auch gemacht haben. Und dann ging es hart auf hart. Mehr als einmal bin ich verletzt worden, und einige meiner besten Leute haben dabei ihr Leben gelassen. Damals haben mich viele Menschen gebraucht. Jetzt sagen sie, ich sei selbst ein Bandit gewesen. Doch Gott kennt die Wahrheit. Für mich war immer das Wichtigste, dass ich in meiner Heimat bleiben konnte, denn hier bin ich geboren, und hier will ich sterben!"

Als unsere Eltern Onkel Ibrahîm den Besuch machten, fällte er gerade am Ende des Ackers Bäume. Sie sahen, dass er alt geworden, aber der Erde treu geblieben war. Er arbeitete auch am Sonntag. „Arbeit ist mir der liebste Zeitvertreib", pflegte er zu sagen. Seine Flinte benutzte er schon lange nicht mehr. Nur damit sie nicht einrostete, schoss er manchmal in die Luft, als Antwort auf andere Schüsse in der Nähe, einfach um zu zeigen, dass er und sein Gewehr noch da waren. Als seine Frau ihn rief, hatte er eine Pause gemacht und die Axt niedergelegt. Er spuckte in die Hände, rieb sie aneinander und wollte gerade wieder anfangen, hockte sich dann aber doch nieder, um zwischen den Bäumen hindurch zu sehen, wer gekommen war.

„Es ist Besuch da, Verwandtschaft von dir", rief seine Frau. Daraufhin liess er die Arbeit liegen und klopfte sich den Staub von den Kleidern. Dann kam er heran und wiegte dabei den Oberkörper nach links und nach rechts, als habe er steife Hüften. Vater stellte sich vor, und Mutter küsste ihm die Hand und sagte: „Ich bin Marjam, Onkel."

Er dachte nach, erinnerte sich und fragte: „Riskallâhs Schwester?"

Meine Mutter brach in Tränen aus und antwortete, Riskallâh sei tot. „Lieber Onkel, ich bin jetzt völlig allein!"

Er schluckte und sagte bekümmert: „Mein Mädchen, mein armes Waisenkind. Wie ist es dir ergangen? Wo bist du so lange gewesen? Wo ist deine Schwester geblieben?"

Dann gingen sie zusammen ins Haus, und meine Mutter erzählte ihre Geschichte. Er hörte ihr schweigend zu. In gewissen Abständen schlug er sich mit der Faust an die Schläfe, dann wies er seinen Sohn an, den grossen Hahn zu schlachten. Mein Vater versuchte einzuschreiten, doch er schrie seinen Sohn an: „Du sollst ihn schlachten, und anschliessend bringst du die Kürbisflasche." Dann brummte er zornig: „Sie fressen uns bei lebendigem Leib. Marjam, du hättest früher zu mir kommen sollen. Was dieser Emir Bassûs tut, ist ja alles gut und schön, aber manchmal kommt er einfach zu weit vom Pfad der Gerechtigkeit ab. Sicher weiss er nicht, wer du bist. Warum hast du ihm nichts von mir gesagt? Ich bin schliesslich nicht irgend jemand. Auch wenn die Leute mich vergessen haben, weil ich ein alter Bauer bin und nicht in seidenen Kleidern umherstolziere wie Bassûs."

Sie tranken zusammen Kaffee. Onkel Ibrahîm forderte meinen Vater auf, ihm seine Tabaksdose zu geben, und füllte sie ihm. Dann nahm er die Flinte von der Wand, knickte die Läufe ab und schob wortlos zwei Patronen in die Kammern. Er steckte noch ein paar Patronen in seine Hosentasche und sagte dann mit einem Grinsen: „Wollen doch mal sehen, was wir da machen können!"

Nachdem er seine Frau beauftragt hatte, mit dem Kochen anzufangen, stand er auf und sagte zu meinen Eltern: „Kommt mit! Weder Bassûs noch sonst jemand, sondern ich werde dieses Problem lösen." Dann ging er ohne ein weiteres Wort hinaus. Am Ende des Ackers blieb er stehen und sah zurück. Sein ältester Sohn, ein erwachsener, verheirateter Mann, hatte ebenfalls seine Flinte über die Schulter gehängt und war ihm gefolgt.

„Geh zurück!" rief sein Vater ihm zu.

Doch der Sohn wollte nichts davon wissen.

„Du machst mein weisses Haupt nicht zum Gespött", brauste der Onkel auf, woraufhin der Sohn in die andere Richtung davonging. Der Onkel setzte seinen Weg über die Felder fort, bis sie bei dem Grundstück ankamen, auf das Mutter ihre Ansprüche geltend machte. Dort hatte am Ende einer Orangenplantage der Mann sein Haus gebaut, der sich dieses Land widerrechtlich angeeignet hatte.

Der Onkel rief „Abu Abduh!" zum Haus hinüber, woraufhin der Gerufene freundlich grüssend herauskam und den Besucher hereinbat. Doch der Onkel lehnte ab und erklärte ihm, er habe „ein Hühnchen mit ihm zu rupfen". Er liess sich ganz selbstverständlich am Feldrand nieder, holte seine Tabaksdose heraus und drehte sich eine Zigarette. Als Abu Abduh näher kam, fragte er ihn: „Kennst du die Frau hier?" und zeigte dabei auf meine Mutter. „Ich glaube, sie ist dir noch nicht richtig vorgestellt worden. Sie ist meine Nichte, die Tochter meiner Schwester."

Abu Abduh war zuvorkommend und freundlich. „So, ja-ja, Onkel Ibrahîm! Ich weiss schon. Wer recht hat, bekommt auch recht. Für solche Fälle gibt es ja Bassûs und das Gericht."

„Ja, ja, ich weiss, ich weiss", antwortete der Onkel, „deshalb gehen wir jetzt am besten gleich zu Bassûs, und du nimmst die Papiere mit, die beweisen, dass dir das Grundstück gehört, und wenn nicht, lass die Finger davon. Wenn du im Recht bist, hast du ja nichts zu befürchten. Es gibt keinen Grund, vor Gericht zu gehen. Sind wir nicht Söhne eines Landes, kennen wir einander nicht? Pfui, Schande über dich! Geld und Gut einer Waise sind unantastbar. Entweder du gibst das Grundstück zurück, oder wir sind beide keine richtigen Männer und können uns gleich die Schnurrbärte abrasieren." Als er ausgeredet hatte, stand er auf und ging davon. Die Einladung zum Kaffeetrinken nahm er nicht an. „Lass dir nicht zu lange Zeit", warnte er ihn noch im Gehen, „wir möchten die Sache gern geklärt haben, bevor meine Nichte zu ihren Kindern zurückgeht." Dann ging er mit den Eltern zu Emir Bassûs, wo sofort eine Verhandlung anberaumt wurde. Der Mann konnte nicht beweisen, dass er das Grundstück rechtmässig besass. Danach wurde über den Kaufpreis gefeilscht, und der Fall endete mit einem Vergleich. Meine Mutter trat das kleine Grundstück ab. Den Verkaufspreis von sieben silbernen türkischen Madschîdis legte Bassûs für den Mann aus und übergab das Geld meiner Mutter. Auf dem Nachhauseweg händigte sie es meinem Vater aus.

Zu Hause angekommen, änderte mein Vater seinen Entschluss. Statt einer Flinte zur Verteidigung gegen Einbrecher kaufte er einen Esel. Zu meiner Mutter sagte er: „Ich möchte nicht wie eine Frau zu Hause herumsitzen. Ich werde als fliegender Händler arbeiten. Ich tausche bei den Leuten auf dem Land Kurzwaren gegen das hiesige Gemisch aus Getreide und Dreck, und das verkaufen wir dann genauso wie der Muchtar und zahlen davon unsere Schulden bei ihm ab. Dann ist Schluss mit unserer Gefangenschaft, und wir können hier weg."

4. Kapitel

So wurde mein Vater fliegender Händler.

Auf dem Rücken seines Esels zurrte er zwei hölzerne Kisten fest und füllte sie mit Kurzwaren, Streichhölzern und all den Waren, die man bei einem Schirschi – so heissen die fliegenden Händler – kaufen kann.

Von nun an war Vater unterwegs. Manchmal eine Woche, manchmal zwei, manchmal einen ganzen Monat lang. Wenn er hinter seinem Esel zurückkam, waren in den beiden Kisten Eier, Tabak, Weizen, Gerste und Dreck. Geld brachte er wenig mit. Dann tauschte er einen Teil dessen, was er mitgebracht hatte, gegen neue Ware ein. Kurze Zeit später zog er wieder los. In der Zeit, in der er bei uns war, waren wir glücklich und fühlten uns sicher und geborgen.

Doch er war weiterhin bedrückt und unsere Mutter bekümmert, und wir spürten bald, dass nicht alles nach Wunsch lief. Mit dem beginnenden Winter ging es mit dem Handel unseres Vaters immer mehr bergab. „Du weisst eben nicht, wie man aus seinem Kapital Gewinn schlägt", hörte ich meine Mutter sagen. Vater stritt mit ihr und drohte ihr Schläge an. Der Ertrag seiner Fahrten war schon bald auf die Hälfte zusammengeschrumpft. Folglich machte er sich auch nur noch mit der Hälfte dessen, was am Anfang seine Ladung gewesen war, auf die Reise. Bald kaufte er keine neue Ware mehr dazu. Wir begriffen noch nicht, dass er schon so gut wie bankrott war.

Als der Winter schliesslich da war, ging er wieder davon und blieb länger und länger aus. Es war ein bitterkalter Winter, an den ich mich ganz genau erinnere. Zudem war es unser erster auf jenem kargen Feld inmitten der anderen Felder, und er hebt sich nicht nur deshalb aus der Erinnerung hervor, weil er so streng, sondern auch wegen all der Ängste und Befürchtungen, mit denen diese Zeit verknüpft war.

Regen, Regen und wieder Regen. Trübe Witterung und ein Himmel, der sich, soweit der Blick reichte, als unheilvoll graue Leere bis zum Horizont erstreckte. Eine bleigraue Weite über uns, in der es weder Sonne noch Mond zu geben schien. Regen, der unablässig fiel, Ströme von Wasser aus einem überdimensionalen Sieb über uns. Und um uns herum auf allen Seiten die kargen Felder. Und der Regen. Vom frühen Morgen bis zum späten Nachmittag sah ich dem Regen zu und starrte in den Morast, in dem alles versank. Ich beobachtete, wie in den Pfützen die Regentropfen emporsprangen, wie sich Blasen bildeten und zerplatzten, sich wieder aufblähten, träge dahinschwammen und wieder zersprangen. Von den nackten Ästen und Zweigen tropften Tränen, verschwanden in den Pfützen – ein klagendes Lied wie ferne Kirchenglocken. Unser Gebet am Abend war ebenso traurig und monoton.

Regen, Regen und wieder Regen. Nichts als Regen. Neben dem Herd erzählte meine Mutter von Gott und der Welt, erzählte von Noah, seinem Schiff und von der Sintflut. Vierzig Tage und vierzig Nächte hatte damals der Regen gedauert. Noah war mit den Seinen in die Arche gestiegen, und alle, die bei ihm waren, wurden vor dem Ertrinken gerettet. Die Taube, die sie über das Wasser geschickt hatten, war mit einem Olivenzweig im Schnabel zurückgekommen. Am Horizont hatte dabei ein Regenbogen gestanden. Doch das

Menschengeschlecht, das Gott aus jener Gefahr errettet hatte, fiel danach wieder in Sünde, fing wieder an zu hassen, in Zwietracht zu leben, Götzenbilder anzubeten und Gott zu lästern. Deshalb würde ganz sicher erneut eine Sintflut kommen, wenn die Menschen nicht aufhörten mit ihren Schändlichkeiten, wenn sie nicht bereuten und sich wieder Gott zuwandten.

Um die Menschheit von ihrem Irrweg abzubringen und den Anbruch jenes Tages zu beschleunigen, an dem Wolf und Schaf friedlich nebeneinander lebten, betete Mutter flehentlich zu ihrem Herrn und bat ihn um Vergebung und Barmherzigkeit. Seit sie uns die Geschichte von Noah, seiner Arche und der Sintflut erzählt hatte, glaubten wir, dass der Regen nun vierzig Tage und vierzig Nächte andauern und dann eine neue Sintflut kommen würde. Wir begannen, die Regentage zu zählen. Morgens, nachdem wir aufgestanden waren, sahen wir nach, ob das Wasser schon stieg. Wir stellten uns Noah vor, einen alten Mann, der draussen Holz sägte, um daraus die Arche zu bauen. Wir dachten auch an die Taube, die mit dem Olivenzweig zurückkehrte, und an den strahlenden Regenbogen und fühlten uns dann beruhigt. Doch immer wieder quälte uns unsere Angst.

„Wenn der Regen vierzig Tage lang nicht aufhört, kommt dann die neue Sintflut?" fragten wir unsere Mutter. „Müssen wir dann alle ertrinken?"

Manchmal schwieg sie dazu. Dann wieder verneinte oder bejahte sie unsere Frage. Zusätzlich machten wir uns Sorgen um Vater, der nun schon lange weg war, und wir fragten unsere Mutter, warum er dieses Mal so lange nicht wiederkam.

„Der Regen hat ihn aufgehalten, solange es regnet, kann

er nicht weiter. Wenn es aufklart, kommt er bald wieder."

„Und wenn der Himmel nie mehr klar wird?"

„Irgendwann gehen die Wolken ganz sicher weg. Es ist nur die Lasma*."

„Und wann hört dieser Regen auf?"

„Wenn die Erde sich sattgetrunken hat."

„Und wann ist der Durst der Erde endlich gestillt?"

„Ich weiss es nicht."

Manchmal waren ihr unsere Fragen lästig. In diesen Momenten schalt sie uns, um uns zum Schweigen zu bringen. Manchmal holte sie nur tief Luft, als wolle sie etwas erklären. Um Petroleum zu sparen, liess sie die Lampe meistens nicht lange brennen. Dann wurde der Raum vom flackernden Herdfeuer beleuchtet und füllte sich mit Rauch. Über ihr kleines Gesicht lief der rote, unstete Widerschein der Glut. Wenn sie des Erzählens müde war, schwieg sie. Sie presste ihre kleinen Lippen zusammen, rümpfte die Nase und drehte ihr Gesicht dem Feuer zu, wie sich die Sonnenblume der Sonne zuwendet. Irgendwann warf sie kein Reisig mehr ins Feuer. Wenn dann die Flammen erloschen, wurde ihr Gesicht blass und grau und sah kränklich aus, und die Schatten breiteten sich auch über sie. Das Dunkel verbündete sich mit dem Schweigen, und als einzige Wahrnehmung blieb das eintönige Trommeln des Regens in dieser unendlichen Leere. Meistens lagen wir um den offenen Herd, während sie ihre Geschichten erzählte. So begannen die Nächte, die sie dann einsam und schlaflos verbrachte, dem Heulen der Hunde, der Schakale, des Windes und dem Regen lau-

---

*Dauerregen, der normalerweise in der Nähe der Küste eine Woche oder länger über dem Land steht. (Anm.d.A.)

schend. Sie versuchte, uns ebenfalls wachzuhalten, und machte uns neugierig auf ihre Geschichten, wenn sie zum Beispiel sagte: „Heute nacht erzähle ich euch die Geschichte vom klugen Hassan." Sobald es dunkel wurde, verriegelten wir die Tür und verrammelten sie mit einem Holzblock von einem Maulbeerbaum. Nachdem wir gegessen hatten, was es gab, setzte sich Mutter vor den Herd auf die Matte, wir setzten uns zu ihr, und sie begann ihre Geschichten zu erzählen. Wir versprachen, nicht einzuschlafen, und meine Schwestern versuchten es auch. Doch vom Geräusch des Regens, dem Flackern des Feuers und der geheimnisvollen Welt der Geschichten wurden auch die Mädchen langsam müde. Die Augen fielen ihnen zu, und nach der Hälfte der Geschichte waren wir Kinder alle eingeschlafen. Dann stellte sie fest, dass sie mit sich selbst sprach. Sie weckte uns und drohte, sie werde uns nie mehr eine Nachtgeschichte erzählen, wenn wir nicht zuhörten, worauf wir unsere Augen aufrissen; doch schon nach zwei Sätzen nickten wir wieder ein. Sie erzählte einen weiteren Satz, dann noch einen, und musste wieder feststellen, dass wir schliefen und dass sie ihre einzige Zuhörerin war.

Solange wir in der Nacht mit ihr zusammen wach waren, verlor sie ein wenig ihre Angst, diese Angst, die sich über die Felder ausbreitete, im Wind heulte, mit dem Regen herabfiel und in der Dunkelheit schweigend durch den Morast gekrochen kam. Ein Entsetzen, das sich in all ihren Empfindungen breitmachte. Ihre Nerven waren aufs äusserste gespannt. Jeden Moment rechnete sie damit, jemand könnte ein Loch in die Wand brechen oder dröhnend an die Tür schlagen. Wir schliefen, aber jedesmal, wenn draussen ein Ast abbrach und herunterfiel oder wenn ein Hund heulte, warf sich Mutter wie ein aufgescheuchtes Huhn, das den Schatten eines Raben auf dem Boden sieht, über uns.

Unser Haus gab uns keine Geborgenheit. Es glich einem Zelt in der Einöde. Von allen Seiten zerrte der Wind daran, aus allen Richtungen stürzten die Schakale darauf zu. Die Räuber der Gegend strichen um dieses Haus herum, und unsere Mutter, die mit ihren Kindern darin lebte, war diesen Schreckgespenstern auf Gedeih und Verderb ausgeliefert. Wer würde ihr Rufen denn hören? Der Wind würde ihre Stimme übertönen, wenn sie überhaupt einen Ton herausbrächte. So bestand Mutter, wenn wir schliefen, nur noch aus zwei ängstlichen Augen, die immer wieder die Wände absuchten, und zwei aufmerksamen Ohren, die angespannt in die langen Regennächte hinaushorchten.

Irgendwann besserte sich endlich das Wetter. Eines Abends sahen wir einen Regenbogen, und es hörte auf zu regnen. Am darauffolgenden Morgen machte sich Mutter auf zum Muchtar, um Lebensmittel zu besorgen. Der Muchtar hatte sie am selben Tag von seinem Wächter holen lassen wollen, doch sie war ihm zuvorgekommen. Wie eine Bettlerin stand sie vor dem Laden, wo der Muchtar sie brüllend empfing:

„Du Tochter einer Hündin! Diesmal lasse ich dich nicht nach Hause zurück. Deine Kinder siehst du so schnell nicht wieder. Dein Mann ist abgehauen, und jetzt wirst du hier eingesperrt, bis er zurückkommt."

Sie versuchte, ihm unsere Lage zu erklären. Da griff er nach seinem Stock und stürzte hinaus. Ein Mann rannte herbei und versuchte, den Stock festzuhalten, während meine

Mutter so weit wie möglich auswich. Doch der Muchtar trat ihr noch dazu in den Bauch, und sie fiel in den Morast. Schluchzend wimmerte sie um Hilfe und flehte: „Muchtar! Haben Sie Erbarmen mit uns! Guter Muchtar, haben Sie Erbarmen!"

Der Schlag mit dem Stock hatte meine Mutter an der Schulter getroffen, wenn auch nicht mit voller Wucht, da er durch das Eingreifen des Mannes abgeschwächt worden war. Inzwischen waren noch mehr Männer herbeigeeilt, sie umringten den Muchtar und zogen ihn weg, redeten auf ihn ein und hatten alle Mühe, ihn in seinen Laden zurückzuführen. Meine Mutter blieb liegen, mitten im Morast. Feiner Sprühregen fiel, der Himmel war voll düsterer Wolken, und im Wind löste sich ihr Kopftuch. Sie weinte. Sie schloss die Augen und wünschte, die Erde möge sich auftun und sie verschlingen. Doch die Erde blieb fest, sie war gnädig und hart und tat sich nicht auf. Sie hatte wohl Mitleid mit uns, den Kindern, die zwischen den öden Feldern auf ihre Mutter warteten. Taumelnd erhob sie sich mit dem Kopftuch in der Hand. Langsam setzte sie einen Fuss vor den anderen und wimmerte: „Gott, oh Gott! Wie oft habe ich dich angefleht, du mögest meinen Kopf nicht entblössen. Was willst du noch alles tun, um mich zu prüfen. Du hast mich blossgestellt. Dein Wille geschehe, und gepriesen sei dein Name, wie Hiob sagt. Doch lass dein Auge, das alles sieht und niemals schläft, über uns wachen und Zeugnis von unserem Leid ablegen."

Eine Hand presste sie auf die Stelle, an der sie der Tritt des Muchtars getroffen hatte, in der anderen trug sie ihre verdreckten Schuhe. Die Steine stachen ihr in die Fusssohlen, und ihr Rücken war steif wie ein Brett. In ihrer Nähe heulten Hunde. Wie ein Findelkind lebte sie in dieser Welt, stolperte mühsam vorwärts, gedemütigt und leidend. Am Rand eines Feldes setzte sie sich, so dass niemand sie sah. Hier versuchte sie, wieder zu sich zu kommen und das Gefühl für Leben und Zeit wiederzufinden. Wie konnte sie nach all dem noch irgend jemand unter die Augen treten? Von welcher Warte aus sollte sie in Zukunft das, was um sie herum und in ihrem Innern vorging, betrachten? Wie sollte sie angesichts ihrer Vergangenheit und Gegenwart zu dem Schluss kommen, dass sie noch ein Mensch war, der anderen Menschen ins Gesicht sehen konnte? Wie sollte sie diese Demütigung hinnehmen und sich damit abfinden? Und doch würde sie all das und noch mehr erdulden, denn sie tat es für ihre Kinder dort im Haus zwischen den öden Feldern. Sie durften nichts merken. Sie musste auf jeden Fall versuchen, das Geschehene geheimzuhalten, musste Hass und Zorn als Samenkorn in der Erde der Unterwerfung vergraben, bis ihre Kinder gross geworden waren und selbst für sich sorgen konnten.

Der Regenbogen, der am Vortag am Horizont gestanden hatte, war eine trügerische Verheissung gewesen. Die Erde hatte zwar keinen Durst mehr, doch der Himmel wollte weiter waschen. Das Firmament gehorchte offenbar einer unbekannten Stimme, die ihm befahl, die Erde weiter unter Wasser zu setzen, vielleicht um eine besonders tief verborgene Saat zu erreichen, aus der etwas besonders Wunderbares spriessen würde.

Im Lauf des Vormittags hatten sich die Wolken wieder zu einer grauen Decke vor den blauen Himmelsstücken zusammengezogen, die am Morgen zu sehen gewesen waren. Wieder fiel der Regen in Strömen, wieder formten sich Blasen auf dem Wasser und zerplatzten, und wieder punktierten die Tropfen, die von den kahlen Ästen und Zweigen fielen, die Zeit. Ich stand an der Tür und verfolgte mit den Augen die Blasen in den Pfützen, als ich Mutter auf dem morastigen Weg herankommen sah. Ich sah, wie sie durch den Schlamm watete, ohne auf den Regen zu achten, als spürte sie ihn nicht. Sie zeigte uns ihre Tränen nicht, verbarg ihre Schmerzen und versuchte, sich nichts anmerken zu lassen. Sie erzählte uns, sie sei auf dem Weg gestürzt und habe den Muchtar nicht in seinem Laden angetroffen. Doch sie nahm mich nicht in die Arme und wich unseren Blicken aus, und wir stellten ihr keine Fragen, weil wir ihr Elend sahen. Sie ging in den anderen Teil des Hauses, um sich etwas Trockenes anzuziehen. Dort brach sie in einer Ecke zusammen. Meine grosse Schwester kniete sich zu ihr, und beide weinten lautlos, weinten als Frauen, für die das Leben in dieser Welt bedeutet, Tränen und Schmerz zu erleiden und miteinander zu teilen.

Doch wir brauchten Petroleum für die Lampe und Nahrungsmittel. So machte sich meine Mutter auf zu Bekannten, die in der Nähe in einer der Hütten zwischen den Feldern wohnten. Sie wurde freundlich aufgenommen und kam getröstet in Begleitung eines rotblonden Jungen zurück, des Sohnes einer Verwandten unseres Vaters, die es gut mit uns meinte. Sie borgte uns, was wir brauchten, und schickte ihren Sohn zu uns herüber. Dieser Junge war der erste Besucher bei uns, seit Vater auf diese lange, lange Reise weggezogen war. Wir fanden ihn sympathisch, und seine Anwesenheit gab uns ein wenig Zuversicht. In der folgenden Nacht hatten wir ein wenig Zuversicht dann auch dringend nötig, denn wir erfuhren bald darauf von einem weiteren Ereignis, das die Furcht unserer Mutter noch grösser machte, obwohl dabei weder geschossen worden noch Geschrei zu hören gewesen war.

Besagte Verwandte unseres Vaters kam später am Tag vorbei, um ihren Sohn abzuholen. Von dem, was sie Mutter im Flüsterton erzählte, bekam ich einige Worte mit, die mich lange verunsicherten. Dazu gehörte auch der Ausdruck „er bestieg sie", den die Nachbarin hinter vorgehaltener Hand aussprach. Als sie erzählte, sie seien „über die Frau hergefallen", war sie in heller Aufregung. Meine Mutter fragte: „Hat sie denn nicht geschrien?", worauf die Nachbarin antwortete: „Sie haben ihr den Mund zugehalten und sie mit dem Messer bedroht." Weil ich das Gespräch so offensichtlich belauschte, schickte mich Mutter weg zum Spielen, und ich gehorchte.

Später sprach sich die Geschichte herum. Gemeine Verbrecher hatten in der Nähe eine Frau, deren Mann nicht zu Hause war, in ihrem abseits gelegenen Haus überfallen. Beim letzten Mal hatten die Einbrecher ein Loch in die Wand gebrochen, um bei einer Frau die Kuh zu stehlen. Dieses Mal hatten sie die Frau überfallen. Dabei stellte ich mir vor, dass sie vom Dach her auf sie heruntergesprungen waren. Ich spann den Gedanken weiter und malte mir aus, wie sie des Nachts über das Dach bei uns einfielen. Immer wieder starrte ich zum Dach hinauf und lauschte gespannt auf alle Geräusche dort oben. Immer öfter – es war Februar – kam von unserem ziegelgedeckten Dach Geschrei und

Lärm. Der Radau war richtig störend. Mutter erklärte mir, ich brauche keine Angst zu haben, der Lärm komme von den Katzen. Es waren wirklich Katzen. Man hörte ihr Kratzen und Miauen, wenn sie in wilder Jagd von dem Baum, der direkt neben dem Haus stand, aufs Dach sprangen oder sich vom Dach auf den Boden fallen liessen. Dann fuhren wir vor Schreck zusammen, und unsere Herzen schlugen lauter.

Niemand hatte erzählt, dass die Räuber bei dem zweiten Einbruch eine Kuh oder sonst etwas hatten mitgehen lassen. So sehr ich auch nachdachte, ich konnte mir den Einbruch, von dem unsere Besucherin gesprochen hatte, nur damit erklären, dass die Kerle die Frau hatten besteigen wollen, um auf ihrem Rücken zu reiten. Manchmal liess sich meine Mutter auf alle viere nieder, und ich kletterte auf ihren Rücken und ritt auf ihr. Ich fand dieses Spiel immer sehr lustig, und meiner Mutter schien es auch Spass zu machen. Nichts daran war beängstigend oder beunruhigend. Warum also hatte jene Frau Angst davor gehabt? Die Mutter des rotblonden Jungen hatte gesagt, sie hätten sie „bestiegen", aber nicht, dass sie sie auch geschlagen hätten. Ich stellte mir vor, wie die Frau da sass und sich plötzlich einer der Verbrecher vom Dach herunterhangelte, sich von hinten anschlich, seine Hände um ihren Hals legte und von ihr verlangte, sie solle sich auf alle viere niederlassen, wie es meine Mutter tat. Dann stellte ich mir vor, wie er sie bestieg und auf ihr ritt, wie ich auf meiner Mutter. Warum gefiel ihr das nicht? War er ihr zu schwer?

Als ich den rotblonden Jungen das nächste Mal wiedersah,

teilte ich ihm aufgeregt meine neusten Erkenntnisse mit: „Ich weiss, was die Räuber mit der Frau gemacht haben, als sie sie in ihrem Haus überfallen haben."

Interessiert fragte er und liess dabei seine Schenkel, auf denen ich rittlings sass, auf und nieder gehen: „Du weisst es? So? Was denn?"

„Sie besteigen sie, um auf ihr zu reiten, wie ich."

Er lachte, nahm meinen Kopf zwischen seine beiden Hände, stand auf und hob mich so in die Höhe. „Und wer hat dir das gesagt?"

„Deine Mutter."

Er erzählte meiner Mutter, was ich gesagt hatte. Daraufhin zog sie mich kräftig am Ohr, schimpfte mit mir und drohte mit Schlägen, wenn ich diese Geschichte noch einmal erzählte oder vor meinen Schwestern ein Wort davon sagte.

Die Frau, die überfallen worden war, wurde daraufhin von ihrem Mann verstossen. Als ich im darauffolgenden Sommer mit ihren Kindern spielte, weinte das Jüngste nach seiner Mutter, und ich verstand noch immer nicht, warum alles so gekommen war. Die Frau tat mir aus tiefstem Herzen leid, weil man sie so hart dafür bestraft hatte, dass jemand so ein schönes Spiel mit ihr gespielt hatte.

Eines Tages tauchte die verstossene Frau am Rand unseres Feldes auf. Sie setzte sich unter die Granatapfelbäume und schickte nach ihren Kindern. Sie sah heruntergekommen aus wie eine Bettlerin, die man draussen vor der Tür stehen lässt, oder eine von den Verrückten, die auf dem Friedhof schlafen. Ihre Füsse starrten vor Schmutz in zerlöcherten Schuhen, und ich dachte mir, sie habe wohl eine lange Reise hinter sich und sei weit gewandert. Ich hockte mich in der Nähe hin und beobachtete sie aus den Augenwinkeln. Sie hielt den Kopf gesenkt, und ihre Hände spielten achtlos mit Grashalmen.

„Kannst du mir ein Glas Wasser holen?" fragte sie mit bittender Stimme. Aus ihrer Brusttasche fischte sie ein Stück Papier, in das kandierte Nüsse, Pistazien und gesalzene Kichererbsen eingewickelt waren. Ein paar davon gab sie mir, der Rest war für ihre Kinder. Ich nahm sie nur zögernd. Wenn sie Anstalten gemacht hätte, mir übers Haar zu streichen oder mich zu küssen, wäre ich bestimmt davongelaufen. Sie hatte etwas Befremdliches, sie war ganz anders als meine Mutter oder die Verwandte meines Vaters mit dem rotblonden Jungen. Etwas an ihr liess mich vorsichtig und auf der Hut sein. Vielleicht lag es daran, dass ich wusste, dass sie verstossen worden war, vielleicht auch daran, dass sie ohne Kopfbedeckung am Rand des Feldes hockte. Auf die Tatsache, dass sie aus ihrem Zuhause vertrieben worden war, reagierte sie mit Apathie, die nichts anderes war als die letzte Form des passiven Widerstands einer Frau, die von allen zurückgewiesen wurde, ohne irgend jemandem etwas angetan zu haben oder an dem Verbrechen, dessen Opfer sie geworden war, auch nur die geringste Schuld zu tragen.

Ich machte mich auf den Weg, ihr Wasser zu holen. Mutter gab mir auch einen Napf mit Essen für sie mit. Als aber meine Schwester sich anbot, an meiner Stelle zu ihr zu gehen, verbot sie es ihr. Keines der Mädchen sollte zu der „verwerflichen Frau" hinausgehen. Meine Mutter stand ganz klar auf der Seite derjenigen, die sie verurteilten und ausschlossen. Damals hatte ich noch nicht erlebt, wie es ist, wenn ein Schwindsüchtiger von allen Verwandten und Bekannten gemieden wird, aber selbst mit einem Schwindsüchtigen haben die Leute Mitleid, und der erste, den ich erlebte, erhielt in seiner abgelegenen Hütte doch Besuche. Mit der Frau, die da am Feldrand sass, hatte jedoch kein Mensch Mitgefühl, und niemand besuchte sie. Sie durfte nicht einmal ihre Kinder sehen. Der Vater liess diese nicht zu ihrer Mutter. Ich ging als einziger zu ihr hin. Ich stellte das Glas mit dem Wasser und den Napf mit dem Essen wortlos bei ihr ab. Sie verstand, dass meine Mutter nicht selbst hatte kommen wollen, und schwieg. Sie rührte das Essen nicht an, sondern legte sich hin und schlief ein. Irgendwann ging sie weg, ohne dass es jemand bemerkte.

Die in Papier eingewickelten Nüsse für ihre Kinder liess sie am Feldrand neben dem Teller liegen.

5. Kapitel

Die Wintertage, die folgten, blieben kalt und regnerisch. Manchmal klarte der Himmel auf. Dann trocknete ein eiskalter Ostwind den Morast auf den Wegen, so dass sie begehbar wurden.

An so einem kalten sonnigen Tag kam über das Feld ein lahmender Esel auf unser Haus zu. Eines seiner Beine war mit einem Lappen umwickelt. Hinter ihm lief unser Vater. Er hatte in der Hand einen Ast, mit dem er dem Tier auf die Kruppe schlug, wenn es stehenblieb. Mit der anderen Hand lenkte er es. Ärgerlich und mit enttäuschtem Gesichtsausdruck trieb er das Tier auf uns zu.

Wir rannten ihm entgegen. Wir freuten uns, dass er endlich wiederkam, und wir freuten uns über den Esel. Wir hatten uns so oft einen Esel gewünscht. Ich hoffte, dass mein Vater mich hochheben und auf den Rücken des Esels setzen würde, doch er tat es nicht. So lief ich statt dessen mit einem Zweig in meiner kleinen Hand hinter dem Esel her und trieb ihn auch zum Laufen an. Meine Schwester versuchte, ihn am Halfter zu packen. Auch Mutter lief herbei, unseren Vater zu empfangen, doch als sie näher gekommen war, hielt sie angesichts des traurigen Bildes inne. Wie oft hatte sie in den Nächten des Regens und der Angst zu Gott gefleht, er möge ihr diesen Anblick ersparen. Doch wie üblich liess sie der Herr im Stich. Nach göttlichem Brauch wurde sie wieder einmal geprüft, wie einst Hiob, den sie sich, wie alle Armen, zum Vorbild nahm, wenn sie ihr Schicksal in Geduld ertragen musste.

In den Satteltaschen waren Mandeln, Eier, ein wenig Getreide, zwei Hühner und ein Hahn. Wir Kinder freuten uns über alles. Nur meine Mutter begriff, dass ihrem Mann wie schon so oft kein Erfolg beschieden gewesen war. Vater erzählte, die Eselin sei über einen Stein gestürzt und habe sich dabei das linke Vorderbein gebrochen. Es gab keine Möglichkeit, dem Tier zu helfen. Die Eselin war verloren.

Sie fragte ihn nicht gleich aus, wo er denn so lange gewesen sei und was ihm alles auf seiner Reise zugestossen war. Sie wusste, dass er sie dann weggeschickt und nichts erzählt hätte. Kannst du gegen das Schicksal etwas ausrichten? hätte er ihr vorgehalten und sie gleich zum Schweigen gebracht. Sie wusste, wie voreilig und unüberlegt er reagierte, wenn er verärgert war, und fürchtete sich davor. Am Abend oder am nächsten Morgen würde er von selbst über die Schwierigkeiten berichten, mit denen er auf der Reise zu kämpfen gehabt hatte, und dabei einen Teil ungesagt lassen. Um diesen Teil der Geschichte kreisten dann ihre sorgenvollen Gedanken, mit denen sie meistens richtig lag und die ihr sagten, dass er getrunken, kein Ende gefunden und dann alles verschlafen hatte. Erst später, als wir grösser waren, sollten wir von Vaters unglückseligem Dreigestirn erfahren. Immer wenn sich die Gelegenheit bot, trank er, und wenn er einmal angefangen hatte, trank er weiter, bis er völlig betrunken war, um dann einzuschlafen, wo er gerade war, irgendwo draussen oder noch in der Schenke. Dann waren er und alles, was er dabei hatte, den Vorübergehenden, den Spöttern und anderen Betrunkenen ausgeliefert.

Unser Vater war weder auf seinen Vorteil bedacht noch legte er Wert auf Essen oder Kleider. Ja, er konnte dem Tod die Stirn bieten, weil er keine Furcht kannte. Und er konnte der Ungerechtigkeit unerschrocken entgegentreten, auch wenn sein Mut daher kam, dass er die Folgen seines Tuns nicht bedachte. Aber derselbe Vater war verachtenswert, wenn er betrunken war, wurde willenlos und schlaff wie Baumwolle, wenn eine Flasche Arak in Reichweite war, und er folgte blind seiner Geilheit, wenn er eine Frau begehrte.

Doch er bezahlte für seine Schwächen. Er bezahlte mit einem Schuldgefühl, das ihn so sehr peinigte, dass sogar diejenigen, die ihn schon mehrmals so erlebt hatten, jedesmal wieder Mitgefühl mit ihm empfanden. Dabei versuchte er nicht einmal, Mitleid zu erwecken. Seine Reue war ursächlich mit seiner Schuld verknüpft. Er fühlte sich nicht aus einem Gefühl der Verantwortung heraus schuldig, sondern weil er das Schuldgefühl für die Reue brauchte. Und weil er schuldig war, peinigte und strafte ihn die Reue. Die Schuld musste gross sein, damit die Reue so heftig wurde, dass er irgendwann seine Qual geniessen konnte und sich an seinem Leid ergötzen. Er brauchte die Reue so dringend, dass er sich wieder schuldig machen musste, und der Teufelskreis begann von neuem.

Wenn er eine Nacht lang bereut und ohne zu trinken erzählt hatte, wie alles gekommen war, stand er am Morgen auf und machte sich an die Arbeit. Er war dann so ernsthaft bei der Sache, dass man glauben konnte, diese Arbeit sei die einzig richtige Arbeit für ihn, und er würde nun sein restliches Leben nichts anderes mehr tun wollen.

Ihn zu fragen, warum er in diese oder jene Schwierigkeiten geraten war, war zwecklos und Zeitverschwendung. Wenn er wegging, hatte er nichts anderes im Sinn, als ebenso aufrecht zurückzukommen, wie er gegangen war. Er handelte aus dem Gefühl seiner Verantwortung als Ehemann und Vater heraus, doch obwohl er, oder eher in demselben Mass wie er durch und durch von seinen guten Vorsätzen erfüllt war, vergass er sie und seine Verantwortung als Ehemann oder Vater auch wieder. Er lebte bedingungslos in der Gegenwart, egal, wo er sich befand, und da, wo er gerade war, fühlte er sich gleichermassen zu Hause oder heimatlos, betrank sich und legte sich schlafen. Auf seinen Reisen vergass er, was vorher gewesen war, er verlor irgendwie die Erinnerung und erlebte die Ungebundenheit ebenso absolut wie vorher das Verantwortungsgefühl.

Am folgenden Morgen — die Spuren seiner Reue waren ihm noch ins Gesicht geschrieben — stürzte er sich also in die Feldarbeit und grub den vom Regen aufgeweichten Boden um, um Gemüse zu pflanzen. Meine Schwestern und ich gingen zur Eselin, die im Stall vor der Krippe stand. Ihr Bauch war aufgebläht. Unsere Mutter hoffte zwar, die Eselin würde ein Fohlen werfen, wenn wir sie gut pflegten, aber eigentlich hatten wir kein Futter für sie. Vielleicht wollte Vater auch bald wieder wegziehen und drängte deshalb, das Tier zu verkaufen. Auf jeden Fall stimmte Mutter kurze Zeit später zu, und Vater tauschte die Eselin gegen eine Ziege und ein paar Silbermünzen ein. Eines Nachmittags kamen die neuen Besitzer der Eselin und holten sie ab. Wir trennten uns nur ungern von ihr und waren so traurig darüber, dass sie uns verliess, als sei sie ein Mitglied unserer Familie gewesen. Bevor sie aus dem Stall geführt wurde, tränkte meine Mutter sie und sagte: „Geh, Gesegnete!" Die Ziege banden wir an dieselbe Krippe. Sie war so mager, dass ihre Rippenknochen sich unter dem Fell abzeichneten, wie der Brustkorb unter der Haut hungernder Inder. Meine Mutter hatte grosse Bedenken, ob dieses Tier den Rest des kalten Winters überstehen und bis zum Sommer leben würde. Die Ziege zu ernähren wurde zu einer zusätzlichen Belastung für uns. Bis zum Frühling würde man sie füttern müssen, und Futter war schwer zu beschaffen.

Mit den Silbermünzen fing Vater eine neue Arbeit an, auf der auch kein Segen lag. Aber er liess sich nicht davon abbringen. Schon wenige Tage nach seiner Heimkehr hatte seine Begeisterung für die Feldarbeit merklich nachgelassen, und die Symptome seines Wandertriebs waren erkennbar geworden. Er erklärte, er wolle nun als Schuster über die Dörfer fahren, dieselben Dörfer, in denen er schon als fliegender Händler sein Glück gesucht und nicht gefunden hatte. Wieder musste Mutter demütig den Herrn im Himmel bitten, er möge ihrem Mann wohlgesonnen sein. Wir aber mussten uns wieder im Schneckenhaus unserer Angst verkriechen und uns in Geduld üben. Uns blieb nichts, als darauf zu hoffen, dass Dunkelheit und Wind, die öden Felder und die Gespenster der langen Nächte aufhörten, uns zu peinigen, dass die Räuber in dieser Gegend keine Überfälle mehr machten und dass der Muchtar einfach vergass, dass es uns gab und wir ihm etwas schuldeten, und nicht noch einmal seinen Büttel zu uns schickte, um unsere Mutter abzuholen. Aber das war reines Wunschdenken, und Mutter wusste das auch. Sie protestierte weinend, doch weder ihr Protest noch ihre Tränen nützten ihr.

Vater kaufte Schusterwerkzeug, packte es in einen Sack, warf sich diesen über die Schulter und machte sich wieder auf die Wanderschaft. Lange sahen wir in die Richtung, in der er verschwunden war. Vom gegenüberliegenden Feldrand würden wir ihn durch die Bäume wiederkommen sehen. Wie er dann zurückkam, war egal. Wichtig war, dass er zu uns zurückkehrte. Wir sahen ihn lieber von vorne, wenn er sich auf uns zubewegte, als von hinten, wenn er fortging. Erst wenn er wieder da war, würden sich die Schatten lichten, die der Kummer über uns warf, während wir ihm nachsahen, wie er hinter den Bäumen am Feldrand verschwand.

Neue Tage kamen, und wir waren ein weiteres Mal allein. Dass Vater wieder weggezogen war, wirkte auf Mutter, als habe er sich von uns losgesagt, sei für immer fortgegangen und habe uns endgültig in der Einöde der kargen Felder zurückgelassen. Er liess uns aber auch deshalb allein, weil er uns nicht helfen konnte. Er wusste, dass wir Gefangene waren. Unsere Schulden beim Muchtar hielten uns in jener Lehmhütte gefangen. Bis zur Seidensaison würde es noch Monate dauern. Selbst wenn dann ein Wunder geschah und die Ernte gut ausfiel, würde der Ertrag nicht ausreichen, die Schulden zu decken. Ein Teil davon würde übrigbleiben, Zinsen kosten, und im Verlauf des darauffolgenden Winters würde der Schuldenberg wieder anwachsen. Dann würden wir auf die nächste Seidenernte warten und hoffen und bangen, ob sie einen guten Ertrag brachte. Das hing ab von Geschicklichkeit und Glück. Und Glück hatte meine Mutter in ihrem ganzen Leben noch nicht gehabt.

Wir waren Gefangene. Das war Realität und keine Einbildung unserer Mutter. Nachdem Vater fortgegangen war, stellte uns der Muchtar unter Aufsicht. Zunächst schickte er seinen Büttel, uns zu überwachen. Dann bestellte er meine Mutter jeden Tag zu sich, um so zu überprüfen, ob wir noch da waren. Als Grund gab er an, sie habe während des Winters, wenn es auf den Feldern nichts zu tun gab, seiner Frau bei der Hausarbeit zu helfen.

Der Muchtar war nicht ganz richtig im Kopf, einäugig und bösartig. Und er war dumm genug zu verraten, was er befürchtete. Er selbst sprach mit meiner Mutter über die Möglichkeit wegzugehen. Doch wie und wohin hätte sie denn gehen sollen?

„Ist dein Mann jetzt für immer davongezogen?" fragte er sie drohend.

„Er ist weder davongezogen noch davongelaufen, Herr. Er hat sich lediglich aufgemacht, unseren Lebensunterhalt zu verdienen."

„Du bist eine Lügnerin! Dein Mann ist fortgelaufen, um mich um mein Hab und Gut zu bringen. Ihr seid eine üble Sippschaft. Aus Mitleid habe ich euch ein Feld und ein Haus überlassen. Aus Mitleid habe ich euch Kredit im Laden gegeben. Und was macht ihr? Nach wenigen Monaten verschwindet dein Mann, und ich soll mich an dich und die Kinder halten. Was soll ich mit euch anfangen? Wer bezahlt jetzt die Schulden? Und wer züchtet die Seidenraupen? Pass bloss auf! Du weisst anscheinend nicht, wer ich bin! Ich bin nicht nur Muchtar hier, sondern ich habe gute Beziehungen zur Verwaltung und zur Gendarmerie in al-Luschîja. Ich kann dich auch hier einsperren oder dich wie eine herrenlose Hündin an einem Maulbeerbaum aufhängen lassen. Und wenn ich es für angebracht halte, hindert mich nichts daran, deine Kinder zu verkaufen."

„Was, Herr, haben Ihnen denn meine Kinder getan? Sie haben weder einen Grund noch das Recht, uns zu beschimpfen. Wir sind anständige Leute. Wir bringen Sie nicht um Ihr Hab und Gut."

„Keiner kann mich um mein Hab und Gut bringen."

„Selbst wenn ich es könnte, würde ich so etwas nicht tun. Mein Mann ist ein ehrenhafter Mann, und ich eine unbescholtene Frau."

„Dein Mann ist ein Hundesohn, und du eine Betrügerin. Du wartest ja nur auf den Sommer, um auch zu verschwinden. Deine Sorte kenne ich. Ab sofort bist du mit deinen Kindern verhaftet. Nur weil ihr das Feld bearbeiten, die Maulbeerbäume pflegen und Seidenraupen züchten müsst, dürft ihr ausnahmsweise in dem Haus bleiben. Ihr könnt von mir aus dort bleiben, aber von mir bekommt ihr kein Körnchen Salz und keinen Tropfen Öl mehr."

„Wovon sollen wir denn dann leben, gnädiger Herr? Die Kinder sind hungrig."

Und der gnädige Herr brüllte los: „Lass dich eingraben mit deinen Kindern, verreckt doch! Dann kommt vielleicht dein Mann zurück. Ich werde schon dafür sorgen, dass er zurückkommt, und du scharwenzelst nicht weiter vor dem Laden herum. Ich kann deine Fratze nicht mehr ertragen."

Andere Kleinpächter bekamen die Szene mit und litten mit meiner Mutter, aber sie unternahmen nichts. Die Grausamkeit des Muchtars war allgemein bekannt, und es ging ihnen nicht besser als unserem Vater. Manch einer von ihnen wanderte aus, weil er es nicht mehr ertrug, manchmal landete einer im Kerker, weil er sich mit dem Muchtar angelegt hatte. Wenn meine Mutter von solchen Fällen hörte, klagte sie: „Weh ihm! Wie will er dereinst seinem ewigen Richter gegenübertreten!" Nicht nur sie sagte solche Sätze, sondern sie wurden auch in Anwesenheit des Muchtars ausgesprochen, der darauf zu antworten pflegte: „Das macht mir keine Angst. Das geht nur ihn und mich etwas an, und wir sind uns einig. Schliesslich werde ich ihm versorgt mit dem Segen und der letzten Ölung des Pfarrers gegenüberstehen."

Zu seiner Frau war der Muchtar genauso ungerecht wie zu seinen Pächtern. Meine Mutter fand bei ihr Verständnis und Mitgefühl. Sie half ihr im Haus und nannte sie „gnädige Frau". Doch die „gnädige Frau" konnte ihr nichts zustekken, denn am Abend, wenn Mutter nach Hause ging, musste sie sich im Laden zeigen, damit der Muchtar kontrollieren konnte, dass sie nichts gestohlen hatte.

Längst hatte meine Mutter aufgegeben, darauf zu hoffen, sie käme hier je wieder weg. Auch daran, dass wir jemals unsere Schulden aus dem Ernteertrag würden bezahlen können, glaubte sie nicht mehr. Der Winter war nicht milder geworden, Vater nicht geblieben. Sie sah schwarz für unsere Zukunft. Vielleicht glaubte sie tatsächlich, Vater habe uns aufgegeben und sei ein für allemal gegangen oder er sei Mord und Plünderung zum Opfer gefallen und wir verloren und verwaist. Ihr suchender Blick in die Richtung, in die Vater davongegangen war, wurde zu einer krankhaften Besessenheit. Gleichzeitig wandelten sich die Zuneigung zu ihrer verschollenen Schwester und die Sehnsucht nach ihrer Familie in Latakîja in die verzweifelte Hoffnung einer Vereinsamten auf die Lieben in der Ferne.

Sie sprach in jenen Winternächten immer häufiger von ihrer Schwester. Mit den verschiedensten Beschreibungen versuchte sie, uns ein Bild von ihr zu vermitteln. Wenn sie von ihrem Bruder Risk erzählte, kamen ihr regelmässig die Tränen, und sie klagte die Grausamkeit des Todesengels an. Danach bat sie Gott um Vergebung und pries seine Allmacht. Und dann wieder begehrte sie gegen den Tod und seinen schwarzen Engel auf, der ihr den Bruder genommen, aber sie selbst nicht erlöst hatte. Der Schmerz über den Verlust ihres Bruders vervielfachte sich durch die Abwesenheit unseres Vaters und die Niedertracht des Muchtars.

„Wenn euer Onkel noch am Leben wäre, würde er die Sache in Ordnung bringen. Selbst wenn Risk am Ende der Welt lebte, würde er alles stehen und liegen lassen und uns helfen, wenn er erführe, dass wir der Willkür dieses Tyrannen ausgeliefert sind. Geh zum Laden des Muchtars, würde Risk sagen, aber sag nichts davon, dass ich da bin. Anschliessend komme ich herein und tue so, als ob ich dich nicht kenne. Wenn der Muchtar dich dann beschimpft, schimpfst du zurück, und wenn er dann versucht, dich zu schlagen, rechne ich mit ihm ab."

Unsere Augen leuchteten. Wir wünschten, wir könnten bei dieser Szene dabeisein. Wir hatten den Muchtar nie gesehen. Mutter hatte ihn als einäugigen Schurken beschrieben. Sein anderes Auge war aus Glas. So fürchterlich war er, dass er uns im Traum erschien. Selbst wenn wir nur seine Stimme gehört hätten, wären wir weinend davongerannt. Demgegenüber stand die Vorstellung, die wir uns von unserem Onkel machten, dem wir nie hatten begegnen können. Dieser Onkel war dunkelhäutig, heiter und stark. Von ganzem Herzen liebten wir ihn.

Eines Tages, als sie mir sanft übers Haar strich, fragte mich meine Schwester: „Wirst du, wenn du gross bist, werden wie er?"

Mutter betrachtete mich eingehend und antwortete bedauernd: „Wie Risk? Wohl kaum." Anschliessend versuchte sie, ihre Antwort abzuschwächen und ergänzte freundlich: „Aber wer weiss, immerhin siehst du ihm ein bisschen ähnlich. Ach, mein Kleiner, wenn du nur nicht so dünn wärst. Aber wir haben ja nicht genug zu essen, damit du gross und stark wirst."

Daraufhin stand meine zweite Schwester auf, brachte mir einen halben Fladen und sagte: „Ich gebe ihm meine Portion." Nachdem niemand wiedersprach, ass ich den Fladen in der Hoffnung, durch diese Nahrung so stark zu werden wie mein Onkel, der uns — davon war ich überzeugt — vor dem Muchtar geschützt hätte, wenn er noch lebte.

Doch bis ich gross war und sein würde wie er, bis Vater zurückkam und wieder Zuversicht bei uns einkehrte, bis zum Sommer, wenn die Maulbeerbäume Blätter bekamen und wir Seidenraupen züchteten, um von dem Ertrag unsere Schulden zu begleichen und wegzuziehen, mussten wir erst den Rest des Winters hinter uns bringen. Solange fürchteten wir uns vor dem Bösen in der Person des Muchtars, und unsere Zuversicht war an das Bild des Onkels geknüpft. Solange gab es nur das Brot für uns zu essen, das Mutter aus jener Mischung aus Getreide und Dreck auf Vorrat gebacken hatte und das sie, bevor sie es uns zu essen gab, mit Wasser befeuchtete, damit es wieder weich und leichter essbar wurde.

Am Spätnachmittag setzte sie sich auf die geflochtene Matte im Haus, starrte durch die Tür nach draussen auf den Weg und erzählte. Dort sass sie, bis es dunkel wurde, und sang, bevor die Lampe angezündet und die Tür geschlossen wurde, mit klagender Stimme immer das gleiche Lied:

Wieder will der Abend kommen,
    wieder sehn ich mich nach euch,
wieder sinkt die Sonne eines
    langen Tages ohne euch.
Wann wohl wird der Bote kommen,
    der mir gute Nachricht bringt?
Ferner Heimat Lebenszeichen
    nicht zu mir herüberdringt.

Ihr feiner Gesang schwebte zart und schwermütig über dem düsteren Schweigen des Feldes. Wir sahen zu ihr hinüber, um zu sehen, ob sie weinte, doch die Dunkelheit schützte sie vor unseren Blicken. Irgendwann fasste sie dann wieder Hoffnung und stimmte ein anderes, weniger trauriges Lied für uns an:

Da ziehen sie hin nach Aleppo,
    mein Liebster zieht mit hinaus.
Sie bring'n nach Aleppo die Trauben,
    ein Apfel am Baum bleibt zu Haus.
Hört ihr mich, all meine Lieben,
    mein Schatz geht davon und mein Glück.
Oh Herr, schick den Wind in die Ferne
    und bring meinen Liebsten zurück.

Doch der Herr erfüllte den Wunsch im Lied meiner Mutter nicht. Die Nacht brach wie immer über uns herein, und wir verkrochen uns im Haus, verriegelten die Tür und legten von innen Steine dagegen. Dann kauerten wir uns aneinander und machten mit dem Holz, das wir tagsüber gesammelt hatten, Feuer. Mutter gab uns Stücke vom trockenen Fladen zu essen und belegte sie mit der Hoffnung, die gerade in der Nacht versunken war. Sie ernährte uns von der Hoffnung, die mit dem Morgenstern wieder am Himmel erglänzen und den Weg beleuchten würde, auf dem unser Vater zurückkommen musste.

„Morgen", das hörten wir jeden Tag von ihr, „morgen kommt euer Vater bestimmt zurück, und dann geht er nie mehr weg. Dann kommt der Frühling, die Bäume tragen Knospen, die Knospen öffnen sich zu Blättern, und die Maulbeerbäume legen ihr grünes Kleid an. Dann, dann züchten wir Seidenraupen. Gott wird uns gnädig sein und uns eine gesegnete Seidenernte schenken. Gott ist barmherzig zu den Kindern. Er lässt die Kleinen und Hilflosen nicht im Stich. Wir verkaufen die Kokons der Seidenraupen, bezahlen die Schulden beim Muchtar und ziehen fort, zurück zu euren Onkeln nach Latakîja, und dort wohnen wir in einem Haus aus Stein. Wir werden wieder unter Menschenwesen leben, und ihr könnt zur Schule gehen."

Eines Tages teilte sie uns erfreut mit, dass die Marbaanîja, die vierzig strengen Wintertage zwischen dem 10. Dezember und dem 20. Januar, endlich vorüber sei und nun die Suûd* anfingen. Sie erklärte uns, dass es vier Suûd gebe, die mit dem „schlachtenden Saad" begännen und dem „geheimnisvollen Saad" endeten. Dazu erzählte sie uns die entsprechenden Geschichten, die wir schon gehört und uns gemerkt hatten, weil sie die Zeit des Winters, der Kälte und die darauffolgende Jahreszeit einteilten. Aus ihren Geschichten erfuhren wir, dass der „schlachtende Saad" nach einem Hirten namens

---

*Einzahl: Saad, ein Saad dauert zwölfeinhalb Tage. (Anm.d.A.)

Saad benannt war. Jener Saad hatte an einem klirrend kalten Tag seine Herde auf die Weide getrieben, war dabei im offenen Gelände in einen Schneesturm geraten und hatte sich verirrt. Während der Schneesturm tobte, sass Saads weisshaarige Mutter daheim, sorgte sich um das Leben ihres Sohnes und kam zu der Erkenntnis: Wenn er ans Schlachten denkt, wird er überleben. Schlachtet er nicht, wird er für seinen Geiz teuer bezahlen. Aber Saad war ein kluger Bursche, er schlachtete ein Kamel, schlitzte ihm den Bauch auf und schlüpfte hinein. So wurde er vor dem Tod gerettet. Nach diesem Saad, so erzählte unsere Mutter, kommt der „atemholende Saad". Dann lässt der Regen nach, die Erde lässt das Wasser versickern und empfängt den strömenden Regen gelassen. Danach kommt der „schönste Saad". Da finden die Flüsse zurück in ihr Bett, die Bäume treiben aus und bekommen Blätter, die Erde wird grün, und der Frühling zieht ein. Wenn zuletzt der „geheimnisvolle Saad" kommt, ziehen die jungen Mädchen hinaus, um Reigen zu tanzen. Dann ist die Zeit der Erstarrung vorbei.

So wurden jene fünfzig Tage eingeteilt, die auf die Marbaanîja folgen. Wir hatten unseren Spass daran zu verfolgen, wie Tag für Tag verstrich. Wenn es noch kälter wurde, fragten wir unsere Mutter: „Schlüpft Saad heute in den Bauch des Kamels, das er geschlachtet hat?" Und sie antwortete: „Ja, wenn heute der kälteste Wintertag ist, hat er es heute geschlachtet."

„Heute ist gewiss der kälteste Tag", antworteten wir, „schau nur, wir sind selbst fast zu Eis erstarrt."

„Wenn das so ist, dann war heute sein Schlachttag, und ab morgen wird es wärmer."

In jenem Jahr schlachtete Saad ausserordentlich spät. Das Wetter blieb eisig, und die Kälte hielt bis in die Tage des „atemholenden Saad" an. Als der „schönste Saad" kam, rannten wir auf unser Feld, um zu sehen, wie das Wasser abfloss, wenn die Flüsse zurück in ihr Bett fanden. Und wie durch ein Wunder umgab auf einmal ein durchsichtiger Schimmer die Zweige, und sie begannen zu knospen. Auf Anweisung des Muchtars machten wir uns daran, für den Frühlingsregen die Erde kreisförmig um die Bäume aufzulockern. Mit seinem Einsetzen fiel dann ein sehr trauriges Ereignis zusammen, das unsere Familie schwer traf und uns oft und lange weinen liess.

6. Kapitel

Der Muchtar wollte uns nichts mehr von jener Mischung aus Getreide und Dreck geben. So konnte Mutter auch die grauen, pappigen Fladen nicht mehr backen. Sie verkaufte die wenigen Schmuckstücke, die sie noch besass, und setzte den Erlös in Lebensmittel um. Danach versetzte sie den Hausrat, bis nichts mehr übrig war, was wir hätten verkaufen oder verpfänden können. Sooft und so eindringlich sie den Muchtar auch anflehte, sein Schuldenheft war und blieb geschlossen.

Danach ging sie heimlich um ein paar Handvoll Mehl für uns betteln. Wir sahen sie über die Felder zu den Nachbarn gehen und mit einem kleinen Beutel im Bund ihres Rockes zurückkommen. Wir liefen ihr bis zum Rand des Feldes entgegen und begleiteten sie zurück ins Haus. Mit grossen, hungrigen Augen standen wir um sie herum, bis sie das bisschen Mehl verarbeitet hatte und das bisschen Brot an uns verteilte.

An einem frostigen Morgen kam der Büttel über das Feld und verlangte im Auftrag der Frau des Muchtars nach unserer Mutter. Widerspruchslos ging sie mit ihm. Wir warteten zwischen Hoffen und Bangen auf ihre Rückkehr. Wir gaben uns der Hoffnung hin, die gnädige Frau hätte möglicherweise den Muchtar überredet, uns bis zur Ernte mit Mehl auszuhelfen. Gleichzeitig befürchteten wir, der Muchtar würde unsere Mutter, wenn er sie sah, wieder wegjagen. Wir rechneten mit dem Schlimmsten, schliesslich war Vater nicht da. Darunter litten wir, und dieser Schmerz nagte ständig in unserem Inneren. War nicht auch unser geliebter Onkel auf eine Reise gegangen und nicht mehr zurückgekommen?

Meine grosse Schwester war noch lange nicht erwachsen. Sie war nur die älteste von uns. Obwohl sie erst zehn Jahre alt war, übernahm sie Mutters Aufgaben, wenn diese nicht da war. Entsprechend sah ich ebenso zu ihr auf wie meine beiden anderen Schwestern. Sobald Mutter gegangen war, wichen wir unserer grossen Schwester nicht von der Seite, bis Mutter wieder zurückkam. Das Mädchen war in Mutters Abwesenheit unsere Beschützerin, zerstreute unsere Ängste und gab Antwort auf alle unsere endlosen Fragen.

An dem Tag, an dem meine Mutter zur gnädigen Frau gerufen wurde, waren wir unserer Schwester ganz besonders nahe, obwohl es uns nicht bewusst war und wir ihr auch sonst nicht widersprachen. Als sie ihrer jüngeren Schwester nicht erlaubte, schon vor dem Mittagessen ein Stück Brot zu essen, versuchte die Kleinere nicht, ihren Kopf durchzusetzen. Es war uns Kindern ausserdem zur Genüge bekannt, wie es mit dem Essen stand. Wenn Brot da war, bekamen wir es frühestens zum Mittagessen. Wir machten uns nur das Leben schwer, wenn wir vorher danach verlangten.

Damit wir nicht ständig sehnsüchtig auf Mutters Rückkehr warteten, ging unsere grosse Schwester mit uns aufs Feld und wies jedem von uns einen Maulbeerbaum zu, um den wir eine Baumscheibe anzulegen hatten. Wenn es nach ihr gegangen wäre, hätte ich nicht mitzuarbeiten und rund um den Baum die Erde zu lockern und am äusseren Rand aufzuschütten brauchen, damit sich das Wasser in diesem Kreis sammelte. Doch hartnäckig, wie Kinder manchmal sind, wollte ich unbedingt mitmachen und dabei meinen

Schwestern nicht nachstehen, und ich beeilte mich, als erster fertig zu sein. In meinem Eigensinn wühlte ich eifrig in der Erde, doch es kam nicht viel dabei heraus. Ich mühte mich immer heftiger, bis ich keine Kraft mehr hatte und mich irgendwann erschöpft auf den Boden setzte. An den Stamm des Maulbeerbaums gelehnt, schlief ich ein.

Als ich aufwachte, lag ich im Haus allein auf der Matte. Es war niemand in der Nähe, und unwillkürlich nahm ich an, Mutter sei wieder da und arbeite mit den Schwestern auf dem Feld. Ich ging zur Tür, öffnete sie, konnte meine Mutter nicht finden und brach in Tränen aus. Vielleicht war das nicht der einzige Grund, sondern ich weinte auch, weil mir wieder einfiel, wie kläglich mein Versuch, die Erde umzugraben, gescheitert und wie unrühmlich ich eingeschlafen war. Vielleicht war es auch eine vage düstere Vorahnung oder einfach nur die Verlassenheit. Ich schämte mich dafür, dass ich weinte, und weinte deshalb noch mehr. Meine grosse Schwester hatte die allergrösste Mühe, mich zu beruhigen.

Wir plagten sie, uns jetzt endlich etwas zu essen zu geben. Sie ging nach draussen und sah nach, bis wohin der Schatten des Hauses schon gewandert war, genau wie sie es bei Mutter gesehen hatte. Wir mussten noch warten, bis der Schatten eine bestimmte Stelle erreicht hatte. Wir beobachteten mit ihr zusammen den Schatten und starrten auf die schwarze Fläche, die sich fast unmerklich auf die markierte Stelle zubewegte. Unsere grosse Schwester war ebenso hungrig wie wir. Doch sie nahm ihre Aufgabe ernst, und es kam für sie nicht in Frage, uns vor der Zeit zu essen zu geben. Schliesslich war das Warten zu Ende. Sie besprengte das Brot mit

Wasser und hüllte es zum Durchfeuchten in ein Tuch. Danach teilten wir den Fladen durch vier und assen.

Hinterher sangen wir und spielten und setzten uns dazu auf die kleine gemauerte Bank vor dem Haus. Dabei behielten wir immer den Weg im Auge, auf dem wir unsere Mutter erwarteten. Die Sonne färbte sich mit einem wärmeren Gelb, sank schnell und ging unter. Wenn Mutter jetzt bei uns gewesen wäre, hätte sie wieder ihr trauriges Lied angestimmt: „Wieder will der Abend kommen, wieder sehn ich mich nach euch ..." Jedem von uns ging die Melodie im Kopf herum, aber keiner stimmte das Lied an, obwohl wir es alle auswendig kannten. Wir suchten die Nähe der anderen und setzten uns eng aneinander geschmiegt vor das Haus, als hätten wir Angst, jemand würde uns im Dunkeln wegholen; das versuchten wir zu verhindern, indem wir uns aneinander festhielten. Wir wärmten einander dabei nicht nur, sondern es beruhigte uns auch, wenn unsere Körper so miteinander verschmolzen. Jeder spürte das Herz des anderen und die Beklemmung, mit der es schlug, weil die Eltern nicht da waren und weil die Dunkelheit immer näher auf uns zukroch, über uns herfiel und uns verschlang.

Der Wind strich hörbar durch die Bäume. Laut raschelte es im Gebüsch, vielleicht ein Tier. Der geringste Laut in der Nähe, den wir wahrnahmen, stach wie eine Nadel durch die dünne Hülle unserer Selbstbeherrschung. Unsere Herzen flatterten erschreckt mit kleinen Flügeln. Irgend jemand fing zu weinen an — ich glaube, es war die jüngste von meinen Schwestern, doch genausogut konnte ich es gewesen sein —, und wir liefen verschreckt ins Haus hinein und machten die

Tür zu. In dem dunklen, geschlossenen Raum stimmten wir einer nach dem anderen in ihr Weinen ein. Unsere grosse Schwester versuchte, uns zu beruhigen, aber irgendwann wusste auch sie nicht mehr aus noch ein und konnte ihre Tränen nicht mehr zurückhalten. Sie weinte mit uns und kramte im Dunkeln nach den Streichhölzern, um die Lampe anzuzünden.

Meine Mutter war ungehalten, als sie zurückkam und uns weinen sah. Sie sagte, wir seien jetzt schon grosse Kinder und dürften eigentlich keine Angst mehr haben. Sie hielt uns vor, die Nachbarskinder in unserem Alter gingen nachts allein zum Laden des Muchtars. Niemand vergriffe sich an Kindern, auch Räuber würden ihnen nichts tun, sondern ihnen eher etwas schenken, vielleicht sogar etwas zu essen. Denn Räuber stehlen, und Kinder haben nichts, was man ihnen stehlen könnte.

Ihre wohlbedachten Worte machten uns Mut und flössten uns wieder Zuversicht ein. Wir dachten an die Kinder der Nachbarn, die sich nicht fürchteten, sogar nachts über die Felder zu gehen. Meine Schwester wandte ein, für die Nachbarskinder sei das deshalb kein Problem, weil sie ihren Hund dabei hätten. Daraufhin versprach meine Mutter, wir bekämen auch einen Hund, aber erst nach der Seidenernte, wenn wir ihn ernähren könnten. Wir bettelten, wir wollten jetzt gleich einen Welpen haben und würden ihm von unserem Essen etwas abgeben. Nach kurzem Nachdenken lenkte sie ein und sagte, wir dürften uns einen Welpen holen, wenn die Hündin der Nachbarin werfe.

In jener Nacht war sie ausnehmend zärtlich und liebevoll zu uns und gab sich betont ruhig und gefestigt. Lange liess sie ihre Augen auf ihrer ältesten Tochter ruhen. Sie setzte sich neben sie und strich ihr ausgiebig über das Haar. Während wir ihr um die Wette erzählten, was wir den ganzen Tag getan und wie wir die Baumscheiben um die Maulbeerbäume aufgeworfen hatten, hörte sie uns aufmerksam zu. Meine grosse Schwester behauptete sogar, ich hätte eine ganze Baumscheibe allein angelegt. Ich schwieg zu dieser Lüge, weil ich mich geschmeichelt fühlte, gab ihr einen Kuss und überliess ihr meinen Platz auf Mutters Schoss. Insgeheim nahm ich mir fest vor, mich am nächsten Tag noch mehr anzustrengen. Doch am nächsten Tag arbeiteten wir nicht auf dem Feld. Am nächsten Morgen erschien der Büttel des Muchtars wieder bei uns, und wir gerieten in helle Panik, als er auftauchte, noch bevor wir wussten, was er wollte.

Mutter hatte kein Wort davon gesagt, wie es ihr beim Muchtar ergangen war. Jahre später erst sprach sie davon, und auch da war ihr Leid nicht geringer. Doch in jener Nacht behielt sie ihren Jammer für sich, ertrug sie ihr Elend allein. Sie legte sich zu uns und schloss die Augen, bis wir eingeschlafen waren. Doch sie schlief nicht und fand in jener Nacht auch keinen Schlaf, weil vor ihrem inneren Auge immer wieder der Moment ablief, da der einäugige Teufel von ihr verlangt hatte, ihm unsere grosse Schwester als Dienstmädchen zu bringen. Sie kannte die Gründe dafür nur zu genau. Er wollte das Mädchen zum einen als Magd und zum anderen als Geisel. Nun sollte sie ihre Tochter, für die sie sich erträumt hatte, sie könnte eines Tages in die Schule gehen, weggeben in den elenden Dienst bei einem Mann, der keine Gnade kannte. Dort würde sie eingesperrt leben müssen, ohne ihre Geschwister zu sehen, bis die Schulden bezahlt wären und es uns endlich gelänge, das unselige Dorf und das verfluchte Feld zu verlassen.

Meine Mutter hatte sein Ansinnen ohne zu zögern kategorisch zurückgewiesen. Sie hatte ihren ganzen Mut zusammengenommen und ihm ins Gesicht geschrien: „Meine Tochter ist viel zu klein für diese Arbeit, sie taugt nicht zum Dienst bei irgendwelchen Leuten."

„Der Muchtar und seine Familie sind nicht irgendwelche Leute, wir haben hier etwas zu sagen."

„Mag sein, dass der Muchtar über uns zu bestimmen hat, aber mein Kind ist noch zu klein."

„Du Tochter einer Hündin, du wagst es, mir ins Gesicht zu bellen? Ich sage dir, du sollst dein Kind bei uns in den Dienst geben, und du weigerst dich? Ich werde dir deine Überheblichkeit austreiben. Dann kannst du mit allen deinen Kindern hierherkommen, und ihr bedient uns alle zusammen."

„Wir sind keine Hausangestellten, sondern Feldarbeiter."

„Ihr fresst mir die Haare vom Kopf, und dann macht ihr euch aus dem Staub. Wo ist denn dein Mann hingegangen, hä? Warte nur, ich werde dir schon noch beibringen, wie du mir in Zukunft zu antworten hast."

Meine Mutter hatte ihre Angst vergessen. Später sagte sie, sie sei ganz ohne Furcht gewesen in dem Moment, in dem der Muchtar aus dem Laden gestürzt sei und auf sie eingedroschen habe. Dann habe er sie gepackt, in den Stall geworfen, die Tür hinter ihr zugeknallt und den Riegel vorgelegt. Sie habe dem Muchtar mit den Fäusten gegen die Brust getrommelt und geschrien, so dass Leute herbeigeeilt seien und versucht hätten, sie zu befreien. Daraufhin habe er sein Gewehr auf die Leute gerichtet, und ihr habe er gedroht, er werde sie den Behörden übergeben. Wegen Diebstahl hätte der Muchtar meine Mutter tatsächlich verhaften und dann entsprechend bestrafen können. Das fiel unter seine örtliche Befehlsgewalt. Zudem gehörte ihm hier der meiste Grund und Boden. Er war „die Regierung", wie er es nannte. Was wollte mein Mütterchen gegen „die Regierung" ausrichten? Sie konnte nur von innen gegen die Tür schlagen, um Hilfe rufen, weinen und klagen, bis sie keine Kraft mehr hatte, und dann darauf warten, wieder freigelassen zu werden und zu uns zurückzukehren. Mehr konnte sie nicht tun, und danach nahm das Verhängnis unabänderlich seinen Lauf.

Häftlinge bekommen normalerweise Mahlzeiten, Mutter nicht. Häftlinge bekommen normalerweise zu trinken, Mutter bekam nichts. Doch sie verspürte weder Hunger noch Durst. Je näher der Abend kam, desto mehr wuchs ihre Angst um uns. Als die Sonne untergegangen war, verlor sie die Nerven und begann, von innen gegen die Tür zu schlagen und zu treten. Dabei schrie sie um Hilfe. Es machte sie wahnsinnig, sich vorzustellen, wie wir dort im einsamen Lehmhaus sassen, ihre zarten Küken, wie die jungen Vögel in der Weisspappel, die ihre Köpfe über den Nestrand strekken und nach ihrer Mutter piepsen. Sie wusste, dass wir nicht piepsten, sondern weinten. Vor ihrem inneren Auge sah sie uns drinnen im Dunkeln weinen und sah draussen das karge Feld in der düsteren Nacht über dieser finsteren Welt. Da stürzte sie selbst ins dunkle Nichts und verlor das Gefühl für ihre eigene Existenz. Der Mensch erlebt sich in seinem Gegenüber, aber sie hatte kein Gegenüber mehr, an das sie sich hätte wenden können, mit dem sie über sich und ihr

Leid hätte sprechen können. Wen hatte sie denn? Bruder, Schwester, Mann? Die Verwandten in der fernen Stadt, von denen es im Lied hiess: „Wieder sinkt die Sonne ... Ferner Heimat Lebenszeichen nicht zu mir herüberdringt", und von denen sicher nie mehr eine Nachricht kommen würde. Sie alle würden sie in ihrem Gefängnis nicht hören, und deshalb rief sie auch nicht nach ihnen. „Mein Sohn", sagte sie später, „ich habe gespürt, dass mich niemand gehört hat, im Himmel nicht, und auch auf Erden nicht. Ich habe nur noch wegen euch geweint. Um dich habe ich geweint. Ich habe mir vorgestellt, wie du verzweifelt ‚Mama'! riefst. Und ich habe dir wortlos aus meinem Gefängnis ‚Ja, mein Herz' zugerufen. Ich bin gegen die Tür angerannt, habe versucht, sie zu zertrümmern oder aus den Angeln zu reissen. Und als sie nicht nachgeben wollte, habe ich mit den Fäusten und mit dem Kopf dagegengeschlagen. Mein Sohn, sei mir nicht böse. Ich erzähle das alles nicht, damit du mit mir schimpfst. Ich erzähle es auch nicht, damit du weisst, wie ich gelitten habe und wie sehr ich an dir hänge. Ich spreche auch nicht davon, um dein Mitleid zu wecken, sondern ich spreche darüber, damit du dich daran erinnern und es dann vergessen kannst."

„Gut, Mutter. Ich habe auch früher schon daran gedacht und dann wieder nicht mehr. Jetzt erinnere ich mich daran, und auch in Zukunft wird diese Geschichte immer wieder auftauchen, und ich werde sie auch immer wieder vergessen. Sie ist eines der Erlebnisse, die ich immer wieder vergesse und immer wieder neu erlebe."

„Oh nein, mein Liebling, mein Sohn. Du hast es nicht selbst erlebt. Du bist keine Mutter und wirst niemals wie eine Mutter fühlen. Ich wünsche es dir auch nicht. Ein Mann bist du, und du musst ein Mann sein, musst ein starkes Herz haben, wie dein Onkel, den du nie gesehen hast."

Ein andermal erzählt sie, sie habe nach niemandem ausser nach Risk gerufen, als sie damals im Stall des Muchtars eingesperrt war. Sie habe gewusst, dass er schon lange tot war und nicht antworten würde, doch er war ihr tot noch näher als die Lebenden. „Aber du sollst leben, geliebter Junge, solange wie er und hundert Jahre dazu."

„Der Gedanke", fuhr sie zu erzählen fort, „ihr müsstet die ganze Nacht ohne mich in diesem erbärmlichen Haus zubringen, war mir unerträglich. Ich habe mir vorgestellt, wie euch die Angst aus dem Haus trieb, wie euch um euch selbst und um mich bange war und wie ihr auf dem Feld umhergestolpert seid und auf den Wegen weinend nach mir gerufen habt. Mir graute bei dem Gedanken, ihr könntet euch verirren, in eine Grube fallen, in einem Wasserlauf ertrinken oder von den wilden Tieren gefressen werden. Wehe dem Mutterherz! Mein Herz hat sich zusammengezogen und geflattert wie ein Vögelchen, wenn es sieht, dass seine blinde, nackte Brut in Gefahr ist. Ich habe die Vögel auf unserem Feld beobachtet und die Vogelmutter gut verstanden. Ich habe auch meine ganze Kraft darauf verwendet, euch zu füttern, so wie sie es tat, bis ihre Jungen Federn bekamen und flügge wurden. Und wie sie hat mich die Angst umgetrieben, solange ihr noch nicht gross genug wart, mit dem Leben allein fertig zu werden.

Eingeschlossen im Stall habe ich weiter geschrien und immer wieder gegen die Tür geschlagen, bis sie plötzlich geöffnet wurde und ich mich in den Armen der Frau des Muchtars wiedergefunden habe. Sie hat ebenfalls geweint. Sie hatte selbst auch Kinder, war eine Mutter wie ich. Sie hat die Sorgen eines Mutterherzens verstanden. Sie hat mich gegen den Willen ihres Mannes herausgelassen. ‚Du Ärmste‘, hat sie bedrückt zu mir gesagt, ‚geh zu deinen Kindern. Aber morgen früh schickt mein Mann jemanden zu dir, um dich wieder zu holen. Ihr bekommt nichts aus dem Laden, solange deine Tochter nicht bei uns arbeitet. Wegen mir braucht sie nicht zu kommen. Es gibt genug andere Pächter, die ihre Töchter gerne bei uns arbeiten lassen würden, weil sie genau wissen, dass diese Arbeit besser ist als die Arbeit auf dem Feld und dass sie noch dazu Geld dafür bekommen. Aber der Muchtar will unbedingt, dass ausgerechnet deine Tochter kommt. Wohl vor allem, damit er eine Garantie dafür hat, dass du nicht mit deinen Kindern verschwindest wie dein Mann.‘ Sie hat mich vom Laden weggezogen: ‚Ich würde dir ja gern etwas für die Kleinen mitgeben‘, hat sie gesagt, ‚aber ich kann es nicht riskieren. Aber du, meine Gute, du hast ja seit heute morgen nichts gegessen. Komm, iss etwas.‘ Mein Sohn, mein Schmerzenskind, ich habe nichts von ihrem Essen angerührt, nur kurz etwas getrunken und ihr gedankt."

Die Frau des Muchtars hatte also meine Mutter dazu gebracht, unsere Schwester zu ihr zu schicken. Wahrscheinlich hatte sie mit ihrem Mann abgesprochen, dass sie noch einmal versuchen wollte, mit Mutter zu reden. Sicher hat sie Mutter nicht ohne seine Zustimmung aus dem Stall herausgelassen. Ausserdem brauchte der Muchtar den Stall nachts für sein Vieh, hätte ihn also während dieser Zeit ohnehin nicht als Gefängnis benutzen können.

So war es der Frau des Muchtars gelungen, Mutters Vertrauen zu gewinnen und sie mit dem Gedanken vertraut zu machen, dass ihre Tochter als Hausmädchen beim Muchtar arbeitete. Wohl nicht zuletzt deshalb, weil sie ihr versprach, dass sie das kleine Mädchen wie ihre eigene Tochter behandeln würde, dass ihr kein Leid zugefügt und dass sie nicht geschlagen würde. Meine Schwester sollte bei ihnen im Haus wohnen, und falls das nicht gutginge und das Mädchen sich nicht eingewöhnen könnte, würde sie sich dafür einsetzen, dass es wieder nach Hause geschickt würde. Ausserdem erklärte sie meiner Mutter, im Gegenzug wolle sie erreichen, dass der Muchtar uns bis zur Seidenernte wieder Nahrungsmittel aus dem Laden gab. Der Lohn des Mädchens werde zudem einen Teil unserer Schulden abtragen und uns schliesslich dabei helfen, von hier wegzugehen, wenn wir das wollten.

Mutter fiel es unendlich schwer, der Frau ihre Einwilligung zu geben. Sie hatte selbst bei fremden Leuten gedient, aber sie war ja auch Waise gewesen. Zudem waren damals, in der Zeit des Seferberlik, die Kinder noch nicht zur Schule gegangen. Der ausschlaggebende Grund für ihre Zustimmung war sicher die Aussicht, dass wir nicht länger hungern müssten. Sicherlich gibt es keine Höllenpein, die fürchterlicher ist als die Qual eines Herzens, das gezwungen ist, einen Teil aus sich herauszureissen, um einen anderen Teil zu retten. Ein Herz lässt sich nicht teilen, aber von unserer Mutter wurde verlangt, ihr Herz in Stücke zu reissen, damit ein Stück die Martern erduldete und so die anderen Stücke vor Peinigungen bewahrte.

Die Nacht vor der Übergabe war so elend und so verflucht wie die Nacht im Garten Gethsemane. Doch Mutter durfte ihrem Kind als letzten Liebesdienst die Füsse nicht waschen, wie es der Heiland seinen Jüngern getan hatte. Sie wusste, dass sie sich von ihrem Kind würde trennen müssen, und durfte sich auf keinen Fall zu diesem letzten Liebesdienst niederknien. Sie durfte ihr nur sanft die Wange streicheln oder ihr einen scherzhaften Klaps geben. Auch küssen konnte sie sie nicht, sonst hätte sie sich verhalten wie Judas, der Verräter. Und in dem ganzen Zwiespalt kämpfte sie gegen die Tränen. Als Mutter war ihr bewusst, dass sie die Kindheit ihrer Tochter verraten hatte. Im Grunde waren es zwar eigentlich die Zeit und die äusseren Umstände, die dieses Kind um seine Kindheit brachten, und unsere Mutter empfand nur in Vertretung des Schicksals das Verbrechen an diesem Kind. Dennoch fühlte sie sich schuldig und küsste ihre Tochter nicht. Sie strich ihr lediglich übers Haar und legte sich früh mit uns hin. Sie wartete, bis wir eingeschlafen waren, und verbrachte die Nacht wachend und für Sünden büssend, die sie nicht begangen hatte, und wahrscheinlich bat sie immer wieder ihren Vater im Himmel, er möge diesen Kelch an ihr vorübergehen lassen.

Wenn doch die Nacht kein Ende nähme und der Morgen nie erwachte! Wenn es doch keine Nacht und kein Morgen gäbe! Der Wunsch der Mutter nach einem Wunder vor dem Morgengrauen wurde übermächtig. Vielleicht käme ja doch noch in letzter Minute ihr Mann zurück, oder es erschiene der Bote aus dem Lied mit einer guten Nachricht von den Lieben aus der fernen Heimat, von der wir nicht wussten, wie weit sie eigentlich entfernt lag, und die in Wirklichkeit ganz in der Nähe war. Oder vielleicht verwandelte sich der

Wolf in Erfüllung seiner Bestimmung gerade heute in ein Lamm, oder der Muchtar machte seine Entscheidung rückgängig und holte ihr Mädchen nicht als Magd und Geisel zu sich. Vielleicht ... oder vielleicht. Faden trügerischer Wünsche, der in den Herzen der Mütter gesponnen wird, du führst durch das Labyrinth der Wirklichkeit, an dich ist der Sohn geknüpft, wenn ihm Gewalt angetan wird, und die Tochter, wenn sie getrennt von ihrer Mutter und ihren Geschwistern und abgeschnitten von ihrer Kindheit leben muss.

Mutter verschacherte ihr Mädchen nicht um dreissig Silberlinge. Dennoch musste sie einen Gegenwert für sie annehmen, und der wog für uns schwerer als Silber. Sie nahm Getreide und Dreck, denn wir waren hungrig. Das Kind kaufte uns vom Hunger frei. Und unsere Mutter nahm dafür hin, dass ihr Kind in die Dienste des Muchtars ging. Das Gesicht der Mutter, die ihr Kind verkaufte, und das des Kindes, das von der eigenen Mutter verkauft wurde, waren beide im Dunkeln nicht zu sehen. Die gütigen Falten der Nacht verbargen auch den See des Kummers im Innern unserer Mutter. So war die Nacht gnädig zu uns allen. Das Mädchen schlief, ohne zu wissen, was der folgende Tag bringen würde. Die Mutter lag schlaflos im Dunkeln und überlegte, wie sie ihrem Kind am nächsten Morgen gegenübertreten und mit welchen Worten sie ihm sagen sollte: Geh, mein kleines Mädchen, geh und arbeite, damit wir Brot zu essen haben.

Vater kam nicht zurück. Der Bote mit der guten Nachricht klopfte nicht an unsere Tür. Auch der Wolf wurde nicht zum Lamm. Und der Morgen zog schliesslich herauf, ohne zu bedenken, wem er damit Glück oder Leid brachte.

Mein kleines Mädchen, wie schwer sind deine Wangen im Morgenschlaf, verharre noch ein letztes Mal in deiner Geborgenheit! Kleines Mädchen, von heute an wirst du keine Kindheit mehr haben. Keine Mutter wird dir mehr Geschichten erzählen. In Zukunft wird dich morgens ein Fusstritt wecken, und abends wirst du übermüdet an einer Wand lehnen, um auf die Befehle deines Herrn zu warten, bevor sie dich in dein schäbiges Bett lassen. Sie werden nicht darauf achten, ob dir die Arbeit zu schwer ist. Und wenn du vor Erschöpfung wegdämmerst, schreckt dich aus den wirren Träumen des Halbschlafs eine barsche Stimme auf. Schlaf, kleines Mädchen, denn noch wacht deine Mutter über dich. Seit Anbeginn und bis in die Ewigkeit ist es so gewesen und wird es so bleiben, dass die Mütter den Schlaf ihrer Kinder bewachen. Du bist so sorglos und unbeschwert eingeschlafen, kleines Mädchen, wie nur arme Menschen und Kinder einschlafen können. Du bist eingeschlafen wie sonst auch, kleines Mädchen, in der Gewissheit, dass das Morgen so sein wird wie das Gestern, dass du mit deinen Geschwistern spielen, mit deiner Mutter um den Herd sitzen und am Abend in deinem Bett schlafen wirst. Wie immer.

Sie weckte meine Schwester erst in letzter Minute. Bis weit in den Vormittag hinein liess sie sie schlafen, bis der Büttel des Muchtars kam, um sie samt ihrer Tochter abzuholen. In diesem Augenblick konnte Mutter ihre Tränen nicht mehr zurückhalten. Sie erzählte uns später, dass sie so herzzerreissend geweint hätte, dass der Büttel, ein rauher und harter Mann, es nicht habe mitansehen können. Er habe sich abgewandt und gesagt, er müsse noch einen kurzen Rundgang über das Feld machen. Irgendwann hatte Mutter aufgehört zu weinen. Sie weckte uns einen nach dem anderen und teilte uns mit, sie nehme unsere grosse Schwester mit zur gnädigen Frau, weil die ihr Süssigkeiten und Kleider geben wolle. Ohne ein Wort zu sagen, trieb sie die Schwester beim Ankleiden zur Eile an, damit ihre unterdrückte Traurigkeit und die Tränen hinter ihren Augen nicht hervorbrachen. Dann lief sie mit unserer Schwester zum Büttel des Muchtars hinüber und folgte ihm. Meine beiden anderen Schwestern und ich standen in der Tür und blickten der Gruppe nach, bis sie auf dem Weg hinter den Bäumen in der Ferne verschwand.

Am Mittag kam Mutter allein zurück. Etwas in ihr war zerbrochen. Uns sagte sie, unsere Schwester sei beim Muchtar geblieben, um mit dessen Kindern zu spielen, und komme am nächsten Tag wieder zurück. Dann schickte sie uns aufs Feld, weil sie Ruhe brauche. Wenn sich ihr Kopfweh ein wenig gebessert und sie sich ausgeruht habe, wolle sie nachkommen.

Wir gingen brav aufs Feld und versuchten, um die Bäume herum wieder Baumscheiben anzulegen. Aber bald schon verloren wir die Lust. Wir wollten spielen, doch es kam keine rechte Begeisterung auf. Wir spürten, dass uns etwas fehlte. Wir waren noch klein, und unsere grosse Schwester hatte uns immer angeleitet. Ohne sie machte es keinen Spass. Das karge Feld erschien uns an jenem Tag besonders öde, so suchten wir gegenseitig unsere Nähe, hockten uns schliesslich unter einen Baum und wurden immer trübsinniger.

Gegen Mutters Anweisung ging ich zurück ins Haus. Meine Schwestern hatten mich geschickt. Wir wollten in ihrer Nähe sein, denn an diesem freudlosen Tag suchten wir mehr als alles andere den Schutz ihrer Fittiche, ohne dass wir den eigentlichen Grund hätten benennen können. Sie sass im Haus, weinte und sang. Bei dieser Gelegenheit hörte ich zum ersten Mal das Lied, das ich später noch häufig hören sollte. Es war das Abschiedslied, das sie für jede ihrer Töchter sang, wenn sie den Weg in die Fremde und die Einsamkeit antraten, als Hausmägde in Dienst gehen mussten. Der Text des Liedes war die Klage eines Mädchens, das sich nach seiner Mutter sehnt:

Mutter, oh Mutter, mein Herz ist so bang!
Leb Wohl, meine Mutter, die Zeit ist so lang!

Kinder haben keinen Zeitbegriff. Wir wussten nicht, was es bedeutete, wenn man uns sagte, unsere Schwester komme morgen zurück. Morgen war immer der nächste Tag, und der lag so weit in der Ferne wie Vaters Rückkehr oder das Wiedersehen mit unserer Familie und unsere Abreise von diesem kargen Feld in diesem verfluchten Dorf.

Zwanzig oder noch mehr Jahre später lief ich eines Morgens mit meiner Mutter durch die Strassen eines der besseren Stadtviertel von Beirut und wurde Zeuge einer Szene, in der ein Bauer aus der Gegend um Latakija sich von seiner Tochter verabschiedete, die er gerade als Hausmädchen in Dienst gab. Das Mädchen klammerte sich weinend an ihn und rief: „Vater, Vater! Ich will nicht hierbleiben, nimm mich doch mit, nimm mich doch mit, ich will bei dir bleiben."

Meine Mutter blieb zunächst wie festgewurzelt stehen. Nur mühsam riss sie sich dann von dem Anblick los und ging langsam weiter. Als ich fragte, was mit ihr los sei, winkte sie ab und seufzte. Sie behauptete, es sei alles in Ordnung, und doch war die alte Trauer wieder aufgebrochen und schwang in ihrer Stimme mit, als sie freundlich sagte: „Es ist nichts, mein Sohn. Den Bauern hier und seine Tochter kenne ich nicht. Aber was ich mitangesehen habe, hat mich traurig gemacht. Weisst du, deine grosse Schwester hat auch geweint damals, als ich sie beim Muchtar abgeben musste. Auch mein Kind hat sich an mein Kleid geklammert, wie dieses Mädchen an die Hose ihres Vaters. Und meine Tochter hat genauso gerufen: ‚Mutter, Mutter, ich möchte nicht hierbleiben, nimm mich doch mit, ich will bei dir bleiben!'" Daraufhin brach sie ab. Ein paar Schritte weiter sagte sie noch: „Der blöde Kerl. Auch ich habe deine Schwester damals nicht mitgenommen, obwohl sie unbedingt mitkommen wollte. Wie dieser Bauer bin ich dagestanden und war nicht fähig, sie mitzunehmen, obwohl sie unbedingt mitkommen wollte."

Den Rest des Weges sprach sie kein Wort.

7. Kapitel

Der „schönste Saad" setzte ein. Die Wasser sammelten sich und flossen ab. Die Maulbeerbäume trieben Knospen und zarte Blätter, die Felder wurden grün, und an den Feldrändern sprossen Grasbüschel. Unter dem Baum vor dem Haus wuchsen rote Lilien zwischen den Bohnenschösslingen, die meine Mutter mit der Hilfe jener Verwandten mit dem rotblonden Sohn gesät hatte.

Wenn wir morgens barfuss zwischen den Bäumen den Schmetterlingen nachjagten, wurden unsere Füsse nass vom Tau. Manchmal pflückten wir Lilien oder sammelten, wie uns Mutter geheissen hatte, Narzissen, die an den Wegrändern wuchsen. Haufenweise pflückten wir sie, und Mutter machte grosse Sträusse daraus, die sie der Frau des Muchtars brachte, wenn sie ins Dorf ging, um unsere Schwester zu besuchen und im Laden ihre Besorgungen zu machen.

Auf den unbebauten Feldern wuchsen weisse Blumen, die Mutter Frühlingsblumen nannte. In einem geschützten Winkel neben dem Haus blühten hellrote, weisse und dunkelrote Nelken. Mutter schwärmte für Nelken und sagte, dies seien die schönsten Frühlingsblumen, ja geradezu der Frühling selbst. Manchmal sang sie dann: „Trallali, trallala, die Nelken sind gekommen, sie sind des Frühlings Wonnen." Meine Mutter war jetzt ein wenig entspannter und sah die Welt nicht mehr ganz so schwarz.

Eines Nachmittags kam dann auch mein Vater zurück. Auf dem Rücken trug er den Leinensack mit seinem Werkzeug, in der Hand einen Korb mit Eiern und ein wenig Getreide. Zunächst freute sich Mutter, dass er wohlbehalten zurückgekehrt war, doch dann bedrückte es sie, dass er auch mit diesem Unternehmen keinen Erfolg gehabt hatte, und sie bekam wieder Angst.

Wie immer, wenn er nach Hause kam, war er zerknirscht und fluchte über widrige Umstände und Krankheit, denen sein Misserfolg zuzuschreiben sei. Mutter sagte nichts. Sie wusste, dass reden vergeblich gewesen wäre. Sie wusste auch, dass weder Krankheit noch widrige Umstände die Schuld trugen, sondern dass seine Ignoranz und seine Trunksucht ihn die Verantwortung gegenüber Frau und Kindern hatten vergessen lassen.

Viel mehr als über Vaters mangelnde Tüchtigkeit grämte sich Mutter darüber, dass er mit keinem Wort bedauerte, dass seine älteste Tochter nicht mehr zu Hause war, sondern beim Muchtar als Dienstmädchen arbeitete. Meine Mutter war nicht fähig zu hassen. Zu ihrem Mann blickte sie, wie es sich ihrer Meinung nach für eine richtige Ehefrau gehörte, auf und brachte ihm Gehorsam und Verständnis entgegen. Trotzdem konnte sie ihm nun, obwohl sie sich nach wie vor wie eine gute Ehefrau verhielt, bestenfalls noch Gehorsam entgegenbringen, ihn darüber hinaus aber nicht lieben. Echte Liebe, bei der sich zwei Seelen im aufrichtigen Umgang miteinander verbinden, unabhängig davon, in welcher Tradition sie sich bewegen, herrschte zwischen meinen Eltern nicht.

Schon in jungen Jahren hatte meine Mutter begriffen, dass es nicht am guten Aussehen oder am Vermögen, sondern am Charakter lag, ob ein Mann ein richtiger Mann war. Ich stand dabei, als sie die Hand meines Vaters wegschob und ihm vorwarf: „Wenn du ein richtiger Mann wärst, einer wie andere Männer, würdest du diese Demütigung durch den Muchtar nicht einfach hinnehmen, und wenn du ein richtiger Vater wärst, einer wie andere Väter, könntest du dich niemals damit abfinden, dass deine Tochter fremder Leute Magd ist. Wie konnte ich nur auf die Idee kommen, du würdest womöglich zornig werden und keine Ruhe finden, bevor du deine Tochter nicht zurückgeholt hättest."

Er holte sie nicht zurück. Er ging nicht einmal zu ihr hin. Er regte sich nicht darüber auf, dass sie Magd geworden war; es interessierte ihn nicht einmal besonders. Es war im Gegenteil so, dass ihm nun die Möglichkeit offenbart war, seine Töchter könnten als Mägde arbeiten, und er bezog diese Möglichkeit in Zukunft auch in seine Planungen mit ein.

Entsprechend dem Ritual, das er vollzog, wenn er erfolglos von einer seiner Fahrten zurückkehrte, bereute er zutiefst, so lange weggeblieben zu sein. Am darauffolgenden Tag stand er früh auf, um auf dem Feld zu arbeiten, und bekundete am Mittag im Brustton der Überzeugung, die Seidenraupenzucht sei unsere einzige realistische Chance, die Freiheit zu erlangen und wegzugehen. Er wäre sicherlich nicht weggegangen, wenn es hier für ihn etwas zu tun gegeben hätte. Doch nun komme der Sommer, und es gebe genug Arbeit auf dem Feld. Wenn wir alle zusammenhalten würden, käme alles wieder in Ordnung, wir könnten die Schulden beim Muchtar bezahlen, und es würde sogar noch genug für den Umzug übrigbleiben.

Offenbar kam die Nachricht von Vaters Rückkehr recht bald dem Muchtar zu Ohren. Er schickte seinen Büttel, Vater zu holen, und meine Mutter redete ihrem Mann zu hinzugehen, sich nicht aufzuregen und den Muchtar nicht zu provozieren, damit er uns bei der Seidenraupenzucht keine Steine in den Weg legte. Vater warf sich die Jacke über die Schulter und marschierte mit dem Büttel davon, als ginge ihn, was sie sagte, nichts an. Das war nicht einfach nur ignorant von ihm, sondern trotzig, aber beide Verhaltensweisen haben eines gemein: Sie sind unbedacht.

Als er zurückkam, liess Vater uns wissen, wir hätten zwei Schachteln Seidenraupeneier zum Züchten bekommen. Darauf habe er sich mit dem Muchtar geeinigt. Tatsächlich hatte der Muchtar, das erfuhren wir vom Büttel, Vater nachgegeben, nachdem der damit gedroht hatte, er werde wieder wegreisen, ohne einen Dirham seiner Schulden zurückzubezahlen. Vater hatte laut und vernehmlich dem Muchtar die Meinung gesagt und dabei wütend gegen die Holztür des Ladens geschlagen: „Du hast schlecht über mich geredet und meine Familie beleidigt, du gottloser Mensch. Du hast behauptet, ich wäre abgehauen. Merk dir, ich brauche nicht heimlich zu fliehen, sondern ich gehe, wann es mir passt, und ohne ein Geheimnis daraus zu machen. Versuch doch, mich festzuhalten. Das hindert mich nicht daran zu gehen, denn dein Arm ist nicht lang genug."

Angesichts des aufbrausenden Vaters hatte der Muchtar es vorgezogen einzulenken. Die Mutter des rotblonden Jungen stellte den Vorfall später so dar, als habe Vater dem Muchtar sogar gehörige Angst eingejagt. Doch meine Mutter hielt ihr entgegen, dem Muchtar gehe es nur um die Seidenernte und um die Schulden. Dass wir gehen könnten, befürchte er wohl kaum, solange ihre Tochter als Geisel bei ihm arbeitete. Wie es wirklich war, weiss Gott allein. Jedenfalls hatte Vater zwei Schachteln mit Seidenfaltereiern. Es waren zwei dieser runden Schachteln mit den Käseecken der Marke „La Vache qui rit" aus Europa, die der Muchtar das ganze Jahr über sorgfältig sammelte. Im Gegensatz zu allen anderen Grossgrundbesitzern gab der Muchtar die Käseschachteln mit den Faltereiern erst an die Kleinpächter ab, nachdem er sie in einem kleinen geheizten Raum vorgebrütet hatte, der eigens zu diesem Zweck in seinem Haus eingerichtet worden war. Das Brüten ist nämlich entscheidend für die Qualität der Seidenraupen, und diese wiederum für die Qualität der Kokons bei der Ernte. Das ganze Dorf lebte von der Seidenzucht. Auf sämtlichen Feldern standen Maulbeerbäume, nirgends wurde Getreide oder Gemüse angebaut. Der Muchtar teilte die gebrüteten Eier der Seidenraupen anteilig nach der Anzahl der Maulbeerbäume unter die Kleinpächter auf. Wenn einer zuviel bekommen hatte, verkaufte er die überzähligen Eier. Wenn einer dagegen nicht genug Eier bekommen hatte, stahl er, was er brauchte, bei seinem Nachbarn. Um den Diebstählen und den Racheakten und Strafaktionen, die sie nach sich zogen, entgegenzuwirken, legten der Muchtar und die anderen Grossgrundbesitzer der Verteilung der Eier die Schätzungen zugrunde, die die Aufseher abgaben. Mancher Kleinpächter hatte dabei das Nachsehen, mancher auch einen Vorteil. Wie die Quote jeweils ausfiel, hing von der Sorgfalt des Aufsehers und von den Bestechungsgeschenken des Kleinpächters ab, oder zumindest von dessen Fähigkeit, solche glaubhaft in Aussicht zu stellen.

Inzwischen war es April geworden. Die Maulbeerbaumplantage war bestellt und bewässert, und die Maulbeerbäume belaubten sich. Das kahle Land verwandelte sich in ein grünes Meer, und die Reihen einstmals kahler Stämme in einen dichten Wald aus bleigrau-grünen Blättern, die bläulich glänzten, wenn der Tau darauf unter den Strahlen der Morgensonne schimmerte.

Meine Mutter drückte jedem von uns einen Korb in die Hand und ging mit uns hinaus, Kuhfladen von den Wegen und Feldern zu sammeln. Im Winter hatten wir Kuhdung gesammelt, um Feuer damit zu machen. Jetzt mussten wir Mist für die Karâni, die flachen, runden Fladen aus getrocknetem Kuhmist mit dem kleinen Wulst am Rand, sammeln, in die die Larven nach dem Ausbrüten der Eier gelegt werden sollten. Die Nachfrage nach Kuhdung war gross. Deshalb stand Mutter früh mit uns auf, und wir gingen weite Strecken auf unserer Suche nach frischem Mist. Wenn wir irgendwo Kühe weiden sahen, stellten wir uns erwartungsvoll daneben, bis sie ihr Geschäft verrichteten. Wenn die Bescherung stattgefunden hatte, rannten wir hinzu und sammelten den Mist mit der blossen Hand auf. Zu Hause machte Mutter geschickt dünne Fladen daraus, die so gross waren wie die Tabletts beim Süsswarenhändler und die sie im vorbereiteten feinen Sand liegen liess, bis sie getrocknet waren. Dann durften wir sie ins Haus tragen.

Unser Vorgänger auf dem kargen Feld hatte uns einige lange Stecken aus Weisspappelholz und ein paar Schilfrohrmatten hinterlassen, doch nicht so viele, wie wir brauchten. Deshalb gingen wir mit den Eltern junge Pappeln fällen und im nahegelegenen Sumpf Schilfrohr schneiden. Damit hatten wir Arbeit und Ablenkung im Überfluss und dachten nicht mehr so oft an die Angst und auch nicht mehr so oft an unsere Schwester beim Muchtar. Von nun an betete Mutter jeden Abend unter einem Brett an der Wand. Doch anstatt eines Heiligenbilds standen darauf die beiden Käseschachteln mit den Eiern. Immer endete ihr Gebet mit der Bitte, die wir ihr nachbeteten, Gott möge die Eier in den Schachteln segnen und daraus gesunde Seidenraupen schlüpfen lassen.

In jener Zeit war unser Vater fleissig und redlich. Er ging zwar Tag für Tag weg, aber erst am Abend. Um Mitternacht kam er dann wieder, aber da schliefen wir immer schon längst nach dem anstrengenden Tag. An diesen Abenden schlich er auf versteckten Pfaden, um ungesehen in die Häuser in der Umgebung zu gelangen, in denen er sich besoff und seinen Liebesaffären nachging. Trotzdem kam bald das Gerücht auf, er habe ein Verhältnis mit einer Witwe in der Nachbarschaft und der rotblonde Junge, mit dessen Mutter Vater weitläufig verwandt war, sei sein Rivale. Die Verletzungen, die eines Tages in seinem Gesicht prangten, waren also Folgen einer nächtlichen Prügelei um eine Frau und nicht eines Sturzes in eine Grube, wie er behauptete.

Ich glaube, Mutter hat von seinem Verhältnis gewusst und mit ihm deshalb auch gestritten, es sich dann jedoch gefallen lassen, damit er nicht mitten in der Seidensaison, wenn er am dringendsten gebraucht wurde, davonzog. Anscheinend hatte auch der Muchtar davon gehört: Er schickte seinen Büttel, Vater zu holen. Aber Vater weigerte sich, dem Büttel zu folgen. „Sag dem hohen Herrn", liess er ausrichten, „er hat mir nichts zu befehlen bis zur Ernte. Falls er sich jetzt weigert, uns zu geben, was wir brauchen, verkaufe ich alle geernteten Kokons in der Nacht, wenn es dunkel ist, an jemand anders. Falls ihr aber auf die Idee kommen solltet, mir schaden zu wollen, fälle ich sämtliche Maulbeerbäume hier, oder ich zünde sein Haus an." Da der Muchtar Vaters Unberechenbarkeit inzwischen kannte, ebenso seine Erregbarkeit und seine Streitsucht, und weil er wusste, dass dieser Mann, wenn er zornig war, nicht mehr über mögliche Folgen seines Tuns nachdachte, zog er es vor, die Sache auf sich beruhen zu lassen. Er überliess ihn seinen Liebeshändeln und seinem Suff, die schliesslich kein Verbrechen waren. Die Seidenernte war ihm wichtiger als der Busen einer hübschen Witwe, um die die Männer miteinander rauften, erzählte Mutter uns später.

Mitte April fing dann auch Vater an zu beten. Eines Abends sahen wir ihn zum ersten Mal in unserem Leben die Hände falten. Er stand vor den beiden Schachteln mit den Maden, hinter ihm Mutter in der Mitte von uns Kindern. Seine Haltung war so gottesfürchtig wie die der Heiligen, von denen Mutter uns oft erzählt hatte. Er hatte beide Augen geschlossen und murmelte ein stilles Gebet in sich hinein, im Gegensatz zu Mutter, deren Gebet deutlich zu hören war. Er kannte wahrscheinlich den Wortlaut nicht richtig und war mit seinen wenigen zusammengesuchten Gebetsbrokken dann auch bald fertig. Er wandte sich nach Mutter um, die kein Ende finden konnte. Damit auch sie aufhörte, räusperte er sich und sagte laut und nachdrücklich: „Amen!" Als Mutter es merkte, sagte sie ebenfalls schnell: „Amen!" Sofort danach holte er die beiden Käseschachteln mit den Eiern vom Brett, küsste sie und gab sie Mutter, die sie ebenso küsste wie danach wir. Anschliessend trug er, gefolgt von uns, die beiden Schachteln in den Teil des Hauses, der als Stall für die Tiere, die wir nicht besassen, abgetrennt war. Dort befanden sich der Ofen, das Holz und die Karâni aus getrockneten Kuhfladen. Jetzt war der langersehnte, feierliche Augenblick gekommen. Vater hob die Deckel der beiden Schachteln ab und legte dann die kleinen Eier, die Ameiseneiern ähnelten, auf zwei Lappen, schlug den Stoff darüber, zündete Feuer im Ofen an und schloss die Tür. Dann setzte er sich in der Haltung eines Mannes, der Respekt verdient, weil er etwas Bedeutendes vollbracht hat, zu uns auf die Strohschütte im vorderen Teil des Hauses und ass sein Nachtmahl. Danach legten wir uns schlafen, doch Vater blieb wach. Bald erklärte er seiner Frau, er könne keinen Schlaf finden, und ging hinaus, angeblich um auf dem Feld etwas nachzusehen. Er kam nicht wieder. Nach Mitternacht lieferten sie ihn stockbetrunken zu Hause ab.

Mutter war voller Angst, dass ausgerechnet unsere Eier nicht richtig ausgebrütet wurden, zumal Vater das Angebot des Muchtars, sie vorzubrüten, abgeschlagen hatte. Und wieder betete sie zu ihrem Herrn und Schöpfer, er möge sich unser erbarmen und uns eine gesegnete Ernte schenken.

Wunderbarerweise wurde dieses Mal das Gebet unserer Mutter erhört, und der Herr erbarmte sich unser. Vielleicht war Gott auch durch das stille Gebet aus dem Herzen unseres Vaters gerührt worden und liess deshalb die Eier aufspringen. Wenige Tage später wimmelte es in den beiden Lappen von ausgeschlüpften Larven, und Mutter betrachtete voller Freude die Brut. Würmchen, winzig wie Ameisen, krabbelten durcheinander, sie sah sie verzückt an und nannte sie „ihr Segensreichen". Auch wir sollten so zu den Würmchen sagen, wenn wir sie ansahen, damit sie wuchsen und in grosser Zahl gediehen.

Dann legten meine Eltern andächtig je einen der tellergrossen Karâni neben die Brut, und meine Mutter streifte vom ersten Maulbeerzweig die Blätter ab und begleitete diese Handlung mit einem besonderen Segensspruch. Vater bereitete die erste Mahlzeit aus zarten jungen Maulbeerblättern mundgerecht zu, indem er eine Faustvoll davon auf dem Brett, auf dem der Tabak geschnitten wurde, zu einem kleinen grünen Häufchen zerkleinerte. Die fein gehäckselten Blätter lagen dicht aufeinander wie das Laub der Zierbäume. Er verteilte sie auf dem einen der beiden Karâni, nahm den ersten Lappen hoch und liess die Larven auf die Maulbeerblätter gleiten. Die Larven aus dem zweiten Lappen bekamen ebenfalls ihre erste Mahlzeit auf einem Tablett aus getrocknetem Kuhmist, dann entzündete Vater ein leichtes Feuer, schickte uns hinaus, schloss die Tür hinter sich und sagte strahlend vor Optimismus: „Freu dich, Frau, die Ernte wird gut."

Am nächsten Morgen schnitt er von einem Maulbeerbaum ein paar Äste ab, entfernte das Laub und entrindete sie anschliessend. Die Rinde zwirbelte er und verflocht sie zu Schnüren. Dann schlug er zwei gleichlange Pfähle in den Boden und spannte vom einen zum anderen die Rindenschnüre, zwischen die er Schilfrohr einflocht. So fertigte er mehrere Matten. Danach zerkleinerte er wieder Maulbeerblätter und streute sie auf die Larven auf den Karâni. Wir wichen nicht von seiner Seite und fanden es spannend, jeden Tag etwas Neues über die Seidenraupenzucht zu lernen, die der Haupterwerbszweig der Menschen in dieser Gegend war. Bis die Seidenernte eingebracht war, sprachen die Leute zu Hause und in der Öffentlichkeit von nichts anderem, und wenn es zu Streitigkeiten kam, hatten diese in der Regel auch damit zu tun.

Nach einigen Tagen kündigte mein Vater an, die Raupen würden nun das erste Mal fasten. Und wirklich frassen sie zwei Tage lang nichts. Dann häckselte Vater wieder Maulbeerblätter in immer grösserer Menge, streute sie über die Raupen und wartete auf das zweite Fasten. Danach sollten sie auf die Horde gelegt werden und unzerkleinerte Blätter zur Nahrung bekommen. Meine Mutter half meinem Vater, als er im ehemaligen Stall als Rahmen für die Horde ein Gestell errichtete, in das er die rechteckigen Matten aus Schilfrohr in Etagen übereinander einhängte, so dass es wie Schiffskojen aussah. Als Eckpfeiler nahm Vater vier kräftige, geschälte Weisspappelstämme, zwischen denen er mit Schnüren die Matten befestigte. Auf diese streuten wir Maulbeerblätter und liessen dann die Raupen aus den Karâni auf die weichen Polster aus frischem Grün fallen, in denen sie sich sofort verteilten. Das zweite Fasten war vorüber. Wir streuten noch mehr Blätter über sie und beobachteten, wie sie ständig fressend zwischen den Blättern umherkrochen, übereinander purzelten, sich an den Blatträndern emporhievten und sich umhegt von unseren Segenswünschen frei und gesund entwickelten.

„Jetzt geht es erst richtig los", raunte Vater uns verschwörerisch zu, „so geht eigentlich Seidenraupenzucht. Wir müssen die Raupen gut füttern und darauf achten, dass keine Blätter vergeudet werden." Sobald nach Sonnenaufgang der Tau auf den Blättern getrocknet war, schnitt er Äste von den Maulbeerbäumen, und wir trugen sie ins Haus. Dabei durften sie auf keinen Fall den Boden berühren und staubig werden, weil Seidenraupen sehr empfindlich sind und harte oder schmutzige Blätter nicht vertragen. Im Haus zupften wir die Blätter von den Ästen auf eine saubere Matte. Die entblätterten Zweige legten wir in die Sonne, um sie für den Winter als Brennholz zu trocknen. Die Blätter streuten wir zweimal am Tag über die Raupen auf den Matten, einmal kurz vor Mittag und einmal kurz vor Sonnenuntergang. Vater sprach vom „Mittagessen" und „Abendessen" der Raupen. Wenn es Zeit war, forderte er uns von seinem Sitzplatz im Schatten aus auf: „Also los, geben wir den Raupen ihr Mittagessen", oder: „Es ist Zeit, die Raupen brauchen jetzt ihr Abendessen."

Sobald wir die frischen Maulbeerblätter auf die Matten geworfen hatten, kam Bewegung in die Raupen. Und jedesmal bekamen wir dasselbe merkwürdige Konzert zu hören, das mit einer zarten Musik begann, die zunächst klang wie ein dünnes Bächlein, das über einen glatten Stein rieselt und dann anschwillt bis zum gedämpften Rauschen eines Wasserfalls in der Ferne, der immer lauter wird und näher kommt und dann unhaltbar alles übertönt und überströmt. Dann krochen die Raupen zwischen den Blättern durcheinander und krabbelten an ihnen hoch, um aus jedem Blatt ein seltsam filigranes Kunstwerk zu nagen. Wenn sie das taten und Mutter sich davon überzeugt hatte, dass es den Raupen gut ging und sie emsig frassen, schaute sie mit glücklichen Augen, in denen alle Hoffnung ihres Herzens lag, auf die fressenden Tierchen und sagte: „Esst, meine Segensreichen, esst." Dann nahm sie mich bei der Hand, sagte meiner Schwester, sie solle mit hinauskommen, schloss die Tür hinter uns und machte sich eifrig an ihre Arbeit. Sie räumte das

Haus auf oder bereitete das Essen zu, unermüdlich wie eine Ameise, und war voller Hoffnung und Zukunftspläne für das Leben danach, wenn wir erst von hier fortgezogen wären.

Von einem Tag auf den anderen sah man, wie die Seidenraupen wuchsen, länger und dicker wurden. Und je praller sie wurden, desto mehr schimmerten sie. Eines Tages fingen sie an, gelblich zu glänzen. An diesem Tag rief Mutter freudig aus: „Die Raupen suchen nach dem Wermut", und hartnäckig bestürmte sie Vater mit der Frage, ob es denn nun nicht Zeit für die Wermutsträucher sei. Sie drängte ihn, bis er sie anfuhr, sie solle gefälligst abwarten. Am nächsten Morgen fing er dann an, die Wermutsträucher herzurichten, die wir auf dem Feld ausgerissen hatten. Er beobachtete dabei das Treiben der „Segensreichen" genau und vertraute wie immer auf seine Intuition.

Es vergingen allerdings noch einige Tage, bis die erste Seidenraupe auf Fingerdicke angewachsen war und gelb glänzend wie ein reifer Pfirsich in der Sonne, golden funkelnd wie Honig im Glas, schwerfällig einherkroch. In ihrem aufgeblähten Leib trug sie die goldene Flüssigkeit des seidenen Gewebes, das sie als honigfarbenen Faden ausstossen würde, sobald sie sich auf die Spitze eines Wermutzweiges zurückgezogen hatte, um dort zu fasten und ihren wertvollen Kokon zu spinnen, der ihr schützendes Haus und gleichzeitig ihr Grab werden sollte.

An einem der letzten Tage der Verwandlung der Seidenraupen brach meine Mutter auf einmal in panisches Geschrei aus und klatschte mit den Händen auf ihre Hüften, als sie die Tür zum hinteren Teil des Hauses öffnete und sah, dass die

Seidenraupen ihren Tummelplatz verliessen und auf den Eckpfosten und an den Rändern der Horde entlangkrochen. Vater hörte ihr Geschrei und kam vom Feld herein. Als er sah, warum sie so aufgeregt war, wurde ihm klar, dass er vielleicht doch etwas zu lange gewartet hatte. Er beruhigte Mutter und rief uns zu: „Bringt mir die Wermutsträucher", kletterte auf die Horde und band einen Wermutstrauch an den mittleren und oberen Teil jedes Eckpfostens und an die Seiten der Querhölzer, damit die Seidenraupen, die dort entlangzogen, einen Zweig fanden, an dessen Spitze sie sich verpuppen konnten. Zusätzlich steckte er Wermutsträucher auf die Rohrmatten und sagte zu Mutter: „Mach dir keine Sorgen, es wird keine Raupe verlorengehen." Zur Vorsicht legte er eine Matte auf den Boden, verteilte darauf Maulbeerblätter, damit herunterfallende Raupen zumindest weich landeten und wieder hinaufgelegt werden konnten. Zu Mutter sagte er im Ton der Rechtfertigung: „Wir müssen dafür sorgen, dass die Raupen weiter genug Futter bekommen. Sie ziehen sich nicht alle gleichzeitig zur Verpuppung zurück. Wir dürfen nicht aufhören, sie zu füttern, doch wir brauchen ihnen auch nicht mehr so viel zu geben. Wenn eine Raupe gross genug geworden ist und es für sie an der Zeit ist, ihren Kokon zu bilden, sucht sie sich einen Platz auf der Spitze eines Wermutzweigs, die anderen, die noch nicht so weit sind, sollen ihr Fressen finden, solange sie es brauchen."

In allen Entwicklungsphasen der Seidenraupen erklärte uns Vater, was passierte und worauf es jeweils ankam. Wir befolgten seine Anweisungen genau. Wir waren dabei, als sich die Raupen an den Wermut hefteten und sich in ihre Kokons einspannen. Während jener Tage erlebten wir unseren Vater als kundigen Mann. Wir wussten nicht, dass er trank und sich mit der Witwe traf. Das geschah nachts, und die Tage verbrachte er mit uns. Er ging nicht weg, und mehr wollten wir nicht.

Wörter wie Verpuppen, Einspinnen und Kokon lernten wir mit der Zeit aus der direkten Anschauung. Von einer Schule wusste ich damals noch nichts. Weder wie sie aussah noch wo es so etwas gab. Meine Mutter hoffte darauf, uns zur Schule schicken zu können, wenn wir endlich aus dem Dorf wegziehen würden. Doch diese Hoffnung erfüllte sich für meine Schwestern nie, und auch bei mir wäre sie beinahe nicht in Erfüllung gegangen. Immer wieder kämpfte Mutter unter Tränen und in ihren nächtlichen Gebeten gegen die Aussichtslosigkeit, uns in den Genuss von Schulunterricht kommen zu lassen. Zuletzt gelang es ihr dann doch, zumindest mich in einer Schule unterzubringen, so dass ich lesen und schreiben lernte. In Iskenderûn nahmen wir in der Schule das Gedicht von Abulalâ al-Maarri durch, das folgenden Vers enthält:

Seht hier die Raupe,
ihr Gespinst glänzt so zart,
vergleichbar nur
kostbarstem Brokat.

Als der Lehrer uns den Inhalt des Verses erläuterte und uns von den Verwandlungen des Seidenspinners erzählte, ertappte er mich beim Träumen. Ich hatte mich in eine andere Welt verirrt, mich weit weggeträumt, in eine Welt mit Regen und Sonne, mit blaugrünen Maulbeerblättern, mit Kokons und Wermut, und mir alle die Bilder von damals wieder ins Gedächtnis gerufen. Plötzlich klatschte der Lehrer mehrmals mit dem Lineal auf die Tischkante und fuhr mich an:

„Du, wovon träumst du denn? Wiederhole bitte, was ich eben gesagt habe."

Erschreckt von der unsanften Rückkehr aus meiner Vergangenheit in die Realität des Unterrichts, erhob ich mich und stand völlig verdattert da. Ich hätte ihm gerne den Inhalt dieser Zeilen erklärt, aber das Wort „Brokat" kannte ich nicht und war deshalb wie gelähmt. Ich verwünschte innerlich das seltsame Wort, und meine Mitschüler lachten mich aus, während ich mich schämte und zitterte. Schliesslich hatte der Lehrer ein Einsehen und fragte mich freundlich: „Nun sag schon, an was hast du gedacht? Du kannst es ruhig sagen, du wirst nicht bestraft."

„An die Seidenraupen."

„An was für Seidenraupen, an die im Gedicht?"

„Nein, nicht die im Gedicht, an die zu Hause."

„Zu Hause bei euch?"

„Ja, bei uns, wir hatten früher einmal echte Seidenraupen zu Hause. Ich habe gesehen, wie die Eier ausgebrütet werden. Ich war dabei, als die Larven ausgeschlüpft sind und Maulbeerblätter gefressen haben. Ich weiss, wie sie die Kokons spinnen, aber bei uns im Dorf machen sie Seidenfäden und nicht Brokatfäden."

Da lächelte der Lehrer und sagte: „Brokat ist nicht der Name des Fadens, mit Brokat ist ein Stoff gemeint. Dieses Wort kommt in der Hochsprache vor, und man lernt es in der Schule. Du kennst dich ja schon gut aus, hast du das jetzt auch verstanden?"

Ich nickte, verfluchte noch einmal innerlich das Wort „Brokat" und beschloss, weiterhin das Wort „Seide" zu verwenden, wie wir es zu Hause in unserem Dorf gelernt hatten.

8. Kapitel

Ab Mai wurde es dann richtig heiss. Die Seidenraupen hatten sich alle verpuppt. Die Horden hatten sich inzwischen in einen Miniaturwald aus Wermutzweigen verwandelt, in dem die „Segensreichen" ihre Fäden um sich zu Kokons gesponnen hatten. Jetzt mussten wir ihnen weder Mittagessen noch Abendessen bringen, wir mussten nur noch die Seidenkokons abpflücken, in Säcke füllen und zum Muchtar bringen. Der wog sie, und jeder vierte gehörte uns. Gegen unser Viertel rechnete er seinen Anspruch auf. Wenn am Schluss zu unseren Gunsten etwas übrigblieb, würde er uns auszahlen, wenn nicht, würde er wenigstens unseren Namen über eine neue Schuldseite in seinem Heft schreiben.

Hinter der Stalltür verbarg sich jetzt ein Wunder. Beglückt bestaunten wir die Horden, die sich durch die Kokons an den Zweigenden der Wermutsträucher in einen Zauberwald aus Bäumchen verwandelt hatten, die nicht mit Schnee und nicht mit Watte, sondern mit Seide geschmückt waren. Mein Vater hatte seine Freude daran, einen Wermutstrauch von seinem Platz zu nehmen und uns vorzuführen. Jeder Strauch war ein kleines Bäumchen, aber vom Stiel war nur noch ein kleines Stückchen zu sehen, ansonsten hingen überall an den Spitzen der Zweige fingergrosse Seidenkokons, von denen die Fadenenden in alle Richtungen abstanden und an den Stengeln klebten. Dabei nahm jedes dieser länglichen Bällchen seinen eigenen Platz ein, unabhängig von den anderen Kokons. Das ganze sah aus wie ein Motiv, das ein Goldschmied entworfen hatte, und das sich dann durch die Wiederholung zum Gesamtkunstwerk eines Wermutbäumchens zusammenfügte. Die gestalterische Ordnung war so ausgewogen, dass es darin weder Lücken noch Ballungen gab, als hätte jede Raupe den Raum, den sie für sich beanspruchte, vorausberechnet und sich dann an der entsprechenden Stelle niedergelassen, um sich zu verpuppen. In der Ökonomie des Raums liess jede Raupe jeder anderen den Platz, den sie brauchte, um sich ihrerseits zu verpuppen.

Mehr als einmal hielt mein Vater einen Wermutstrauch voller goldgelber Kokons in die Höhe und stellte im Brustton der Überzeugung fest, wenn es Prämien gäbe, würde er auf jeden Fall eine bekommen. „Den ersten Preis müsste ich kriegen", erklärte er dann, „niemand von allen Kleinpächtern hier kann so gut Seidenraupen züchten wie ich. Prallere Wermutsträucher als meine kann es gar nicht geben. Und wenn es nicht verboten wäre, würde ich einen Strauch nehmen und damit direkt nach al-Luschîja gehen."

Der Muchtar machte zu dieser Zeit in Begleitung seines Büttels Rundgänge bei den Kleinpächtern. Er kam meist unangekündigt, um zu taxieren, was bei dem jeweiligen Kleinpächter an Seidenertrag zu erwarten war, damit seine Partner bei diesem Handel nicht etwa einen Teil des Ertrags an ihm vorbeischmuggelten, was in Anbetracht der Bedingungen, zu denen er ihnen ihre Kokons abkaufte, durchaus eine realistische Befürchtung war. Die Schätzungen des Muchtars fielen immer sehr grosszügig zu seinen eigenen Gunsten aus, und wenn er dann eine Fehlmenge feststellte, bezichtigte er den Kleinpächter des Diebstahls. Die Fehlmengen waren somit vorprogrammiert und gehörten ebenso unvermeidlich dazu wie die sich daraus ergebenden Streitigkeiten und Probleme.

Der Muchtar lief um die Horden herum und inspizierte prüfend jeden einzelnen Wermutstrauch mit seinem gesunden Auge. Sein Gesicht blieb dabei ebenso ausdruckslos wie sein Glasauge. Er gab Vater kein Wort der Anerkennung. Wir Kinder sahen all dem aus sicherer Entfernung zu. Wir hatten uns vor dem Muchtar versteckt, denn aufgrund der Geschichten, die Mutter erzählt hatte, hatten wir nackte Angst vor ihm. Wir wünschten nur eines, dass er so schnell wie möglich wieder verschwand und unseren Eltern nichts zuleide tat. Plötzlich sah ich, wie meine Mutter ihm zulächelte. Ich schloss daraus, dass sie ihm bedeuten wolle, sie habe die Kränkungen vergessen, von denen sie Vater nichts erzählt hatte. Ob sie wohl hoffte, dass die gute Qualität der Rohseide das Geschehene ungeschehen machen würde? Vater bat ihn, uns die Ehre zu erweisen, sich kurz zu setzen. Doch der Muchtar lehnte ab. Er schaute sich das Maulbeerbaumfeld an, sah die Beete mit Sommergemüse und sagte gönnerhaft: „Esst euch satt und freut euch darüber. Es ist mein Boden, doch das Gemüse gehört euch."

„Ihnen gehört schon der Boden", gab Vater zurück, „das andere können Sie ruhig auch nehmen, Herr. Was braucht der Mensch mehr als eine Handvoll Erde, um satt und zufrieden zu sein!"

„Werd bloss nicht frech", antwortete der Muchtar, „so hat ein Kleinpächter nicht mit dem Grossgrundbesitzer zu sprechen."

„Wie der Herr, so 's Gescherr", bemerkte Vater lapidar. „Aber wenn Sie glauben, Herr, dass wir Ihre Sklaven sind, täuschen Sie sich."

„Du bist auf jeden Fall ein Narr", platzte der Muchtar heraus. „Die Trauben, nach denen du schnappst, hängen zu hoch für dich, und ausserdem sind sie sauer. Komm runter vom Baum, auf den du dich verstiegen hast. Und im übrigen, wie steht's mit den süssen Dingen im Leben?"

Das wollte Vater nicht auf sich sitzen lassen: „Wenn Sie schon danach fragen, Herr: Gut steht's mit den süssen Dingen im Leben. Gestern haben wir für ein Ratl Rohseide bei einem fliegenden Händler lauter süsse Sachen gekauft. Sie wissen ja, auf dem Dreschboden geht es immer grosszügiger zu als beim Bauern in der Vorratskammer."

„So ist das also, du leistest dir Süssigkeiten. Und was noch?"

„Was mein Herz begehrt, kaufe ich. Zum Beispiel auch Arak."

Jetzt war der Muchtar aufgebracht. „Mach dich nicht unglücklich", drohte er, „lass die Finger von meiner Seide, sonst hack ich dir die Hand ab!"

„Bisher habe ich die Finger von der Seide gelassen, doch ab heute gilt das nicht mehr. Wenn Sie so ein wichtiger Herr sind, wie Sie tun, dann hacken Sie sie halt ab."

„Wie du willst. Ich habe deine Kokons gesehen. Wenn du lieferst, werden wir abrechnen."

„Wie es dem Herrn beliebt! Wir werden miteinander abrechnen."

Der Muchtar wandte sich ohne ein weiteres Wort um und ging verärgert. Und weil der Geizhals einfach davonging, ritt meinen Vater der Übermut, und er schrie ihm nach: „Versuchen Sie doch, mit mir abzurechnen. Dazu müsste ich Ihnen wohl meine Ernte abliefern. Aber ich werde meine Kokons anderweitig verkaufen und mir Arak und Süssigkeiten davon kaufen. Dann können Sie sich Ihre Hörner am Maulbeerbaum wetzen."

Der Muchtar erwiderte nichts mehr, oder er wollte vor dem Büttel nicht das Gesicht verlieren, zumal er wusste, dass mein Vater ab einem bestimmten Punkt nicht mehr unbedingt zurechnungsfähig war.

Kaum war der Muchtar weggegangen, holte Vater seinen Umhang. Er pflückte so viele Kokons, bis der Umhang damit gefüllt war. Dann trug er ihn fort und brachte uns Süssigkeiten, die die fliegenden Händler gegen „abgezweigte" Rohseide eintauschten.

Dieses Spiel wiederholte er nicht. Nicht etwa, weil Mutter dagegen Einspruch erhob, sondern weil sich eine andere Möglichkeit auftat, den Muchtar, der einzulenken versuchte, zu ärgern. Der Muchtar schickte nämlich jemanden mit Süssigkeiten, einer Flasche Arak und dem Auftrag bei uns vorbei, Vater auszurichten, er möge doch bei Gelegenheit einmal beim Muchtar vorbeischauen, dieser habe noch eine Flasche Arak für ihn und sei bereit, sich mit ihm zu einigen. Vater war ganz zufrieden mit sich und sagte: „Dero Gnaden geben sich äusserst freundlich zur Zeit. Wenn er dann die Ernte eingesackt hat, zeigt er uns bestimmt wieder die Zähne. Der Schlaukopf meint, er allein hätte Verstand!"

„Sei freundlich zu ihm", bat Mutter, „du weisst doch, dass das Auge dem Pfriem keinen Widerstand leisten kann."

Um seinen guten Willen zum Ausdruck zu bringen, nahm Vater einen grossen, mit schweren weissen Seidennüssen wie mit Schneesternen geschmückten Wermutstrauch. Er hielt ihn am Stiel in die Höhe und meinte zu Mutter: „Der wiegt bestimmt zwei Ratl! Gott, sind wir gesegnet." Wir Kinder standen fasziniert vor den glänzenden Seidenbäuschen wie vor einem mit goldenen Münzen geschmückten Weihnachtsbaum, und waren glücklich, einen so erfolgreichen und so geschickten Vater zu haben.

Jedes Jahr veranstalteten die Seidenraupenzüchter einen Wettbewerb, wie es auch die Bauern tun. Es gab zwar kein Geld zu gewinnen, aber dem Sieger waren Ruhm und Anerkennung gewiss, und unser Vater erwarb sich tatsächlich diesen Ruhm, und noch dazu eine Flasche Arak vom Muchtar. Damit kehrte er heim, und danach begann die Ernte. Im Namen Gottes wurden die Seidenkokons gepflückt und in Säcke gefüllt. Das Ernten bestand darin, dass jeder sich einen Wermutstrauch nahm, die Kokons einen nach dem anderen abpflückte und auf ein Tuch fallen liess, das Mutter auf dem Boden ausgebreitet hatte. Uns gefiel, wie die Kokons sanft auf dem Tuch am Boden aufkamen und bis zum endgültigen Stillstand aneinanderrollten. Im ganzen Haus verbreitete sich der Duft der Seidenkokons, und auf unserem Ernteboden sammelten sich die weissen Seidennüsse wie übergrosse Erdnüsse. Vater führte Gottes Namen auf den Lippen, während er die Kokons mit beiden Händen vom Boden aufnahm und in die Säcke legte, die Mutter ihm aufhielt. In diesem Augenblick hatten wir das Gefühl, es geschafft zu haben, und waren stolz auf unseren preisgekrönten Vater. Es wurde zwar nicht darüber gesprochen, aber wir glaubten daran, und es tat uns unendlich gut. Wir tranken dieses Gefühl als Elixier mit dem Wasser und nahmen es mit dem Brot zu uns. Unser Haus war hell geworden, und es schien, als strahlte die Sonne kräftiger als zuvor. Der Ton der Gespräche zwischen Vater und Mutter wurde sanfter, unsere Angst war gebannt. Vater würde nicht mehr von uns fortgehen, beide Eltern waren mit uns zusammen. Wir waren keine Bauern, aber trotzdem säten und ernteten wir. Auch wir füllten unsere Säcke mit dem Ertrag der Ernte, und wir hatten Lieder genug davon zu singen. In ihrem Glück sang unsere Mutter, und wir wiederholten den Refrain. Vater trank, und wir tanzten um ihn herum. Voller Hoffnung und Glück strahlten wir einander an.

„Der Geduldige bleibt Sieger", sagte Vater.

Und Mutter bestätigte: „Ja! Wir haben wirklich Geduld gehabt. Es waren harte Zeiten, aber wir haben alle Geduld gehabt. Ach, wenn du wüsstest, wieviel Geduld wir gebraucht haben."

„Ich weiss ja, ich weiss!" versicherte Vater. „Erinnere mich nicht daran. Du weisst ja nicht, was ich alles durchgemacht habe. Ein Mann muss seiner Frau schliesslich nicht alles erzählen. Entscheidend ist, dass unsere Arbeit gesegnet wurde und jetzt ein günstiger Wind weht. Bald können wir weggehen. Selbst wenn sie mir die Taschen mit Gold füllen, ich gehe hier weg, hinaus in Gottes grosse, weite Welt."

Mutter senkte den Blick. Zum ersten Mal, seit wir ins Dorf gekommen waren, lag Zuversicht darin. Sie tat ihre Arbeit, betete und freute sich still darüber, dass unsere Schulden bezahlt werden würden und ihre Tochter frei käme.

Doch der günstige Wind hielt nicht an. Er drehte plötzlich, und die seidenen Tage voller Honigsüsse, die er gebracht hatte, verwandelten sich in Kummer und furchtsames Schweigen. Den Menschen gefror das Lächeln auf den Gesichtern, und auch auf den Gesichtern meiner Eltern erlosch die Freude und machte nach und nach der Verzweiflung Platz.

Aus al-Luschîja hörte man schlechte Nachrichten. Normalerweise erschienen zur Seidenernte Scharen von Händlern in der Gegend, die einander die Rohseide vor der Nase wegkauften. In diesem Jahr waren es auffallend wenige. Sogar diejenigen Händler, die Kredit gegeben hatten, zögerten und nahmen nur geringe Mengen zur Abzahlung an. Auch die Grundbesitzer waren plötzlich nicht einmal mehr an ihrem Anteil vom Ertrag interessiert und wollten den Anteil der Kleinpächter nicht mehr aufkaufen. Andererseits entliessen sie die Kleinpächter aber auch nicht aus ihren Verträgen, so dass sie nach eigenem Gutdünken über ihre Seide hätten verfügen können. Das bedeutete für alle, dass weder alte Schulden abbezahlt noch neue gemacht werden konnten. Die Männer gingen schon am frühen Morgen nach al-Luschîja zu den Grund- und Ladenbesitzern, blieben lange aus und kehrten mit enttäuschten Mienen und leeren Händen zurück. Auch die fliegenden Händler, die sonst in Scharen gekommen waren, wurden immer seltener. Diejenigen, die doch noch kamen, wollten entweder gar keine Rohseide gegen ihre Waren eintauschen, oder sie verbanden solche Geschäfte mit haarsträubenden Forderungen.

Vater füllte einen kleinen Sack mit Kokons, um ihn in nahegelegenen Läden anzubieten. Dabei ging er das Risiko ein, vom Büttel des Muchtars erwischt und wegen Diebstahl ins Gefängnis geworfen oder gar getötet zu werden, wenn er sich gegen die Festnahme wehrte. Trotz dieser Risiken und trotz der guten Qualität der Kokons fand sich niemand, der ihm dafür Mehl, Öl und Petroleum gegeben hätte. Um sie überhaupt loszuwerden, musste er einen schmerzlich niedrigen Preis akzeptieren.

„Oh, Herr und Gott, warum wendest du dich von uns ab?" klagte meine Mutter in ihren Gebeten.

„Wahrscheinlich weil du ihm den Kopf vollgejammert hast", schrie Vater sie an, „sei doch still, uns passiert auch nichts anderes als allen anderen."

Doch Mutter jammerte weiter: „Wir sind doch fremd hier, und wir wollen wieder weg von hier, und unsere Kleine ist beim Muchtar als Unterpfand. Ich kann sie doch nicht einfach hier zurücklassen."

„Völlig richtig", sagte Vater höhnisch, „dann lass dir eben etwas einfallen. Erzähl deine traurige Geschichte dem Muchtar oder mach den Händlern in al-Luschīja klar, dass sie uns unsere Ernte abkaufen sollen."

Dann gab ein Wort das andere. „Das ist Männersache. Ich bin eine Frau."

„Wer kann denn hier ein Mann sein? Mir geht es auch nicht anders als einer Frau."

„Ja ja, dein ganzes Leben bist du so weibisch gewesen."

„Was, mein ganzes Leben? Warte, du Hundetochter. Du bist durch mich zur Frau geworden, und jetzt willst du mich zur Memme machen. Ich zeige dir, wer hier der Mann und wer die Frau ist." Mit diesen Worten gab mein Vater meiner Mutter eine schallende Ohrfeige. Mutter heulte laut auf, und wir liefen ängstlich zu ihr. Zum ersten Mal sah ich mit eigenen Augen, dass jemand sie schlug. Ich hatte mir nie vorstellen können, dass irgend jemand sie schlagen könnte, und nun war es ausgerechnet mein Vater. Liebevoll drängte ich mich an sie, um ihr zu helfen. Ich liebte sie, weil sie so viele Schmerzen erduldet und so viele Tränen vergossen hatte. Alles in mir lehnte sich voller Abscheu gegen meinen Vater auf.

Die Männer hatten nichts mehr zu tun. Aus der Umgebung fanden sie sich bei uns zusammen, nachdem sie nun allesamt dasselbe Unglück getroffen hatte. Sie hockten im Kreis auf dem Boden, kratzten mit ihren Stöcken auf der Erde herum, und ich hörte sie miteinander diskutieren. Düster brüteten sie vor sich hin und wiederholten missmutig immer wieder, was sie bedrückte. Wir verstanden nicht alles und fragten unsere Mutter nach Worten, die uns unklar waren und die wir uns gemerkt hatten, weil sie so häufig vorkamen.

Einige waren der Meinung, die indische Seide ruiniere uns, andere überzeugt, es sei die chinesische. Nein, es sei doch die indische. Und so ging es hin und her.

„Was weisst du, was weiss ich? Wer hat denn die Seide gesehen, die uns kaputt macht? Es heisst, es sei schlechte künstliche Seide, und trotzdem überschwemmt sie den Markt. Und wofür produzieren wir? Die Seidenhändler sind auch nur Zwischenhändler. Sie kaufen die Seide, um sie weiterzuverkaufen. Wenn der Markt gesättigt ist und sie sie nicht absetzen können, dann kaufen sie uns eben nichts mehr ab."

„Ich kann das nicht glauben. Unsere Ware ist starke, reine Naturseide, und sie handeln schliesslich mit Seide. Mit uns wird ein Spiel getrieben, und zwar ein schmutziges Spiel, um den Preis zu drücken. Sobald wir verkauft haben, werden die Preise anziehen. Dann sind wir die Dummen."

„Wo soll das alles hinführen?"

„Mit Öl kannst du auch aus Dreck einen Kuchen backen,

aber was soll man ohne Öl machen? Den Dreck so essen?"

„Genau. Den Dreck kann man nicht essen, aber unsere Kinder haben Hunger. Also werden wir zu dem Preis verkaufen müssen, den die Hurensöhne uns aufzwingen."

„Wartet noch ein bisschen. Sie kaufen schon irgendwann, und dann gehen auch die Preise wieder hoch."

„Wir müssen die Ernte beim Muchtar abliefern, und unser Viertelsanteil reicht sowieso nicht, um die Schulden zu bezahlen."

Da machte ihnen Vater folgenden Vorschlag: „Wie wäre es, wenn wir alle die Ernte zurückhielten. Bevor der Muchtar unseren Anteil nicht gekauft hat, gibt keiner von uns einen einzigen Kokon bei ihm ab."

„Und wenn er die Regierung zu Hilfe ruft?"

„Die Regierung kann ruhig versuchen, das Meer mit Steinen zu pflastern."

„Und woher bekommen wir etwas zu essen?"

„Wir verkaufen eben gerade so viel zum Tagespreis, wie wir zum Überleben brauchen, und den Rest halten wir zurück, bis der Preis steigt."

Einer der Männer richtete sich auf, wandte sich an Vater und sagte langsam: „Du scheinst die Grossgrundbesitzer und ihre Handlanger nicht zu kennen. Du spielst mit deinem Leben."

„Und ob ich sie kenne, sie sind auch bei mir vorbeigekommen. Was soll's! Sollen sie doch versuchen, mich fertigzumachen. Die Kinder müssen essen."

Dass er sagte, sie sollten nur versuchen, ihn „fertigzumachen", versetzte meine Mutter in Angst und Schrecken. Sie fürchtete sich vor Waffen, schon wenn sie nur an der Wand hingen. Diese Dinger haben den Teufel im Leib, davon war sie überzeugt. Die Nachrichten über Gewaltanwendungen bei Überfällen und Streitigkeiten rissen nicht ab. Gerüchteweise hörte man, hier sei ein Bauer von seinem Pachtherrn getötet worden, dort habe ein Kleinpächter seinen Ertrag nicht abliefern wollen, habe den Büttel umgelegt und sei dann verschwunden. Es passierte viel, genauso viel wurde hinzugedichtet, und man glaubte den Gerüchten gern. Die Spannung war so gross, dass leicht Streit entstand, der auch oft genug mit Gewalt ausgetragen wurde.

Meinem Vater war es vollkommen ernst mit dem, was er gesagt hatte. Er hatte ohnehin keine andere Wahl. Die meisten anderen Kleinpächter hatten zumindest noch Mehl für ihr Brot, weil sie schon länger da waren als wir und Getreide für den eigenen Bedarf anbauten und sich Vorräte hatten anlegen können. Wir dagegen hatten nur Hunger, und wenn Vater die Seidenkokons auf eigene Rechnung verkaufte und dabei das Risiko einging, wegen Diebstahls verhaftet und unter Umständen getötet zu werden, dann tat er das, damit wir nicht verhungerten.

Der Muchtar muss wohl geahnt haben, dass sich da etwas zusammenbraute, denn er liess vorsichtshalber Gendarmerie aus al-Luschîja kommen. Der Kommandant ordnete an, dass seine Leute auf Patrouille die Gewehre umhängen mussten, und auch die Büttel zeigten sich nur noch bewaffnet. Auf ihren Kontrollgängen auf den Feldwegen waren die Gendarmen immer zu zweit. Ihr Quartier richteten sie bei der Witwe ein, so dass dort nun zum grossen Missfallen meines Vaters eine Menge Umtrieb war und er deshalb abends nicht mehr hingehen konnte. Dafür wusste er aber, wo die

Gendarmen ihr Mittagsschläfchen hielten, und konnte eine Menge Kokons wegschaffen und gegen Weizen und Gerste eintauschen. Dabei rechnete er damit, die Sache würde zuletzt doch noch gut ausgehen. Aber je weniger es danach aussah, desto beklommener waren die Menschen, und je weniger sie daran glaubten, desto deutlicher war die Verzweiflung auf den Gesichtern der Männer ebenso wie der Frauen und der Kinder abzulesen. Sie wussten weder ein noch aus und erwarteten zitternd die unvermeidliche Katastrophe, wie Pinguine den herannahenden Schneesturm. Wie hätten sie die Gefahr auch abwenden können! Was hätten die Männer tun sollen? Sie hatten sich schon gegen die Grundbesitzer zusammengetan und die Ernte nicht abgeliefert. Und es nützte ihnen letztendlich nicht einmal etwas.

Auf dem Land beginnt der Sommer im Mai. Dann müssen die Säcke mit den Kokons bei den Grossgrundbesitzern und den Händlern abgeliefert sein, damit die Raupen ausgeräuchert werden. Die Falter dürfen nicht schlüpfen, denn dabei beissen sie sich durch die Kokons, und dann ist die Seide minderwertig, weil sie nicht mehr in langen Fäden abgelöst werden kann.

Die Bauernregel lautete: „Dreht sich das Rad im Mai, ist die Seidenernte vorbei." Das hiess, dass die Kokons dann eingeweicht und die Seide abgelöst und danach gesponnen wurde. Die Weiterverarbeitung der Rohseide fand in der Regel nicht bei uns in der Gegend statt, obwohl bei einigen Landbesitzern grosse Spinnräder standen und auch der eine oder andere Pächter ein wenig Seide für den eigenen Bedarf auf einem kleinen Rad spann. Ansonsten kauften die Händler die Seide direkt als Rohseide auf und verkauften sie auch so weiter. Doch vor dem Einweichen, dem Verspinnen und der gesamten Weiterverarbeitung mussten die Falter in ihren Kokons getötet werden. Dazu wurden die Säcke in sogenannte Ausräucherkammern gelegt; darunter wurde ein Feuer angezündet, in dessen Rauch die Raupen dann erstickten.

Die Kleinpächter mussten ihre Kokons abliefern, bevor die Falter schlüpften, und die Grossgrundbesitzer verkauften sie entweder gleich weiter oder legten die Säcke in ihre eigenen Ausräucherkammern. Dann stieg allenthalben Rauch in den Himmel, die Spinnräder fingen an, sich zu drehen, und die Webstühle klapperten. In allen Teilen der Dorfgemeinde waren die Menschen um diese Zeit emsig bei der Arbeit. Die Betriebsamkeit lief in al-Luschîja zusammen und war dort am deutlichsten an den Aktivitäten im Hafen abzulesen, wo die Ware sich auf den Kais stapelte, um auf Schiffe verladen zu werden.

Von ihrem Anteil bezahlten die Kleinpächter alljährlich im Mai ihre Schulden, kauften sich Lebensmittel, kleideten sich neu ein und widmeten sich danach der Feldarbeit. Sie hatten ihre Kokons abgeliefert, und nun pflanzten sie Gemüse und Bohnen, trockneten Feigen für den Winter und pressten den Saft aus den Trauben und das Öl aus den Oliven. Manche arbeiteten auf ihren eigenen Feldern, andere gegen Lohn. Wenn der Herbst kam, wurden Brennholz und Mist gesammelt und die Vorräte eingelagert. Wenn dann die Feste und Hochzeiten vorüber waren, besuchten sie sich nur noch selten und setzten sich den Winter über zur Ruhe in den Lehmhäusern, die vereinzelt zwischen den Maulbeerbäumen standen.

Das war der normale Ablauf des Jahres. In dieser Tradition war meine Mutter aufgewachsen. Was im Sommer, im Herbst und im Winter zu tun war, war Thema ihrer Unterhaltungen mit meinem Vater und ihren Nachbarinnen, bei denen sie immer wieder von ihrem sehnlichsten Wunsch sprach, unseren Anteil an der Ernte zu verkaufen, unsere Schulden zu bezahlen, ihre Tochter auszulösen und dann abzureisen.

Aber in diesem Jahr kam die alte Ordnung völlig durcheinander. Das Rad der Jahreszeiten kam zum Stillstand und drehte sich dann rückwärts. Das Wasser, das dieses Rad antrieb, war die Seidenernte, und in ihrem Strom schipperten die Menschen um die Klippen des Lebens. Doch nun stellte sich diesem Strom ein Teufelswerk wie ein unüberwindlicher Damm in den Weg, an den das Wasser schlug, um dann tosend über die nachströmenden Wassermassen zurückzustürzen. Auf den brodelnden, aufgewühlten Fluten gerieten die Boote des Lebens gefährlich ins Schleudern, und die in panischem Schrecken erstarrten Insassen drohten zu ertrinken.

Es kamen kaum Händler, um die Rohseide zu kaufen, und die wenigen, die da waren, warteten bis zur letzten Minute, um den Preis noch weiter zu drücken. Die Grossgrundbesitzer boten den Kleinpächtern so gut wie nichts mehr für ihr Viertel am Ertrag, so dass es sich für diese nicht lohnte, ihren Anteil abzugeben. Einige lieferten ihn deshalb nicht ab. Mein Vater behielt sogar seine gesamte Ernte zurück. Die Menschen krallten sich an den Planken der Schicksalsboote fest, während der Strom sie unaufhaltsam auf die von Teufelshand errichtete Mauer zutrieb. Und damit die

Nachen nicht kenterten, warfen sie Ballast ab und schleuderten die Ladung über Bord in das schäumende Wasser. Dabei gaben sie ihre aufrichtige Verweigerungshaltung auf, gingen in die Knie und beugten sich unterwürfig.

Eines Tages stürzte mein Vater ins Haus und packte einen der Säcke mit den Kokons. Einen Esel hatte ihm der Muchtar für den Transport nicht leihen wollen, und auch sonst hatte er keinen auftreiben können, auch nicht gegen Bezahlung, denn an jenem Tag waren alle verzweifelt mit ihren Kokons zu den Besitzern oder den Ausräucherkammern unterwegs. Es war sehr heiss geworden, und weil die Raupen nicht rechtzeitig erstickt worden waren, schlüpften nun auf einmal die Falter aus den Kokons. Im Haus flatterten Schmetterlinge umher und flogen dann hinaus ins Freie, und das nicht nur bei uns, sondern bei allen anderen auch. Obwohl es an hereinbrechende Heuschreckenschwärme erinnerte, sorgten sich die Leute nicht darum, dass die Anpflanzungen womöglich Schaden litten. Das Schlimmste daran war vielmehr, dass die Kokons weniger Gewicht auf die Waage brachten und die Seide wegen der schlechten Qualität nicht mehr viel wert war. Wir durchlebten an jenem Tag wirklich ein erschütterndes Drama. Mutter beklagte endlos ihr böses Geschick, und Vater brüllte, wir sollten nehmen, was wir tragen konnten, und ihm damit zum Muchtar folgen, um uns in der Schlange vor der Ausräucherkammer anzustellen.

Vater hatte sich die Gharâra, den grossen Doppelsack, aufgepackt, Mutter einen normalen Sack auf den Rücken geladen und einen Korb in die Hand genommen. Auch meine Schwestern bekamen je einen Korb in die Hand gedrückt.

Nur ich stand mit leeren Händen da. Ich hätte auch so den langen, beschwerlichen Weg bis zum Muchtar nicht geschafft, und schon gar nicht mit einem Korb Kokons in der Hand. Deshalb musste ich dableiben und erhielt den Auftrag, auf das Haus aufzupassen, bis sie zurückkämen. Sie machten sich auf. Ich weinte und lief hinter ihnen her. Meine Mutter wandte sich um und wiederholte, ich solle ins Haus zurückgehen und dort auf sie warten. Sie schimpfte und drohte. Irgendwann beachtete sie mich einfach nicht mehr und eilte mit meinen beiden Schwestern Vater nach. Ich rannte hinter ihnen her und stürzte, stand aber nicht gleich wieder auf, weil ich wollte, dass meine Mutter oder eine meiner Schwestern zu mir zurückkäme, um mich aufzuheben oder bei mir zu bleiben. Deshalb brüllte ich und wälzte mich im Staub und steigerte mich bockig und verzweifelt immer mehr in meinen Wahn hinein, bis ich irgendwann erschöpft einschlief, wo ich gerade lag, mitten im Staub und in der heissen Sonne.

Auf dem Rückweg nahmen sie mich mit nach Hause. Inzwischen war es Abend geworden, im Haus war es dunkel. Meine Eltern sassen auf der Schwelle und liessen wortlos zu, dass die Schwermut bei uns Einzug hielt.

9. Kapitel

In jenem Jahr wurde die letzte Seidenernte im Dorf eingebracht. Die Kunstseide hatte der Seidenraupenzucht ihre wirtschaftliche Grundlage genommen. Wenn in den folgenden Jahren noch Seidenraupen gezüchtet wurden, dann nur weil irgend jemand es nicht lassen konnte oder für den Eigenbedarf Kleidung daraus herstellte. Unsere Eltern haben später oft vom Niedergang der Seidenraupenzucht gesprochen. Was sie erzählten, rief uns die Erinnerung an jene Tage wieder ins Gedächtnis und lieferte Erklärungen für das, was geschehen war. Sie behaupteten übereinstimmend, die indische Seide habe damals das Leben der Menschen in jener Gegend zerstört. Zuerst habe es die Kleinpächter, dann auch die Grundbesitzer getroffen, und schliesslich sei die Existenzgrundlage der ganzen Gemeinde zerstört gewesen.

In einem jener Gespräche sagte Vater zu Mutter: „Das Wissen um die Seidenraupenzucht ist tot, und damit auch die segensreiche Raupe. Und wir sind auch tot, Gott sei uns gnädig!"

„Was soll das heissen: Wir sind tot?" erwiderte Mutter. „Wir leben doch noch!"

„So, wir leben?" fragte er sarkastisch zurück. „Ist das vielleicht ein Leben?" Dann gab er folgenden Witz zum besten: „Es war einmal ein armer Mann. Seine Kleider waren zerrissen, und er hatte nichts zu essen. Eines Abends hat er sich zu einer Gesprächsrunde gesetzt und folgende Geschichte erzählt: ‚Heute hat mich ein wildes Tier überfallen.' Die Zuhörer haben sich gewundert. ‚Ein Raubtier?' wollten sie wissen. ‚Ja, ein wildes Tier', hat er geantwortet. ‚Und was hast du gemacht?' – ‚Als ich es kommen sah, bin ich davongerannt, so schnell ich konnte. Die Bestie hat mich verfolgt, und ich habe geschrien. Da hat das Tier angefangen zu brüllen. Daraufhin habe ich versucht, mich in einem Wäldchen zu verstecken, doch das Raubtier hat mich aufgestöbert. Ich bin auf einen Baum geklettert, aber es hat sich unter dem Baum niedergelassen und mir aufgelauert. Es hat gewartet, bis ich mich nicht mehr halten konnte und heruntergefallen bin.' – ‚Und dann?' haben die Zuhörer gerufen. ‚Dann hat mich das Raubtier gefressen.' – ‚Aber du lebst doch noch!' Da hat der Mann gelächelt und folgende Gegenfrage gestellt: ‚Ich lebe? Ist das vielleicht ein Leben?'"

„Erschreck doch die Kinder nicht", bat Mutter. „Es gibt hier bei uns schliesslich keine wilden Tiere."

Vater erklärte: „Der Mann hat nicht wirklich ein wildes Tier gemeint, denn ein Raubtier bringt sein Opfer um, und das ist barmherzig. Der Mann hat die Armut gemeint."

Doch Mutter gab nicht nach: „Was wir haben, reicht uns auf jeden Fall, um zu überleben."

Vater schwieg. Ihn hatte es wirklich hart getroffen, dass die segensreiche Raupe gestorben war und mit ihr, wie er sagte, auch die Menschen. So stellte er es dar, und wir Kinder gaben ihm recht. Er war natürlich als Erwachsener stärker betroffen. Er konnte das Bild dieser Katastrophe nicht vergessen; zu tief war es in sein Gedächtnis eingegraben. Später erzählte er uns und anderen immer wieder ausführlich davon. Dann erinnerte er sich, wie er den Doppelsack mit den Kokons geschultert und zum Muchtar getragen hatte, wie die anderen Kleinpächter zur gleichen Zeit ihre Kokons in

Säcken sich und ihren Tragtieren aufgeladen hatten und aus allen Richtungen zum Muchtar gezogen waren, wie der Muchtar dann desinteressiert und missmutig die Erträge entgegengenommen und seine Kleinpächter gescholten hatte, weil sie ihre Ernte so spät brachten, und wie der Muchtar sich schliesslich aufgeregt hatte, weil die Falter zu schlüpfen und herumzufliegen begannen, weil die Preise so niedrig waren und weil alles so furchtbar schlecht aussah.

Die Kleinpächter gaben ihre Säcke ab und gingen mit hängenden Köpfen nach Hause zurück. Das Kreditheft beim Muchtar wurde geschlossen. Nicht ein einziger Piaster wurde dort mehr gutgeschrieben. Auch seinen Laden machte der Muchtar zu. Man konnte kein Gramm von seiner Mischung aus Gerste und Dreck und keinen Tropfen Öl oder Petroleum mehr bekommen. Auf den Wegen strömten Scharen von Frauen, Männern und Kindern von und zu den Anwesen der Grundbesitzer. Sie waren barfuss, zerzaust, verdreckt und — was besonders gefährlich war — völlig verzweifelt. Die Grundbesitzer hatten gesagt: „Wenn ihr wollt, könnt ihr gehen. Denn selbst wenn wir diesmal die Ernte noch zu irgendeinem Spottpreis loswerden, es ist sicher das letzte Mal. Wir können euch nichts anbieten. Möglicherweise verlassen wir das Dorf ebenfalls. Die Seidenraupe ist tot. Seidenraupenzucht gibt es nicht mehr. Die indische Seide hat euch und uns kaputtgemacht."

„Die indische Seide hat vor allem uns kaputtgemacht", sagte mein Vater. „Die Herren Grossgrundbesitzer sind sowieso Gauner, allen voran der Einäugige."

„Du sollst nicht ‚der Einäugige' sagen", mahnte meine Mutter, „er ist auch ein Geschöpf Gottes. Es gehört sich nicht, Menschen wegen ihrer Gebrechen zu verspotten."

„Du sei still, Gott hat genau gewusst, wie verschlagen die Schlange war, als er ihr die Beine in den Bauch gelegt hat."

„Trotzdem gehört es sich nicht. Es ist Gotteslästerung."

Er warf ihr einen giftigen Blick zu. Er war völlig abgebrannt, hatte weder Tabak noch Arak, und im Haus gab es nichts ausser trockenem, hartem Brot und einem Rest der besagten Mischung aus Gerste und Dreck. Die Witwe hatte keine Zeit für ihn, weil auch sie unter den gegebenen Umständen – auf ihre eigene Art – ums Überleben kämpfte und weil sie zudem alle Hände voll damit zu tun hatte, die Zudringlichkeiten der bei ihr einquartierten Gendarmen abzuwehren. Was auch immer der wahre Grund gewesen sein mochte, Vater ging nicht mehr zu ihr. Er war äusserst nervös und unruhig. Mutters Angst, er könnte weggehen, nahm wieder zu. Diesmal lag das aber nicht daran, dass er keine Arbeit hatte, und auch nicht daran, dass sich die Symptome des Reisefiebers an ihm zeigten – ähnlich deutliche Vorboten wie das Fasten der Seidenraupen vor deren Verpuppung –, sondern weil sie wusste, dass auch er tief drinnen verzweifelt und in dieser Verfassung zu allem fähig war, auch dazu, wegzugehen und nie wiederzukommen.

Mutter bat deshalb die Witwe, von deren Verhältnis mit Vater sie wohl wusste, um Hilfe. Sie stattete ihr einen Besuch ab. Es war die einzige Lösung, die ihr einfiel, um zu verhindern, dass Vater wegging. In diesem Fall wurde sie tatsächlich aktiv und hatte nicht „nah am Wasser gebaut", wie Vater das nannte, obwohl sie völlig am Ende war.

Mich nahm sie mit zu diesem Besuch. Sie wusch mir das Gesicht, steckte mich in selbstgenähte Kleider und zog mir abgetragene Sandalen an, die mir zu klein waren und an den Füssen schmerzten. Auf dem Weg trug teils ich die Sandalen, teils trug Mutter mich und die Sandalen. Bevor wir ankamen, stellte sie mich auf den Boden, zog mir die Sandalen wieder an und schärfte mir ein, sie auf keinen Fall auszuziehen, es gehöre sich nicht, ohne Schuhe herumzulaufen. Diese Anstandsregel gelte nicht nur für ihren Sohn, sondern für alle Leute aus der Stadt, und Stadtkinder trügen Schuhe im Gegensatz zu den Kindern vom Land und im Gegensatz zu den Kindern der Frau, zu der wir jetzt gingen.

Noch bevor wir das Haus erreicht hatten, wäre ich am liebsten wieder umgekehrt. Auch Mutter war auf einmal ängstlich und verlegen. Die Frau empfing uns kühl. Sie war drall und hübsch, hatte aber keinen guten Ruf. Sie musste wohl annehmen, Mutter sei gekommen, ihr Vorwürfe zu machen, und stellte sich darauf ein, sich zu wehren. Doch Mutter war ganz kleinlaut. Sie beschrieb der Witwe unsere Situation wie gegenüber einer Schwester, und die Witwe zeigte Verständnis. In ihrem Gesicht spiegelte sich das Leid, von dem Mutter erzählte, und auf einmal waren wir bei einer anderen Frau zu Besuch, einer gastfreundlichen Frau, einer mitfühlenden und einer starken Frau. Ihr Herz war voll Grossmut und Güte, und sie gab meiner Mutter in reichem Masse davon, als wollte sie damit gutmachen, was man ihr Schlechtes nachsagte. Ich mochte sie und liess mich von ihr umarmen und küssen, wie ich danach Sanûba mochte, jene andere Frau, die an anderer Stelle unter dramatischen Umständen in unser Leben treten sollte.

Die Witwe trug, als wir ankamen, den Saum ihres Kleides im Gürtel festgesteckt, so dass ihre wohlgeformten, kräftigen Schenkel zu sehen waren. Man sagte ihr nach, sie tue das, um die Männer heiss zu machen. Nun löste sie den Saum und liess aus Respekt vor Mutter das Kleid herunter. Dann setzte sie sich und bat Mutter, auf einem über zwei Holzblöcke gelegten Brett ihr gegenüber Platz zu nehmen. Mich hob sie hoch und setzte mich neben sich. Doch Mutter schickte mich weg. Während ich mit den Kindern der Frau spielte, führte sie mit der Witwe ein langes Gespräch, und auf dem Heimweg sagte Mutter nur Gutes über sie. Sie sprach von ihr wie von einer Heiligen, und ich begriff schon damals, dass die Witwe meiner Mutter wohl zugesagt hatte, sie wolle dafür sorgen, dass Vater dablieb, damit wir die Schulden bezahlen und dann in die Stadt ziehen könnten. Beim Weggehen gab sie mir etwas mit. Was es genau war, weiss ich nicht mehr, denn alles war in einem Korb, der – das weiss ich dafür genau – sehr schwer war.

„Trag du den Korb", forderte sie mich auf, „du bist doch schon ein grosser Junge. Er kann dir doch nicht zu schwer sein. Er ist ganz leicht. Auf, auf!" Dabei lachte sie und fügte hinzu: „Oder bist du auch so ein schlauer Fuchs wie dein Vater?"

Meine Mutter lachte mit. Sie hätte es gerne gesehen, wenn ich ein schlauer Fuchs gewesen wäre, aber von der Art meines Onkels, nicht wie mein Vater. Im Grunde war Mutter gutmütig. Hass oder Misstrauen lagen ihr fern. So nahm sie den Scherz der Frau nicht übel, weil sie ihr keine böse Absicht unterstellte. Nachdem sie sich mit ihr unterhalten hatte, war sie zur Überzeugung gekommen, dass die Witwe ein guter Mensch war und es deshalb nicht böse meinen konnte. Auf deren Geheiss nahm sie schliesslich selbst den Korb.

Zum Abschied umarmten sich die beiden Frauen. Später erzählte meine Mutter meinem Vater von dem Besuch. Ich nehme allerdings an, dass sie ihm den eigentlichen Zweck verschwieg. Zuletzt richtete sie ihm von der Nachbarin Grüsse aus, und er solle doch wieder einmal vorbeikommen und mich mitnehmen, damit ich mit ihren Kindern spielen könnte.

„Was soll ich denn dort?" meinte Vater scheinheilig. „Was kann dieses Gendarmenflittchen von mir wollen?"

Die nächsten Tage war er jedoch auffällig freundlich zu seiner Frau, und eines Morgens stand er frisch rasiert und mit sauberen Kleidern da. „Zieh dem Kleinen etwas Ordentliches an", wies er seine Frau an, „ich will mal nachsehen, was dieses Weib von mir will."

Als er und ich zusammen über die Felder gingen, fragte er mich: „Hast du das letzte Mal gern mit den Kindern unserer Nachbarin gespielt? Dann darfst du heute ganz lange mit ihnen spielen. Aber spielt draussen. Und fang nicht an zu weinen. Du bist ein kluger Junge, nicht wahr? Du weisst schon, dass die Kinder draussen spielen und nicht im Haus. Wenn ich mit der Arbeit fertig bin, rufe ich dich, und wir gehen zusammen heim. Hast du verstanden?" Während er mir das alles einschärfte, nahm er mich auf seine Schultern. Ich liess mich den ganzen Weg über die Felder tragen. Mein Vater ging mit grossen Schritten und machte die ganze Zeit Scherze und trieb allerlei Schabernack mit mir.

Damals hatte ich nicht wie später sehr oft das Gefühl, mein Vater habe bei irgend etwas bestimmte Hintergedanken, das Gefühl, er habe etwas vor, das ich nicht mitbekommen sollte, etwas Aufregendes, worauf ich neidisch war, das eine unerklärliche Feindseligkeit in mir wachrief, etwas in der Art dessen, was nachts in Form eines Handgemenges stattfand, an dem immer eine Frau beteiligt war. Dieses Gefühl erwachte das erste Mal in mir, als ich eines Nachts wegen eines solchen Handgemenges aufwachte, an dem meine Mutter beteiligt war, die dabei weder weinte noch schrie, aber auch nicht sprach wie am Tag. Ich hörte sie flüstern, weil ich im selben Bett neben ihr schlief. Doch ich konnte sie nie danach fragen, weil ich spürte, dass man darüber nicht redet. Da war etwas, das nicht am hellichten Tag passierte, und ich habe es auch nie tagsüber mitbekommen.

Auf dem Weg zur Witwe war mein Gefühl Vater gegenüber also ganz unbeschwert. Ich glaubte ihm und wollte gerne tun, was er sagte. Was tatsächlich los war, verstand ich nicht. Vielleicht habe ich es aber auch verdrängt und erst mit einem späteren Ereignis assoziiert, das mich schockierte und gleichzeitig aufklärte, als ich nämlich als junger Bursche einen meiner ersten Arbeitgeber beim Geschlechtsakt beobachtete.

Die Witwe begegnete Vater anders, als sie Mutter empfangen hatte. Sie sagte etwas zu ihm, das ihn aufregte. Es war keine Beleidigung, aber es setzte ihn unter Spannung. Er nahm daraufhin meine Hand, und es sah aus, als wollte er auf dem Absatz kehrtmachen und nach Hause zurückgehen. Doch die Witwe nahm mich auf den Arm und sagte zu ihm: „Du kannst ja gehen, aber der Kleine bleibt hier."

Wenn er ohne mich ginge, würde ich anfangen zu weinen. Die Situation war mir so unangenehm, dass ich schliesslich die Frau nicht mehr leiden konnte, die ich beim vorangegangenen Besuch so liebgewonnen hatte. Sie trug mich ins Haus und rief meinem Vater zu: „Komm doch herein!" und setzte lächelnd hinzu: „Oder willst du noch lange da draussen stehen und ein Gesicht machen, dass die Milch sauer wird?"

Was er antwortete und wie lange er noch draussen stehenblieb, weiss ich heute nicht mehr. Sie ging unterdessen mit mir nach hinten in die Vorratskammer und füllte mir die Taschen mit Rosinen. Als wir zurückkamen, war mein Vater eingetreten. Aber er war nicht entspannt. Er stand da, dunkelhäutig und jung, ihm gegenüber eine Frau, hellhäutig und ebenso jung. Beide taten, als suchten sie Händel, doch unter der dünnen Schale des Geplänkels knisterte eine andere Spannung. Und ich war das Hindernis, das die Entladung dieser Spannung verhinderte. Dann setzte mich die Frau ab und ging nochmals nach hinten in die Vorratskammer. Diesmal folgte ihr mein Vater. Dann hörte ich Geraschel und Worte, die ich nicht verstehen konnte. Danach Schweigen, bis jemand flüsterte. Es war die Witwe. Dann war ein kleiner, spitzer Schrei zu hören, dem ein unterdrücktes Lachen folgte. Danach kam sie mit fröhlichem Gesicht heraus, kurz darauf auch mein Vater. Er war jetzt nicht mehr angespannt, sondern ausgesprochen guter Laune. Ich freute mich, die beiden so gelöst zu sehen. Ich brauchte nun keinen Streit mehr zu befürchten, aber ich war ihnen nach wie vor im Weg. Ich sah, wie sie sich verstohlen zuzwinkerten, und verstand nicht warum. Doch ich fragte mich das nicht einmal, ich war einfach zu klein. Ebensowenig ahnte ich, was es bedeutete, wenn ein Mann und eine Frau allein in einem Haus waren. Ich kam nicht auf den Gedanken, dass es die beiden womöglich störte, dass ich bei ihnen war, dass es ihnen vielleicht lieber gewesen wäre, wenn ich sie alleingelassen und mit den anderen Kindern gespielt hätte. Damals war ich beglückt, als mein Vater mir freundlich sagte, ich dürfe nun mit den Kindern der Witwe hinausgehen, und ich freute mich darüber, dass auch die Witwe dem so schnell zustimmte und dann ihren Kindern rief, sie sollten herkommen und mich holen.

Sie holten mich, und wir spielten zusammen. Kurze Zeit später wurde die Haustür geschlossen. Und es verging geraume Zeit, bevor sie sich wieder öffnete.

10. Kapitel

Es ist fraglich, ob es tatsächlich einen Anlass dafür gab, dass mein Vater blieb, und wenn ja, wer oder was dieser Anlass war. Wir? Seine Tochter, die als Geisel festgehalten wurde? Die Witwe?

Wahrscheinlich gab es keinen. Vater gehörte zu der Sorte Menschen, die nie zurücksehen. Was gewesen war, hatte für ihn nichts mit der Gegenwart zu tun. Auch Liebe war bei ihm nicht eine Frage der Leidenschaft, er liebte aus Geilheit. Er hatte einen kleinen Kopf und eine ausgeprägte Unterlippe. Auch seine Hände mit den kräftigen Fingern verwiesen auf die triebhafte Lüsternheit, die erlosch, sobald sie zufriedengestellt war, und die ihn umtrieb, bis sie Befriedigung fand. Mit Liebesgeschichten hielt er sich dabei nicht auf. Ich würde sagen, er konnte gar keine wirkliche Leidenschaft entwickeln.

Er blieb weder wegen seiner Frau noch wegen seiner Tochter. Auch nicht wegen der Nachbarin. Trotzdem ging er nicht weg. Das lag bestenfalls daran, dass der Muchtar nicht versuchte, ihn zum Bleiben zu zwingen. Wenn er ihn aufgefordert hätte zu bleiben, wäre er ganz sicher auf der Stelle fortgezogen. Wieder einmal bestimmte die Protesthaltung, die immer in ihm lauerte, sein Handeln.

Der Muchtar forderte die Kleinpächter nicht auf zu bleiben, aber genauso wenig schickte er sie fort. Auch die anderen Grossgrundbesitzer verhielten sich so. Wer wollte, konnte gehen, wer wollte, durfte bleiben. Es machte keinen

Unterschied. Die Felder litten keinen Schaden, wenn sie gingen, und nichts wurde dadurch besser, dass sie blieben. Die Läden waren ebenso geschlossen wie die Hefte mit den Schuldenkonten. Wer Getreide oder Vermögen besass, war besser dran. Während man darüber sprach, wie wenig es zu essen gab, erinnerten sich alle an das Seferberlik. Das Gespenst der Hungersnot warf seine drohenden Schatten voraus. Einige verkauften einen Teil ihrer Habe, andere alles. Wieder andere lebten auf Pump, assen wildwachsende Kräuter und bettelten. Doch als der Herbst zu Ende ging, gab es keinen Kredit, keine Kräuter und keine Almosen mehr.

Wir wohnten immer noch inmitten unseres kargen Feldes und ernährten uns von Erbetteltem. Ein Napf voll Mehl, eine Handvoll Burghul — grobgeschrotete Weizenkörner —, etwas Öl und ein paar getrocknete Feigen. Das meiste bekamen wir von der Witwe. Vielleicht weil sie nicht mitansehen konnte, dass wir hungerten, vielleicht auch aus Zuneigung zu unserem Vater. Vater war zwar ein dunkelhäutiger Typ, doch er hatte etwas an sich, das auf Frauen wirkte — möglicherweise gerade seine verdammte Gleichgültigkeit. Vielleicht war die Witwe auch einfach von Natur aus grosszügig und solidarisch mit der anderen Frau. Doch ihre Spenden allein, selbst wenn sie weiterhin regelmässig kamen, konnten uns nicht vor dem Hunger bewahren. Wenn ihre Hilfe ausblieb, liefen meine Schwestern und ich hungrig umher und verlangten nach Essen, das es nicht gab.

Dann fing unsere Mutter an zu weinen, und Vater lief ratlos im Haus auf und ab. Gereizt, hungrig und schimpfend beschloss er an solchen Abenden unsere sofortige Abreise und schob sie am nächsten Morgen wieder auf. Er zog durch die Gegend auf der Suche nach Nahrung und trug zusammen, was er vielleicht noch würde verkaufen können. Wenn es ihm nicht gelang, irgend etwas in Lebensmittel umzusetzen, kam er gedemütigt zurück und sah Mutter wortlos an. Sie verstand seine stummen Bitten, ging zu den Nachbarn, jammerte und bettelte um etwas zu essen für uns.

Eines Tages war auch ihre Betteltour vergebens, und sie kam niedergeschlagen zurück. Vater hatte zwei Tage lang erfolglos versucht, etwas Essbares zu beschaffen, und nun hatte auch Mutter nichts erreichen können. Am Abend sahen sie beide schlaff und welk aus wie die Äste eines gefällten Baums in der Mittagshitze. Wir Kinder hatten nicht einmal mehr die Kraft zu jammern. Wir wurden schwächer und schwächer, und schliesslich erfasste uns das Schwindelgefühl, das alle Hungrigen kennen.

Nun hatten wir keine andere Wahl mehr. Mutter nahm mich auf den Rücken. Vater zog die beiden Schwestern hinter sich her, später trug er die Jüngere. Bei Einbruch der Dunkelheit kamen wir beim Muchtar an. Mutter klopfte an die Tür, während Vater sich aufs Feld davonstahl, um nicht unmittelbar dabeizusein. Glücklicherweise öffnete uns die Frau des Muchtars die Tür. Sie erschrak über das Bild, das sich ihr bot. Wir Kinder hatten uns in den Rock der Mutter verkrallt, und eine meiner Schwestern versteckte sich vor lauter Verlegenheit hinter ihr — vor dem dunklen Abend das Bild einer Bettlerin mit ihren Kindern, die in unterwürfiger Haltung um Almosen bat. Deutlich war das Elend an den geröteten Augen, den abgezehrten Gesichtern zu erkennen. Das Bild dieser Szene blieb mir als Symbol für die Mutterschaft. Die Frau, die auf der einen Seite um Gaben bittet, um sie auf der anderen zu verteilen. Ein Bild von ungeheurer Aufopferung, ein Bild unbeschreiblicher Güte.

Die Frau des Muchtars umarmte meine Mutter, die an ihrer Brust zu schluchzen begann; schliesslich weinten sie zusammen. Sie standen Arm in Arm in der Kälte jenes Abends. Traurigkeit hatte sie überwältigt, Traurigkeit unseretwegen, wegen aller anderen hungrigen Kinder und wegen des Elends, von dem so viele betroffen waren. Sie weinten über alle Katastrophen und Hungersnöte und alle unmündigen Kinder, die draussen vor der Tür an den Rockfalten ihrer Mütter hingen, während diese um Essen bettelten.

Die Frau des Muchtars liess uns ein und schloss die Tür. Mutter sagte nichts davon, dass Vater draussen stand. Es war besser, wenn er sich nicht zeigte. Es war nichts Besonderes, wenn ein Mann oder eine Frau bettelte, aber es war besser, wenn er es nicht vor seiner Frau und sie es nicht vor ihrem Mann tat. Schmach reicht bis in den Bereich der ehelichen Intimität. Wie sollten sie sich danach noch in die Augen sehen, wenn gebrochener Stolz darin geschrieben stand? Aus miterlebter Erniedrigung kann keine echte Lust erwachsen. An so etwas dachte meine Mutter allerdings nicht. Ihr tat einfach mein Vater leid, weil sein Stolz verletzt worden wäre und das für Männer so schwer zu ertragen war. Sie wollte ihm diese Situation ersparen und ihn nicht auf dem Bild des Elends dabeiwissen. Deshalb stand sie die Situation allein durch. Die Frau des Muchtars gab uns etwas zu essen. Wir durften auch unsere Schwester sehen. Mutter küsste ihre Tochter. Wir freuten uns und waren gleichzeitig verwirrt, dass dieses Mädchen, das unsere Schwester sein sollte, die wir so lange nicht gesehen hatten, uns so fremd war. Wir hätten mit ihr reden dürfen und sie auch mit uns. Aber sie kam lediglich auf uns zu, sah uns in die Augen, nahm mich an der Hand und lächelte. Wir waren nicht zu Hause, sondern im Haus der Herrschaft, der sie diente, und wir waren die Geschwister der Dienerin. Es war beklemmend, und wir waren befremdet und betrübt. Wir hörten auf zu essen. Schämten wir uns vor oder wegen unserer Schwester?

„Vater, der Wolf hat unseren Bruder Josef gefressen", hatten Josefs Brüder scheinheilig behauptet, dabei hatten sie ihn in den Brunnen geworfen. Wir hatten unsere Schwester nicht in den Brunnen gestossen, und wir hatten auch kein blutbeflecktes Hemd nach Hause gebracht. Doch als wir nun unsere Schwester trafen, die dort lebte, wo es Vorräte gab, standen wir nicht anders vor ihr als Josefs Brüder vor Josef. Der einzige Unterschied zur biblischen Geschichte war der, dass unsere Schwester genauso unsicher und verlegen war wie wir. Sie verwaltete nicht die Kornspeicher des Pharao. Und wir waren nicht als Käufer gekommen.

Wir assen, bis wir satt waren, Mutter nicht. Vielleicht ass sie sich nicht satt, damit wir richtig satt würden. Es wäre nicht das erste Mal gewesen, dass sie für uns auf ihr Essen verzichtete. Der Frau des Muchtars fiel es auf, und sie sagte: „Iss doch, Schwester!" Daraufhin nahm sie sich mehr, doch es war nicht ihr eigenes Tablett, von dem sie da nahm. Sie war Gast, und es war und blieb das Essen fremder Leute. Was für einen Unterschied hätte es gemacht, wenn man ihr die Mahlzeit vor die Tür gestellt hätte. Manche von denen, die gaben, hatten Erbarmen und riefen die Bettler ins Haus hinein. Wir waren hier hereingebeten worden. Meine Mutter tunkte verschämt ihr Brot in den Teller. Sie sah zu Boden, und ihre Augen füllten sich mit Tränen. Doch ihre Gedanken waren draussen. Hätte ihr die Frau des Muchtars erlaubt, ihren Teller mit nach Hause zu nehmen, dann hätte sie ihr bisschen Essen mit ihrem Mann geteilt, der sich hungrig auf dem Maulbeerbaumfeld versteckte und sich schämte.

Der Muchtar sass in seinem Zimmer hinter verschlossener Tür. Er hatte sie nicht geschlossen, damit ihm keiner zu nahe kam, sondern weil er etwas Wichtiges zu tun hatte und nicht gestört werden wollte. Er prüfte, obwohl es sinnlos war, Soll und Haben in seinen Büchern. Er beschäftigte sich aus Gewohnheit damit. Einnahmen hatte er keine mehr. In seinem Hauptbuch standen Unmengen von Zahlen, die das Jahr über zu stattlichen Summen angewachsen waren. Er hatte sich ausgerechnet, dass sich diese Zahlen in Bargeld verwandeln würden und dass er dann seine Zahlenkolonnen durchstreichen und dafür entsprechende Türme aus Geldstücken errichten könnte. Wie seine Pachtbauern begriff er nicht, dass auch er in den Sog dieser Katastrophe geraten würde. Es war die Zeit des französischen Mandats nach der türkischen Besatzung. Gott sei Dank waren wir endlich die Türken losgeworden. Die Erinnerung an das Seferberlik war noch sehr lebendig, und niemand wollte so etwas noch einmal erleben müssen. Die Franzosen waren bessere Herren. Sie waren zivilisiert, hellhäutig und hatten blaue Augen.

Der Muchtar hatte damals von der türkischen Gegenoffensive nach der Machtübernahme gewusst. Im Herzland von Syrien waren sie von Aleppo aus in den Bergen und von Latakîja aus in der Ebene gegen die Franzosen vorgegangen, aber der Widerstand hatte in der Bevölkerung keine Unterstützung gefunden. Mitmachen war verpönt gewesen. Der

Muchtar hatte ein ganzes Jahr lang keinen Fuss nach Antakya gesetzt. Als die Franzosen gesiegt hatten, hatte er sich gefreut. Er war dabei gewesen, als die einheimischen Würdenträger den neuen Gouverneur von al-Luschîja willkommen hiessen. Danach hatte er jahrelang gute Geschäfte mit Seidenhandel und Seidenraupenzucht gemacht. Er hatte sich sogar in Aleppo ein Glasauge einsetzen lassen können. „Die neue Währung ist wirklich gut", lautete seine Devise. „Schon der Klang des Geldes ist besser." Er hatte damals in kurzen Abständen mehrere Grundstücke gekauft. Es waren keine illegalen Käufe gewesen, er hatte sie offiziell auf dem Amt ins Grundbuch eintragen lassen. Nun sass der Muchtar in seinem Zimmer hinter verschlossener Tür und prüfte diese Eintragungen. Nicht allein aus Angst, jemand könnte seine Bücher einsehen wollen, sondern weil er sich ernsthaft Sorgen machte. Die Franzosen waren bis jetzt Menschenwesen gewesen. Aber nun brachten sie die „indische Seide" ins Land.

„Warum haben die Hundesöhne die indische Seide ins Land gebracht?" fragten sich auch mein Vater und seine Leidensgenossen.

„Frag doch die Händler!"

„Die sind noch schlimmere Hundesöhne als die Franzosen!"

„Sie stecken mit ihnen unter einer Decke."

„Sie sind weder Hundesöhne noch Komplizen. Sie sind auch nicht besser dran als wir."

„Es reicht, wenn ihr euch selbst bemitleidet. Die Herren und die Händler sind wie immer gut dran, denen geht es prächtig."

„Warum geben sie uns dann nichts zu essen? Wir haben doch all die Jahre für ihren Reichtum gearbeitet! Und jetzt schlagen sie uns die Tür vor der Nase zu?"
„Wir werden nicht mehr gebraucht."
„Und was sollen wir tun?"
„Am besten weggehen."
„Und wohin?"
„Keine Ahnung."
„Aber wir haben doch nichts anderes gelernt als Seidenraupenzucht."
„Hier gibt es keine Seidenraupen mehr."
Der Muchtar sass also in seinem Zimmer hinter der verschlossenen Tür. Wir sassen davor und assen von einem geflochtenen Tablett. Draussen war es kalt und dunkel. In diesem Jahr kam der Winter früh. Unsere Schwester weinte, weil sie mit uns nach Hause zurückgehen wollte, aber obwohl sie sich selbst auch nichts sehnlicher wünschte, war es meiner Mutter an jenem Tag recht, dass sie nicht mitkam. Ein Zuhause hatten wir nicht mehr. Wir waren Bettler geworden, heimat- und erwerbslos wie viele andere auch. Morgen oder übermorgen würden wir weggehen müssen. Wir konnten schliesslich nicht warten, bis wir verhungert waren.

Das Essen, das uns die Frau des Muchtars auf dem Tablett vorgesetzt hatte, war aufgegessen. Meine Mutter bedankte sich bei ihr. Sie beugte sich über ihre Hand, küsste sie und nässte sie mit ihren Tränen. Auch unsere Schwester weinte, als wir gingen, und sie begriff, wie tief wir im Elend steckten. Sie bestand nicht mehr darauf, mit uns zu gehen. Die Frau des Muchtars war auch eine Mutter, und zwar eine sehr grosszügige. Sie nutzte es aus, dass ihr Mann sich in seinem Zimmer eingeschlossen hatte, füllte eine Tüte mit Lebensmitteln und einer Flasche Öl, brachte uns zur Tür und sagte zu Mutter: „Du kannst jederzeit wiederkommen. Genier dich nicht."

In der Dunkelheit gingen wir zurück nach Hause. Vater hatte ganz in der Nähe auf uns gewartet. Auf der einen Seite trug er die Tüte in der Hand, auf der anderen mich auf dem Arm. Mutter lief voraus und zog die beiden Mädchen hinter sich her. Während wir alle hintereinander über die Felder liefen, trug sie abwechselnd eines der Mädchen auf ihrem Rücken, und ich hörte sie immer wieder ermutigend sagen: „Haho! Jetzt haben wir es bald geschafft."

Doch wir liefen und liefen und kamen nicht an. Eines der Mädchen begann zu weinen. Vater brüllte sie kurz an und brachte sie so zum Schweigen. Ich vergrub meinen Kopf an seiner Brust, und sein wiegender Gang schaukelte mich in den Schlaf. Am nächsten Morgen, als ich erwachte, war mein Vater nicht mehr zu Hause. Er war weggangen.

11. Kapitel

Meine Mutter wusste, wohin Vater gegangen war — nach Antakya. Er hatte zu Fuss gehen müssen, weil er weder einen Esel noch Geld für einen Wagen hatte. Den Proviant hatte ihm Mutter aus den Vorräten zusammengerichtet, die uns die Frau des Muchtars mitgegeben hatte. Er hatte versprochen, nicht lange wegzubleiben, und Mutter beruhigte uns, er komme bald zurück und werde uns bestimmt nicht hier sitzen lassen, hungrig im Winter und mit der Angst vor den Dieben, deren Zahl sprunghaft angestiegen war. Abends scharte sie uns um sich, und wir beteten, Gott möge unseren Vater behüten und ihn wohlbehalten zu uns zurückbringen. Wir beteten darum, Vater möge einen Wagen finden, der uns aus dieser schrecklichen Gegend wegbringen würde, in die uns unser grausames Schicksal verschlagen hatte.

Meine Mutter suchte die Frau des Muchtars noch öfter auf. Damit sie nicht mit leeren Händen vor ihr stand, häkelte sie aus feinem weissem Garn durchbrochene Borten mit Rosenmuster. Diese Bänder wurden üblicherweise zur Verschönerung an Tisch- und Bettwäsche angenäht. Unter den flinken Händen meiner Mutter entstand geschwind Rose um Rose. Das Rosenband packte sie sorgfältig in ein weisses Tuch. Normalerweise sang oder erzählte sie bei der Handarbeit, und es sah dann aus, als achte sie nicht auf das, was sie tat, und die Arbeit laufe ganz von selbst. Doch während jener Tage blieb sie stumm und trübsinnig. Sie war unglaublich ausgemergelt. Ich hörte, wie sie einer Nachbarin anvertraute, dass sie diesen Besatz der Frau des Muchtars schenken wolle, damit die ihre Unterhose damit säumen könne. Bis dahin kannte ich nur unsere Hosen, die meine Mutter aus bunt gemustertem Baumwollstoff von Hand nähte. Darum fragte ich mich, wie diese weisse Borte wohl zur Unterhose der Muchtarsgattin passte. Ich hätte gerne gefragt, wie diese Unterhose denn aussieht und weshalb daran so ein Besatz genäht werden sollte, und ich wünschte mir sehr, dass mich meine Mutter mitnähme, damit ich sehen könnte, wie sich die Frau des Muchtars über das Geschenk freut, und hören, was sie dazu sagt.

Ich weiss nicht, ob die Borte je fertiggeworden ist und ob die Unterhose der Muchtarsfrau dadurch schöner aussah. Es kam auch nie ans Licht, ob der Muchtar bei der Ausübung seiner ehelichen Pflichten überhaupt in den Genuss einer bortengeschmückten Unterhose kam, denn im Strom der darauffolgenden Ereignisse blieb nichts, wie es gewesen war. Schlag um Schlag trieb uns das Schicksal in einen Strudel hinein, dessen Sog uns in den darauffolgenden Jahren immer weiter in die Tiefe riss.

Das Dorf, das schon schwer genug am Verlust seiner Lebensgrundlage trug, wurde auch noch von einer Epidemie heimgesucht. Die Leute sprachen von Pest und Cholera, doch später hiess es dann, es habe sich um nichts anderes als die Folgen der Unterernährung gehandelt. Überall herrschte der Hunger, die Krätze grassierte, und auch wir steckten uns an. Wir bekamen Pusteln am ganzen Körper, die sich durch das Kratzen entzündeten und fleckig wurden. Zur Behandlung rieb uns Mutter mit Salzwasser ab.

Eines Tages blieb dann auch die Tür zum Haus des Muchtars verschlossen. Der von seinen Wahnbildern geplagte

Mann hatte durchgedreht. Er hatte sich in seinem Zimmer eingeschlossen und die Tür endgültig verrammelt. Niemand durfte mehr zu ihm hinein, auch seine Frau nicht. Die Mahlzeiten liess er sich durch das Fenster hereinreichen. Wer mit ihm sprechen wollte, musste sein Anliegen aus grossem Abstand vortragen. Die Schwelle seines Hauses zu überschreiten war bei Strafe verboten, hinein wie heraus. Die dort lebten, waren darin eingesperrt, was bedeutete, dass auch unsere Schwester eingeschlossen war und Mutter sie nicht mehr besuchen konnte. Sie kam mit leeren Händen zu uns zurück. In ihrer Verzweiflung sah sie keine Rettung mehr aus dieser endlosen Misere und vor dem Hungertod.

An einem kalten Nachmittag am Ende des Herbstes fasste Mutter den Entschluss, an den Wegrändern und bei den Wassergräben bestimmte Kräuter zu sammeln, die sie uns zeigen würde. Da ich nicht allein zu Hause bleiben wollte, zog sie mir warme Kleider an, wickelte mir ein Tuch um den Kopf, und wir gingen mit dem Korb zu einem nahegelegenen Tümpel. Meine Mutter und meine beiden Schwestern hatten Messer dabei und begannen, direkt über dem Boden Sauerampfer abzuschneiden. Wir nahmen ziemlich viel davon mit nach Hause. Mutter wusch die Pflanzen und schnitt sie in kleine Stücke. Wir standen um sie herum. Bis die Suppe fertig war, wichen wir nicht vom Herd. Danach goss sie den Sud in einen grossen Teller, und wir schütteten sie heiss, wie sie war, in uns hinein, bis wir das Ziehen in den Zähnen nicht mehr ertragen konnten. Von der Sauerampfersuppe wurden wir nicht satt, wir betrogen damit nur den Magen. Dafür bekamen wir Brechreiz allein beim Gedanken daran und starken, nicht enden wollenden Durchfall, gegen den Mutter verstärkt Salz in die Suppe gab.

Trotz unserer Abneigung gab es keine Alternative zur Sauerampfersuppe. Unsere Mutter war davon überzeugt, der Durchfall würde aufhören, wenn sie uns abgekochtes Wasser zu trinken gab. Während sie das Wasser erhitzte, erzählte sie uns von einer bestimmten Stelle, an der der Sauerampfer besonders üppig wuchs. Dorthin wollte sie am nächsten Morgen mit uns gehen. Doch am nächsten Morgen waren wir so ausgelaugt von Brechen und Durchfall, dass wir uns nur noch in eine Ecke verkrochen. Unsere Gesichter waren gelb und kraftlos wie abgeschnittene Zweige, die in der Julisonne welken. Zu Mutters Schrecken schwollen gleichzeitig die Pusteln überall auf der Haut weiter an.

Wenn Schwäche und Krankheit die Lebhaftigkeit eines Kindes auf ein apathisches Minimum reduzieren, empfindet der Erwachsene Angst und Mitleid. Dann sind vom Kind nur noch die Augen übrig, die stumm ins Leere stieren. Das kleine Wesen weiss nicht mehr, worauf es wartet. Schlaff wie eine Handvoll nicht aufgewickelter Seide siecht es dahin, und die Lippen schliessen sich nicht mehr über den Zähnen. Das Kind rührt sich nicht und verfolgt stumm mit verschleierten, leblosen Blicken das Geschehen in seiner Umgebung.

Diesen Zustand hatten wir erreicht. Wir waren schon zuvor vom Hunger ausgemergelt gewesen, und nun hatte uns noch der Durchfall geschwächt. Kraftlos und matt fielen wir in uns zusammen wie nasses Papier. In einer Ecke legte ich mich auf eine Decke, meine Schwestern rollten sich neben mir zusammen, und Mutter deckte uns zu und machte Feuer im Herd.

Sie war ihrerseits so abgemagert, dass es nur zu verständlich gewesen wäre, wenn sie dem Verlangen ihres erschöpften Körpers nachgegeben und sich selbst auch hingelegt und die Augen geschlossen hätte. In unserem Zustand war die Selbstaufgabe der geringste Kraftaufwand, war es gleichgültig, ob man den müden Körper auf Schnee oder Schlamm, auf den nackten Boden oder den heissen Sand warf, interessierte es uns nicht mehr, ob das Ende kam. Ob wir uns bewegten oder nicht, machte keinen Unterschied. Wir wünschten uns, der letzte Lebenshauch möge endlich aus unserer Brust weichen. Leben und Tod hielten sich die Waage. Wir waren zu kraftlos, um zu kämpfen. Wir hörten auf, uns zu wehren, und der Tod gewann an Boden und kroch, gehüllt in eisige Nebelschleier, auf uns zu.

Jener Morgen war verhangen mit eisigen Nebelschleiern, in denen sich unsere Lebenslichter verloren, kleine Kerzenstummel, auf denen die Flämmchen blakten und jeden Moment zu erlöschen drohten. Wenn Mutter die Tür geschlossen und sich zu uns gelegt hätte, hätte das genügt. Wenn sie uns den Nebeln überlassen hätte, die uns einhüllen und in ihre Ruhe aufnehmen wollten, wäre jenes Lehmhaus unser Grab geworden, lange bevor man uns beerdigt hätte. Ohne uns Kinder wäre Mutter in ihrer Verfassung wohl dem Ruf der Hoffnungslosigkeit gefolgt. Sie hätte das Recht dazu gehabt. Wahrscheinlich dachte sie auch daran, doch sie konnte es nicht. Sie war nicht fähig, uns sterben zu lassen. Sie, die wie wir zu Tode erschöpft war, nachdem sie das letzte Mittel versucht hatte, das ihr eingefallen war, um uns – und sich – zu ernähren, sie musste einsehen, dass wir nur noch elender geworden waren und nun ernsthaft in Lebensgefahr schwebten.

Die Tür wurde geschlossen. Wir Kinder waren allein im Haus, aber keines von uns schlug gegen die Tür. Meine

Schwester weinte und wurde dann still. Mutter war gegangen, ohne zu sagen, wohin, weil sie es selbst nicht wusste. Beim Muchtar war sie abgewiesen worden. Die Häuser auf den Nachbarfeldern waren verlassen, die Maulbeerbäume abgehackt und zu Brennholz verarbeitet. Von den Männern war kaum einer mehr da. Manche waren allein, andere mit ihren Familien gegangen. Die Strassen waren voller Menschen, die zu Fuss oder auf Tieren in die Fremde zogen. Diebstähle häuften sich, und Menschen wurden bei Überfällen mit derselben Selbstverständlichkeit umgebracht, mit der man einen Schluck Wasser trinkt.

Später erzählte uns Mutter von jener Zeit. Sie gab uns damit unsere Erinnerung daran zurück, wie es gewesen war und wie es soweit hatte kommen können, und sie liess uns nachträglich das Entsetzen spüren, das wir nicht empfanden, als das Entsetzliche Wirklichkeit war. Wir waren damals klein und verstanden den Tod nicht. Als blassgelbe, durchsichtige Körper siechten wir dahin, unterwegs auf der Reise ohne Wiederkehr. Den halben Weg hatten wir bereits zurückgelegt. Die Schmerzen hatten aufgehört. Wir waren zu schwach, um noch zu leiden. Am Ende dieser Reise erwartete uns der Tod, der Hungertod, auf den wir wehrlos zuglitten.

„Ach, Kinder, überall hat der Hunger geherrscht, und die Leute, die noch da waren, haben ihre letzten Vorräte verzehrt oder sich wie wir von Sauerampfer und gekochten Wurzeln ernährt. Ich hatte die Sauerampfersuppe davor nicht ausprobiert und keinerlei Erfahrung damit. Doch als ihr krank geworden seid, war mir klar, dass ich einen Fehler gemacht hatte und dass euch mein Fehler nun womöglich das Leben kosten würde. Deshalb habe ich mich noch einmal aufgerafft und davongeschleppt, um vielleicht doch noch ein bewohntes Haus zu erreichen oder irgend jemand zu finden, den ich um etwas bitten konnte, um euch zu retten. Es war bitterkalt, die Felder waren leer, die Häuser verlassen, und es war niemand mehr in der Gegend. Der Wind hat an mir gezerrt, mich vorwärts geschoben. Dann haben mich die Kräfte verlassen, und ich habe mich nach Halt suchend von Baum zu Baum geschleppt, bin gestürzt und habe gefürchtet, nicht mehr hochzukommen und euch nie mehr wiederzusehen. Doch ich wollte noch einmal bei euch sein, mich zu euch legen und wenigstens Abschied von euch nehmen. Da habe ich angefangen zu schreien, damit man mich hörte, wenn irgend jemand auf den Wegen oder zwischen den Bäumen vorbeikam. Ich habe mich an einem Baum hochgezogen, in alle Richtungen geschaut, mit der Hand und mit dem Kopftuch gewinkt, doch niemand hat mich bemerkt. Der Wind hat meine Stimme verschluckt, der Regen ist mir durch die Kleider gedrungen. Der Boden war ganz aufgeweicht, und ich bin bis zu den Knöcheln im Schlamm gestanden. Ich habe zum Himmel aufgesehen und demütig aus ganzem Herzen zum Herrn gefleht. Ich habe ihn wortlos angerufen, ich war nicht mehr imstande zu sprechen, und habe den Versuch dann aufgegeben. Aus Angst hinzufallen, habe ich meine Arme fest um den Maulbeerbaum geschlungen und dann die Augen geschlossen. Der Regen ist an mir heruntergelaufen, und ich habe vor Kälte, Nässe und Schwäche geschlottert.

Die Gute hat mich gerettet. Jene Witwe, von der alle gesagt haben, sie sei voller Sünde, hat mich gerettet. Glaub dem

Geschwätz der Leute nicht, mein Sohn. Nur der Herr im Himmel kennt die Wahrheit, nur er urteilt gerecht. Und jene wird, so Gott will, ins Paradies kommen. Das wünsche ich ihr. Sie wird dorthin kommen, auch wenn sie sich versündigt hat, auch wenn sie die Männer geliebt hat, auch wenn sie deinen Vater geliebt hat. Denn Gott vergibt den Sündern. Ich bin sicher, er wird ihr vergeben und ihr im Diesseits und Jenseits vergelten, was sie an uns getan hat. Sie war eine mutige Frau, stark und gut. Ich habe ihr die Hand geküsst und dabei ein Gelübde getan. Und dieses Gelübde habe ich gehalten. ‚Das verdiene ich nicht, ich bin eine Sünderin', hat sie darauf gesagt, aber ich habe ihr erwidert: ‚Ich weiss, dass du es verdienst.' Wir haben Freundschaft geschlossen und sind uns sehr nahe gekommen. Als wir uns trennen mussten, haben wir beide geweint. Beim Abschied habe ich dann mein Kopftuch abgenommen und es ihr aufgebunden, damit sie nicht unbedeckt sei und damit Gott sie behüte und ihr bald den Mann ersetze, der ihr gestorben war."

Meine Mutter hat mehrfach erzählt, wie die Witwe sie gerettet hat. Sie sprach oft und gern davon. Dabei war sie meistens überschwenglich, bedachte die Frau mit hohem Lob und rief Gottes Segen auf sie herab. Sie beschrieb ausführlich ihren Mut und ihre Schönheit und hätte sie gerne wiedergesehen, um ihr etwas Gutes zu erweisen.

„Wenn du sie einmal zufällig treffen solltest", legte sie mir ans Herz, „vergelt es ihr, mein Sohn."

Jene Witwe habe ich niemals wieder getroffen; ebensowenig habe ich je etwas von ihrer Nachkommenschaft gehört. Alles, was ich über sie weiss, habe ich von meiner Mutter erfahren. In deren verklärter Erinnerung vergrösserte sich die

Hilfeleistung jener Frau zur Heldentat in einer Vergangenheit, in der sie selbst zu schwach zum Überleben gewesen war. Als ich die Geschichte von Mutters Rettung durch die Witwe zum ersten Mal hörte, war ich erschüttert. Sie weckte wieder Reste schlafender Bilder in mir. Ich erkannte den Abgrund, an dessen Rand wir gestanden hatten, begriff, dass die Hungersnot die Epidemie ins Dorf gebracht, und begriff auch, was für eine Katastrophe die Kunstseide verursacht hatte. Mir wurde klar, warum die Menschen ausgewandert, die Felder verödet und die Bäume gefällt worden waren, und ich sah noch einmal in aller Deutlichkeit vor mir, wie die Familien angsterfüllt mitten im Winter in die Fremde zogen, in Wind und Kälte, durch Regen und Morast.

Die Witwe sei aus dem Haus gekommen — so erzählte Mutter —, um ihre Kuh in den Stall zu holen. „Aus irgendeinem Grund, den allein Gott weiss, war die Kuh durchgegangen, und die Witwe hatte sich auf die Suche gemacht. Die Kuh war ihr ganzer Reichtum. Die Witwe hat geglaubt, sie hätten ihr die Kuh gestohlen. Das war damals ein naheliegender Gedanke. Kühe wurden gestohlen, gleich geschlachtet und das Fleisch roh verschlungen. Deshalb hat die Witwe Angst um das Tier gehabt. Sie hat sich aufgemacht, den Hufspuren zu folgen, falls nötig bis in die Berge. Doch sie hat das Tier am Rand unseres Feldes gefunden und ist dabei auf mich gestossen. Man könnte natürlich sagen, die Kuh hätte sich wegen mir verirrt. Man könnte auch sagen, Gott hätte sie in meine Nähe getrieben und so die Witwe zu mir geführt. Gesegnet sei der Name des Herrn, er hat an seiner sündigen Dienerin ein Wunder getan. Schon von weitem hat die Witwe mich gesehen und gerufen. Ich habe sie gehört, aber meinen Ohren nicht getraut. Dann habe ich mich umgedreht. Ich habe sie nicht gleich erkannt, und es kam mir vor, als träumte ich und ein Alpdruck läge auf meiner Brust. Doch meine Ohren haben den Klang meines Namens erkannt, und meine Wangen haben einen kräftigen Schlag gespürt. Danach habe ich meine Arme vom Baumstamm gelöst, meine Augen aufgemacht und tief geseufzt. ‚Du Ärmste, was machst du denn hier?' hat die Witwe mich gefragt. ‚Wo willst du denn hin?' Und ich habe gemurmelt: ‚Die Kinder. Zu Hause sterben die Kinder.' Ich habe nur an euch gedacht. Ihr seid meine ganze Sorge gewesen. Euch hat meine Hoffnung gegolten, und wegen eurem Leiden habe ich das letzte aus mir herausgeholt. An euch habe ich gedacht, nicht an Hunger, Regen und den Schlamm, in dem ich knietief steckte. Alles hatte ich vergessen, nur euch nicht. Meine Gesundheit und mein eigenes Leben sind mir nicht wichtig gewesen. Selbst als mein Verstand vor Schwäche nicht mehr richtig gearbeitet hat, habe ich mich noch an euch erinnert, und sobald ich wieder zu mir gekommen bin, habe ich eure Namen ausgesprochen. ‚Wo sind sie?' hat mich die Witwe besorgt gefragt, ‚was haben sie?' Ich habe auf unser Haus gezeigt und die Besinnung verloren.

Später hat mir die Witwe erzählt, sie hätte mich nach Hause getragen. Sie war stark und hat mich auf ihren Rücken geladen. Die Kuh hat sie mit dem Seil am Gürtel festgebunden und hinter sich hergezogen. Das Kleid hatte sie hochgerafft und in der Taille festgesteckt und ist barfuss im Regen durch den Morast gestapft und hat dabei noch gegen den Wind gekämpft. Obwohl ihr Haus weiter weg lag als meines, hat sie mich erst einmal zu sich nach Hause gebracht. Dort konnte sie mich am leichtesten versorgen. Sie hat Feuer gemacht und mir trockene Kleider angezogen. Dann hat sie mir etwas Heisses gekocht. Sie wollte Nachbarn zu Hilfe holen, aber sie hat niemanden gefunden, in keinem Haus und auf keinem Feld. Ich weiss nicht, ob schon alle ausgewandert waren oder ob diejenigen, die nicht weggehen konnten, sich vor Hunger, Schwäche und Angst in die hintersten Winkel ihrer Häuser verkrochen hatten. Die Witwe ist also allein in den Regen hinausgegangen und durch den Schlamm gewatet und hat euch auch in ihr Haus und zu mir gebracht. Sie hat uns zu essen gegeben und uns das Leben gerettet. Dann hat sie aus Antakya — ich weiss bis heute nicht wie — Schwefelsalbe besorgt und mir gezeigt, wie man sie anwendet. Wir haben damals eine ganze Weile bei ihr gewohnt. Sie hat mir erklärt, ein Mann in al-Luschîja hätte ihr die Schwefelpaste gegeben und geschworen, dass sie garantiert die Krätze heilt. Dass sie sich so sehr um uns bemüht hat, war mir peinlich. Ich wollte mit euch nach Hause gehen, um euch dort zu versorgen, aber sie hat es nicht zugelassen. Eines Morgens hat sie Feuer gemacht, den Kessel aufgestellt und einen neuen Schwamm und Seife danebengelegt. Sie hat mir geholfen, euch so gründlich abzuschrubben, dass beinahe das Blut aus der Haut gesickert ist, dann hat sie euch abgetrocknet und mit der Salbe eingeschmiert. Ich habe mich auch gewaschen und bin auch mit dieser Paste eingeschmiert worden. Sie hat gebrannt, ihr habt alle geweint, und ich habe mich in Mitgefühl für euch aufgelöst. Doch die Witwe hat nur gelacht und gemeint: ‚Es tut vielleicht eine Stunde weh, vielleicht nicht einmal eine ganze Stunde. Dann kühlt die Salbe ab, und morgen waschen wir euch noch einmal und schmieren euch wieder ein.' Wir haben die ganze Prozedur dreimal wiederholt, dann wart ihr geheilt. Als wir nach Hause gegangen sind, hat sie mir Mehl und Burghul mitgegeben. ‚Du brauchst keine Angst zu haben', hat sie mir Mut zugesprochen. ‚Alles wird wieder gut. Du kannst jederzeit zu mir kommen, wenn du nicht mehr weiter weisst. Ich bin Witwe, und du stehst allein da. Mir ist der Mann gestorben, dir ist er fortgelaufen.'"

Ich habe meine Mutter einmal sagen hören, die Witwe habe es Vater sehr übel genommen, dass er in dieser schwierigen Zeit weggegangen ist. Sie hat ihn sicher geliebt und war auch eine Zeitlang seine Geliebte, und wenn sie gewollt hätte, wäre er wohl bei ihr geblieben. Doch sie hat es nicht gewollt. Nachdem sie uns gerettet hatte, während er nicht da war, verachtete sie ihn sogar. Als er wieder da war, sprach auch mein Vater oft nicht gut von ihr und sagte, sie sei eine Hure, doch sie scherte sich nicht darum und wehrte sich nicht einmal dagegen. Es schien, als träfen sie seine Beleidigungen nicht. Sie verspottete ihn in unserer Anwesenheit und machte ihm Vorwürfe. Vielleicht wollte sie sich für unsere Mutter und für sich selbst rächen, oder vielleicht war sie ganz einfach anständig und aufrecht und verabscheute seine Gewöhnlichkeit und seinen Mangel an Gefühl.

Als Vater am Ende des Winters zurückkam, schöpften wir wieder ein wenig Hoffnung und Zuversicht. Er hatte in seinem Leinensack einiges mitgebracht. Ich erinnere mich nur an die Chamîra, eine weiche, bröckelige Süssigkeit, die im Mund zergeht. Auch ein bisschen Geld hatte er dabei. Damit kaufte er in al-Luschîja Mehl und Öl. Mutter sagte er, wir würden nun nach Iskenderûn ziehen, er habe sowohl den Umzug als auch eine Arbeit für sich organisiert. Trotzdem wirkte Mutter bedrückt. Sie begann, die mittlere ihrer drei Töchter an die Brust zu drücken und zu küssen, wie sie es mit ihrer Ältesten gemacht hatte, bevor diese den Dienst im Haus des Muchtars hatte antreten müssen.

Eine Woche nachdem er zurückgekehrt war nahm Vater eines Vormittags meine mittlere Schwester bei der Hand und ging mit ihr über das karge Feld fort. Am Morgen hatte er uns mitgeteilt, er gehe mit der Schwester nach al-Luschîja, um Schuhe für sie zu kaufen. Meine Schwester freute sich. Ich aber fing an zu heulen, wälzte mich im Dreck vor der Tür und steigerte mich immer mehr in die Vorstellung hinein, wenn ich mit ihnen ginge, würde ich gleichfalls Schuhe bekommen. Als er mich im Guten nicht dazu bewegen konnte, mit dem Theater aufzuhören, und als auch Drohungen nichts fruchteten, gab Vater mir eine Ohrfeige. Es war der erste schmerzhafte Schlag, den ich in meinem Leben bekam. Unmittelbar darauf spürte ich es heiss an meinem Oberschenkel hinunterrinnen, weshalb ich schleunigst bei meiner Mutter in Deckung ging. Da mein Vater es aber eilig hatte und meine Mutter ihn ein Stück begleiten wollte, als er mit meiner Schwester an der Hand davonging, verliess sie das Haus und schloss die Tür hinter sich ab. Ich fing an, wie eine kleine Katze an der Tür zu kratzen, und reckte mich erfolglos nach dem Schloss, um es zu öffnen. Vergebens schlug ich mit der Faust gegen die Tür und heulte. Meine jüngste Schwester stand draussen und flehte mich an, doch Ruhe zu geben, aber ich hörte nicht auf. Schliesslich gelang es ihr, von aussen den Schlüssel herumzudrehen und zu mir hereinzukommen. Sie nahm mich zärtlich in die Arme, wie eine kleine Mutter, obwohl sie mich kaum hochheben konnte. Aber ich machte mich von ihr los und lief den Weg entlang, auf dem mein Vater fortgegangen war. Die Felder waren öde, Vögel kreisten lautlos in der Luft, und die dunkle Erde verstärkte die Düsterkeit dieses bewölkten Tages.

Am Rand des Feldes sass meine Mutter. Sie weinte. Sie war so verzweifelt, dass sie nicht einmal aufstand, als wir zu ihr kamen. Sie öffnete ihre beiden Arme und umschloss meine Schwester und mich. So verharrten wir eine Zeitlang zusammen, dann gingen wir ins Haus zurück. Im Haus feuchtete sie Brot an und gab jedem von uns ein Stück davon. Dabei sagte sie, unsere Schwester sei weit weggegangen, weit weit weg, und würde nicht am Abend und auch nicht am nächsten Tag zurückkehren. Erst wenn unser Vater zurückkomme, würde er uns und unsere grosse Schwester zu ihr mitnehmen. Wenn es erst einmal soweit sei, würden wir nicht mehr zu diesem kargen Feld zurückkehren, sondern in Iskenderûn wohnen, zur Schule gehen und weder Hunger noch Angst haben. Die Leute in der Stadt hätten genug zu essen, ihre Häuser stünden eng beisammen. In der Stadt gebe es keine Räuber, keine wilden Tiere, und dort würden wir weder Schakale heulen noch Schüsse knallen hören.

Wir fragten sie, wo unsere Schwester hingegangen sei, und sie sagte: „Uns voraus zu Verwandten."

„Was für Verwandte?"

„Eben Verwandte in der Stadt."

Darüber freuten wir uns. Sie aber war nicht froh. Sie wusste, dass unsere Schwester nicht weggegangen war, um Schuhe zu kaufen oder Verwandte zu besuchen, sondern um als Magd bei fremden Leuten zu dienen.

12. Kapitel

Der Besitzer des Hauses war zwar aus Iskenderûn, doch um seine Ländereien zu verwalten, bewohnte er das Landhaus auf seinem Gutsbesitz im Dorf Kara-Aghatsch.

Wie oder über wen mein Vater damals auf unseren neuen Herrn gekommen war, weiss ich nicht, nur dass es uns bei ihm in der folgenden Zeit sehr schlecht erging. Deshalb und aufgrund späterer Berichte über diese Zeit steht fest, dass unser Vater keine vorteilhaften Bedingungen für unser Dienstverhältnis bei ihm ausgehandelt hatte. Es war ein schlechtes Geschäft. Unsere Aufgabe bestand darin, für den Grossgrundbesitzer als Diener zu arbeiten. Und als Pfand für das Geld, das uns der neue Herr zur Finanzierung unseres Umzugs vorgestreckt hatte, war die nächste Schwester als Magd auf dessen Ländereien in Kara-Aghatsch gegeben worden.

Je älter ich wurde, desto bewusster wurde mir alles, und desto vollständiger ist auch das Bild, das sich aus den Bilderresten zusammenfügt. Die trotz allem immer wieder auftretenden Leerstellen habe ich mit Erzähltem gefüllt, und mit Erinnerungen an Erzähltes von Verwandten und Bekannten. Daraus ergaben sich andere Blickwinkel, und die Ereignisse an sich zeigten sich im Licht unterschiedlicher Aspekte. Dass die nun folgenden Ereignisse durch das Messer der Not und des Elends so tief in unsere Familiengeschichte eingekerbt waren, erleichterte mir die Versuche und Bemühungen, die Geschehnisse meiner Kindheit aus dem dunklen, alten Brunnen meines Gedächtnisses ans Licht zu holen.

Durch die Blätter unserer Familienchronik zog in der Folgezeit ein Orkan. Von allen Seiten brach der Sturm über die Familie herein, und sie wurde von ihm hin und her gewirbelt wie ein Segelschiff mit gekappten Trossen und zerbrochenem Steuer. Diese Familie trieb ohne Steuermann durch die tobenden Wogen jener Zeit, und unser Vater, der Kapitän, war nicht nur völlig unfähig, den Kurs festzulegen oder das Schiff zu steuern, sondern es interessierte ihn überhaupt nicht, die Aufgaben des Kapitäns zu übernehmen. Ich glaube, dass er sich seiner Verantwortung nicht einmal bewusst war.

Selbstverständlich war das Boot, in dem unsere Familie sass, nicht das einzige, das ziellos über die aufgewühlte See jener Zeit gepeitscht wurde. Aber die Gleichgültigkeit unseres Kapitäns war der Grund dafür, dass wir so rettungslos umhergetrieben und so unaufhaltsam in die Tiefe gezogen wurden. Unsere Familie ging dann auch tatsächlich unter. Als sich später die Schiffbrüchigen am Strand zusammenfanden, waren wir nicht mehr vollzählig; nicht alle waren gerettet worden. Und die Irrfahrt war noch lange nicht zu Ende.

Es war ein Pakt mit dem Teufel, auf den sich mein Vater einliess, als er meine zweite Schwester der Kinderarbeit in fremder Leute Dienst auslieferte. Als er zu uns zurückkam aufs öde Feld, brachte er nichts als ein paar Kupfermünzen mit. Nicht einmal Silberlinge hatte er für sein Kind eingelöst. Er hatte neue Schulden gemacht und konnte die alten davon nicht bezahlen. Und darüber hinaus hatte er nicht nur sich selbst, sondern die ganze Familie als Diener verkauft.

Dabei konnten wir noch von Glück sagen, dass er diesen Schandlohn, den Vorschuss auf unsere künftige Leibeigenschaft, überhaupt nach Hause brachte. Ausnahmsweise war er diesmal nicht seiner Vergnügungssucht erlegen, in keine Spelunke gegangen, sondern auf dem geraden Weg nach Hause geblieben. Er hatte die ganze Strecke zurückgelegt, ohne dass seine Hirnlosigkeit seinen guten Vorsatz, nach Hause zu kommen und mit der ganzen Familie fortzugehen, zunichte gemacht hatte. Vielleicht hatte er ja tatsächlich einen gewissen Willen entwickelt, die Familie wenigstens in der Leibeigenschaft unter einem Herrn zusammenzuführen, nachdem er erkannt hatte, was es bedeutete, verschiedenen Herren zu dienen. Er kam also dieses Mal zum geplanten Zeitpunkt zurück und brachte aus Antakya ein grosses, rundes Fladenbrot aus weissem Mehl mit. Mit je einem Stück Weissbrot, das er mir und der jüngsten meiner Schwestern davon abschnitt, schickte er uns in den hinteren Teil des Hauses. Dort sollten wir das Brot essen.

Wir gehorchten. Nicht nur, weil uns der Hunger gelehrt hatte, für Brot alles zu tun. Nicht nur aus tiefer Achtung für dieses Grundnahrungsmittel, das wir als „unser täglich Brot" morgens und abends in die Gebete einschlossen und das unsere Mutter jedesmal segnete, küsste und an die Stirn drückte, bevor sie es uns gab. Nein, dieses Mal gehorchten wir auch, weil es Weissbrot war, ein Wirklichkeit gewordener Traum. Meine Schwester erklärte mir in allen Einzelheiten, was für ein besonders feines Brot wir heute zu essen bekamen, und ich war mir bewusst, dass es etwas aussergewöhnlich Gutes war. Während ich mit der rechten Hand das Stück zum Mund führte, hielt ich meine linke Hand unters Kinn, damit ja keine einzige Brosame zu Boden und in den Schmutz fiel. Ich dachte nicht über das Ritual nach, das ich so beim Essen ganz selbstverständlich zelebrierte. Das Essen war ein Vorgang, bei dem wir uns auf einem schmalen Grat zwischen dem gierigen Stillen des ständigen Hungers und der Einhaltung von Essgewohnheiten bewegten. So ist die Schule der Armut. Rückblickend bin ich heute noch verwundert darüber, dass die Gier nicht irgendwann in Geiz umgeschlagen ist. Genauso wie ich es erstaunlich finde, dass wir nicht irgendwann anfingen, das Leben, das so unbarmherzig zu uns war, zu hassen.

Unsere beiden Stücke Weissbrot hatten wir schnell verzehrt. Wir gingen zurück zu den Eltern. Sie unterhielten sich über unsere Schwester, die jetzt schon bei dem neuen Herrn arbeitete. Ich hörte, wie Vater zu Mutter sagte, dass wir frei seien, sobald dieses Dorf hier hinter uns lag, gerettet, wenn wir endlich aus dieser öden Gegend weggezogen waren, in der sich nicht einmal mehr Fuchs und Hase gute Nacht sagen. Wir würden bei neuen Herrschaften arbeiten, erklärte er, die Frau sei gut und freundlich, und dann würde es uns besser gehen, nicht mehr so erbärmlich wie jetzt. Mutter hörte ihm fassungslos zu. Natürlich war es auch ihr Wunsch, hier wegzukommen, aber doch nicht so! Und wieso wollte er noch dazu den ganzen Hausrat verkaufen! Aber Vater war fest dazu entschlossen und argumentierte, der Transport sei nur unnötig teuer und wir bräuchten das Geld.

Ich nehme an, dass zumindest ein Teil des Hausrats verkauft worden ist. Vater versprach Mal um Mal, die veräusserten Gegenstände würden durch neue ersetzt. „Morgen", so lautete sein Trost, „wird Gott uns beschenken, und dann kaufen wir einen neuen Topf, einen grösseren und besseren." Mutter kämpfte um jedes Stück, denn sie wusste, dass man nie dasselbe wiederbekam und wieviel schwerer es war, etwas wieder zu beschaffen, als es zu verkaufen. Mutters Widerrede brachte Vater in Zorn. Er fuhr sie an, schlug sie, nahm die Sachen mit und verkaufte sie. Manchmal tat er es offen, oftmals heimlich. Und unserer Mutter blieben nur die Tränen, wenn sie wieder einmal feststellte, dass ein Stück fehlte und Vater dann noch so tat, als habe er es nie gesehen, und bestritt, es verkauft zu haben.

Zuletzt packten wir das Wenige, was uns an Hab und Gut geblieben war, zusammen. Meine Eltern machten sich auf den Weg zum Muchtar, um ihm unsere Abreise mitzuteilen. Natürlich wäre es kein Problem gewesen, wie die anderen nachts oder früh am Morgen einfach loszuziehen. Darum kümmerte sich keiner mehr, es fiel nicht auf, denn es war ohnehin kaum mehr jemand da. Die meisten Häuser standen leer, die Maulbeerbäume waren abgeholzt, sogar die Wurzeln hatten sie ausgegraben und zu Brennholz verarbeitet. Über die Strassen und Wege wälzten sich Ströme von Menschen auf der Flucht vor dem Hunger. Ihre Habe hatten sie auf Ochsenkarren geladen oder auf Esel gepackt. Manche trugen sie auch auf dem Rücken und schleiften ihre Kinder hinter sich her. Sie schlossen sich zu Trecks zusammen, weil in Talengen oder an Bergpässen Wegelagerer ihnen auflauerten, derer sie sich gemeinsam zu erwehren versuchten.

Die ganze Landbevölkerung war also im Aufbruch, und alles löste sich auf. Unter diesen Umständen hätten auch wir unsere Schulden, das Haus und den Wind, der über das abgeholzte Feld pfiff, hinter uns lassen können. Kein Hahn krähte danach, wenn einer aus dem Dorf davonzog. Man brauchte niemandem Bescheid zu geben und erklären, dass man in diesem Dorf nicht länger bleiben wolle, weil man hier keinen Lebensunterhalt mehr fand. Aber bei uns war das anders, denn der Muchtar hatte unsere Schwester für die Schulden als Pfand genommen, und seit ihm zugetragen worden war, Vater sei wieder im Lande und wir seien dabei, unseren Hausstand aufzulösen, hütete er seine Geisel besonders gut.

Vater versuchte es mit ausführlichen Erklärungen, Mutter flehte unter Tränen. Dritte, die unsere Lage kannten und Mitleid mit uns hatten, versuchten zu vermitteln. Es nützte alles nichts. Der Muchtar liess nicht mit sich reden. Nahrungsmittel wollte er uns keine mehr geben, aber wir konnten auch nicht dableiben, sonst wären wir vor seiner Tür verhungert. Da es darüber hinaus nicht mehr interessant für ihn war, wenn wir weiter als Pächter blieben, liess er uns wissen, wir seien frei, er werde aber das Mädchen so lange bei sich behalten, bis wir sämtliche Schulden bezahlt hätten.

„Ihr seid frei", sagte er, und wie er sprachen auch andere Grossgrundbesitzer jetzt von „Freiheit". Der Muchtar schenkte nicht nur uns, sondern auch anderen Pächtern diese „Freiheit". Das süsse Wort bekam unter diesen Umständen einen grausamen Beigeschmack. „Freiheit" bedeutete nämlich: kein Geld, kein Essen, kein Auskommen. Freiheit hiess, dass es den Pachtherrn nicht mehr im geringsten interessierte, wie es den Familien, die bisher auf seinem Land Seidenraupen gezüchtet hatten, erging. Die Kunstseide war das Ende der Seidenraupen und damit das Ende der Seidenraupenzüchter und ihrer Familien. So wurde das Wort „Freiheit" den Pächtern verhasst. Es war das Wort, das sie zu hören bekamen, wenn sie den Weg von ihrem Pachtland zum Grossgrundbesitzer zurückgelegt hatten und ihn um Lebensmittel baten. Von so einer „Freiheit" wollten sie nichts wissen. Sie boten ihre Dienste an und liessen sich dabei auf alle erdenklichen Bedingungen ein, wenn das nur hiess, dass sie über den Winter kamen und bis zur nächsten Saatzeit überlebten.

Unsere Dienste konnte Vater dem Muchtar nicht mehr anbieten. Wir standen zum einen bereits in seinen Diensten, und zum anderen konnte der Muchtar mit unseren Diensten nichts mehr anfangen. Er schlug unserem aufgebrachten Vater die Tür vor der Nase zu und war für ihn nicht mehr zu sprechen. Er bedrohte ihn mit dem Gewehr und beauftragte den Büttel, ihn davonzujagen oder zu verhaften, falls er sich noch einmal blicken liesse.

Was sollten die Eltern tun, die Ärmsten? Antakya war weit. Der Himmel war so fern. Überall stiessen sie auf taube Ohren. Sie konnten sich auf den gefährlichen Weg nach Antakya machen und dort vor Gericht gehen, aber war das wirklich eine Möglichkeit? Selbst wenn sie nach Antakya durchkämen, wo sollten sie dort übernachten? Wo sollten sie uns, zwei kleine Kinder, solange lassen? Und selbst wenn sie uns solange bei der Witwe liessen, zu wem hätten sie in Antakya gehen sollen? Wie erstattete man Anzeige, an wen wandte man sich da? Wie führte man einen Prozess? Wie lange dauerte das? Hatten sie damit Aussicht auf Erfolg? Vater konnte es sich eher vorstellen als Mutter, seine Tochter beim Muchtar zu lassen. Er war der Auffassung, ein Prozess nütze nichts. „Wer die Tür des Gerichtssaals hinter sich schliesst", sagte er, „kommt selbst nicht mehr heraus. Der Muchtar ist ein einflussreicher Mann. Der Gouverneur in der Stadt ist sicher auf seiner Seite. Es ist besser, wenn wir uns diese Blamage ersparen."

„Aber was dann?" fragte Mutter verzweifelt.

„Ich weiss es nicht."

„Und unsere Tochter, unser Kind?"

„Wir müssen sie eben beim Muchtar lassen."

„Beim Muchtar lassen?" Die Stimme meiner Mutter klang schrill. „So herzlos bist du!"

Vater erwiderte nichts. Vielleicht hatte er mit einer solchen Reaktion gerechnet. Vielleicht hatte er dem auch einfach nichts entgegenzusetzen und ihm wurde plötzlich bewusst, wie wenig ihm im Grunde an seiner Tochter lag. Er merkte wohl, dass Mutter sie auf keinen Fall zurücklassen und nie und nimmer ohne sie weggehen würde.

Meine Mutter dachte angstvoll daran, dass sie ihre Tochter wohl nie wiedersehen würde, wenn sie sie jetzt zurückliess. Wer sollte denn das Kind später holen, wenn sie es jetzt nicht mitnahm? Nein. Das konnte sie nicht zulassen. Nein. Sie würde bleiben. Lieber hungern, gedemütigt werden und als Magd arbeiten, lieber betteln gehen. Auf keinen Fall durfte sie ihr Mädchen verlassen. In ihren Alpträumen sammelte sie die Perlen eines Rosenkranzes auf, der in ihrer Hand gerissen war, und jedesmal, wenn sie sich bückte und eine Perle aufhob, glitt ihr eine andere aus der Hand. Sie kämpfte mit blossen Händen gegen wilde Tiere, die ihr die Kinder entreissen wollten. Es waren doch ihre Kinder, sie suchten bei ihr Schutz in einem Boot, dessen Planken geborsten waren, dessen Rumpf gebrochen war, das als Wrack auf sturmgepeitschten Wellen trieb. Und dabei hatte sie keine Ahnung, wie sie selbst in dieses Boot gekommen war.

Vater schluckte seinen Zorn: „Wenn wir die eine nicht hierlassen, lassen wir die andere dort. Mit deinem Mutterherz bist du auch nicht klüger als ich mit meinem Vaterherz."

„Sei still, ich will nichts davon hören", schrie Mutter, „du hast ja gar kein Herz."

Er hielt inne und sah sie hasserfüllt von der Seite an. Auf diesen Blick folgten normalerweise Schläge. Doch dieses Mal war ihr das egal. Sie drehte sich um und liess ihn einfach stehen. Er kochte. Er beschimpfte sie. Sie hörte, was er sagte, und antwortete nicht. Sie blieb stur. Und doch schlichen sich in ihre Entschlossenheit Bedenken ein. Sein Argument „wenn wir die eine nicht hierlassen, lassen wir die andere dort" hatte getroffen und sie verunsichert. So hart es sie auch ankam, sie konnte sich dieser Wahrheit nicht verschliessen. Sie wusste genau, dass sie ihre älteste Tochter einem grausamen Schicksal überliess, wenn sie ohne sie wegging. Ihr Kind würde als Fremde in der Fremde leben, es würde keine Mutterliebe erfahren, nie mehr frei und unbefangen Kind sein dürfen. Und genauso sicher wusste sie, dass ihre andere Tochter, die nach Iskenderûn gebracht worden war, dasselbe Los erwartete, wenn sie blieb. Was sollte sie tun? Welchen der beiden Wege sollte sie wählen, da doch keiner eine Lösung war? Bei welcher Instanz sollte sie über den Muchtar Beschwerde führen, hier, weit weg von Antakya? Musste sie aufgeben und auf ihr Kind verzichten? Vor der schwarzen Wand der Kapitulation stirbt der Glaube an das Leben. Aber unsere Mutter wollte sich auf keinen Fall ergeben. Sie konnte den Gedanken einfach nicht zu Ende denken, dass sie sich damit abfinden sollte. Sie wollte ihre kleine Familie zusammenhalten, sie wollte ihre Küken weiterhin mit ihren Fittichen beschützen, aber sie wusste nicht wie.

Vater redete ihr gut zu: „Was sollen wir denn tun? Uns bleibt doch keine Wahl. Eine Tochter ist hier, eine Tochter ist dort. Wir müssen jetzt Geduld haben, bis diese schlimme Zeit vorbei ist. Dafür müssen wir hier erst einmal weg. Später kann ich mir Geld leihen, dann gehe ich zurück und hole sie."

„Nicht ohne meine Tochter!"

„Und deine Tochter in Iskenderûn?"

Sie redeten aufeinander ein, fielen einander ins Wort, doch sie fanden keine Lösung. Jedesmal, wenn Mutter darauf bestand dazubleiben, erinnerte Vater daran, dass es auf dasselbe hinauslief, ob sie ging oder blieb, und dass sie sich in jedem Fall von einer ihrer beiden Töchter würde trennen müssen.

Mutter verbrachte die Nacht schlaflos. Sie hat es uns später erzählt. Dass sie nicht schlafen konnte, dass sie geweint hat. Sie hat auch erzählt, dass Vater erst mit ihr gestritten und sie bedroht habe, dass er dann freundlich und zärtlich zu ihr gewesen sei, sie habe beruhigen wollen und gesagt habe: „Nimm das doch alles nicht so schwer." Doch sie sei regungslos und wach auf ihrem Bett gehockt, während wir schliefen.

Noch bevor die Sonne aufging, verliess sie das Haus. Sie hatte niemandem gesagt, was sie vorhatte und wo sie hinging. Als wir aufwachten, war sie nicht da. Vater suchte nach ihr und rief ihren Namen. Meine jüngste Schwester und ich liefen über das Feld und sprachen Gebete, doch wir fanden keine Spur von ihr. Vater schickte uns ins Haus und machte sich auf den Weg, um die Witwe nach ihr zu fragen. Danach lief er bis zum Muchtar, befragte sämtliche Nachbarn. Er kam allein zurück. Wir weinten. Er versuchte, uns zu trösten und unsere Kinderherzen zu beruhigen. Doch er machte sich selbst Sorgen und war bedrückt.

Erst am Nachmittag kam sie zurück. Sie sah erleichtert aus. Ein älterer Mann, der hinkte und einen Jagdzwilling geschultert trug, begleitete sie. In der Hand hatte er ein kleines Bündel. Mutter trug eine Tasche. Sie hatten Lebensmittel mitgebracht, Feigen, Orangen, Mehl und eine Flasche Öl. Genug, um einige Tage davon zu leben. Uns erschien es wie Nahrung für ein ganzes Leben. Feigen und Orangen! Der Alte strich mir über den Kopf, Mutter stellte ihn vor: „Das ist euer Onkel! Küsst ihm die Hand und wünscht ihm ein langes Leben!" Ich küsste hingebungsvoll seine Hand, am liebsten hätte ich ihm wie ein junger Hund die Hände geleckt, die Handinnenflächen, den Handrücken, den ganzen Mann. Er küsste mich, begrüsste Vater und küsste auch meine Schwester. Dann hockte er sich nieder und hielt mich im Arm, zusammen mit der Flinte. Von Flinten hatte ich gehört, sie machten mir Angst. Wir hatten keine solche Waffe im Haus, vor der sich Eindringlinge hätten fürchten müssen. Unser Vater hatte kein Geld für eine Schusswaffe. Seit den Geschichten über die Räuber und die Einbrüche waren Flinten eine wichtige Sache für mich. So wichtig wie mein Onkel Riskallâh. Und plötzlich war nun dieser alte Mann ins Haus gekommen, den meine Mutter Onkel nannte, und er hatte eine Flinte dabei. Was für ein Freudentag für mich! Zuversicht kehrte bei uns ein! Welch eine Überraschung für unser Haus!

„Ihr zieht also weg?" erkundigte sich der Onkel bei meinem Vater.

„Wir haben keine andere Wahl", antwortete Vater und bot ihm Tabak aus seiner Dose an. Dann zog er mich am Arm weg.

„Lass ihn", sagte der Onkel, „er ist doch unser kleiner Riskallâh!"

Mutter fing an zu schluchzen, Tränen liefen ihr übers Gesicht: „Ach Gott, wenn Riskallâh noch am Leben wäre, Onkel, dann wäre es mit uns nicht so weit gekommen."

„Der Herr schenke ihm die ewige Ruhe. Marjam, hör auf zu weinen. Tochter meiner Schwester, hättest du dich nur eher an deinen Onkel erinnert und wärst zu ihm gekommen. Es wird schon wieder gut."

Wieder schluchzte Mutter auf. „Ich habe mich so geschämt! Es ging uns so schlecht, ich konnte nicht mehr klar denken. Wir sind wirklich am Ende, Onkel."

„Was heulst du denn wieder rum", herrschte sie Vater an, „was kannst du schon mit deinen Tränen erreichen."

„Lass sie", unterbrach ihn der Onkel, „lass sie nur, sie ist so niedergeschlagen, die Arme." Er sprach ruhig weiter: „Die Tränen machen ihr das Herz leichter. Und diesen Hund von einem Muchtar werde ich mir vorknöpfen. Verlasst euch darauf. Keine Angst."

Mutter hörte auf zu weinen. Sie stand auf und holte das Messer, um die Orangen aufzuschneiden. Verstohlen berührte ich die Flinte. Der Lauf war kalt. Gerade wollte ich sie noch einmal anfassen, da schob mich der Onkel zu meiner Mutter und sagte, sie solle mir ein Stück von der Orange geben.

Wir hockten zusammen da und assen. Etwas, das spürten wir, war auf einmal anders in unserem Leben. Mutter schien beruhigt, Vater wirkte entspannt, wenn auch etwas verlegen vor dem Onkel. Insgeheim wünschte ich mir, der Onkel mit seiner Flinte sollte nie wieder weggehen. Er sollte dableiben, die ganze Nacht. Er sollte uns nicht allein lassen, solange wir noch nicht weg waren, dann hätte der Muchtar keine Gewalt über uns. Vater drehte ihm eine Zigarette. Der Onkel rauchte in tiefen Zügen und liess den Rauch aus beiden Nasenlöchern in grossen Wolken aufsteigen, die sich mit seinen weissen Haaren um seinen Kopf legten. Schweigen herrschte. Mit bittenden Blicken sah Mutter den Onkel an. Sie wartete darauf, dass er verkündete, wie er die Sache zu lösen gedachte. Doch der Onkel war tief in Gedanken versunken und sann dem Rauch nach. Wieder und wieder zog er an seiner Zigarette. Zuletzt warf er die Kippe weg und stand unvermittelt auf, als sei ihm gerade eben wieder eingefallen, warum er eigentlich gekommen war.

„Auf, gehen wir", forderte er meinen Vater auf. „Wir gehen zusammen zum Muchtar. Das Reden überlässt du dann mir."

„Und ich?" fragte Mutter.

„Du bleibst bei den Kindern!"

„Und meine Tochter?"

„Ja, ja", schnitt ihr der Onkel das Wort ab. „Das werden wir dann sehen."

„Oh Gott, oh Gott, bitte seid vorsichtig. Ich habe Angst. Der Muchtar ist so gemein."

„Hast du Angst um mich, Marjam, oder geht es dir um deine Tochter?"

Mutter schwieg. Der Onkel war selbstsicher und hatte Autorität, auch wenn er auf den ersten Blick nicht so wirkte.

Er hatte ein freundliches Gesicht, seine Augen waren klein und schauten durchdringend, und er zog das linke Bein leicht nach. Ganz unvermittelt machte er sich jetzt auf den Weg, ging einfach los, ohne sich noch einmal umzusehen, ohne ein weiteres Wort zu verlieren, das Jagdgewehr auf der einen Seite über die Schulter gelegt, auf der anderen Seite einen Stock in der Hand. Sein Gang war leicht nach vorne gebeugt, als Folge des Alters und der gebückten Arbeitshaltung. Sein Leben als Bauer war eine ständige Verbeugung vor der Erde gewesen, und dies zeigte sich nun in der Haltung seines Körpers.

Für uns begann das Warten. Mutter wurde von Sorge zermartert. Wie immer flehte sie zu Gott. Dass alles gutging, dass der Onkel es schaffte, dass die Tochter zurückkam. Sie ging aus dem Haus und kam wieder herein. Sie rannte ein Stück den Weg entlang und kam wieder zurück. Drinnen lief sie zwischen Tür und Herd hin und her. Wenn wir sie etwas fragten, antwortete sie unzusammenhängend und gereizt. Als sie sich zuletzt auf den Weg machte, um ihrem Mann und dem Onkel hinterherzugehen, hängten meine Schwester und ich uns an sie und bedrängten sie, wir würden uns fürchten allein zu Hause, zumal es bald dunkel wurde. Daraufhin kehrte sie um und kam wieder zurück ins Haus.

Aber sie hielt es nicht aus, beim Herd sitzenzubleiben. Immer wieder ging sie trotz der Kälte vor die Tür und starrte über das Feld in die Dunkelheit.

In dieser Nacht kam unsere Schwester zurück. Mutter hörte die Heimkehrenden, als sie noch am anderen Ende des Feldes waren. Sie vernahm Vaters Stimme und rief seinen Namen. Als er ihr antwortete, rief sie den Namen ihrer

Tochter. Und im Haus hörten wir unsere Schwester antworten: „Ja, Mama!" Meine Mutter rannte in die Richtung, aus der die Stimmen kamen, und rief immer wieder laut und glücklich: „Komm zu deiner Mama, mein Liebling!" Auch wir blieben nicht länger im Haus. Wir stürzten hinaus und hinter ihr her. Doch in der Dunkelheit konnten wir die Ankömmlinge nicht sehen, und wir wagten es nicht, unserer Mutter aufs Feld hinaus hinterherzulaufen. Wir standen da und rieben uns die Hände vor Kälte und Freude zugleich. Später berichtete meine Schwester, ich hätte damals in die Hände geklatscht, doch als meine grosse Schwester dann vor mir stand, hätte ich sie nicht geküsst, sondern mich zurückgezogen, als sei sie eine Fremde.

Nachdem wir zu Abend gegessen hatten, erklärte Vater, am nächsten Tag würden wir abreisen. Er berichtete, was sich beim Muchtar ereignet hatte und wie der Onkel unsere Schwester befreit hatte. In unseren Augen wurde der Onkel immer grösser, wuchs und wuchs, wurde immer jünger und veränderte sich dabei, bis er die Gestalt jenes anderen Onkels angenommen hatte, unseres verstorbenen Onkels, von dem die Mutter erzählte, wie gut er gewesen sei und dass sie immer in Liebe an ihn denke. Der gute alte Mann, von dem die Rede ging, er sei Wegelagerer gewesen, derselbe, der das Grundstück zurückgeholt hatte, dem war es heute gelungen, das Mädchen aus dem Haus des Muchtars herauszuholen. Und morgen würde er wiederkommen, um uns nach al-Luschîja zu begleiten.

Selbst Vater betonte: „Wirklich, was er für uns getan hat, werde ich nie vergessen. Ich hoffe, dass ich ihn noch einmal wiedersehe. Berge können nicht zueinander kommen, aber Menschen können sich wiederbegegnen. Ich habe wahrlich viele Männer kennengelernt, aber jemand wie ihn trifft man nicht alle Tage. Er ist gut und bescheiden. Ich kenne niemand, der so einfach, weise und mutig ist wie er. Niemand. Das könnt ihr mir glauben."

Und mit unverhohlener Bewunderung erzählte er meiner Mutter, was sich beim Muchtar abgespielt hatte: „Stell dir vor: Unser Muchtar, der Tyrann, hat einfach Angst vor ihm gehabt. Der Onkel hat ihm weder gedroht noch ihn geschlagen. Er hat nicht einmal die Stimme gegen ihn erhoben. Er hat so leise geredet, dass ich dachte, der Muchtar würde ihn gar nicht hören. Er hat nicht an die Tür geklopft. Dazu hat er sich nicht herabgelassen. Genau wie damals bei der Geschichte mit dem Grundstück und Bassûs hat er sich einfach hingehockt, die Flinte in den Schoss gelegt und sich in aller Ruhe eine Zigarette gedreht. Dann hat er freundlich den Wächter angesprochen: ‚Richte dem gnädigen Herrn einen Gruss aus und wir wären gekommen, unser Mädchen abzuholen. Er möge bitte mit seinem Schuldbuch kommen, wir möchten abrechnen.' Als der Muchtar ihn da sitzen sah, ist ihm angst und bang geworden, und er hat sich nicht gezeigt. Er ist im Haus geblieben und hat seinen Sohn geschickt, das Geld einzutreiben. ‚Dein Vater ist im Recht, mein Sohn', hat der Onkel zu ihm gesagt, ‚wir sind ihm etwas schuldig, doch er uns auch. Richte deinem Vater aus, er möchte doch so nett sein, herauszukommen und mit uns abzurechnen.' Aber der Muchtar hat sich nicht blicken lassen. Der Onkel hat daraufhin ins Haus hinein gerufen: ‚Gnädiger Herr, die Kleine ist die Enkelin meiner Schwester. Ich stehe für sie ein. Lass sie zusammen mit ihrer Familie gehen und nimm mich dafür als Bürgen.' Als er keine Antwort bekommen hat, ist er aufgestanden und langsam auf eine Kuh zugegangen, die im Hof angebunden war. Beiläufig, aber so, dass der Muchtar es hören konnte, hat er zu mir gesagt: ‚Mach die Kuh los, wir nehmen sie mit. Und wenn das Mädchen bis heute abend nicht zu Hause ist, schlachten wir das Tier.' Ich habe kurz gezögert, da ist er laut geworden: ‚Hörst du nicht, mit wem ich rede? Wovor hast du Angst, wenn ich bei dir bin? Wenn ich dir sage, mach die Kuh los, hast du sie loszumachen, und zwar sofort, sonst schlachte ich sie auf der Stelle!' In diesem Moment ist die Tür mit einem Schlag aufgegangen, und wir haben eine Stimme gehört: ‚Hände weg von der Kuh, Brahûm!' Der Onkel ist hinter einem Baum in Deckung gegangen, hat die Flinte angelegt und geantwortet: ‚Ich lasse die Kuh nicht in Ruhe, solange du das Mädchen nicht freigibst. Die Sache wird jetzt von Mann zu Mann geregelt.' Im Schutz des Hauses hinter der Tür hat der Muchtar gesagt: ‚Und was ist mit den Schulden, Brahûm?' — ‚Und was ist mit der Arbeit des Mädchens, Muchtar?' hat ihm der Onkel entgegengehalten, ‚was ist mit dem Leid der Familie, mit der Arbeit der Familie? Du saugst alle aus und redest immer von Schulden! Wir drücken uns nicht vor dem, was rechtens ist. Bitteschön, lass uns die Rechnung aufstellen. Aber bevor wir eines gegen das andere aufrechnen, nehmen wir die Kuh an uns. Du hast das Mädchen, wir haben die Kuh, und dann kann es losgehen mit der Abrechnung. Ich fordere dich noch einmal im guten auf: Komm heraus.' Der Muchtar hat keine Antwort mehr gegeben. Es ist auch nicht herausgekommen. Wir haben ihn die ganze Zeit überhaupt nicht zu sehen bekommen. Aber es hat nicht lange gedauert, da ist unser Mädchen vor die Tür getreten. Auf dem Weg nach Hause hat der Onkel zu mir gesagt: ‚Morgen kannst du abreisen. Die Abrechnung mit diesem Hund kannst du getrost mir überlassen. Ich werde ihm zeigen, wie man sich als Mann benimmt.'"

Meine Eltern sprachen noch lange miteinander in dieser Nacht. Mutter war stolz auf den Onkel. Es war unsere letzte Nacht in diesem Dorf. In der Frühe packten wir unsere Sachen zusammen. Der Onkel kam mit einem Esel, einen zweiten hatte Vater irgendwo aufgetrieben. Wir luden unseren Hausrat auf die beiden Tiere, mich setzten sie noch obendrauf. Ein letztes Mal überquerten wir das karge Feld, dann verliessen wir das Dorf in Richtung al-Luschîja. Von dort ging die Fahrt in einem gemieteten alten Ford mit Kotflügeln und Schutzblechen weiter, auf dessen gepolsterten Sitzen wir nach Iskenderûn gefahren wurden. Das war, soweit ich weiss, meine erste Fahrt in einem Auto.

Bevor wir ins Auto stiegen, küsste meine Mutter dem Onkel die Hand und hiess uns, ihm ebenfalls die Hand zu küssen. Bei diesem Abschied weinte sie nicht. Zuvor, als wir unser Haus verliessen, hat sie viel geweint. Da hatte die Witwe gestanden und auch einige Nachbarn, die ebenfalls gekommen waren, um sich von uns zu verabschieden. Dann war es soweit gewesen, die beiden Frauen hatten noch ein paar Worte gewechselt, Mutter hatte die Witwe gebeten, unsere Katze zu sich zu nehmen. Die beiden Frauen hatten sich umarmt und geküsst, die Witwe uns noch etwas Proviant eingepackt. Die anderen hatten uns gute Wünsche mit auf den Weg gegeben. Mit einem „Vergelt's Gott" hatte Mutter allen gedankt, und sie hatten es angenommen.

Wir zogen davon.

13. Kapitel

Es war Nacht, als wir im Dorf Kara-Aghatsch — der Name bedeutet Schwarze Bäume — ankamen. Das Lehmhaus, in dem wir untergebracht wurden, war an das Haus des Gutsbesitzers angebaut, bei dem unsere Schwester als Dienstmädchen arbeitete. Vor dem Schlafengehen gab es Brot und Milch. An die Milch erinnere ich mich noch gut. Sie schmeckte mir. Vielleicht habe ich tatsächlich mein Lebtag keine bessere getrunken, oder sie schmeckte mir so gut, weil ich hungrig war und sie deshalb besonders süss fand. Gut aufgelegt kommentierte Vater zum Einstand: „Hier wird es uns gutgehen."

In dieser Nacht träumten wir davon, wie gut es uns gehen würde, und hatten Visionen von der neuen Welt, in die wir gekommen waren. Während wir uns auf die beiden Matratzen legten, die alles waren, was wir an Möbeln mitgebracht hatten, prophezeite Vater, dass es uns hier an nichts fehlen werde: „Die Gutsherrin wird uns geben, was wir brauchen."

Am nächsten Morgen nahm Vater Mutter mit zu unserem neuen Herrn. Er hiess Krystou und bewohnte das obere Stockwerk im Hauptgebäude eines Gehöfts, wie es die Gutsbesitzer bauen, die ihre Ländereien selbst verwalten. Als wir aufwachten, fanden wir unsere Mutter nicht im Haus und gingen hinaus. Da sahen wir zum ersten Mal solch ein zweigeschossiges Landhaus. Es war aus Stein und hatte blendendweisse Wände. Um die Gegend zu erkunden, zog ich mit meinen beiden Schwestern hinaus über die Felder und dann hinauf auf eine Düne. Ahnungslos kletterten wir auf den Sandberg, hinter dem sich ganz überraschend eine endlose Wasserfläche ausbreitete. Auf dem Wasser bewegte sich ein kolossales Etwas. So etwas Gewaltiges hatte noch keiner von uns gesehen. Als wir abends Vater nach dem blauen Wasser und dem riesigen Koloss darauf fragten, erklärte er uns, das sei das Meer und das Etwas, das sich darauf bewegte, ein Dampfer. Er beschrieb, dass im Bauch eines solchen Dampfschiffs mehrere Stockwerke Platz hätten, mit riesigen Laderäumen, Schlafzimmern mit Betten und allem, was die Passagiere bräuchten.

Ich war verzaubert von diesem Meer. Es war so blau und so weit. Ich freute mich wie ein König, wenn ich ein Schiff sah. Von nun an kletterte ich immer wieder auf den Kamm der Düne und schaute mir die vorüberziehenden Dampfschiffe an. Ich klatschte in die Hände, wenn ich ein Schiff kommen sah, und rannte nach Haus, um meine Schwestern zu diesem Schauspiel dazuzuholen.

Jeden Tag entdeckten wir begeistert Neues in unserer Umgebung. Die Felder waren hier ganz anders angelegt als in al-Suidîja. Hier wuchsen hohe Bäume mit grünen Wedeln und schlanken, hohen Stämmen, von denen man uns sagte, es seien Dattelpalmen. Wir erfuhren auf unseren Erkundungen, dass die Leute in dieser Gegend Gänse, Enten und Kaninchen hielten. Wir waren nahe am Meer und sahen die Sonne rot hinter dem Wasser versinken. Aber es ging uns in dieser Gegend nicht besser als vorher, im Gegenteil, es wurde bei dem neuen Herrn bald immer schwieriger, und es ging uns schnell schlechter. Ich hörte Mutter sagen: „Wir haben uns aus dem Brunnen befreit und sind dafür dem Bären in die Klauen gefallen." Und Vater gab zu, er hätte nie gedacht, dass der Gutsherr so ein mieser Kerl sei. „Er hat mich übel hereingelegt."

„Immer legen sie uns herein", stimmte Mutter ihre Klagelitanei an, „jedesmal sind wir die Dummen, ich verstehe wirklich nicht warum. Da war ja das Leben in al-Suidîja noch besser. Dort waren wir zumindest frei. Dort waren wir keine Leibeigenen und hatten ein eigenes Haus. Wenn doch nur die indische Seide nicht gekommen wäre."

„Jetzt fängst du schon wieder damit an", schalt Vater sie, „das bringt doch nichts. Mach mir doch mit deinem Geheule die Welt nicht so eng."

„Mach mir doch die Welt nicht so eng", hatte Vater gesagt, und da begriff meine Mutter, dass es ihm eigentlich überall zu eng war, und dass das nichts damit zu tun hatte, ob sie etwas sagte oder nicht. Hatte er das nur gesagt, um sich im voraus für das zu rechtfertigen, was sie befürchtete, nämlich dass er uns nur wieder irgendwo hingebracht hatte, um dann wieder wegzugehen? Sie stellte sich vor, dass er uns ein weiteres Mal als Pfand zurücklassen würde, wie zuvor auf dem kargen Feld. Langsam erfasste sie, wo wir hingeraten waren, und die Enttäuschung war ihr anzusehen. Sie hatte sich vorgestellt, wir würden in die Stadt ziehen, und sie könnte uns in die Schule schicken und gemeinsam mit uns ein anständiges Leben führen. Doch danach sah es hier ganz und gar nicht aus, und es ging schnell bergab mit uns:

Die Stadt Iskenderûn war so weit weg, dass wir sie nicht ein einziges Mal zu Gesicht bekamen. Kara-Aghatsch war ein Dorf im weiteren Einzugsbereich. Es war staubig und dornig. In vielen Gärten standen Feigenkakteen. Die Bauern waren stur, ungewaschen und ungebildet. Das Trachom, die ägyptische Augenkrankheit mit ihren verheerenden Folgen, war bei Kindern und Erwachsenen weit verbreitet. Unseren Dienstherrn Krystou musste der Teufel geritten haben, als er in diese Gegend zog, um sich selbst um seinen Besitz zu kümmern. Er hatte Vater dafür eingestellt, ihm in der Landwirtschaft und bei der Verwaltung behilflich zu sein. Vor allem hätte Vater wohl seine Besitzungen beaufsichtigen und die Bauern daran hindern sollen, ihn zu bestehlen. Doch bald merkte Krystou, dass mein Vater für nichts dergleichen taugte, und daraufhin behandelte er ihn nur noch unfreundlich und bedachte ihn ständig mit Beschimpfungen.

Herr Krystou war fett, widerwärtig und geizig. Ursprünglich war er nicht Gutsbesitzer gewesen; er hatte die Besitztümer und die Bauern, die darauf arbeiteten, geerbt. Krystou war hochfahrend und trug europäische Hosen, eine Kappe auf dem Kopf und ständig eine Reitpeitsche in der Hand. Er schrie von morgens bis abends mit den Bauern herum. Wir Kinder hatten Angst vor ihm, gingen ihm aus dem Weg und versteckten uns, wenn wir ihn auch nur aus der Ferne hörten. Seine Bekleidung war auffällig, denn er trug als einziger diese europäischen Hosen. Vorher hatten wir nur die Pluderhosen und die langen, vorne offenen Gewänder der Männer, die Kumbâs heissen, gesehen.

Gleich nach unserer Ankunft nahm auch meine Mutter zusammen mit unserer grossen Schwester, die schon beim Muchtar gearbeitet hatte, ihren Dienst bei Krystou auf. Die jüngste Schwester und ich blieben allein daheim. Mit der Zeit gewöhnten wir uns ein und begannen, uns mit anderen Kindern anzufreunden. Barfuss wie alle anderen streunten wir auf dem Hof und auf den Feldern herum, und wie alle andern bekamen wir die ägyptische Augenkrankheit. Wir spielten ebenfalls in all dem Dreck, Schlamm und Tierkot. Ins obere Stockwerk im Herrschaftshaus durften wir nicht hinauf, und auch mit Krystous Kindern durften wir nicht spielen. Manchmal sahen wir die gnädige Frau auf dem Balkon, und Mutter erzählte uns gelegentlich von ihr. Wenn wir direkt mit ihr zu tun hatten, schrie sie uns an, wir sollten uns gefälligst nicht bei ihrer „Villa" herumtreiben, oder sie schüttete Wasser auf uns herunter, wenn wir um die Zeit der Mittagsruhe im Schatten unter dem Balkon spielten.

Ich machte mir viele Gedanken. Wie es dort im oberen Stockwerk wohl aussah, und wie die dort oben wohl lebten? Warum waren die Reichen am ganzen Körper weiss wie die Herrin? Und warum war es angeblich schöner, wenn ein Mensch weisse Haut hatte wie die reichen Leute?

Ich sah, dass Krystous Frau Zeitschriften und Bücher las, und wunderte mich, dass sie verstehen konnte, was da geschrieben stand. Es war mir völlig schleierhaft, wie sie die Wörter unterscheiden konnte, die einander so ähnlich sahen, und wie sie sich so viele Wörter merken konnte und sie nicht wieder vergass.

Draussen vor dem Gehöft führte die staubige Landstrasse vorbei. Um das Anwesen war eine Lehmmauer gezogen. Auf der zur Strasse gelegenen Seite bildete diese Aussenmauer mit der Rückmauer des Hauses einen engen Durchgang. Dort landeten die Zeitungen und Bücher, wenn die Herrin sie ausgelesen hatte. Eines Tages entdeckte ich den Durchgang und ging danach immer wieder dorthin, ohne dass jemand davon wusste.

Ich legte mir eine Bildersammlung an. Heimlich entwendete ich Mutters Schere, schnitt Bilder aus und schenkte sie meiner Schwester, die sich sehr darüber freute. Später nahm ich meine Schwester mit in den Durchgang, und wir schnitten zusammen noch mehr Bilder aus. Ich hielt Seiten der Zeitschriften oder Zeitungen in der Hand und fragte mich sehnsüchtig, was da wohl geschrieben stehen mochte. Wenn ich nur lesen könnte, dachte ich mir, dann würde ich das alles verstehen. Und wenn ich zurück nach Hause ging, bedrückte mich die Frage, was wohl auf all diesen Blättern geschrieben stand.

Der andere Ort, der mich magnetisch anzog, war mit keinerlei bedrückenden Gefühlen verbunden. Dort fand ich als Gegenstück zur Enge des Hofs und zu meiner Ratlosigkeit angesichts des bedruckten Papiers Weite und Ruhe. Dorthin flüchtete ich mich vormittags und nachmittags. Ich setzte mich in den Sand auf die Düne und beobachtete die Schiffe, sah sie davonziehen oder näherkommen und verfolgte sie mit meinen Blicken vom ersten Moment, in dem ich sie erspähte, bis sie wieder verschwunden waren und nur noch der Rauch zu sehen war, der in kleinen Wolken aus dem Schornstein kam und sich dann auflöste. Ich freute mich, wenn ein Schiff seine Sirene tuten liess, während es dem Horizont zustrebte, an dem das Blau des Wassers mit dem Blau des Himmels verschmolz.

Anfangs fürchtete ich mich davor, hoch auf den Kamm der Düne zu klettern, doch dann wagte ich es, weil ich unbedingt die Schiffe sehen wollte. Eines Tages winkte aus einem Ruderboot, das nahe an der Küste vorbeifuhr, jemand zu mir hinauf, und ich winkte zurück. Von da an winkte ich jedem Fahrzeug auf dem Meer zu, doch entweder sahen sie mich nicht, oder sie winkten nicht zurück. Ich begann, am Strand entlang neben den Schiffen und Booten herzulaufen und zu winken. Dazu schrie ich aus vollem Hals. Wenn ich keine Antwort bekam, fühlte ich mich persönlich abgewiesen, und mit meiner Freude war es aus. Dann ging ich zurück auf die Düne, setzte mich in den Sand und wartete auf das nächste Schiff. Einmal schlief ich dort oben ein und wachte von der Stimme meiner Mutter auf, die mich in ihren Armen wiegte, während sie mich nach Hause trug.

Sie hatten lange nach mir gesucht. Auf dem Gehöft, auf dem Feld und auf der Landstrasse. Meine Schwester hatte ihnen den Durchgang gezeigt, wo das Papier lag und die Bilder. Vater war zornig geworden und hatte geschworen, mich zu züchtigen, doch Mutter schützte mich in ihren Armen und hielt die Stockschläge, die für mich gedacht waren, mit ihrem Körper ab. Sie verlangte von mir, dass ich nicht mehr allein zu der Düne gehen sollte und dort auf keinen Fall mehr einschlafen, denn es habe dort viele Skorpione und Giftschlangen, und gegen deren Gift gebe es kein Gegenmittel.

Ich hatte schon Schlangen gesehen, und Vater behauptete, sie seien alle giftig, und die gefährlichste sei die Sandviper. Er schloss mit dem Bericht über einen Bauern, der vor unserer Ankunft in Kara-Aghatsch von so einer Sandviper gebissen worden und sofort tot gewesen sei.

Mutter liessen die Schlangen keine Ruhe, und sie dachte ständig daran, wie gefährlich sie für mich seien. Deshalb ermahnte sie mich jeden Morgen, nicht mehr zu den Dünen zu gehen, und versprach, dass sie es mir erlauben würde, sobald sie mir Schuhe gekauft hätte. Seit unserer Ankunft träumte sie davon, in die Stadt zu gehen und mir Schuhe zu kaufen. Sie drängte meinen Vater, hierfür einen Vorschuss zu nehmen, doch der Herr, der mit Vater den Handel abgeschlossen hatte, aufgrund dessen wir in seinem Haushalt und auf seinen Feldern als Leibeigene lebten und arbeiteten, wies dieses Ansinnen mit der Begründung zurück, wir seien schon unser Essen nicht wert und er habe bei dem Geschäft mit uns ohnehin das Nachsehen, ja er kündigte an, spätestens nach der Ernte werde er uns entlassen.

Eines Abends kam meine Mutter weinend von der Herrschaft zurück. Die Herrin hatte sie vor den Augen ihrer beiden Töchter beschimpft und geschlagen. Erst jetzt begriff sie, dass sie tatsächlich eine Magd war, nachdem sie bis dahin in der Meinung dort gearbeitet hatte, sie gehe der Frau des Herrn im Haushalt zur Hand.

Es tat mir weh, meine Mutter weinen zu sehen, denn ich spürte unser aller Erniedrigung. Ich fühlte, wie wenig sich unser Leben hier von dem elenden und unglücklichen Dasein auf dem kargen Feld in al-Suidîja unterschied und kam zu dem Schluss, dass das Leben für uns überall auf der Welt leidvoll war. Mir schien, die Bauern um uns herum seien viel besser dran als wir; sie lebten zufriedener und in festeren Bahnen. Sie träumten nicht wie unsere Mutter von einer Schule für ihre Kinder und von Schuhen und Kleidern. Ich wolle keine Schuhe, sagte ich zu Mutter, sondern lieber barfuss gehen, wie die anderen, auch wenn ich dann nicht auf die Düne könne.

Sie strich mit der Hand zart über meine langen Haare und antwortete nichts. Tief bedrückt über unsere desolate Lage fand sie keine Worte mehr, sie, die doch gerade so viel Wert darauf legte, sich von den gemeinen Bäuerinnen zu unterscheiden. Natürlich war sie keine Bäuerin und schon gar keine Herrin, aber sie konnte und wollte sich auch nicht damit abfinden, als Leibeigene für Kost und Unterkunft zu arbeiten. Genau die Situation, in der sie sich nun befand, hatte sie immer zu verhindern versucht.

Irgendwann brach ich aber mein Versprechen und ging heimlich zu den Dünen. Zu Hause und im Hof fand ich es langweilig, im Durchgang hinter der „Villa" konnte ich keine neuen Bilder mehr finden. Wir hatten kein eigenes Feld wie in al-Suidîja, und meine Mutter war nicht zu Hause und erzählte uns keine spannenden Geschichten. Wenn ich mit den Bauernkindern im Dreck spielte, taten meine entzündeten Augen nur noch mehr weh, ausserdem fühlte ich mich ihnen fremd. Ich war lieber allein und wollte an den Ort zurück, an dem ich meine Phantasie auf Reisen schicken konnte.

Obwohl ich meine Mutter sehr liebte und sie weder verärgern noch ihr Kummer machen wollte, peinigte mich die Sehnsucht nach dem Anblick des Meeres so sehr, dass ich meine Gehorsamspflicht ihr gegenüber vergass. Als ich dann endlich auf meiner Düne am Strand sass, freute ich mich darüber wie über ein neues Spielzeug. Mein Herz war wie beim ersten Mal überwältigt von der gewaltigen Ausdehnung des Meeres und entzückt darüber, dass es so blau war und dass so hübsche weisse Schaumkronen darauf spielten. Ich fühlte mich wohl am Meer und heimisch in der Gesellschaft der über mir kreisenden Vögel. Meine Seele tauchte in dieses wunderbare Wasser ein, und ihr Kummer und ihre Sorgen wurden in das Meer gespült, das ich, obwohl ich nie darin gebadet hatte, körperlich spürte. Meine grösste Freude, die sich dann in ein allumfassendes Glücksgefühl steigerte, war es, einem Schiff in der Ferne zuzuwinken. Obwohl ich ein schlechtes Gewissen hatte, mich vor den Schlangen ängstigte und jeden Moment damit rechnete, von meinem Vater entdeckt und bestraft zu werden, schlich ich mich immer wieder davon zu den Dünen. Und jedesmal wenn ich mich davonstahl, nahm ich mir fest vor, nicht weiter als bis zu einer bestimmten Stelle am Strand zu gehen und nur ganz kurz zu bleiben. Doch sobald ich angekommen war, breitete sich vor meinen Augen das geliebte blaue Meer aus. Dann vergass ich alles. Meine Ängste fielen von mir ab, und ich ging Schritt für Schritt weiter, bis ich den feinen weichen Sand erreichte, auf dem man so herrlich spielen und rennen konnte, und von dem ich begeistert Handvoll um Handvoll in die Luft warf.

Eines Tages auf dem Rückweg geschah, wovor mich meine Mutter so oft gewarnt hatte. Zusammengerollt im Schatten eines Felsens lag eine Schlange auf dem Sand, der schon recht heiss geworden war. Die Schlange hatte dieselbe Farbe wie der Untergrund. Auf dem Hals, der sich aus ihrem wie ein Gebäckkringel zusammengerollten Leib hervorreckte, sass ihr Kopf. Sie sah mich mit ihren furchterregenden Augen an, als ich auf sie zukam. Sie war wahrscheinlich genauso überrascht über mich wie ich über sie. Ihr Geschlinge löste sich Windung um Windung, während aus dem hochgereckten Kopf bösartig ihre Zunge vor- und zurückschnellte. Wo sie dahinglitt, hinterliess sie eine feine Vertiefung im Sand. Ich schrie auf und erstarrte vor Schreck. Als sich meine Erstarrung löste, rannte ich davon, überzeugt, die Schlange verfolge mich. Hinter mir hörte ich es knacken, und ich wagte nicht stehenzubleiben oder mich umzusehen. Ich schrie und rannte immer schneller, bis ich stolperte und in den Sand fiel. In diesem Moment spürte ich ganz deutlich die Giftzähne auf meiner Haut. Ich liess mich den Hügel hinunterrollen und war bald von oben bis unten voller Sand. Dabei muss ich so laut gebrüllt haben, dass mich ein Bauer hörte, der zu mir rannte und mich aufhob. Erst als ich mich auf seinem Arm beruhigt hatte, konnte er mich nach Hause tragen. Meine Tränen hinterliessen schmutzige Spuren auf meinem sandigen Gesicht.

Vater schlug mich nicht. Meine Mutter eilte mit einer Tasse Weihwasser herbei und liess mich dreimal daraus trinken. Den Rest versprengte sie auf meinem Gesicht. Dann nahm sie mich zum Einschlafen in ihre Arme, weil ich noch immer vor Angst zitterte. Als ich wieder zu Bewusstsein kam – so erzählte sie mir später –, war ich tagelang krank gewesen, und sie hatten einen weisen Mann kommen lassen, dessen Magie mich gesund gemacht habe. Der weise Mann habe ein Amulett für mich geschrieben, das mir Mutter um den Hals gehängt hatte. Danach ging ich nicht mehr zu der grossen Düne. Allerdings nicht so sehr aus Angst, sondern vielmehr weil wir wieder einmal wegzogen, diesmal von Kara-Aghatsch ins Dorf al-Akbar in Arsûs. Meine beiden älteren Schwestern waren bei diesem Umzug nicht dabei. Sie waren in der Stadt bei verschiedenen Familien als Hausmägde untergebracht worden.

Ich erinnere mich daran, dass Vater zwei Einspänner mietete. Wir packten unsere Habe auf einen der Wagen und setzten uns selbst auf den anderen. Vater sass vorne neben dem Fuhrmann. Auf dem unebenen Weg schlingerte der

Wagen hin und her, und wir hielten uns aneinander und an den Karrenrändern fest. Die Dunkelheit umgab uns grenzenlos. Wir sassen unter der Kuppel der Nacht im konturenlosen Raum und wussten nicht, wohin die Fahrt ging.

Wir waren am Abend losgefahren. Später ging der Mond auf. Die Nacht war feucht. Wir legten uns auf der rüttelnden Ladefläche hin, und Mutter deckte uns mit einer schweren Decke zu. Sie selbst blieb wach und starrte in den hellen Mond. Die Nacht war still, Bäume und Sträucher warfen tiefe Schatten, und wir fuhren dem Unbekannten entgegen. Meine Mutter war gebrochen, sie war an ihrem Schicksal verzweifelt und begehrte nicht mehr dagegen auf.

Der Kutscher sang ein trauriges Lied, das klang, als sei es genau für diesen Anlass komponiert worden.

Hell klingen die Glocken,
die Kamele, sie schwanken
unter der Last meiner Waren,
schwer sind auch die Gedanken.
Was ist geschehn,
wir ziehn fort, müssen laufen,
ich bin überall fremd,
keiner will bei mir kaufen.

14. Kapitel

Am Morgen hielten unsere beiden Fuhrwerke auf dem staubigen Dorfplatz von al-Akbar an. Rinder, Ziegen und andere Tiere waren dort zusammengetrieben worden, bevor die Hirten sie auf die Weide führten. Rund um den Platz standen Feigenbäume, deren Blätter schwer vom Staub waren, den die Tiere aufwirbelten. Dahinter verlief ein Graben. In seinem trüben Wasser schwammen Enten, und am Rand gackerten Hühner.

Ein paar Männer sammelten sich um uns herum. Wir drängten uns aneinander und warteten auf Vater, der weggegangen war, um sich nach einem Haus für uns umzusehen. Die beiden Wagen waren inzwischen weggefahren. Beim Abladen hatte einer der Kutscher zu meiner Mutter gesagt: „Dein Mann ist verrückt. Wieso seid ihr in dieses trostlose Nest gekommen?"

Mutter hatte ihm geantwortet: „Ich weiss es nicht. Schicksal."

„Wahnsinn", hatte der Kutscher voll Anteilnahme entgegnet. „Darauf hättest du dich nicht einlassen dürfen."

„Aber wo hätten wir denn hingehen sollen?"

„In die Stadt."

„Schicksal."

„Wahnsinn."

Er hatte angesichts dieses Wahnsinns verständnislos den Kopf geschüttelt, uns einen befremdeten Blick zugeworfen und seinem Pferd die Zügel gegeben. Der Wagen hatte geknarrt, der Sand geknirscht und das Gefährt sich rumpelnd und mit quietschenden Rädern in Bewegung gesetzt. Die Zügel in der Hand, hatte sich der Mann vom Kutschbock noch einmal umgewandt und gesagt: „Wenn es schiefgeht, wenn du nicht durchkommst, hole ich euch mit meinem Wagen ab in die Stadt. Es gehört verboten, dass ihr hierbleibt, schon wegen der Kinder. Dieses Dorf ist euer Untergang."

„Der Herr sei mit uns", hatte Mutter resigniert und ergeben geantwortet, „wir sind in seiner Hand. Die Zeit wird es richten."

Und der Kutscher hatte wieder gesagt: „Dieses Dorf ist euer Untergang. Es ist ein Unding."

Der Mann, der den anderen Wagen lenkte, hatte ihn gescholten: „Hör doch auf mit diesem Gerede. Was soll denn das? Du machst ihnen nur Angst." Aber der erste hatte noch einmal wiederholt: „Doch, das hier ist ihr sicherer Untergang." Die Fuhrwerke waren unseren Blicken in einer Kurve hinter einer Staubwolke entschwunden, die der Wind auf uns zutrieb.

Mutter hatte seither nicht mehr gesprochen. Ihr Mund war ausgetrocknet. Unser Anblick hatte Passanten angezogen. Einige blieben stehen, andere drehten sich mit fragenden Blicken nach uns um. Manche sprachen Mutter an, manche sagten nichts. Kinder wagten sich in kleinen Gruppen vor und schubsten sich gegenseitig auf uns zu. Es war Mittag, und die Sonne brannte vom Zenit auf uns herunter. Der Staub wurde immer dichter. „Geht doch unter den grossen Baum dort", empfahl uns ein älterer Bauer, „was steht ihr denn hier in der Sonne herum?"

„Wir warten auf meinen Mann", entgegnete ihm Mutter.

„Wir können unsere Sachen doch nicht einfach hier stehenlassen."

„Daran wird sich schon keiner vergreifen. Wenn ihr wollt, helfen wir euch, sie unter den Baum zu tragen."

„Danke. Wir bringen sie lieber direkt ins Haus."

„In welches Haus?" fragte der ältere Mann. „Bei wem wohnt ihr denn?"

„Ich weiss es noch nicht, aber mein Mann weiss es. Er wird bald zurückkommen."

„Dann schick wenigstens die beiden Kinder in den Schatten."

Mutter sagte zu meiner Schwester und mir, wir sollten in den Schatten des Baumes gehen, doch wir wollten bei ihr bleiben. Als der alte Mann versuchte, mich bei der Hand zu nehmen, krallte ich mich in ihrem Kleid fest. Daraufhin empfahl er ihr: „Tu dem Jungen wenigstens etwas auf den Kopf." Doch das wollte ich ebenfalls nicht. Es war mir ausserordentlich unangenehm, unter freiem Himmel mitten unter fremden Leuten zu stehen. Aus einem Beutel holte Mutter Brot, das sie uns zu essen gab. Wir bekamen Wasser in einem Kürbis gebracht und tranken. Danach setzten wir uns auf unsere Habseligkeiten und warteten auf Vater. Er liess lange auf sich warten. Die Leute standen um uns herum und bemitleideten uns.

Mit diesem Tag begann unser Untergang, der sich über drei Jahre hinziehen sollte. Die Vorhersage des Kutschers bewahrheitete sich. Doch dazu hätte es keines Propheten bedurft. Es ist keine Kunst, Regen vorherzusagen, wenn dunkle Wolken am Himmel stehen. Und die Wolken waren nicht zu übersehen gewesen. Der Kutscher hatte eine Familie gesehen, die der Sturm gefällt hatte und deren aus dem Boden gerissene Wurzeln in der Mittagshitze verdorrten. Heimat lässt sich nicht in der Fremde finden, sowenig wie in der Wüste Weiden am Bach wachsen. Wir waren Weidenbäume in der Wüste. In dem roten Staub, den der Wind aufwirbelte, stand eine Mutter mit zwei Kindern in der glühenden Mittagshitze. Der Vater stand seiner Familie nicht bei und war ein Versager. Ein bitterarmer Landstrich, in dem Hunger, Krankheit und Aberglaube auf der einen und die Unterdrückung durch die Grossgrundbesitzer auf der anderen Seite sich die Waage hielten. Ein Landstrich, in dem jeder Bauer unter dem Gewicht dieser Waagschalen, die auf seinen Nacken drückten, nur ganz langsam vorwärts kam. Es gab keine Rebellion gegen das Joch auf den wunden Schultern. Wie chinesische Kulis warteten alle nur auf die Ruhe im Tod, wenn ihnen der Herr selbst mit der Peitsche nicht mehr befehlen konnte, aufzustehen und zu arbeiten, wenn Nahrungsentzug und andere Strafmassnahmen nicht mehr möglich waren.

Der Landstrich, in dem wir uns an jenem Morgen wiederfanden, war so mager wie die eingetrocknete Brust einer dürren Jungfer und ebensowenig animierend. Dazu waren wir die Elendsten von allen, denn bei uns versagten in mehrfacher Hinsicht die Überlebensmechanismen. Die hier lebten hatten sich irgendwie eingerichtet und entweder einen Herrn und Arbeit, ein Haus oder wenigstens einen Platz auf dem Friedhof. Wir hatten überhaupt nichts. Ein Mann aus diesem Dorf hatte unseren Vater hereingelegt, weil dieser sich hatte täuschen lassen wollen, um einen Grund zum Weggehen zu haben. Unserer Mutter erklärte Vater, der Unbekannte habe ihm falsche Tatsachen vorgegaukelt, die interessant geklungen hätten, deshalb habe er sich mit uns auf den Weg hierher gemacht. Doch wo war nun dieser Mann? Wo war das Haus? Wo die versprochenen Äcker? Darauf wusste er keine Antwort. Und er war beschämt darüber. Die Enttäuschung stand ihm ins Gesicht geschrieben. Es war ihm anzusehen, dass er selbst mehr mit sich ins Gericht ging, als du es hättest tun können, Mutter. Wenn er in dieser Verfassung ist, denkst du an keine Strafe für ihn, sondern daran, dass er Erbarmen verdient, mehr Erbarmen als du, die Betroffene. Er braucht dein Mitleid, zusätzlich zu seinem Selbstmitleid, wie die Deinen und die ganze Welt, in die du hineingestellt wurdest. Diese Welt hat dich aufgenommen, und du kannst sie nicht einfach wieder verlassen, denn du hast in ihr Verantwortung für diejenigen übernommen, deren Lebensweg von deinem nicht zu trennen ist und die auch in dieser Welt heranwachsen. Ihr Geschick ist an deines geknüpft.

Mutter, liebste Mutter. Sag nichts zu unserem Vater! Da kommt er ja wieder, wie er immer zurückgekommen ist. Mutter, sieh, er hat wieder versagt, trag du seine Enttäuschung mit ihm. Er ist ja dein Mann, und du musst wie wir seine Last mittragen und nicht gegen ihn arbeiten. Er ist ja nicht vorsätzlich böse. Es ergeht ihm nur immer schlecht. Er ist auch nicht der einzige, sein Schicksal ist das gemeinsame Los aller, die im Sumpf eines dreckigen Lebens umherstapfen.

Schliesslich stellten wir unser bisschen Habe doch unter den alten Feigenbaum auf der einen Seite des Platzes. Schweigend und gedrückt trugen wir die Sachen hinüber, und nachdem wir ein bisschen Ordnung in unsere Habseligkeiten gebracht hatten, holte Mutter ein grosses Tuch heraus, das Vater so an den Baum hängte, dass wir vor den Blicken der Passanten einigermassen geschützt waren. Es war demütigend, auf offener Strasse mitten im Dorf nächtigen zu müssen. Ich weiss auch nicht, ob tatsächlich niemand bereit war, uns bei sich in einem der Häuser zu beherbergen, und ich kann mich nicht erinnern, warum wir uns letztendlich unter dem Baum hinter dem Vorhang auf der Strasse einrichteten. Wir fühlten uns vielleicht in den ersten Tagen in dieser Gegend noch als „bessere Leute" aus der Stadt, ein Gefühl, das wir recht bald ablegten. Vielleicht richteten wir uns auch deshalb dort ein, weil wir schon in al-Suidîja keine echten Bauern gewesen waren und eine gewisse Distanz wahren wollten. Das heisst, dass es nach Mutters Auffassung aus hygienischen Gründen inakzeptabel war, mit einer anderen Familie im selben Raum zu hausen. Vermutlich hatte in al-Akbar keine der Bauernfamilien ein Haus mit mehr als einem Zimmer. Vielleicht hatten wir unser Lager ja zunächst unter diesem Baum aufgeschlagen, weil wir damit rechneten, bald in ein Haus ein- oder in die Stadt weiterzuziehen.

Mutter lebte auch sonst schon in ständiger Angst, Vater würde wieder von seinem Wandertrieb gepackt, doch hier unter freiem Himmel, in der Fremde und völlig mittellos steigerte sich ihre Furcht ins Unermessliche, er könnte uns in dieser erniedrigenden Situation zurücklassen, die auch untragbar gewesen wäre, wenn wir uns mit der Demütigung abgefunden hätten. Die Menschen hier waren so arm, dass sie uns nicht mit durchfüttern konnten, selbst wenn wir betteln gegangen wären. Die Bauern waren dennoch mitfühlend und bereit zu geben. Am Anfang brachten sie uns Ayran und Fladenbrot, und wir sammelten auf den Feldern trockene Äste für ein Feuer, um zu kochen. Doch bald ging es uns auch gesundheitlich immer schlechter. Der Aufenthalt unter dem Feigenbaum machte uns krank. Ein Bauer erklärte, die Luft unter Feigenbäumen sei schlecht, es sei besser für uns, wenn wir unter einem Maulbeerbaum oder einem Mandelbaum wohnten. Aber es gab hier keine Maulbeer- oder Mandelbäume. Wir litten nun chronisch unter starker Augenentzündung. Meine Mutter erkrankte unter dem Feigenbaum so schwer, dass sie nicht mehr aufstehen konnte. Gegen ihre Krankheit wusste niemand ein Mittel, und es fehlte nur wenig, dass sie daran gestorben wäre.

In unserer Nähe verlief der schon erwähnte Graben, dessen trübes Wasser in einen kleinen Weiher mündete, auf dem Gänse und Enten schwammen. Der Abfluss dieses Teichs war ein von Pflanzen überwucherter Graben, an dessen Rändern abends die Frösche im Chor quakten. Über dem Teich standen in dichten Kugeln Mückenschwärme, die, wenn der Wind hineinfuhr, verschiedenartige Formationen annahmen, sich nach dem Windstoss wieder zusammenballten und sich immer wieder von neuem dehnten und zusammenzogen. Der Feigenbaum mit seinem klebrigen Saft, seinem Staub und seinem dichten Laub und Astwerk bot Unmengen von Ungeziefer eine Heimstätte, und er wurde für die Plagegeister von dem Zeitpunkt an noch interessanter, als wir uns darunter niederliessen und sie sich zusätzlich an unserem Blut gütlich tun konnten.

Unsere Gesichter waren schon bald mit Mückenstichen übersät. Und die Empfehlung der Bauern, mit grünem Holz

Feuer zu machen, um die Mücken mit dem Rauch zu vertreiben, erwies sich als ungeeignet. Unsere Körper waren jung und gut durchblutet, unsere Haut war weich, und wir schliefen im Freien. Wir besassen keine Moskitonetze und versuchten vergebens, unsere Gesichter unter Decken und Kissen zu schützen. Da liess die Malaria nicht lange auf sich warten. Die Symptome waren eindeutig, Schüttelfrost und Fieber. Ich kroch in der prallen Mittagshitze in die Sonne und klapperte mit den Zähnen. Sobald der Schüttelfrostanfall vorbei war, kam das Fieber, und ich krabbelte auf allen vieren wieder zu meiner kranken Mutter auf unser Lager hinter dem Vorhang. Meine Schwester war wohl genauso krank wie ich. Wir hockten oft zusammen in der Sonne und flüchteten auch zusammen zu unserer kranken Mutter unter die Decke, bis es uns dort zu heiss wurde. Wir wollten nur Wasser trinken. Manchmal konnten wir aufstehen und genossen eine kurze fieberfreie Zeit, auf die im Rhythmus des Wechselfiebers wieder ein Anfall folgte.

Die Malaria kam danach noch jahrelang wieder und hinterliess chronische Schäden. Nachdem wir hiervon geschwächt waren, holten wir uns aus dem feuchten Sumpf bei unserem Lager auch noch die Ruhr. Normalerweise hätten wir gegen Malaria einen Sud aus Chinarinde getrunken. Doch in diesem Dorf hatte niemand Chinarinde, Chinabäume wuchsen hier nicht. Das Hausmittel der Bauern bestand darin, den eigenen Urin zu trinken. So wendeten auch wir dieses Mittel an. Ja, so ist es gewesen! Wir haben unseren Urin getrunken. Ich pinkelte in ein Gefäss und stellte es beiseite, damit der Harn abkühlte, und morgens trank ich davon. Der Urin brannte auf der Zunge, es ekelte mich, und ich weinte und sträubte mich. Doch meine Mutter bettelte solange, bis ich nachgab. Ein Bauer riet uns, den Harn in einer ausgehöhlten Wassermelone abkühlen zu lassen und ihn auf nüchternen Magen zu trinken. Er stiftete uns auch eine Melone, und wir befolgten sein Rezept, doch das verbesserte weder den Geschmack noch die Wirkung.

Die ägyptische Augenkrankheit behandelten wir mit einer Art Kohlepulver, das Vater von einem heilkundigen Scheich mitbrachte. Unsere Augen waren zugeschwollen. Das Weisse im Augapfel war gerötet und die Lider dick. Am Morgen konnten wir die Augen erst öffnen, wenn wir sie mit warmem Wasser gewaschen hatten. Am Abend wurde das Brennen so stark, dass wir weinten. Damit wir einschlafen konnten, machten sie eine Art Hängematte aus einem Leinensack, da hinein legten sie mich und schaukelten mich solange, bis ich einschlief. Wenn ich nachts aufwachte, nahm mich Vater auf den Arm und ging mit mir unter den Bäumen im Kreis herum. Manchmal schlug er mich auch, damit ich endlich Ruhe gab. Wenn Mutter dann weinte, war ich trotz der Schmerzen still, damit sie, die doch so krank war, nicht wegen mir Tränen vergoss.

Eine alte Bäuerin empfahl eine andere Heilkur. Wir sollten ein Ei hartkochen, halbieren und die Hälften auf die Augen legen, um damit das Brennen zu lindern. Sie erklärte, dass man anstatt eines Eis auch eine gegarte Zwiebel nehmen könnte. Zwiebeln gab es genug. Meine Eltern legten eine kleinere Zwiebel zum Garen in die Asche. Später holten sie sie heiss heraus, wickelten sie in einen weissen Lappen und machten damit eine Binde um meine Augen. Anfangs wälzte ich mich auf dem Boden, weil die Prozedur so heiss und schmerzhaft war. Nach und nach kühlte die Zwiebel ab und damit auch die Augen, ich döste in der Hängematte ein und schlief manchmal bis zum Morgen. Als auch die Behandlung mit der Zwiebel keine nachhaltige Besserung brachte, erklärte die betagte Ratgeberin, es liege daran, dass wir einen weissen Verband gewählt hätten. Deshalb tauschte meine Mutter den weissen Lappen gegen einen schwarzen aus, doch auch so nützte das Ganze nichts. Die Augenentzündung liess erst im Herbst nach, als der Regen einsetzte und es weniger staubig war. Da wohnten wir schon in einer Lehmhütte mit einem kleinen Feld daneben; beides gehörte dem hiesigen Grossgrundbesitzer. Doch bis es soweit war, hausten wir drei Monate auf der Strasse unter dem Feigenbaum. Drei Monate im Staub auf dem Dorfplatz. Morgens war hier der Sammelplatz der Dorfherde, die von den Hirten auf die Weide getrieben wurde und grosse Staubwolken aufwirbelte. Kühe und Ochsen drängten sich dicht an dicht an uns vorbei, Schafe und Ziegen stoben in alle Richtungen und mussten von den Hirten eingefangen werden. Dabei wirbelten ihre Hufe Wellen von Staub auf, der vom Wind in unsere Richtung getragen wurde, sich auf die Blätter des Feigenbaums legte, als feines Pulver auf uns herunterrieselte und Mutters Lager mit einer unangenehmen, puderartigen Schicht überzog.

Vater versuchte, als Flickschuster Geld zu verdienen. Aus einer Holzkiste machte er eine Schusterbank, indem er vier Holzstücke als Füsse darunternagelte. Dann setzte er sich unter einen Baum und wartete auf Kunden. Damals war ich überzeugt, dass mein Vater ein richtiger Schuster war. Ich glaubte fest daran, dass er etwas verdienen würde, wenn er den Dörflern die Schuhe reparierte, wie er es auch mit unseren Schuhen machte. Und jedesmal wenn ein Mann oder eine Frau zu ihm kamen, erwartete ich, dass sie Schuhe in der Hand trugen. Nun war es nicht so, dass die Dorfbewohner ihre Schuhe nicht bei ihm reparieren lassen wollten, das Problem war vielmehr, dass sie gar keine Schuhe besassen. Sie gingen barfuss, jahraus, jahrein, und höchstens die Männer und vielleicht noch einige Frauen trugen, wenn überhaupt, im Winter Schuhe. Kinder in meinem Alter liefen das ganze Jahr über barfuss herum. Immerhin brauchte ich mich hier also nicht zu schämen, weil ich keine Schuhe hatte. Und auch die nächsten drei Jahre lang sollte ich keine bekommen.

Meine Mutter lag unter dem vermaledeiten Feigenbaum und schickte meine Schwester und mich zu Vater, um nachzusehen, ob er Arbeit hatte. Wir gingen zu ihm und sahen ihn untätig vor sich hinbrüten. Wir blieben ein bisschen bei ihm, doch nach kurzer Zeit hiess er uns nachsehen, ob Mutter uns brauchte.

Endlich bekam er ein Paar Schuhe zum Ausbessern. Vielleicht gab man sie ihm aus Mitleid. Vielleicht hätten die Bauern zum nächsten Schuster aber auch wirklich in die Stadt gehen müssen. Jedenfalls wurde ihm ein Paar alte Schuhe in Reparatur gegeben. Wir waren sehr froh darüber, und meine Mutter sprach halblaut ein Dankgebet. Sie erklärte, dass sie vor dem Hunger bei weitem nicht so viel Angst gehabt habe wie davor, dass Vater womöglich weggegangen wäre, wenn jener Bauer ihm seine Schuhe nicht gebracht hätte.

Wo hatte mein Vater gelernt, Schuhe zu reparieren? Hatte er es überhaupt gelernt? Hatte er je irgend etwas so gelernt, dass er es wirklich beherrschte? Nein, ausser der Fähigkeit, vor Schwierigkeiten davonzulaufen und sich zu betrinken, hat er nichts richtig gekonnt. Und wenn er wegging, streunte er lediglich ziellos umher. Selbst sein Trinken war eine Sucht. Ich zweifle daran, dass er Wein geniessen konnte oder etwas von Wein verstand. Er tat nichts mit Verstand. Er goss Alkohol in sich hinein, ganz gleich, wo er gerade ging oder stand, und wenn er sich dabei setzte, dann nur, um schneller trinken zu können. Er konnte ebensowenig geniessen wie zwischen einem guten und einem schlechten Wein unterscheiden. Es ging ihm nicht um den Geschmack. Wenn es nichts zu trinken gab, hatte er eine trockene Kehle. Er wollte betrunken sein, und an den Getränken interessierte ihn nur der Alkoholgehalt. Wenn er nach dem Saufen wieder nüchtern war, gab es Streit, und er weigerte sich entweder, darüber zu sprechen, oder er schwor dem Alkohol ab, doch seine Schwüre glaubte ihm niemand. Er werde sich bessern, beteuerte er, und hatte dabei eine Flasche in der Tasche und stank nach Alkohol. Auch wenn es noch so kalt war, ging er ins Freie, um seine Flasche zu leeren, und wusste genau, dass meine Mutter es merkte. Er schwor, er schimpfte herum, er schlug sie. Ein unglaubwürdiger, unzuverlässiger Lump war er. Dann verabscheute Mutter ihn, später aber bemitleidete sie ihn wieder, denn verdiente einer nicht Mitleid, der zu gar nichts imstande war, der nichts wirklich beherrschte, nicht einmal richtig trinken konnte?

Er bekam also den einen oder anderen Auftrag, flickte hier einem Bauern, dort einer Bäuerin die Schuhe. Einmal wurde er zum Muchtar gerufen und kam mit alten Schuhen zurück. Wenn er Schuhe zu reparieren hatte, gab es zu essen. Er arbeitete für jeden Lohn. Die Bauern gaben ihm, was sie entbehren konnten. Geld war es selten. Nur der Muchtar zahlte in barer Münze. Die Bauern erwarteten keine Perfektion von ihm, und er legte die Bezahlung nicht fest. Alle Beteiligten richteten sich nach den Umständen und waren nachsichtig miteinander. Vater wollte vor allem irgend etwas zu tun haben, auch wenn es nicht einträglich war, einfach um wenigstens eine Beschäftigung zu haben und ein wenig Abstand von der Wirklichkeit zu gewinnen, die wir nicht ignorieren konnten und die zu verbessern wir die Kraft nicht aufbrachten.

Doch als es richtig Hochsommer geworden war, kamen die wenigen Kunden, die zögernd ihre Schuhe zur Reparatur gebracht hatten, nicht mehr. Vater schimpfte und wünschte den Winter herbei. Mutter lag mitten im Staub auf dem Lager, sah ihn an und sagte nichts. Sie war zu schwach, um zu reden. Sie schloss die Augen und überliess sich ihren Schmerzen. Allmählich schwand ihre Widerstandskraft, und sie versank in ihrer Krankheit.

15. Kapitel

Im Juli folgte ein glühend heisser Tag auf den anderen. Tagsüber litten wir unter der stechenden Sonne, nachts unter der Feuchtigkeit. Mutter konnte nicht wie wir dem Schatten folgen. Um sie vor der Sonne zu schützen, hängten wir ein zusätzliches Tuch an den Zweigen des Feigenbaums auf, unter dessen Dach wir wohnten.

Sie sah uns unverwandt zu. Ihre Augen waren überschattet von Müdigkeit ohne Hoffnung. Der Himmel war nicht mehr, wie in meiner Kindheit, ein blaues Band über einer verzauberten Welt. Der Himmel war verdüstert von schweren, staubbeladenen Wolken und legte sich drückend auf die Brust. Der heisse, schmutzige Boden hob sich, der Raum verengte sich, und zusammengepresst zwischen oben und unten lag Mutter wie ein Blatt, das langsam zwischen den Seiten eines dicken Buches vertrocknet. Sie war nur noch ein Skelett und lag wie ein abgebrochener Ast unter dem Baum. Ihre Wangenknochen traten hervor, der Hals wurde immer sehniger. Dünn und gelb war sie geworden und hatte jeden Glanz verloren. Sie sprach auch nicht mehr, sondern verfolgte nur noch wortlos mit den Augen, was um sie herum geschah. Sie war verstummt, weil es keinen Protest gegen ihren Kummer gab. Wir Kinder konnten ihre Qual nicht erfassen, ihre traurigen Augen machten uns Angst, und wir weinten stumm mit ihr. In unserer Kinderangst versuchten wir, ihr zu helfen. Wir brachten ihr Wasser, da wir nichts anderes hatten, meine Schwester hob ihr den Kopf, und ich gab ihr zu trinken.

Es dauerte nicht lange, dann setzte Vater sich ab. Er überliess uns der Gnade des Himmels und verschwand. Für den Weg hatte er sich ein wenig Kleingeld geborgt. Dann empfahl er uns der Obhut der Nachbarschaft. Diese Menschen waren nun unsere Familie, doch was sie uns nahebrachte, war nicht in erster Linie das gemeinsame Elend; vielmehr zeigten sie uns, wie man durch Zusammenhalt das Elend erträgt. Wir lernten von ihnen, wie man nicht verhungert. Sie nahmen uns in die Genossenschaft des Elends in ihrem Dorf auf, das einem Grossgrundbesitzer gehörte, der, obwohl sehr gefürchtet, unsichtbar blieb.

Ohne Aufhebens gaben sie uns die Almosen, ohne die wir nicht überlebt hätten. Auf Mutters Geheiss haben wir uns bedankt, wenn wir sie entgegennahmen. So bürgerte es sich ein, dass der Hirte uns rief, wenn er seine Herde vorbeitrieb, und wir rannten mit einer Blechbüchse zu ihm, in die er uns etwas Ziegen- oder Schafsmilch molk. Sie brachten uns dies und das. Ab und zu kam eine Bäuerin mit Fladenbrot aus dem Gemeinschaftsbackofen des Dorfes und einer Schale voll Sauermilch. Gelegentlich brachte ein Bauer in einem kleinen Korb ein wenig Gemüse oder ein paar Feigen. Wir spielten mit den Kindern aus dem Dorf, wenn die Erwachsenen gegen Abend unsere Mutter besuchten, um ihr Mut zu machen. Sie brachten ihr Kräuterarznei und Amulette, die mit den Segenssprüchen weiser Männer beschrieben waren, und sagten meiner Schwester und mir, was wir zu tun hatten. Wir hörten ihnen aufmerksam zu und befolgten ihre Anweisungen. Dabei spürten wir so etwas wie Zuversicht und hatten das Gefühl, in diesem Dorf ein wenig aufgenommen und keine völlig Fremden mehr zu sein.

Nachdem Vater fort war, wurde die Vorhersage jenes Kutschers, dieses Dorf werde unser Untergang, in vollem Umfang wahr. Hier hatte Mutter weder einen Onkel, noch hatten wir sonstige Verwandte. Kein Grossgrundbesitzer war für uns zuständig wie zuvor der Muchtar, der zwar niederträchtig gewesen war, aber immerhin ein Interesse daran gehabt hatte, dass wir das Land, das wir von ihm gepachtet hatten, auch bearbeiteten. An ihn hatte sich Mutter in al-Suidîja wenden und Vorschuss auf die kommende Ernte erbetteln können.

Hier hatten wir kein Feld. Wir züchteten keine Seidenraupen und ernteten keine Seide. Wir hatten nicht einmal eine Tür, die wir hinter uns schliessen konnten. Es gab hier weder Schutz vor der Angst noch die Möglichkeit, uns mit unserer Angst zu verbergen. Dort in al-Suidîja hatten wir uns an Mutters Geschichten und an ihrer Liebe wärmen und uns am Zusammenhalt der Familie freuen können, während wir darauf hofften, dass im Sommer mit der Seidenernte alles ein glückliches Ende nähme. Inzwischen waren zwei meiner Schwestern bei zwei verschiedenen Familien in der Stadt in Dienst gegeben worden, und wir wussten nichts von ihnen. Es gab keinen Haushalt mehr, der uns versorgt hätte, Mutter war krank, und Vater hatte uns am Wegrand unter dem vermaledeiten Feigenbaum sitzenlassen. Die Angst blähte sich auf und verschmolz mit der Demütigung, so dass meine Schwester und ich uns oft, schon bevor es Abend war, in Mutters Bett flüchteten. Wir legten uns links und rechts neben sie und überliessen uns unserer Qual, während sie sich Mühe gab, uns mit ihren kraftlosen Armen an sich zu drükken.

Die ganze Zeit lag sie auf dem Rücken. An die Stelle der Spannung, die sie in al-Suidîja umgetrieben hatte, war nun völlige Apathie getreten. Hatte sie keine Angst mehr? Waren die Sorgen von ihr abgefallen? Oder war sie gleichgültig geworden? Vielleicht war sie ja auch daran erkrankt, dass sie die ungeheure Last ihrer Selbstvorwürfe nicht mehr tragen konnte. Sie hatte nur noch wenig Bezug zur Wirklichkeit und stand auf der Schwelle zur Reise ans unbekannte Ufer. Während sie sich darauf vorbereitete überzusetzen, löste sie sich immer mehr von der Realität. Sie wartete nur noch darauf, dass das Ende kam. Es machte für sie keinen Unterschied mehr, ob Vater weg war oder da. Es war ihr gleichgültig, ob sie ein festes Dach über dem Kopf hatte oder im Freien kampierte. Durch die Krankheit war sie so apathisch geworden, dass nichts mehr ihren Schlaf stören konnte.

Wir konnten die Gefahr, in der unsere Mutter schwebte, nicht abschätzen, doch wir hatten Angst um sie und waren niedergeschlagen und still. Wenn der Druck zu stark wurde, suchten wir Schutz bei ihr. Dann schaute sie uns an, als käme sie von weit weit her. Sie gab uns ein Zeichen mit der Hand, wir setzten uns zu ihr und fragten sie irgend etwas, nur um ihre Stimme zu hören. Sie versuchte, uns zu beruhigen, doch es war ihr zu anstrengend, und sie verfiel wieder in ihre Apathie. Und wir waren so niedergeschlagen wie zuvor.

Was ich eines Tages bei den Kindern vom Tod zu hören bekam, versetzte mich in hellen Schrecken. Ein älteres Mädchen erzählte, wie es gewesen war, als ihre Mutter starb. Die Mutter war vorher lange krank gewesen. Nachdem sie gestorben war, hatte das Mädchen sie geküsst, und die Mutter war kalt wie Stein gewesen und hatte danach nie wieder gesprochen.

Ich rannte zu meiner Mutter und küsste sie erst auf die Hand und dann auf die Backen. Mutter küsste mich ebenfalls, lächelte und schickte mich dann zum Spielen zu den Kindern zurück. Aber ich wollte nicht. Ich wollte bei ihr bleiben, weil ich Angst hatte, sie würde verstummen und ihr Körper erkalten wie bei der Mutter des Mädchens. Es wurde eine fixe Idee von mir, dass der Körper meiner Mutter kalt werden könnte. Um mich davon zu überzeugen, dass sie nicht abkühlte, fasste ich immer wieder ihre Hand an, schmiegte mich an sie und küsste sie. Ich gab ihr zu essen oder zu trinken und fragte sie Mal um Mal, ob ihr kalt sei.

„Nein, mein Sohn", antwortete sie mir.

„Gib mir deine Hand."

„Aber mir ist nicht kalt."

„Lass mich deine Hand spüren."

„Also gut."

Sie gab mir ihre Hand. Sie fühlte sich warm an. Gott sei Dank. Meine Mutter würde also nicht sterben und verstummen. Ich würde dafür sorgen, dass sie warm hatte. Ich sammelte Holz, um Feuer machen zu können, falls sie abkühlte. Wenn das Mädchen auch Holz gesammelt hätte, um seine Mutter am Feuer zu wärmen, wäre sie sicher warm geblieben und hätte weiter gesprochen, dachte ich dabei. Meine Mutter sah mir zu. Als sie verstand, was in mir vorging, nahm sie mich in den Arm, küsste mich und sagte: „Ich werde nicht sterben. Ich kann dich ja nicht allein lassen. Gott wird mich wieder gesund machen. Der Herr liebt die Kinder. Er wird nicht zulassen, dass ihr als Waisen ..." Sie sprach den Satz nicht zu Ende. Rührung überwältigte sie. Sie zog meinen Kopf ganz nahe zu sich heran, nahm meinen Geruch in sich auf und küsste mich: „Geh jetzt ein bisschen spielen.

Geh! Mir geht es nicht so schlecht. Du brauchst keine Angst um mich zu haben. Lass mich nur ein wenig schlafen. Kleiner Liebling, du brauchst wirklich keine Angst um mich zu haben."

Nur weil sie darauf bestand, spielte ich. Ihr zuliebe hätte ich alles getan. Am Abend war sie auf einmal ganz anders, weil sie uns beruhigen wollte. Sie raffte sich auf, liess sich Wasser bringen und wusch sich das Gesicht. Es gehe ihr besser, sagte sie, Vater komme nun bestimmt bald zurück, der Himmel schaue auf uns herab, wisse, wie es um uns bestellt sei, und werde uns helfen. Ich lag neben ihr in der dunklen Nacht und sah zum Himmel hinauf, um festzustellen, ob er tatsächlich auf uns herabschaute. In jenen Sommernächten war der Himmel über und über mit strahlenden Sternen übersät. Er war klar, schön und unendlich weit. Ich stellte mir vor, der Himmel habe tatsächlich Augen, mit denen er uns von dort betrachtete, und dort oben würden, wie hier unten auf der Erde auch, nachts Lampen angezündet, um die herum man zusammensass. Ich stellte mir vor, die Sterne seien Lampen, die hinter Fenstern oder vor Türen aufgehängt waren, und hätte zu gern gewusst, welches wohl die Lampe meines Onkels war, der in den Himmel gekommen war, dann hätte ich ihn gerufen, damit er mich holte. Ich begann, die Himmelslampen zu zählen. Das beschäftigte mich und machte mir grossen Spass.

Als ich aufwachte, war die Sonne aufgegangen, auf der Decke lagen Tau und roter Staub. Der Hirte, der vorbeiging, hatte ein Schaf gemolken, brachte die Milch und stellte sie neben den Feigenbaum. Eine Bäuerin unterhielt sich mit Mutter. Sie zeigte mit der Hand in eine Richtung und drängte meine Mutter, uns mit ihr irgendwohin zu schicken. Ich hörte, wie Mutter sagte: „Mein Gott, die beiden sind doch noch so klein, sie sind das nicht gewöhnt. Wie sollen sie das machen? Was sollen sie sagen?"

„Lass sie nur mit mir kommen", beruhigte sie die Bäuerin. „Es ist ein gutes Werk wohltätiger Menschen. Sie werden deine Kinder bevorzugt behandeln, Fremde werden vor den Leuten aus dem Dorf bedacht. Ich sage ihnen noch dazu, dass du krank bist, dann bekommen die Kinder eine extra grosse Portion. Du kannst dich auf mich verlassen." Weil wir so furchtbar arm waren, stimmte Mutter schliesslich zu. Sie wollte, dass wir Fleisch bekamen und uns einmal richtig satt essen konnten. Sie wusste, was uns erwartete, wenn wir mit der Bäuerin zum Grabmal gingen, um für die Harissa, das Gericht aus Fleisch und Weizen, das sie dort kochten, anzustehen. Nur damit wir endlich wieder zu Kräften kamen und weil die anderen Kinder aus dem Dorf ausgelassen wie zu einem Fest dorthin gingen, durften wir sie begleiten.

Uns fiel es schwer, ausgelassen wie zu einem Fest dorthin zu gehen. Und heute verstehe ich, wie schwer es ihr gefallen sein muss, uns betteln zu schicken, nachdem sie so lange dafür gesorgt hatte, dass uns das erspart blieb. Während wir weg waren, weinte sie die ganze Zeit. Andererseits war es ihr nicht nur unrecht, dass wir dorthin gingen, damit sie solange ungestört weinen konnte. Später gestand sie uns das und erzählte, sie habe zuvor mehrfach abgelehnt, dass wir zu dieser Chairîja mitgingen, der Armenspeisung, bei der am Grab eines vom Volk verehrten Heiligen das Fleisch geschlachteter Opfertiere an die Armen verteilt wird. Später sei sie jedoch zur Überzeugung gelangt, es sei besser, wenn wir hingingen.

Sich selbst beruhigte sie mit dem Argument, dass das keine Bettelei sei, denn gebettelt werde in der Stadt, und dass darüber hinaus die Speisen gesegnet seien. Ausserdem würde dort das Essen als Almosen an Bedürftige verteilt, und sie selbst habe auch schon den Hungernden etwas zu essen gegeben und einen Segen darüber gesprochen.

Ausserhalb des Dorfbezirks in einem versumpften Gelände stand ein grosses weisses Grabmal. Die Nachbarin nannte uns den Heiligen, der darin begraben lag, und erzählte von seinen guten Taten. Obwohl wir nichts begriffen, stellten wir keine Fragen. Es war ihre Idee gewesen. Wir wären lieber bei Mutter geblieben, denn anders als bei den milden Gaben, die uns die Leute zum Feigenbaum brachten, fühlten wir uns hier gedemütigt. Es beschämte uns, dass wir so auffällig die Teller vor uns hertrugen und barfuss hinter der Frau zu diesem Grabmal gingen, weil dort eine Chairîja stattfand. Die Situation war beklemmend und befremdlich. Meine Schwester ging vor mir, und während wir in der glühenden Sonne mit dem Teller in der Hand das letzte Stück bis zum Heiligtum zurücklegten, war ich darauf bedacht, hinter ihr zu bleiben, um mich so vor den Blicken der Leute und den Fragen zu verstecken, die sie der Frau über uns stellten, als wir ankamen.

Es war eine grosse Menge Menschen dort. Hauptsächlich Männer und einige Frauen. Sie scharten sich um einen riesigen schwarzen Kessel, in den Unmengen hineinpassten und unter dem ein Feuer brannte. Die Frau erklärte uns, sie hätten einen Ochsen geschlachtet und zerlegt und das Fleisch würde in diesem Kessel gekocht. Alle würden nun warten, bis das Fleisch gar sei. Dann würde es verteilt, und mit der

Brühe und Getreide Harissa gekocht. Von dieser Harissa bekämen wir dann zu essen und könnten auch für unsere kranke Mutter einen Teller voll mitnehmen. Wir standen im Schatten eines Baums und starrten auf den Kessel über dem Feuer. Wenn sich neugierige Augen auf uns richteten, sahen wir auf die Erde oder ziellos um uns her, und wir hielten uns aneinander fest. Wir waren so verschüchtert, dass wir mit den anderen Kindern weder sprachen noch spielten. Die völlig neuartige Situation beschämte uns tief. Erst später lernten wir, mit derartigen Situationen fertig zu werden. Doch an jenem Tag beobachteten wir eingeschüchtert die Vorgänge um uns herum und warteten darauf, dass wir irgend etwas bekämen, das wir möglichst rasch unserer Mutter bringen könnten.

Die Frau, die uns hergebracht hatte, liess uns stehen. Wir konnten beobachten, dass sie über uns sprach, Fragen beantwortete, unsere Geschichte erzählte. Andere sprach sie von sich aus an, wahrscheinlich um zu erreichen, dass wir zuerst unseren Anteil Fleisch und auch noch ein Stück für unsere kranke Mutter bekämen. Als sie zurückkam, drängte sie uns, mit den anderen Kindern zu spielen, da es mit dem Essen noch bis Mittag dauern würde. Wir sollten unsere Teller einfach auf die halbhohe Mauer stellen, die das Grab einschloss und auf der schon Dutzende von Tellern für die Harissa abgestellt waren. Diese Teller waren eigentlich flache Schalen aus Ton und hiessen Ghadarât, das ist die Mehrzahl von Ghadâra, was – wie wir später erfuhren – soviel wie Üppigkeit heisst.

Wir blieben lieber, wo wir waren. Wie festgewachsen standen wir da, drückten uns noch näher an die Wand und klammerten uns an unseren Näpfen fest. Hätte ich eine Chance zum Davonlaufen gesehen, ich hätte mich sicher aus dem Staub gemacht. Weder Harissa noch Fleisch lockten mich, obwohl mich der Hunger quälte und ich schon lange kein Fleisch mehr gegessen hatte. Ich wollte einfach zurück zu meiner Mutter, und nur weil es so weit war und ich Angst hatte, die ganze Strecke allein zurückzulaufen, ging ich nicht. Ich suchte Schutz bei meiner Schwester. Wir hockten beide am Fuss der Mauer, und bald war ich eingeschlafen. Der Schlaf befreite mich gnädig aus einer Situation, die mir Tränen der Verzweiflung in die Augen trieb.

Irgendwann am Nachmittag weckte mich meine Schwester. Die Menschenansammlung war noch grösser geworden. Dazugekommen waren auch einige würdige ältere Männer, und alle hatten einen so dichten Kreis um den Kessel gebildet, dass wir nicht mehr sehen konnten, was dort vorging. Die Frau sagte, wir sollten aufstehen und nach vorne gehen, doch von denen, die zwischen uns und dem Kessel standen, machte keiner Platz. Sie schob uns vor sich her, und schliesslich konnte ich den grossen Kupferkessel sehen samt den Fliegen, die darüber kreisten. Ein Mann fing jetzt an, Fleischstücke in die ihm entgegengestreckten Hände zu legen. Die Almosenempfänger begleiteten ihre gierigen Gesten mit frommen Litaneien. Sobald einer ein Stück Fleisch ergattert hatte, liess er es in einer seiner Taschen verschwinden. Dann ging er seinen Napf holen, um sich seinen Anteil an der Harissa zu sichern. Denen, die es geschafft hatten, war ihre Freude darüber anzusehen.

Ich zeigte meiner Schwester einen Kerl, der sich das Fleisch in den Hosenbund steckte. Er hatte den Hosenbund nach aussen gedreht und sein Fleisch in die so entstandene Tasche gewickelt. Meiner Schwester war es unangenehm, dass ich sie auf diesen Mann aufmerksam gemacht hatte, denn der Kerl glotzte zu uns her, bis wir wegsahen. Die Frau, mit der wir gekommen waren, hatte sich inzwischen in die Nähe des Kessels durchgekämpft und rief dem Austeiler zu: „Schau her, hier bei mir, das sind die Kinder, die dir der Dorfälteste ans Herz legt."

„Ich bin nur für die Essensausgabe zuständig."

„Aber die Kleinen sind doch fremd. Sie sind von auswärts."

„Wo kommen sie denn her?"

„Aus irgendeiner öden Gegend."

„Öde Gegenden gibt es viele."

„Ich glaube", warf ein Mann dazwischen, „sie kommen aus einem Ort irgendwo am Meer."

„Also sind sie Städter?"

Die Frau zuckte die Schultern. „Das weiss ich nicht. Ihre Mutter ist krank."

Ein anderer Mann drängte sich vor: „Bei meiner Seele. Ich habe auch noch nichts bekommen."

„Nimm deine Hände weg. Wenn du in den Topf langst, ist alles beschmutzt."

„Und wenn du in den Topf langst, macht mir das gar nichts aus."

Plötzlich griff der, der noch nichts bekommen hatte, in den Kessel. Er schien wild entschlossen, seine Ansprüche durchzusetzen, indem er sich nahm, was ihm seiner Meinung nach zustand. Auch andere griffen jetzt in den Topf. Sie behinderten sich gegenseitig bei dem Versuch, ein Stück

Fleisch zwischen den Knochen herauszufischen. Die in der zweiten und dritten Reihe drängten nach vorn, bis der Austeiler schrie: „Hilfe, die nehmen alles weg."

Aus dem Grabmal hörte ich ein irres Lachen und die Worte: „Grüne Güte."

Die Menschenansammlung war in Bewegung geraten. Fleisch gab es nicht mehr im Topf, und da fielen die Schranken der Zivilisation, und der Kampf um die Reste begann. Einer hob einfach den Kessel hoch und schleppte ihn fort unter die Bäume. Die Älteren und Gebrechlichen, die Kinder und Jugendlichen hängten sich an ihn, schimpften oder bettelten. Die, die schon gegessen oder sich ihre Fleischstücke gesichert hatten, sahen belustigt zu, als hätten sie auf dieses Spektakel gewartet.

Plötzlich spürte ich eine freundliche Berührung an meiner Schulter. Ein älterer Mann nahm mich und meine Schwester bei der Hand und führte uns aus dem Gewühl. Er beruhigte uns und versicherte der Frau, sie hätten für uns etwas aufgehoben, wir sollten ihm unsere beiden Teller für die Harissa geben und sie dann gleich essen. Anschliessend wollte er uns das Fleisch für uns und das Stück für unsere Mutter geben. Wir gehorchten ihm, aber wir brachten nichts hinunter. Der Anblick der gierigen Menschen, die sich an den Knochen festkrallten und mit den Zähnen das Fleisch abrissen, die die Fleischstücke in ihren Kleidern versteckten und mit schmutzigen Händen oder Holzlöffeln die Brühe aus dem Topf löffelten, war uns widerwärtig. Dazu noch das Geschmatze und Geschlürfe und die ganze Ansammlung der Dorfidioten, Landstreicher und Bettler. Sie alle hatten von der Chairîja gehört und waren gekommen. All das fanden wir gleichermassen aufregend wie beängstigend und abstossend, weil wir einen solchen Anblick nicht gewohnt waren. Hier waren wir wirklich fremd. Als wir Mutter davon erzählten, rief sie wieder Gottes Schutz auf uns herab, damit uns solche Erlebnisse in Zukunft erspart blieben. Doch wir mussten noch oft dorthin gehen und all das von neuem durchstehen und mitansehen. Das Gerangel um ein Stück Fleisch und eine Kelle voll Harissa gehörte bald ganz selbstverständlich zu unserem Leben in jenem armen Dorf.

16. Kapitel

Vater blieb nicht lange in Iskenderûn. Er war nicht hingegangen, um Arbeit zu suchen, und er hatte dort auch nicht gearbeitet. Wie Mutter es sich gedacht hatte, hatte er einen Vorschuss auf den Lohn der beiden Schwestern genommen und damit kam er nun zurück. Vorschuss frisst das Leben der Lohnabhängigen wie die Zinsen das Pfand für die Hypothek. Die Kindheit meiner beiden Schwestern wurde ausgepresst wie eine Zitrone, brannte herunter wie eine Zigarre, von der Stück um Stück die Asche abgeklopft wird. Sie lebten in einem Gefängnis ohne Gitter. Hausangestellte, das sind hinter Mauern in Häusern, Höfen und Gärten Inhaftierte, die kein Verbrechen begangen haben, die von keinem Gericht verurteilt wurden und die keine Möglichkeit haben, Berufung einzulegen. Das Gesetz, nach dem sie zur Gefangenschaft verurteilt sind, ist unsichtbar. Die Paragraphen der Armut sind nicht niedergeschrieben, doch sie kommen im Arbeitslohn zum Ausdruck und werden mit aller Härte durchgesetzt.

Zunächst verkaufte mein Vater ein Jahr der Kindheit meiner ältesten Schwester. Danach verkaufte er ein Kinderjahr der nächsten Schwester, und auch die Kindheit meiner jüngsten Schwester würde er verkaufen, sobald sie gross genug wäre. Heute frage ich mich, warum er meine Kindheit nicht verkauft hat. Es muss wohl daran gelegen haben, dass ich ein Junge war. Denn was kann ein Junge schon arbeiten. Wer stellt schon einen Jungen ein, um Kinder zu hüten, ihnen die Hände zu waschen und sie zu baden. Die Damen des Hauses mögen es nicht, weil sie sich dann nicht den Kaffee ans Bett bringen lassen können, einen Jungen können sie schliesslich nicht in ihr Schlafzimmer lassen. Und welcher Junge hat schon gelernt zu fegen oder Teller zu spülen?

Es lag also nicht daran, dass ich ein Junge war, sondern daran, dass ich zu nichts taugte. Niemand hätte mich in seinen Dienst genommen, und weil es keinen Käufer gab, konnte mein Vater meine Kindheit nicht feilbieten. Doch die Kindheit meiner Schwestern wurde Jahr um Jahr verkauft. Unser Vater nahm Vorschuss auf das kommende Jahr. Und noch bevor es abgelaufen war, nahm er Vorschuss auf das Jahr danach. Ich wusste nicht, dass auch das Essen, das ich bekam, an der Kindheit, Freiheit und dem Leben meiner Schwestern frass. Sie arbeiteten und blieben ungebildet, und nur deshalb konnte ich in einer Schule, in der alle Klassen in einem einzigen Raum untergebracht waren, lesen und schreiben lernen. Meine Schwestern werden dieses Buch wohl niemals lesen können, weil sie Analphabetinnen geblieben sind und sich wahrscheinlich keiner findet, der es ihnen vorliest.

Vater war also in die Stadt gegangen, um sich Vorschuss auf den Lohn seiner Töchter zu holen. Er hatte Geld bekommen, sich betrunken und geschlafen. Dabei hatte er keine Sekunde daran gedacht, dass der Rest seiner Familie im Freien unter einem Feigenbaum kampierte, und er war nicht im entferntesten auf den Gedanken gekommen, meine Schwester und ich könnten zur Chairîja für Almosen gehen und unsere Mutter könnte womöglich weinen, bevor sie ihre Hand nach dem bisschen Fleisch und Harissa ausstreckte.

Auch wir waren, wie meine beiden Schwestern, Gefangene. Unsere unsichtbare Gefängniszelle war ein leerer, staubiger Kreis. Auf dem Zellenboden lag, auf der blanken Erde, unsere kranke Mutter. Leblos und ausgezehrt klammerte sie sich für uns ans Leben.

Als Vater zurückkam, war es Nacht. Seine Sachen trug er in einem Sack. Im Dunklen konnte er nicht sehen, dass sein Söhnchen sich über seine Rückkehr freute; ebensowenig konnte ich sehen, was in diesem Sack war. Wie alle Kinder, deren Vater von einer Reise nach Hause kommt, malte ich mir aus, was er mir mitgebracht haben könnte. Während er nicht aufpasste, betastete ich den Sack und fühlte etwas Rundes. Ich war überzeugt, ich hätte einen süssen Kringel gespürt, und strich vorsichtig an der Rundung entlang. Voller Vorfreude auf das Gebäck schlief ich ein, und der Sack wurde im Traum zur Wundertüte, die ich umklammerte wie ein Armer einen Sack mit Goldstücken, den er gefunden hat und festhält, ohne ihn zu öffnen.

Wie enttäuscht war ich, als ich am nächsten Tag den Inhalt des Sacks, den Vater noch in der Nacht geleert hatte, inspizierte und feststellen musste, dass die Rundung, die ich gefühlt hatte, nichts weiter war als der Spiegel einer Petroleumlampe, die man an die Wand hängen konnte. Und ich hatte den metallenen Rand des Spiegels für einen Zuckerkringel gehalten und war in der Vorfreude darauf eingeschlafen. Am Morgen sahen wir, dass Vater vom Vorschuss auf den Lohn der Schwestern ausserdem noch rotes Leder und einen halben Autoreifen gekauft hatte. Er erklärte uns, das sei Saffianleder und er werde daraus Schuhe machen, wie man sie in Aleppo trägt. Er wollte vom Flickschuster zum Schuhmacher avancieren, hatte aber dabei nicht bedacht, dass er nicht über die Fertigkeiten eines Schusters verfügte.

Den Autoreifen hatte er gekauft, um daraus die Sohlen zu machen, aber das Gummi war viel zu stark gewölbt. Da er ohnehin nur eine begrenzte Anzahl hölzerner Leisten besass, kümmerte er sich wenig um die Grösse der Füsse, und die Bauern, die mutig genug waren, bei ihm Stiefel oder rote Schuhe nach Aleppiner Art zu bestellen, hatten keine Freude daran. Es gab Streit, Schwierigkeiten mit der Bezahlung und Ärger. Wir konnten vom Feigenbaum her die unerfreulichen Szenen in Vaters „Werkstatt" am Strassenrand mitansehen. Es bedrückte uns, dass er Ärger hatte, doch es gelang ihm immer wieder, die Bauern davon zu überzeugen, dass das Problem ihre Füsse waren und nicht seine Schuhe. „Wie soll eine Friseuse einer glatzköpfigen Braut eine schicke Frisur machen?" fragte er. „Guckt eure unförmigen Füsse doch an. Die haben noch nie einen Schuh gespürt. Ihr müsst die Schuhe erst einlaufen. Neue Schuhe drücken immer, und das ist nun einmal unangenehm."

Jedesmal, wenn ein Bauer seine Schuhe zurückbrachte, schritt mein Vater zur Nachbesserung. Diese bestand darin, die Schuhe so oft im Wasser einzuweichen und über einen grösseren Leisten zu schlagen, bis die Füsse hineinpassten. Dabei kam es immer wieder zu Streitigkeiten und Unfrieden, so dass irgendwann die Dorfautoritäten meinem Vater dringend rieten, es bei der Flickschusterei zu belassen. So endete seine Schuhmacherlaufbahn. Da die Auftraggeber die Schuhe nicht bezahlen wollten, machte er Verlust, und das Geld, das er als Vorschuss auf den Lohn meiner Schwestern geholt hatte, war dahin.

Auf ihrem staubigen Lager unter dem Feigenbaum bekam

Mutter die ganze Tragödie mit. Und sie litt. Wieder hatten wir Schulden gemacht. Als Vater mit der Schuhmacherei anfing, hatte der Ladenbesitzer im Dorf sich bereit erklärt, unsere Einkäufe anzuschreiben. Doch wir konnten nichts bezahlen, und bald gab er uns nichts mehr und warnte uns davor, ans Weggehen zu denken, bevor wir unsere Schulden bei ihm beglichen hätten. Seine Drohung betraf uns alle. Wieder waren wir in den alten Teufelskreis geraten. Keine Lebensmittel, keine Arbeit, kein Geld, kein Essen. Die Frösche quakten noch im Brackwasser, doch die Blätter der Weisspappel würden bald fallen, die Feigen waren reif geworden, und die Anzeichen der kalten und regnerischen Jahreszeit lähmten uns wie das Zur-Neige-Gehen der Wasservorräte eine dürstende Karawane in der Wüste.

Wenn abends die Petroleumlampe mit dem Ring, den ich für einen Kuchenkringel gehalten hatte, am Stamm des Feigenbaums hin- und herschwang, waren Mutters Blicke auf den schwankenden Docht geheftet, der jeden Tag dieselben Bewegungen machte. Ich litt unter ihrem Schweigen. Ihr starrer Blick folgte diesem Hin und Her, und es schien, als bewohnte und verliesse sie im gleichen Rhythmus ihren ausgezehrten Körper. Sie war meine Mutter. Aber dass sie lebte, bedeutete für mich mehr als nur das. Es ging nicht nur darum, dass sie da war, sondern vor allem, dass sie weiterlebte. Ich konnte mir nicht vorstellen, ohne sie zu leben und durchzuhalten. Gegen die Ängste, die sich tausendfach aus unserer Wirklichkeit speisten und auf meiner Brust lagen, war sie die Zuversicht, die diese Ängste vertreiben konnte, auch wenn sie selbst hilflos dalag. Bevor ich eine Erfahrung mit der Realität des Todes machte, war in mir aus der Angst um sie damals ein Vorsatz entstanden, der mich lange begleitete. Sollte sie sterben, würde ich mich an sie klammern und niemandem erlauben, sie zu den anderen Toten zu bringen. Vielleicht dachte ich schon früh darüber nach, was mit den Toten geschieht, weil ich mir wegen ihrer Krankheit schon als kleiner Junge Sorgen um sie machte. Tief in meinem Herzen setzte sich der kindliche Gedanke fest, dass meine Mutter nicht begraben werden durfte, damit ich immer bei ihr bleiben konnte.

Einige Bauern aus der Nachbarschaft kamen abends, um im Licht der Lampe mit uns zusammenzusitzen. Meistens sprachen sie über ihren Alltag, erzählten von ihrer Armut und ihrem Elend, von ihrer Not und davon, wie unerbittlich der Gutsherr war, was er tat und wie er lebte. Unser Vater dagegen erzählte von den vielen Begebenheiten, an die er sich erinnerte. Er war ein unterhaltsamer Erzähler, dem es mit seinen spannenden Geschichten gelang, die Zuhörer in seinen Bann zu schlagen. Er hatte die Gabe, aus einer flüchtigen Begegnung oder einer aufgeschnappten Einzelheit einmalige Geschichten entstehen zu lassen, die seine Zuhörer fesselten, sie in eine andere Welt mitnahmen und sie die Wirklichkeit mit ihren Problemen vergessen liessen. Wie oft sassen die Bauern mit offenem Mund da und starrten verklärt in die Welten seiner erlebten oder erfundenen Stegreifgeschichten. Er erzählte ohne jede Wertung. Er stellte Vorteile und Nachteile einer Sache dar, zeigte sowohl den Unterdrückten als auch den Unterdrücker von verschiedenen Seiten, und oft schilderte er, was am Bösen positiv und am Guten negativ war. Grosse Bedeutung mass er dem Einfluss und der Rolle der Mächtigen und der Hüter des Glaubens bei, die er mit Vorzügen und Wohltaten schmückte. Die Tragödien des Lebens legte er immer nur dem Schicksal zur Last, das einzig für Derartiges verantwortlich sei.

Damals war ich noch klein und hatte den Eindruck, dass mein Vater sich gut auskannte in der Welt, da er viele Städte, Berge und Meere gesehen hatte und mit vielen Menschen aller Rassen und Hautfarben zusammengekommen war. Wenn er auf einzelne Personen einging, waren es jedoch immer nur Weisse. Beschrieb er eine schöne Frau, so hatte sie helle Haut, ein rundes Gesicht und einen Busen, von dem die Männer träumen. Zum Helden seiner Geschichten wählte er am liebsten den Frauenheld Sâlim, und wenn er von einem Heiligen erzählte, war es zumeist ein Asket, der sich von einer Traube am Tag ernährte. Geschichten vom Trinken erzählte er nie, obwohl er ständig hinter dem Alkohol her war und es ihm nicht selten gelang, sich welchen zu beschaffen, selbst wenn wir kein Stück Brot im Haus hatten. So fanden die Bauern in diesem rückständigen, abgelegenen, verschlafenen Dorf Gefallen an ihm. Sie waren gut zu uns und halfen uns voller Wohlwollen. Wir lebten mit ihnen, und sie zeigten uns, wie man sich an die Arbeit gewöhnt und wie man bettelt. Wir lernten, uns zu kleiden wie sie, zu essen, was sie assen, und wir übernahmen all den Aberglauben, der auch sie bewegte.

Um meinen Hals baumelten zwei Amulette, eines gegen meine Augenentzündung, das andere gegen meine Fieberanfälle. Wenn Mutter sich ihr Kopftuch umband, legte sie in eine Falte kleine Zettel mit Zaubersprüchen, die verschiedene Scheichs geschrieben hatten. Ausserdem lösten wir solche Papierchen in Wasser auf, von dem wir ihr zu trinken gaben, und verbrannten Räucherstäbchen und Weihrauch. Nichts davon half gegen ihre Beschwerden, auch nicht gegen den stechenden Schmerz in der Seite, der im Herbst dazukam.

Die Bauern erklärten meinem Vater, man müsse das Tier erlegen, das bei Mutter die nagenden Schmerzen verursache. Nachdem Vater zugestimmt hatte, wurde ein Nachmittag zur feierlichen Jagd bestimmt. Zu dieser Zeremonie erschien in Begleitung einiger Männer ein Scheich, ein alter, würdiger Mann mit weissem Vollbart und einem langen Rosenkranz. Man half Mutter, sich in ihrem Bett aufzurichten. Einer der Bauern ritt auf einem Stock um das Bett und wieherte dazu. Von seiner Schulter hing eine Jagdflinte, die mit Platzpatronen geladen war. Sie stellten den Tisch mit den kurzen Füssen, an dem wir sonst assen, über Mutter auf. Auf diese Zielscheibe feuerte der Mann. Danach kochten wir ein junges Huhn und flössten Mutter die Brühe ein. Daraufhin schlief sie ein und schwitzte. Das war das Zeichen dafür, dass die Prozedur erfolgreich verlaufen war, und auch wir sahen darin ein erstes Anzeichen für ihre Genesung. Nach einigen Tagen liess der Schmerz nach, und sie erholte sich langsam. Vater führte das darauf zurück, dass das Tier, das an ihren Eingeweiden genagt hatte, erlegt worden sei. Mutter glaubte ebenfalls daran, und auch ich war felsenfest davon überzeugt, dass das Tier, das meine Mutter so krank gemacht hatte, richtig erlegt worden sei, und ich fragte mich, wo es wohl gesteckt haben mochte und wie der Schütze es hatte treffen und töten können. Trotzdem stand meine Mutter erst einen Monat später auf, als es kühler geworden war und Vater eine neue Tätigkeit aufgenommen hatte. Er stellte wieder Muschabbak-Gebäck her, das er in unserem und anderen Dörfern verkaufte und von dem auch wir Kinder und Mutter essen konnten. Zudem bestand die Aussicht auf ein Haus am anderen Ende des Dorfes, allerdings nicht mehr als eine Lehmhütte, zu der ein kleines Feld mit Maulbeerbäumen gehörte; sie stand gleich neben dem Kornspeicher, in dem der Gutsherr, der Eigentümer des Dorfes, sein Getreide lagerte und aus dem das Saatgetreide ausgegeben wurde.

Mutter war überglücklich, als wir in diese Hütte einziehen konnten, und weil sie so glücklich war, begriffen wir, was ein festes Dach über dem Kopf bedeutet. Wir erfassten, wie wichtig es ist, ein Haus mit einer Tür zu haben, die man nachts zumachen kann und hinter der das Privatleben von der Aussenwelt abgeschirmt ist, ein Zuhause, in dem man vor der Neugier der anderen und vor Räubern, wilden Tieren und Schlangen geschützt ist.

Eines Tages kam ein Mann vor den Kornspeicher geritten. Er trug einen weissen Anzug, hatte einen Tropenhelm auf dem Kopf und eine Reitpeitsche in der Hand. Vater rannte zu ihm, hielt ihm beim Absteigen die Zügel und redete mit ihm. Als er wieder ins Haus kam, erklärte er atemlos: „Der Bey ist gekommen." Er legte ein weisses Kissen auf den Schemel, den er dem Bey als Sitzgelegenheit brachte. Der Bey gab den Bauern, die bald darauf eintrafen, die Schlüssel zum Kornspeicher und befahl ihnen, die Getreidesäcke auf den Platz zu tragen, weil mittags die Gespanne kommen sollten, um die Säcke in die Stadt zu transportieren.

Als kurz darauf ein weiterer Reiter auf den Platz gepresscht kam, stand der Mann im weissen Anzug auf. Der zweite Reiter sprang von seinem Pferd und schrie den Bauern zornig zu, sie sollten aufhören und die bereits herausgetragenen

Säcke wieder in den Speicher zurückbringen. Dann ging er auf den zuerst Angekommenen zu und ohrfeigte ihn. Die beiden Männer waren Brüder. Unbeweglich empfing der Jüngere die Ohrfeige. Er hielt seine Hände weiter hinter dem Rücken verschränkt, ohne auf den Schlag seines älteren Bruders zu reagieren. Danach setzte sich der Ältere wieder aufs Pferd, während der Jüngere auf und ab ging. Die Bauern schwiegen erstaunt und voll Angst. Als der Abend hereinbrach, ging der Mann immer noch auf dem langgezogenen Platz hin und her.

Der die Ohrfeige ausgeteilt hatte, war ein Glatzkopf gewesen, im Gegensatz zu ihm hatte der Jüngere schönes Haar. Er trug glänzende Stiefel. Entsprechend dem Schema der Erzählungen meines Vaters hatte er natürlich helle Haut, da er ein Herr war, und die Sympathie der Anwesenden war ihm gewiss, nicht weil er nicht zurückgeschlagen hatte, als er geohrfeigt wurde, sondern weil er zu den Geschlagenen gehörte. Er war einer von ihnen, weil er Schläge eingesteckt hatte, wie sie sie von den Grossgrundbesitzern, den Gendarmen und gelegentlich vom Muchtar erhielten.

Mutter holte einen Beutel aus der Truhe, dem sie ein Tütchen mit schwarzem Pulver entnahm. Das sei Kaffeepulver, erklärte sie. Auf einem Reisigfeuer kochte sie den Kaffee auf, und Vater trug ihn auf einem Tablett zum Bey hinaus. Aufgeregt sahen wir ihm aus dem Inneren des Hauses nach, als er auf den Bey zuging. Der dramatische Vorfall hatte das träge Dorfleben in Aufruhr gebracht. Der stumme Protest des Jüngeren gegenüber dem Älteren, der ihn hatte schlagen, aber nicht in die Knie zwingen können, hatte alle beeindruckt. Der Getreidespeicher war mit gebrannten Ziegeln gedeckt, auf dem Platz davor wuchs Gras. Vögel hatten unter dem Dach ihre Nester gebaut, weil sie sich von den Körnern ernährten, die für sie abfielen, und flogen abends ununterbrochen zwischen dem Dach und dem Platz hin und her. Auf einmal lag ihr Zwitschern wie ein Netz aus ineinander verschlungenen Stimmen in der Luft, und in der angespannten Stille erklang ein melodisches Konzert, dem der junge Herr zuhörte. Man hätte meinen können, auch die anderen, die auf dem Platz versammelt waren, lauschten diesem Konzert, denn die Stimmen der Vögel waren das einzige lebendige Geräusch in der abendlichen Ruhe dieses Herbsttages, der Zeuge eines so bedeutsamen Ereignisses geworden war.

Mein Vater ging auf den Herrn zu und grüsste ihn, indem er die Hand an die Stirn legte. Mit einer ergebenen Verbeugung reichte er ihm den Kaffee. Der andere unterbrach überrascht seine Schritte und schaute ihn erstaunt an, bevor er ihn fragte, woher er stamme, was er im Dorf mache und ob er am Nachmittag auf dem Platz gewesen sei.

„Nein, ich war nicht da", antwortete Vater und erklärte uns später, es sei besser gewesen, dass der Herr nicht erfuhr, dass er mitangesehen hatte, wie er in aller Öffentlichkeit geohrfeigt worden war. „Schliesslich", sagte Vater, „sind wir aus der Stadt, und es ist ihm bestimmt unangenehm, wenn er befürchten muss, wir würden über das, was wir gesehen haben, reden, wenn wir wieder in die Stadt zurückgehen."

„Hat er dir geglaubt?"

„Ich weiss es nicht, auf jeden Fall habe ich behauptet, ich hätte etwas zu erledigen gehabt und ihr wärt nicht aus dem Haus gegangen. Er hat den Kaffee entgegengenommen und ist nicht weiter darauf eingegangen. Nachdem er mir nichts davon erzählt hat, habe ich auch nicht davon angefangen. Die Bauern sind irgendwann einer nach dem anderen davongegangen, und der junge Herr ist allein gewesen. Ich habe mich in einiger Entfernung gehalten, bis er mich irgendwann zu sich gewinkt hat. Er hat sich bei mir erkundigt, wie es uns ginge, und ich habe ihm gegenüber kein Blatt vor den Mund genommen."

Die Hütte, von der ich nicht mehr weiss, wie wir sie bekommen haben, lag rechter Hand vom Speicher, etwas höher als der Feldweg, der nicht weit davon vorbeilief. Das Feld mit den Maulbeerbäumen war ein schmaler Streifen Land, etwa hundert Meter lang, der sich am Weg entlangzog. In unserer Nachbarschaft wohnten lediglich zwei Frauen. Die eine war alt und bewohnte eine Hütte hinter der unseren. Sie kam zu uns, weil sie hoffte, bei uns etwas zu essen zu bekommen. Gleich beim ersten Mal, bevor sie noch hereingekommen war, erzählte sie, wie einsam und arm sie sei. Sie sprach von den sieben Kindern, die sie geboren und alle überlebt hatte, und dass sie völlig allein und auf milde Gaben angewiesen sei. Meine Mutter hatte Mitleid mit ihr und gab ihr ein Stück Brot, das sie mit Wasser besprengt hatte, und es wurde uns in unserem neuen Heim von Anfang an zur Gewohnheit, jeden Tag ein Stück Brot für sie abzuzweigen.

Die andere Nachbarin war in mittleren Jahren und hiess Sanûba. Kurz nachdem wir eingezogen waren, lernten wir sie bei einem aufregenden nächtlichen Vorfall kennen. Sanûba wohnte auf der anderen Seite des Wegs. Zunächst war ihr Haus verschlossen gewesen, und unsere Mutter hatte uns erlaubt, hinüberzugehen und in ihrem Garten zu spielen. Vielleicht war sie damals gerade verreist, und die Eltern hatten sie irgendwie schon früher kennengelernt; jedenfalls wussten meine Schwester und ich nicht, wer dort wohnte. Wir machten uns darüber auch keine Gedanken, bis in einer regnerischen Nacht auf einmal Geschrei vom Weg her zu hören war, Tumult und Lärm und dazwischen immer wieder Männerstimmen und unanständige Wörter. Vater nahm die Petroleumlampe und ging zur Tür, obwohl Mutter ihn beschwor, nicht nach draussen zu gehen. Sie hielt ihn sogar fest und stellte sich in die Tür. „Wir sind Fremde hier", beschwor sie ihn, „und täten besser daran, die Tür zu verriegeln." Doch er verbot ihr den Mund und schob sie derb beiseite. Er sei kein Waschlappen, das müsse er den Idioten da draussen klarmachen. Schliesslich würden sie sich in der Nähe unseres Hauses herumtreiben, und wenn er das jetzt nicht klarstellte, würden die da draussen beim nächsten Mal versuchen, sich mit uns anzulegen.

Damit hatte er recht. Er kannte die Regeln des Machtkampfs auf der Strasse, schliesslich war er selbst oft genug unterwegs gewesen und hatte sich bei solchen Gelegenheiten auch an solchen Abenteuern beteiligt. Was ihn trieb, war nicht die Tapferkeit, die die Angst überwindet, sondern die Waghalsigkeit eines Menschen, der keinerlei Gefühl für das Risiko kennt. Und hier reizte ihn in seiner Triebhaftigkeit die geile Vorstellung, dass eine Frau mitten auf dem Weg vergewaltigt wurde, und die Gier, dabei zuzusehen und vielleicht sogar mitzumachen. Doch diese Motive erwähnte er von sich aus mit keinem Wort. Er rechtfertigte sein Handeln mit nachbarschaftlicher Aufmerksamkeit und der Sorge um die Ehre jener Frau, mit seinem Zorn über diejenigen, die es wagten, einer Frau etwas anzutun, und damit, dass er seine

Anwesenheit am Rand des Dorfes demonstrieren müsse, um nicht selbst eines Tages zum Opfer zu werden.

Ich verzeihe meinem Vater heute viel von dem Leid, das er uns dadurch zufügte, dass er gegenüber der Realität so ignorant war. Ich werfe ihm auch seine pathologische Geilheit nicht vor, denn er kam nicht dagegen an. Selbst wegen seiner Trunksucht mache ich ihm keinen Vorwurf, denn im Alkohol ertränkte er alles Unglück seines Lebens. Doch als Kind konnte ich seine Haltung nicht verstehen. Ich übernahm die Ablehnung meiner Mutter, und diese Ablehnung entwickelte sich danach zu einer Mischung aus Schmerz, Widerwillen und Hilflosigkeit.

Vater ging nach draussen. In der einen Hand hielt er die flackernde Petroleumlampe, in der anderen einen Prügel. Durch die offene Tür waren die aufgeregten Stimmen nun deutlicher zu hören. Nachdem Vater die Lampe mit hinausgenommen hatte, war es im Haus vollständig dunkel. Ein kühler Wind wehte den feuchten herbstlichen Nieselregen zu uns herein. Wir sahen Vater als groteske Gestalt durch den Morast stapfen und verfolgten mit den Augen, wie sich das Licht der Lampe von uns fortbewegte. Später orientierte sich meine Mutter an diesem Lichtkreis, und wir gingen ihm nach.

Als wir ankamen, lag Sanûba der Länge nach auf dem schlammigen Boden und lachte. Wir hielten sie für verrückt, weil wir bis dahin noch nie eine betrunkene Frau gesehen hatten. Diejenigen, die sie vergewaltigt hatten, hatten sich verzogen, und es standen nur noch die um sie herum, die ihr zu Hilfe geeilt waren, zusammen mit den Gaffern, die auch behauptet hatten, helfen zu wollen, als Vater mit Stock und

Lampe auf die Ansammlung gestossen war. Sie zogen Sanûbas hochgerutschtes Kleid herunter und bedeckten damit ihre Schenkel. Eine zerrissene lange Unterhose lag in der Nähe. Sanûba fing an zu singen. Dazwischen lachte sie und sagte schmutzige Wörter, die meine Mutter erstarren liessen. Sie wich zurück, während Vater mit Scheltworten die Herumstehenden nach Hause schickte und sie vor Wiederholungen einer derartigen Tat in der Zukunft warnte.

Ein Mann schrie: „Was geht dich eigentlich diese Hure an?"

„Du bist selbst der Sohn einer Hure", gab Sanûba zurück.

„Sei doch still, du Ehebrecherin!" sagte ein anderer. „Wir sind anständige Menschen."

Sanûba lachte schallend und stimmte einen Singsang an: „Sei mir willkommen, deine Mutter ist ja so verkommen!" Sie nahm sich zusammen, hob den Kopf aus dem Morast, sah meinen Vater und versuchte, sich aufzurichten. Dann zog sie ihr Kleid hoch bis zum Bauch und schrie: „Schau her."

Einige Männer lachten, bis ihnen aufging, wie unmoralisch das war. „Zieh das Kleid runter!" schrien sie sie an. „Der Herr strafe dich mit Hässlichkeit!"

Sie lachte wieder ihr gellendes, betrunkenes Lachen, warf sich zurück in den Schlamm und hob ihre Schenkel an. Einer der Männer stürzte auf sie zu und fing an, mit einem Stock auf sie einzuschlagen. Zu den Obszönitäten, die sie lallte, kamen Laute des Schmerzes und des Zorns. Vater stand dabei und unternahm nichts. Was hätte er auch mit der betrunkenen Frau und den lüsternen Männern tun sollen. Allerdings kannte er solche Szenen und das Verhalten sowohl der Frau als auch der Gaffer zur Genüge. Für uns Kinder und unsere Mutter jedoch war es grauenvoll, und wir liefen ins Haus zurück. Am nächsten Tag hörten wir, wie Vater unserer Mutter mit Worten, die wir nicht kannten, Einzelheiten erzählte. Doch so viel verstanden wir, dass es sich um schmutzige Worte handelte und dass Sanûba nicht gestorben war. Sie hatten sie in ihr Haus getragen, die Tür hinter ihr geschlossen und sie dort bewusstlos liegengelassen.

Am darauffolgenden Nachmittag sollten wir Sanûba aus der Nähe zu sehen bekommen. Sie kam langsam und zögernd auf unser Haus zu, als habe sie ihre neuen Nachbarn erst jetzt entdeckt. Als Mutter sie kommen sah, sagte sie: „Das ist die Frau, die gestern nacht geschlagen worden ist."

Ihre Bemerkung steigerte unsere Aufmerksamkeit und unsere Vorbehalte. Plötzlich wollte ich Sanûba nicht sehen und war trotzdem gleichzeitig gespannt auf sie. Ich verabscheute sie und war insgeheim sogar damit einverstanden, dass man sie geschlagen hatte. Bisher hatte meine Mutter mit ihrer Milde, Schwäche und Zärtlichkeit mein Bild von den Frauen bestimmt. Sie verkörperte das engelhafte Wesen der Frau. Mitten im Geschrei der Verwirrung und im Dunkel der vorangegangenen Nacht hatte ich aber begriffen, dass das Weibliche auch teuflisch sein konnte, und dass sich die Männer aus irgendwelchen, mir unbekannten Gründen von diesem teuflischen Wesen des Weiblichen angezogen fühlten. Ich ging davon aus, dass das, was mit jener verstossenen Nachbarin in al-Suidîja passiert war, sich mit dieser Nachbarin wiederholen würde, erinnerte ich mich doch auch an das Getuschel und das Handgemenge, die ich nachts zwischen meinem Vater und meiner Mutter belauscht hatte.

Auch das hatte sowohl meinen Widerwillen als auch meine Neugier geweckt. Zum einen hätte ich zu gerne gewusst, um was es eigentlich ging, zum anderen hatte mich die Eifersucht geplagt. Tagelang danach hatte ich Vater gegenüber ein feindseliges Gefühl gehabt, wie ich es sonst nur in den Zeiten empfunden hatte, in denen er uns hatte sitzenlassen und wir nicht einmal wussten, wo er war. Da ich mit niemand über das, was ich nachts mitbekommen hatte, sprechen konnte, hatte sich meine Abscheu gegen etwas Unbestimmtes im unverständlichen Tun meines Vaters gerichtet, das mich aggressiv machte.

Mein Vater hatte während des Geflüsters, das ich nachts gehört hatte, der Mutter etwas angetan, was ihr offenbar unangenehm war. Sanûba war vor meinen Augen von den Männern geprügelt worden. Bei all diesen Wahrnehmungen hätte ich für Sanûba dasselbe Mitgefühl aufbringen müssen wie für meine Mutter, doch was ich empfand, als ich sie herankommen sah, war anders, etwas wie Groll und der Wunsch, sie nicht sehen zu müssen. Irgendwie war sie selbst schuld, obwohl ich nicht genau wusste, woran. Und obwohl ich genausowenig wusste, wer diejenigen waren, die sie so übel zugerichtet hatten, machte es mich wütend. Auch wenn ich später diese kindlichen Gefühle bei mir überprüfte, empfand ich nicht anders. Diese Ablehnung wurde mit zunehmendem Alter immer intensiver und ging in Ekel und Zorn über, wurde zum allgemeinen Widerwillen gegen sexuelle Hemmungslosigkeit und Obszönitäten. Ich stellte mir die sexuellen Begegnungen der Menschen immer erhaben vor, nicht so sehr aus moralischen Gründen als vielmehr wegen einer gewissen Romantik, die mir im Blut liegt, einer Romantik, die das Geschlechtliche auch in seiner vitalsten Sinnlichkeit als verfeinerte menschliche Haltung sieht und die sich mit aller Vehemenz dagegen wehrt, wenn Sexualität zur Gemeinheit verkommt.

Sanûba kam auf unser Haus zu. Sie war neugierig. Das kleine Lehmhaus hatte leergestanden. Vielleicht hatte vorher einmal jemand darin gewohnt, der den Speicher bewachte, und möglicherweise wäre es ja meinem Vater aus demselben Grund überlassen worden, hätte es da nicht diese undurchsichtige Geschichte gegeben, bei der ein Bruder den anderen geohrfeigt hatte. Wären die beiden nicht verschwunden, wie sie gekommen waren, hätten sie vielleicht beide oder doch einer von ihnen Vater die Aufgabe übertragen, den Speicher zu bewachen. Vielleicht wären wir dann aber auch aus dem Haus gejagt worden, weil derjenige, der es uns zugewiesen hatte, wenn mich nicht alles täuscht, ein Mann aus dem Dorf gewesen war. Der Grossgrundbesitzer hätte dann womöglich angenommen, dass uns sein jüngerer Bruder dort hatte einziehen lassen, und hätte uns vielleicht noch härter angepackt als seinen Bruder und uns davongejagt, um es dem Jüngeren zu zeigen.

Die Bauern spekulierten lange über den Anlass des Bruderstreits. Sie kamen zu keinem Schluss und mutmassten, Ausgangspunkt des Streits sei der Verkauf eines Grundstücks oder der Wunsch des jüngeren Bruders, mit seinem Erbteil in Frankreich zu studieren. Unter dem Siegel der Verschwiegenheit wurde herumgeflüstert, der Streit sei um eine Frau entstanden. Diese Fassung verbreitete sich am raschesten, nicht etwa wegen ihres Wahrheitsgehalts, sondern weil man es nicht weitersagen durfte und weil es mit einer

Frau zu tun hatte. Die Frau eines Herrn weckt die Sehnsucht der einfachen Leute und ist so interessant wie das Innere einer Burg. Beide sind gleichermassen unerreichbar und werden gleichermassen mit den prächtigsten Märchenbildern ausgeschmückt. Der Himmel war eine straffe blaue Leinwand, aus der die Sonne wie das Feuerloch eines Ofens herunterbrannte. Hinter der Leinwand des Himmels, die sich über das Publikum spannte, schob eine Hand das Ofenloch weiter, bis die Sonnenstrahlen bei Sonnenuntergang aus der Horizontalen kamen und einen goldenen Film auf den Himmel projizierten, und zwar lange vor der Erfindung des Kinos. Auf dieser riesigen Leinwand spiegelten sich Bilder. Ich habe es selbst gesehen. Ich schaute mir etwas an — so macht man das — und blickte dann aufmerksam auf den Himmel, und siehe da, das Bild erschien dort! Die Bauern sahen in sich hinein auf die Bilder, die in ihrer Phantasie gespeichert waren, dann schauten sie auf zum Himmel und sahen dort oben die Spiegelung dessen, was sie vor ihrem inneren Auge gesehen hatten. Ein Fladenbrot konnte solch ein Wunschbild sein, oder auch ein Weizenfeld oder eine Silbermünze, und natürlich war oft genug eine Frau die Vorlage für eine solche Projektion. Auf den prächtigsten Bildern war die vorherrschende Farbe weiss. Weiss wie Weissbrot, silberweiss wie das Geldstück und hell wie die Haut einer feinen Dame, insbesondere der Gattin eines Herrn, die mit ihm in einem Palast lebt. Sie war die Königin ihrer Träume, sie projizierten sie auf die Leinwand, deren Ränder sich auf allen Seiten des Himmels bis zum Horizont erstreckten.

Sanûba kam auf unser Haus zu. Auch sie war eine Frau. Doch Sanûba war dunkelhäutig und wohnte in einer Hütte, nicht in einem Palast. Die Männer hatten handfeste Kommentare abgegeben, als sie betrunken im Morast lag. Ihr Bild spiegelte sich nicht am Himmel, weil sie wirklich war, und am Horizont werden nur Phantasiebilder sichtbar, die mit der Realität nichts zu tun haben. Dort blühen die Illusionen und werden in den buntesten Farben ausgemalt, weil die Einbildung betört und deshalb wenig mit dem Alltag zu tun hat.

Was Frauen anging, war Vater Realist. Er gehörte nicht zu denen, die Bilder am Horizont sehen. „Der Streit zwischen den beiden Herren ist wegen dem Getreide im Speicher entstanden und nicht wegen einer Frau", erklärte er meiner Mutter. „Für die Ernte legt sich das ganze Dorf ein Jahr lang krumm, und der Jüngere von den beiden möchte sie gleich verkaufen, während der Ältere, der darüber zu entscheiden hat, abwarten will. Der Ältere ist ein Händler und will einen grösseren Profit erzielen. Er hat seinen Bruder geschlagen, weil es um Geld ging."

„Und was meinst du, wer recht hat?"

„Es sind ja nicht meine Brüder!"

„Aber wer hat deiner Meinung nach recht?"

„Der Teufel!"

„Um Gottes willen! Mal den Teufel nicht an die Wand!"

„Vergraule ihn nicht. Er ist schliesslich unser Nachbar. Er wohnt in den Säcken im Getreidespeicher."

„Mach doch den Kindern keine Angst."

„Die Kinder müssen lernen, keine Angst zu haben."

„Und was macht der Teufel im Getreidespeicher?"

„Er passt auf."

„Wegen der Bauern?"

„Die Bauern stehlen nicht aus dem herrschaftlichen Kornspeicher. Die Bauern bestehlen sich höchstens untereinander, weil sie wissen, dass das ohne Folgen bleibt. Doch wenn sie ihren Herrn bestehlen, was manchmal doch vorkommt, dann kommen die Gendarmen mit ihren Gewehren und Peitschen, und der Grossgrundbesitzer kommt natürlich auch. Auf diesem Platz hier hat der Grossgrundbesitzer vor nicht allzulanger Zeit einen Bauern getötet, der angeblich Getreide gestohlen hatte. Man hat die Leiche zugedeckt auf dem Platz liegenlassen, um ein Exempel zu statuieren."

Sanûba kam auf unser Haus zu. Unser Haus war keine Wachstube für den Speicher und Vater nicht als Wächter angestellt worden. Nachdem wir eingezogen waren, hatte uns der jüngere Herr erlaubt zu bleiben. Es hatte ja leergestanden, und als ihn Vater darum bat, hatte der junge Herr nichts dagegen gehabt, dass wir dort wohnten, bis wir wieder aus dem Dorf wegziehen würden. Der Herr hatte ihm auch aufgetragen, er solle sich um die Maulbeerbäume im Garten kümmern. Nachdem Vater ihm Kaffee gebracht hatte, hatte ihm der Herr auch noch gestattet, ein paar Seidenraupen zu züchten, und er hatte ihm für nach der Ernte einen Sack Weizen versprochen. Ob er ihn uns wirklich geben wollte, haben wir nie erfahren, denn er kam nie wieder ins Dorf. Den Weizen haben wir nie gesehen.

Als wir einzogen, brachten wir das Haus in Ordnung. Dazu schleppten wir Wasser heran und machten den Boden nass. Den feuchten Boden stampften wir mit einem Rundholz, das sonst zum Wäscheklopfen verwendet wurde, fest. Als eine Schicht Lehm zum Einebnen darübergestrichen und alles getrocknet war, legte Mutter auf einer Seite des

Raums die Matte aus, auf der wir sassen, assen und schliefen. Auf der gegenüberliegenden Seite stellten wir unser bisschen Hausrat um den Herd. Vater reparierte die Tür und brachte ein Schloss und einen Riegel an. Dann erklärte er Mutter, von nun an werde er Tag und Nacht arbeiten, dann hätten wir bald ein wenig Geld zusammengespart und könnten weggehen.

Das war mitten im Herbst. Die Sonnenstrahlen wärmten kaum noch, manchmal regnete es, und ein kalter Wind klagte morgens und abends um den verflossenen Sommer. Die Trauermusik des Windes zog durch die Äste der Bäume wie eine tödliche Seuche und riss die bunten, vertrockneten Blätter in den Tod. Wo sich der Herbstwind in den Häusern, Bäumen und Sträuchern verfing, knurrte, heulte und winselte er wie ein gefährliches Tier. Düstere Schwermut bemächtigte sich des Landes. Wieder fühlten wir uns fremd und verloren und unserer Angst vor den wechselnden Gestalten der Winterdämonen ausgeliefert.

Wir flohen vor diesen Schimären ins Freie. Es gab Arbeit auf den Maisfeldern. Ausserdem lasen wir Ähren und sammelten Oliven. Wir zogen über die abgeernteten Felder auf der Suche nach verlorenen Ähren, und von den Zweigen der Bäume pflückten wir die hinter den Blättern versteckten Oliven, die bei der Ernte übersehen worden waren. Die Arbeit entlastete uns etwas vom Gefühl der Schande, unter dem wir litten. Wir gingen barfuss und hatten uns inzwischen an die Dornen und Steine gewöhnt. Die Schrammen und Risse an den Füssen entzündeten sich zwar, schwollen an und eiterten dann, doch wir achteten nicht darauf und nahmen es hin. Weil die Bauern uns Ratschläge gaben und es gut mit uns meinten, ergatterten wir jeden Tag ein wenig Mais oder Weizen und manchmal sogar mehr als eine Handvoll Oliven. Abends schroteten wir die Körner, backten Fladenbrot und assen Oliven dazu. Ja, wir konnten sogar Vorräte für den Winter anlegen. Wir versäumten auch keine Chairîja. Meine Schwester und ich waren in der Armenküche schon so bekannt, dass man uns jedesmal, wenn wir zum Heiligtum kamen, Fleisch und Harissa zurücklegte. Es fiel ihnen auf, wenn wir nicht da waren, und dann schickten sie sogar nach uns. Das zusammengewürfelte Bild der grauen Menge von Zerlumpten und Gebrechlichen war jedesmal dasselbe. Wir waren darin zwei kleine Bettler, die kamen und mit den anderen zu dem grossen Kessel drängten, oder wir standen, wenn uns das nicht gelang, hilflos herum, bis uns jemand sah und uns unsere Portion brachte.

Sanûba kam auf unser Haus zu. In der Nacht zuvor war ihr aufgegangen, dass sie Nachbarn hatte. Diese seien „bessere Leute", hatten ihr andere gesagt, für die „bessere Leute" nicht Ausdruck sozialer Unterschiede oder gesellschaftlicher Wertung war, sondern bedeutete, dass wir aus der Stadt kamen. Diejenigen, die in der Stadt wohnen, gehören zu den „besseren Leuten", weil dort Häuser aus Stein stehen und die Strassen asphaltiert sind und weil es dort Autos und Strom gibt und Frauen, die ihre Haare kurz schneiden und Kleider tragen, aus denen unten ein Stück von den Beinen herausschaut.

Reue ist wie eine Sonnenfinsternis. Sie ist ein geplünderter Garten mit gefällten Bäumen, eine Katze, die geschlagen und hinausgeworfen wird, weil sie vom Essen der Menschen gestohlen hat, ein Hund, der hechelnd zurückkommt, ohne das erlegte Wild gefunden zu haben. Reue stand im Gesicht unseres Vaters, wenn er nach einer erfolglosen Reise oder einer durchzechten Nacht am Wegrand aufwachte. Sanûbas Reue war keine Maske; sie verstellte sich nicht und erinnerte sich nun mit zunehmender Nüchternheit, in welchem Zustand wir sie gesehen hatten. Sie wusste, dass sie unanständige Worte geschrien hatte, die wir gehört haben mussten. Sie wusste auch, dass unser Vater sich um sie gekümmert hatte. So stand zu befürchten, dass Mutter ihr das Haus verbieten würde. Eilig grüsste sie von der Schwelle und versuchte, ihre Befangenheit zu überspielen. Wir betrachteten wortlos ihr vergebliches Bemühen, so zu tun, als sei dies ein ganz alltäglicher Besuch. Vater war nicht da, und so stammelte Mutter verwirrt eine Antwort auf ihren Gruss. Sie war verunsichert und wusste nicht, wie sie sich der fremden Frau gegenüber verhalten sollte, die sie nachts betrunken im Strassenschlamm hatte liegen sehen und deren zweifelhafter Ruf ihr bekannt war. Für Mutter galten ganz selbstverständlich die traditionellen Vorstellungen von der Rolle der Frau. Frauen mit zweifelhaftem Ruf verurteilte sie deshalb zwar nicht unbedingt, doch es war ihr peinlich, mit solchen Frauen konfrontiert zu sein. Sie war auch jetzt auf der Hut. Dabei stellte sie fest, dass die Frau vor ihr bei weitem nicht so heruntergekommen war, wie sie es vermutet hatte, nachdem sie sie in der Nacht in einer solchen Verfassung gesehen hatte. Mutters Freundlichkeit war im Grunde Schwäche, und weil Mütterlichkeit ihr einziges Verhaltensmuster war, legte sie jedesmal unendliche Freundlichkeit an den Tag, wenn jemand zu Besuch kam oder sie jemanden traf. Selbst wenn sie sich nur einbildete, ihr Gegenüber sei ihr überlegen, stand sie lange sanft und verunsichert da, bevor sie sich entspannen, sich der Situation entsprechend verhalten und normal reagieren konnte.

Mutter erwiderte also Sanûbas Gruss in höchstem Mass verlegen. Doch das legte sich, als sie auf eine Reaktion wartete. Sie ging davon aus, Sanûba werde sie nun etwas fragen oder etwas sagen, und dann werde sich ein Gespräch entwikkeln, aus dem der Zweck ihres Besuchs hervorging. Doch Sanûba hockte sich einfach auf die Schwelle. Sie betrachtete uns ausgiebig, als sei sie nur gekommen, um einmal zu sehen, wer wir eigentlich waren. Sicher war sie auch neugierig darauf zu erfahren, warum wir die Stadt verlassen hatten und in dieses Dorf gekommen waren, welche Verbindungen wir zum Dorf besassen und in welcher Beziehung wir zu den Grossgrundbesitzern standen, denen der Speicher gehörte. Doch sie fragte erst bei anderer Gelegenheit danach und erzählte später, dass sie sich bei diesem ersten Besuch keinen Reim auf uns hatte machen können. Es gelang ihr bei diesem ersten Mal auch nicht, mit meiner Schwester oder mir Kontakt aufzunehmen, denn wir sprachen nicht mit ihr und wollten ihr schon gar nicht unsere Namen nennen. Unser Verhalten und die reservierte Haltung der Mutter liessen Sanûba keine Chance. Uns kam das einfach alles zu seltsam vor. Wir konnten das Bild der Frau, die betrunken im Schlamm lag und schrill lachte, nicht loswerden. So waren wir erleichtert, als sie nur etwas Wasser trank, eine Zigarette rauchte und dann wieder ging.

Es wurde Abend. In der Ecke hing an einem Nagel die Laterne. Unsere Tür war verriegelt und abgeschlossen. Wieder einmal sassen wir beklommen beieinander und ängstigten uns, und Mutter machte sich Gedanken darüber, ob es richtig gewesen war, dass wir uns Sanûba gegenüber so ablehnend verhalten hatten, ob sie jetzt vielleicht böse auf uns war und es uns beim nächsten Besuch heimzahlen würde. Als Vater mit den Besorgungen, die er auf Kredit bekommen hatte, zurückkam, machte er sich über seine furchtsame Familie lustig. Was wir uns da zusammenreimten, sei absurd, erklärte er, die Frau könne einem leidtun. Wir sollten dieser Nachbarin freundlich begegnen und sie nicht ablehnen oder schneiden, solange sie uns nichts getan hätte. Unter dem Vorwand, er müsse nach dem Garten sehen, ging er hinaus in die Dunkelheit. Wir warteten auf ihn und blieben wach, solange wir konnten. Doch schliesslich fielen uns die Augen zu. Nur Mutter konnte nicht einschlafen. Sie horchte nach draussen, hörte den Wind in den Bäumen und auf den nahen Feldern das Geheul der Hunde. Sie lag wach. Einerseits sorgte sie sich. Andererseits glaubte sie ihrem Mann den Grund für den abendlichen Spaziergang nicht, weil sie sein heisses Blut und seine Geilheit kannte. Schlaflos und schweigend litt sie.

Auch ich quälte mich in jener Nacht. Ich war in den Armen meiner Mutter eingeschlafen und wachte mitten im Dunkel von Geflüster und Handgemenge auf. Während ich den Atem anhielt, hörte ich unterdrückte Schreie und die geflüsterten Bitten, doch aufzuhören. Ich hörte Vater fluchen, hörte eine seiner zotigen Bemerkungen und rhythmische Bewegungen, woraufhin mir heiss wurde und Ärger in mir hochkam. Dann hustete jemand, danach verstummten die unterdrückten Geräusche. Mutter deckte mich zu, zog mich zu sich, und wir schliefen ein.

17. Kapitel

Als Sanûba einige Tage später wieder zu uns kam, war sie völlig anders. Reue und Scham waren ebenso verschwunden wie die innere Zerrissenheit, die beim ersten Mal aus ihrem Gesichtsausdruck und ihren Bewegungen gesprochen hatten. Ihre Wangen waren rot angemalt, und ihr flacher Hut mit dem bunten Band sass schräg in der Stirn. Ihre Augen lachten. Von ihrem strammen Körper ging laute Munterkeit aus. Ihr voller Busen bebte beim Lachen in einem Mieder aus geblümtem Kaliko. Mit unbeholfener Zunge schwatzte sie ziel- und hemmungslos, nur um sich reden zu hören. Später fing sie an zu singen. Ihr Gesang war ebenso tapsig und süss wie die Tanzvorstellung, die sie uns danach gab.

Kaum hatte sie die Schwelle überschritten, rochen wir den Dunst des Alkohols. Sie stank widerwärtig nach dem billigen Feigenschnaps, den Vater Würger nannte. Dieser Fusel warf die stärksten Männer um, und auch Vater hatte er einmal in die Knie gezwungen. Damals hatten sie ihn abgefüllt wie bei anderer Gelegenheit einen Hahn und eine Schlange, denen sie das Gebräu in den Hals kippten, um sich anschliessend an ihrem hilflosen Getaumel zu belustigen.

Vater begrüsste Sanûba freundlich. Die beiden kannten sich gut. Sie hatten schon gemeinsame Nächte voller Alkohol und körperlicher Lust erlebt. Unsere Nachbarin war genauso gierig auf Alkohol und genauso geil und ignorant wie unser Vater. So überrascht es nicht, dass sie als sein Abbild seine Geliebte wurde. Auch sie kannte keine Verantwortung gegenüber dem Leben, hatte aber im Gegensatz zu ihm keine Familie. Das Verhältnis der beiden hätte unsere Familie gefährdet und Mutter wieder zum Weinen veranlasst, wenn es Sanûba nicht so rasch gelungen wäre, sich mit ihr anzufreunden. Wenn sie nüchtern war, war sie zu uns wie eine Tante, und es war im Grunde ein Segen, dass sie in der Nachbarschaft wohnte. Wenn sie angetrunken war, brachte sie Leben in die düstere Atmosphäre unseres Alleinseins und unserer Isolation. Es gelang ihr, Kummer und Sorgen zu vertreiben, und ihr Mut übertrug sich auf unsere Mutter, die nicht aufhörte, sie dafür zu loben.

Wir rückten zusammen und machten ihr Platz auf der Matte. Doch sie blieb auf dem Boden auf ihren untergeschlagenen Beinen sitzen, als läge da ein prächtiger Teppich, und verlangte eine Zigarette. Darauf fuhr Vater sie an: „Reiss dich zusammen, sonst schmeiss ich dich raus."

„Du?" Sie machte die Augen zu, so betrunken war sie. „Du schmeisst mich raus?"

„Ich habe gesagt: Reiss dich zusammen!"

„So, was bitte hab ich gemacht?" Und zu meiner Mutter gewandt, wiederholte sie: „Was habe ich denn gemacht, Schwester? Gestern hat dein Mann ..."

Vater erhob sich unvermittelt, und Sanûba brach ihren Satz ab. Doch dann nahm sie den Faden wieder auf, um zu erklären, wie froh sie sei, wie sehr sie uns alle liebe und dass sie glücklich, wirklich froh und glücklich sei und keinesfalls betrunken. Welchen Grund gebe es da, mit ihr böse zu sein? „Oder habe ich etwas Schlimmes gesagt?"

„Nein, Sanûba", beruhigte Mutter sie, „du bist eine Gute. Niemand hat etwas gegen dich."

Sanûba strahlte. Sie riss sich zusammen und stand mühsam auf. Wir kicherten, denn wir wussten, was jetzt kam. Vater mischte sich nicht ein. Sanûba wankte auf meine Mutter zu, um ihr die Hand zu küssen. Wenn Sanûba betrunken war, ehrte sie Mutter mit einem Handkuss, und diese hatte keine Möglichkeit, dem Ritual zu entgehen. Sanûba stand mühsam auf und begann ihr Possenspiel. Wir bogen uns vor Lachen, sprangen auf, und sie versuchte unbeholfen, uns zu fangen. Das Ritual der Küsse begann bei meiner Mutter und führte über meine Schwester zu mir. Sie küsste unsere Hände und ging anschliessend strahlend zurück zu ihrem Platz, um noch hemmungsloser weiterzuschwatzen. Diese ritualisierten Handküsse waren keineswegs eine Entschuldigung für irgend etwas, wir wurden dadurch vielmehr zum Publikum für die Vorstellung, die sie uns gab. Zu diesem Theater gehörten ihre unflätigen Redensarten, die Vater dann das Stichwort gaben, sie nach Hause zu bringen. Nach einer solch lustigen Aufführung – das wusste sie – würden wir ohne weiteres einschlafen.

Ich hatte mich bald an sie gewöhnt und meine anfängliche Scheu vor ihr schnell abgelegt. Ich tanzte mit ihr, ahmte sie nach und versuchte, wie sie zu singen. „Uns ist so wohl" war ihr Lieblingslied. Wenn sie nüchtern war, hatte sie eine angenehme Stimme. Oft sass sie in ihrem Garten im Schatten eines Baumes und sang. Wir wunderten uns immer, dass sie ihren Garten für alle geöffnet hatte, obwohl er ihr allein gehörte. Ihre Feigen und Granatäpfel gediehen prächtig, und sie erlaubte uns, davon zu pflücken. Vater half ihr bei der Gartenarbeit, doch es kam vor, dass sie ihn während der Arbeit stehenliess, alles, was sie in den Händen hatte, einfach hinlegte und erklärte, sie habe kurz etwas zu erledigen. Dann kam sie am späten Nachmittag, in der Nacht oder erst am darauffolgenden Morgen zurück und war entweder betrunken oder hatte einen Kater und Kopfweh. An solchen Tagen schaute sie nicht bei uns herein, sondern verschloss sich in ihrem Haus und verschlief den Tag.

Die Männer verfolgten sie. Wenn Sanûba betrunken in ihrem Haus war, umlagerten sie es. Sie versuchten, sich Einlass durch die Tür oder die Fenster zu verschaffen, und wenn sie verschlossen waren, zerschlugen sie die Scheiben oder rissen sogar die Fensterrahmen heraus. Im Licht von Streichhölzern suchten sie dann nach Sanûba, und durch das Dunkel der Nacht drang ihre gellende Stimme, wenn sie laut lachte und Obszönitäten schrie. Danach waren Gebrüll und Gestöhne zu vernehmen, aber nicht mehr von Sanûba. Die konnte es an körperlicher Kraft mit den Männern natürlich nicht aufnehmen, sondern hatte sich hingelegt wie eine Leiche, die nicht mehr spürt, was ihr angetan wird. Erst wenn die Männer sie zu sehr malträtierten, floh sie, und die Meute folgte ihr, stürzte sich erneut auf sie und prügelte sich um sie. Blut floss, und es gab Verletzte. Alle sprachen schlecht von ihr und verdammten sie. Keiner im Dorf wollte etwas mit ihr zu tun haben und doch beobachteten alle genau, welche Schandtaten sie bei Nacht beging. Trotz allem, was sie ihr antaten, reizte Sanûba die Männer im Dorf immer wieder. Aber nur wenn sie nüchtern war, hatten sie Respekt vor ihr. Dann schwiegen sie zu ihren Wortkaskaden und standen gebannt da, wenn sie ihren Zorn an einem von ihnen ausliess.

Mutters Bedenken in jener Nacht, als Sanûba im Dreck gelegen hatte, waren vollkommen berechtigt gewesen. Mein Vater war nun einmal ein draufgängerischer Vagabund und

Säufer. Er kannte keine Furcht und war in seiner Triebhaftigkeit masslos. Er war ihr Mann, und sie kannte ihn. Noch Jahre später erzählte sie uns von den Abenteuern, in die er regelmässig verwickelt war. In ihrer Erinnerung reihten sich diese Vorfälle als eine endlose Kette amüsanter Geschichten aneinander, die immer wieder durch bestimmte Assoziationen verknüpft waren.

Wenn Sanûba vor meinem Vater stand, strahlten über ihren fleischigen Wangen zwei engstehende, tiefliegende Augen in die Wolfsaugen eines Mannes, dessen Gesicht von der Sonne verbrannt war. Seine sinnliche Unterlippe bebte vor Lüsternheit. So sehr mein Vater bei seinen Geschäften und als Familienvater ein Versager war, so sehr war er bei den Frauen beliebt. Doch er prahlte nicht damit, sondern mied dieses Thema, genauso wie er nicht über seine Sauferei sprach. Mit keinem Wort erwähnte er, dass eine bestimmte Frau seine Geliebte war. Er war nicht speziell diskret, aber er prahlte auch nicht, sondern liess sich bei der körperlichen Liebe genauso von der momentanen Situation mitreissen wie beim Alkohol und seinem Fernweh. Alles, was es zu erleben gab, nahm er mit natürlicher Selbstverständlichkeit wahr.

Sanûba gab sich ihm hin wie schon zuvor die Witwe in al-Suidîja. Doch ihr bedeutete es etwas, seine Geliebte zu sein, im Gegensatz zu jener Witwe, die sich nur gelegentlich mit ihm vergnügt hatte. Mutter fand es abscheulich. Wenn sie sich Sanûba betrunken vorstellte, ekelte sie sich. Sie konnte nicht verstehen, dass er es fertigbrachte, sich in dieses schmutzige Gefäss zu ergiessen, dass er einen Körper umarmen konnte, der noch von Alkohol, Laster und ungewaschener Lüsternheit dampfte. Doch mein Vater begehrte Sanûba gerade deshalb. Er wusste, dass sie genauso herumhurte wie er, und das erregte ihn.

In jener Nacht, als Sanûba im Schlamm gelegen hatte, war seine Geilheit für ihn sogar lebensgefährlich geworden. Mutter behauptete, man habe auf ihn geschossen, doch er stritt das ab und meinte, der Schuss, den sie gehört hatte, habe sich versehentlich gelöst. Es ist kaum vorstellbar, dass er diesen Schuss nicht gehört hat. Ebensowenig ist es denkbar, dass die lüsternen Blicke der anderen Männer, deren Rivale er bei Sanûba war, nicht feindselig auf ihn gerichtet waren. Wie leicht hätte er da mit einem der anderen Freier aneinandergeraten können. Doch derartige Überlegungen sind rein spekulativ. Es war seine Art, zu trinken und dann Krawall zu machen. Er suchte dieses Glücksgefühl, sich betrunken in einen ebenfalls betrunkenen anderen Körper zu versenken. Das lag ihm im Blut, davon liess er sich treiben, und seiner Gewohnheit nach handelte er auch hier völlig unbedacht. Er ging zu Sanûba, ohne das Risiko oder die Schande zu bedenken, und sie fühlte sich von ihm aus Gründen angezogen, die ich mir bis heute nicht erklären kann. Ich nehme an, er hat sie durch seinen Charme verführt, oder sie durch das Risiko, das er ihretwegen einging, für sich eingenommen. Dabei sah er das Risiko nicht, wie er ja wegen seiner Geilheit und Ignoranz überhaupt nur wenig vom Leben um sich herum wahrnahm. Doch sie tat etwas, worum er sie nicht einmal gebeten hatte, sie wies auf einmal alle anderen Männer ab. Sie unterwarf sich diesem einzigen Mann, den sie liebte. Und dann liebte sie auch uns, weil sie ihn liebte. Sie änderte sich und ihr Verhalten seinetwegen, und sie tat für uns, was sie konnte.

Der bitterkalte Winter jenes Jahres weckte in uns Erinnerungen an die Winterbilder aus al-Suidîja. Auf einmal dachten wir gerne daran zurück. Je härter die Gegenwart, desto süsser auch die bitterste Erinnerung. Wie leicht war al-Suidîja zu ertragen gewesen, gemessen an den Qualen, die wir in al-Akbar zu erleiden hatten. In al-Suidîja hatte Mutter zum Muchtar gehen können, denn wir waren seine Kleinpächter gewesen und hatten in seiner Schuld gestanden. Meine Schwester hatte zwar bei ihm gearbeitet und er hatte uns, weil er so geizig war, nur das Notwendigste zum Leben gegeben. Aber das hatte er immerhin getan, damit wir überlebten, denn bei Toten konnte er keine Schulden eintreiben. Hier dagegen arbeiteten wir für niemand. Wir waren keinem Menschen verpflichtet, sondern völlig frei und in unserer Not allein. Die Versklavung durch die Armut war wesentlich schlimmer als Leibeigenschaft oder ein Pachtverhältnis. Es wäre uns recht gewesen, wenn der Besitzer des Getreidespeichers uns angestellt hätte, doch seit ihn sein Bruder geohrfeigt hatte, liess er sich nicht mehr blicken. Nach wie vor lebten wir in dieser Hütte, weil sie leerstand, ohne zu wissen, ob wir das durften, und wenn im Sommer das Vieh durch den Garten zog, konnten wir nichts dagegen unternehmen.

Der einzig positive Unterschied zu al-Suidîja bestand darin, dass Vater nicht wegging. So kam zum Hunger wenigstens nicht noch die Angst. Dadurch, dass Vater bei uns war, blieben uns die Gespenster der Räuber erspart, die sich in al-Suidîja über das Dach und durch Fenster und Türen eingeschlichen hatten. Der beste Schutz war auf jeden Fall, dass Vater bei uns blieb. Er raffte sich auch wieder auf und arbeitete. Mit der Anfertigung neuer Schuhe hörte er auf, und das rote Saffianleder, der restliche Gummireifen und anderes Material blieben liegen als Überbleibsel eines gescheiterten Experiments. Auch seine Nachbesserungsvorschläge hatten die Schuhe nicht passend gemacht, doch daran waren seiner Meinung nach weiterhin die Füsse der Bauern schuld. Mutter gegenüber rechtfertigte er sich: „Die Bauern bleiben wohl besser barfuss, denn für ihre Füsse können sie sich auch in der Stadt keine Schuhe machen lassen." Meine Mutter liess sich nicht davon abbringen, dass die Füsse der Leute im Dorf wie alle anderen Füsse seien, und schob das Problem auf die starke Wölbung des Reifengummis. Diese Schuhe, meinte Mutter, seien entweder zu eng oder zu weit, zu breit oder zu schmal und ausserdem so hässlich, dass sie keiner anziehen könne und die Bauern sie lieber in der Hand spazierentrugen, damit wenigstens jeder sah, dass sie welche besassen. Bei dieser Vorstellung musste sogar Vater grinsen. Doch als wir lachten, wurde sein Gesicht wieder unfreundlich, und er schimpfte weiter: „Es ist besser, sie tragen sie spazieren, dann laufen sie die Sohlen nicht ab, und die Schuhe bleiben immer neu. Sogar in al-Suidîja habe ich Leute gesehen, die ihre neuen Schuhe in der Hand hielten, obwohl es Schuhe aus Antakya waren. Sie gehen eben lieber barfuss mit den Schuhen in der Hand, damit alle wissen, dass sie welche haben."

Die Schuhreparaturen wurden jetzt innerhalb des Hauses vorgenommen. Weil es Winter war, stellte Vater seine selbstgezimmerte Schusterbank innen neben die Tür. Er erwartete, dass er in der kalten und nassen Jahreszeit als Flickschuster wieder mehr zu tun bekäme. Tatsächlich brachten auch ein paar Bauern ihre aufgelösten Schuhe zum Reparieren. Er nahm sie entgegen, um dann enttäuscht zu verkünden, diese Schuhe seien nicht mehr zu retten. Doch da die Bauern sonst keine hatten und der Vater unbedingt Arbeit brauchte, legte er sie auf die Seite und versprach, trotzdem alles zu versuchen, um sie so gut es irgend ging herzurichten. Wenn die Bauern zum Abholen kamen, verwickelte er sie in lange Gespräche. Mutter wurde dann immer ganz ärgerlich, weil er statt zu arbeiten nur schwatzte. Da die Bauern, wenn sie die Schuhe abholten, sich bei ihm gut unterhielten, gingen sie manchmal bis zum Abend nicht weg. So kam es, dass Mutter nicht widersprach, als er gegen Ende des Winters verkündete, er wolle die Flickschusterei aufgeben und wieder Muschabbak-Bäcker werden. Als Mutter ihn fragte, woher er denn das Geld für Zucker, Mehl und Öl zu nehmen gedenke, getraute er sich nicht, ihr offen ins Gesicht zu sagen, dass er vorhatte, in die Stadt zu reisen und wieder Kredit auf den Dienstlohn seiner Töchter zu nehmen. Obwohl er auch beim Muchtar hätte Geld leihen können, ging er einige Tage später unter dem Vorwand davon, er habe in einem Dorf in der Nähe etwas zu erledigen. Bis zum Abend wollte er zurück sein. Er kam nicht. Heimlich war er nun zum zweiten Mal, seitdem wir in al-Akbar wohnten, in die Stadt gegangen. Wie so häufig hatten wir nichts zu essen, und Mutters Angst war hier noch schlimmer als in al-Suidîja. Ich weiss nicht warum, doch es schien mir, diesmal fürchte sie mehr um sich selbst, denn sie schärfte uns ein, niemandem zu sagen, dass Vater nicht da war. Wir verrieten es niemand. Vor

Einbruch der Dunkelheit schloss sie die Tür, schob den Riegel vor und setzte sich aufs Bett. Meine Schwester und ich sassen links und rechts von ihr, und um uns abzulenken und sich von den eigenen Gespenstern zu befreien, begann sie wieder, uns die alten Geschichten zu erzählen, und sobald wir eingeschlafen waren, hat sie wohl wieder geweint.

Sanûba merkte, dass Vater nicht da war. Nach zwei Tagen dachte sie sich, er müsse weggegangen sein, da er ihr gegenüber schon so etwas angedeutet hatte. Am Morgen des dritten Tages nach seinem Verschwinden kam sie, um nach ihm zu fragen. Sie erklärte Mutter, er sei in die Stadt gegangen, um sich das Startkapital für die Wiederaufnahme seines alten Berufs als Muschabbak-Bäcker zu holen, und versuchte, sie mit der Versicherung zu beruhigen, er werde wohl nicht lange wegbleiben. Auch könne sie sich während dieser Zeit auf sie, Sanûba, verlassen. Damit meinte sie nicht nur, dass sie auf sie aufpassen, sondern auch, dass sie sich während Vaters Abwesenheit um Nahrungsmittel für uns kümmern würde.

Mutter mochte Sanûba nicht glauben, und es wäre ihr lieber gewesen, sie wäre nicht herübergekommen, denn sie dachte sich, dass es nun Ärger geben werde. Doch Sanûba versprach ihr, keinen Tropfen Arak zu trinken, und bat sie, bei uns übernachten zu dürfen. Wenn sie es ihr verbieten würde, wolle sie vor der Tür Wache halten. „Nüchtern und wach jagt Sanûba die Männer davon", sagte sie, „dann werde ich mit jedem Mann fertig."

Hat sie das geschafft? Später erzählte uns unsere Mutter, dass Sanûba ihr Versprechen tatsächlich gehalten und nicht getrunken habe. Stark und mutig sei sie gewesen – das Gegenteil von dem, was wir von ihr gedacht hätten. Woher sie die Lebensmittel hatte, die sie heranschaffte, wussten wir nicht. Die Abende verbrachte sie also bei uns und sang und lachte, um uns aufzuheitern.

Sanûba, oh starker Feigenbaum,
der die Gärten ziert.
Weine und klage, denn aus ist der Traum,
für den, der Sanûba verliert.

Sie tanzte, und ich tanzte mit ihr. Nachdem wir eingeschlafen waren, erzählte sie Mutter im Dunkeln ihre Geschichte.

Sanûbas Mann war vom Grossgrundbesitzer umgebracht worden. Demselben, dem der Getreidespeicher gehörte und der seinen Bruder geohrfeigt hatte. Ihr einziger Sohn war jung einer rätselhaften Krankheit erlegen. Auf einmal hatte sie allein dagestanden. Vor Trauer und Verzweiflung sei sie damals beinahe verrückt geworden. Da hatte sie sich trösten wollen und angefangen, Alkohol in sich hineinzuschütten. Sie war süchtig danach geworden. Nun kümmerte sie sich nicht mehr um die Welt, weil es auf der Welt nichts mehr gab, worum sie sich hätte kümmern können.

Vater blieb tatsächlich nicht lange fort. Nach wenigen Tagen kam er bei Einbruch der Dunkelheit zurück. Seine Stimmung war gedrückt, es schien, als sei er noch unglücklicher als sonst. In dieser Nacht ging er nicht zu Sanûba. Er alberte auch nicht mit uns herum. Es war das erste Mal, dass ich bewusst merkte, dass etwas geschehen war, was meine Schwester und ich nicht wissen durften. Mutter fing an zu weinen. Eine Zeitlang hatte Vater Geduld und sprach tröstend auf sie ein. Dann schrie er sie an, und sie schwiegen beide. Wir lagen im Dunkeln und versuchten zu schlafen. Doch immer wieder stellte Mutter Fragen, die sich auf unsere grosse Schwester bezogen. Am folgenden Morgen machten sich meine Eltern zum Weggehen fertig. Mutter sagte uns, unsere grosse Schwester sei krank, und sie würden zusammen den ganzen Tag in die Stadt gehen, um sie zu besuchen.

Ich bettelte, sie solle mich mitnehmen, doch sie liess sich nicht umstimmen. Ich umklammerte sie und hängte mich an ihren Arm, um sie zurückzuhalten, doch es war nichts zu machen. Sie schob meine Schwester und mich ins Haus und schloss die Tür. Wir heulten und versuchten, die Tür zu öffnen, um hinter ihr herzurennen, doch sie hatte sie abgesperrt. Als kurze Zeit später die Tür aufging, stand Sanûba draussen und versprach, bei uns zu bleiben, bis die Eltern am Nachmittag aus der Stadt zurückkämen; sie würden uns ganz sicher etwas mitbringen. Den ganzen Tag warteten wir. Ich wollte unbedingt sofort meine Mutter zurückhaben. Dass meine Schwester krank war, interessierte mich im Grunde nicht. Es war das erste Mal, dass beide Eltern ohne uns so weit weggingen. Am Nachmittag lief ich bis zum Ende des Felds bei unserem Haus und setzte mich oben auf die Böschung. Von dort starrte ich auf die Wegbiegung, an der die Eltern bei ihrer Rückkehr auftauchen würden. Meine Schwester hatte sich mir angeschlossen. Wir blieben sitzen, bis es Abend wurde, und ohne die Angst vor der Dunkelheit hätten wir Sanûba bestimmt nicht gehorcht, als sie uns ins Haus holte. Wir heulten laut. Ich fühlte mich total verlassen. In jener Nacht kam es mir vor, als sei ich für immer aus allem herausgerissen, was mir lieb und teuer war.

Ich wurde als Kind nicht als Dienstbote verkauft. Ich wurde nicht von meinen Eltern getrennt wie meine Schwestern. Ich musste nicht fern von ihnen leben und dieses Gefühl, das mich in jener Nacht bestürmte, in der Fremde ertragen. Deshalb singe ich das Lied von den dunklen, einsamen Schmerzen meiner Schwestern und vom Leid aller Kinder, die ohne Eltern aufwachsen, weil sie verwaist oder arm sind.

Sanûba, die ich verabscheut hatte, als sie im Dreck lag, und die in mir so etwas wie Eifersucht hervorgerufen hatte, lange bevor ich mir meiner Sexualität bewusst war, dieselbe Sanûba überschüttete ich in jener Nacht mit meinen Kindertränen. In dieser Situation stieg diese Frau aus dem Schlamm männlicher Projektionen hinauf zum Gipfel menschlicher Güte. Die Kraft ihrer grossen Seele verband sich mit dem Trost, den sie mir spendete, und sie wurde zu einer Persönlichkeit, die frei von jedem Makel war.

Wir waren Mutter und Kind. Obwohl ich nicht ihr Sohn und sie nicht meine Mutter war, schlief ich in ihren Armen ein. Tief in ihr leuchtete die Liebe und Zärtlichkeit einer Mutter und verwandelte mich in einen Sohn, meine Schwester in eine Tochter. Sie strich uns über die Haare, trocknete unsere Tränen und liess uns spüren, dass das Gebet der Menschen ein Gebet der Gnade ist. Diese Nacht war voller Sanftmut und Stille. Sie ging vorbei, und als ich erwachte, stieg die Sonne wieder am Himmel auf.

Am Abend kam Mutter zurück. Für ihre älteste Tochter gab es keine Rettung. Welch schreckliche Trauer für eine Mutter, wenn ihr Kind unheilbar krank ist. Wir wussten nicht, wie die Krankheit hiess, und nicht, wie man sie bekam und worin sie sich äusserte, aber wir verstanden, dass sie lebensgefährlich war und dass man nicht darüber reden durfte.

Auch von der Schwester, die von dieser Krankheit befallen war, durften wir nicht mehr reden.

Die Jahre gehen und kommen. Die Bilder verblassen und kehren zurück, und langsam verliert sich die Erinnerung an dieses Mädchen in der Gemeinschaft, aus der sie so früh schon fortgegangen war.

Diese Schwester ist aus unserem Gruppenbild gelöscht, doch nicht aus dem Herzen verbannt. Denn unsere Familie hat eine Mutter, und diese Mutter hat ein Herz.

18. Kapitel

Wir lebten drei Jahre in al-Akbar. Ich wurde grösser und meine Beobachtungen und Erfahrungen vertieften mein Urteilsvermögen. Mit jedem Tag gelang es mir besser, durch das, was ich selbst sah, die Dinge zu verstehen, und wenn ich nun meine eigenen Erinnerungen miteinander verknüpfe, entsteht eine schlüssigere Geschichte in grösseren Bögen.

Wenige kurze Blitzlichter erhellen den Blick zurück auf die Jahre meiner Kindheit. Das Licht, das sie auf die empfindliche Schicht der Seele werfen, beleuchtet Bilderfetzen im sonst lichtlosen Gewölbe meiner Erinnerung. Für Sekundenbruchteile wird dabei das zähe Kriechen der Zeit so fixiert, als wäre das Gedächtnis ein Fischauge im Zentrum des Orkans. Die Scheinwerfer des Autos in jenem Hof neben dem Orangenhaufen versuchen mit ihrem gelben Licht, den Nebel zu zerteilen. Aus diesem Nebel tauchen die Bilderreste der Vergangenheit auf, die die Zeit mitgeschleppt hat. Nur zwei der Schatten kristallisieren sich dabei eindeutig und dauerhaft aus dem Nichts und haben ihren Glanz bewahrt.

Das Bild meiner Mutter und das Bild Sanûbas sind mir immer voller Leuchtkraft präsent. Diese beiden liebte ich mit allen Fasern meines Herzens. In jener Nacht, als ich bei Sanûba schlief, verwandelte sich meine Abneigung in Liebe, eine Liebe, die vielleicht einem unterbewussten Begehren entsprang, die sich jedoch als die unschuldige Liebe eines Kindes ausprägte und sich durch die Ereignisse und die grenzenlose Aufopferungsbereitschaft Sanûbas vertiefte.

Mag sein, dass ihre Zuneigung für mich einem unbewussten Bedürfnis entsprang, das sich an mir nur festmachte. Sanûba begleitete während der drei Jahre in al-Akbar uns und unser Leben. Ein Herz, das von Liebe überfliesst, sucht immer eine Möglichkeit, diesen Gefühlsreichtum zu kanalisieren. Sanûba lenkte den Strom ihrer Gefühle in unsere Richtung. Meine Mutter, meine Schwester und ich sättigten uns an dieser Liebe voller Dankbarkeit, ohne dass ich zu sagen wüsste, wie wir das zum Ausdruck brachten. Sie zeigte sich wohl am ehesten in der Ungeduld, mit der wir uns nach Sanûba sehnten, wenn Vater fort war.

Das war alle paar Monate der Fall. Sobald er völlig abgebrannt war und weder Geld für Brot noch für Tabak hatte, ging er in die Stadt, um sich Abschlag auf den Lohn unserer Schwestern zu holen. Die Beträge waren deutlich geringer, seit nur noch eine Schwester als Dienstmädchen arbeitete. Von diesem Vorschuss waren die Wegkosten in die Stadt und die Ausgaben für seinen Aufenthalt noch abzuziehen. Meist dauerte es Tage, bis es ihm mit penetranter Beharrlichkeit gelang, den Dienstherrn seiner Tochter davon zu überzeugen, dass die Familie hungerte und dringend Geld brauchte. Jedesmal argumentierte er auch damit, dass er bestimmt so schnell nicht wiederkäme, wenn man ihm dieses Geld erst gegeben hätte. Doch nach relativ kurzer Zeit stand er wieder mit demselben Anliegen vor der Tür und machte dieselben Versprechungen. Jedesmal belagerte er das Haus und bettelte, ohne sich Gedanken darüber zu machen, was es für seine Tochter bedeutete, wieder für weitere Monate verpfändet zu sein. Ich erinnere mich, dass er überwiegend im Winter in die Stadt fuhr. Sommers konnten wir unseren

Lebensunterhalt mit dem bestreiten, was von der Ernte übrigblieb. Der Ladenbesitzer im Dorf räumte uns zu dieser Jahreszeit sogar Kredit ein und nahm als Bezahlung das Getreide an, das wir bei der Nachlese sammelten. Die anstrengende und langwierige Arbeit der Nachlese besorgten die anderen jeden Sommer in den drei Jahren in al-Akbar, ich selbst war erst im letzten Sommer dabei. Als Mutter mich das erste Mal mitnahm, waren Felder in nicht allzu grosser Entfernung vom Dorfrand abgeerntet worden. Die Erntezeit begann mit den Sommermonaten. Es wurden zuerst die Gerste, später der Weizen und gegen Herbst die Hirse eingebracht. Den Abschluss bildeten die Oliven.

Meine Mutter erzählte mir später, wie hart sie das Ährenlesen damals angekommen ist. Es war ermüdend, im Wettstreit mit den anderen ständig gebeugt und mit blutenden Händen und Füssen wegen einiger Handvoll verstreuter Ähren über die Felder zu ziehen. Wie oft fand sie nur verkümmerte Körner und leere Spelzen! Doch die Not zwang sie. Sie litt unter der gleissenden Sonne, und der heisse, staubige Boden und die harten Stoppeln unter ihren blossen Füssen peinigten sie. Oft weinte sie vor Erschöpfung vor sich hin, während sie über den flammenden Boden schritt. Anfangs ging sie allein mit Vater. Sie wollte ihre jüngste Tochter nicht diesen Qualen aussetzen, doch auch dazu zwang sie bald die Not. Damit sie mich nicht im Haus allein lassen musste, bat Mutter Sanûba, auf mich aufzupassen. Für Sanûba war es sicher nicht einfach, mich den ganzen Tag am Schürzenzipfel zu haben. Bis dahin war sie ja gewohnt gewesen, die Tür zuzumachen und wegzugehen, wann sie wollte. Doch sie beschäftigte sich mit mir, als wäre ich ein Trost in ihrem Leben. Nun bevölkerte die Leere ihres Hauses ein Kind, von dem sie zwar wusste, dass es nicht ihres, das aber doch ein Ersatz für den früh verstorbenen Sohn war.

Wenn meine Familie auf die Felder ging, wurde ich nicht geweckt. Wenn Sanûba dann kam und ich noch schlief, setzte sie sich auf die Schwelle und wartete, ohne ein Geräusch zu machen, bis ich von allein aufwachte. Nur manchmal, wenn ich allzu lange schlief, weckte sie mich. Sie half mir, mich anzuziehen. Gelegentlich nahm sie mich mit zum Dorfladen und kaufte mir Süssigkeiten. Wenn wir zu ihr nach Hause gingen, setzten wir uns zusammen auf eine alte Matte auf dem Boden, und sie erzählte mir Geschichten von fernen Königreichen, verborgenen Schätzen, der Macht der Dschinnen und der Gewalt der Dämonen. Sobald sie spürte, dass ich schläfrig wurde, wiegte sie mich wie ihr eigenes Kind und brachte mich zur Ruhe, wie es Mütter tun, die erst dann Zeit für die Hausarbeit haben, wenn das Kind schläft. Da aber Sanûba nicht viel zu tun und allemal genügend Zeit für die Hausarbeit hatte, legte sie sich neben mich auf die Matte und machte die Tür zu. Es war dann ganz ruhig bei uns, und wir genossen die Kühle des Hauses und schliefen bis in den Nachmittag. Sobald wir aufwachten, assen wir eine Kleinigkeit von dem, was es bei ihr gab, und beschäftigten uns dann im Garten. Abends sassen wir am Wegrand, sahen dieses staubige Band entlang und warteten auf meine Eltern und meine Schwester, die ich um so mehr herbeisehnte, je später es wurde.

Meistens kamen sie bei Einbruch der Dunkelheit zurück. Dann rannte ich ihnen entgegen wie ein Hase, dem es gelungen war, durch ein Loch im Stallgitter zu entschlüpfen. Barfuss, in eine Staubwolke gehüllt, flitzte ich den Weg entlang und freute mich auf die liebevolle Umarmung meiner Mutter, auf ihren Geruch und ihre Zärtlichkeit. Oft nahm sie mich auf den Arm, auch wenn sie schon schwer beladen war, und trug mich trotz ihrer Müdigkeit die letzten Schritte nach Hause. Dort setzte sie alle ihre Lasten ab, liess sich auf die Erde fallen und bat mich, ihr eine Tasse Wasser zu holen, damit sie ihren Durst löschen konnte und wieder zu Kräften kam.

Genauso glücklich war ich über das Wiedersehen mit meiner Schwester. Mit ihr ging ich in den Garten, wo sie mir erzählte, was sie den Tag über gemacht hatten. Sie berichtete, wie viele Ähren sie aufgelesen hatte, dass Mutter sie gelobt und ihr ein Kleid und ein Paar Schuhe versprochen habe. Manchmal hatte ein Erntearbeiter Mitleid mit ihr und schenkte ihr eine halbe Garbe Getreide. Oder sie berichtete, wie einer der Aufseher sich Wasser von ihr hatte bringen lassen, sie dabei nach ihrer Familie gefragt und dann zu ihr gesagt hatte: „Du darfst dir die grösste Garbe aussuchen und mitnehmen." Einmal sei direkt vor ihr aus dem Strauchwerk eine Wachtel aufgeflattert, ein anderes Mal sei sie vor einer Schlange davongelaufen und habe den Leuten zugeschrien, sie sollten das böse Tier töten.

Doch sie schilderte mir nur die angenehmen Seiten. Alles, was sie erzählte, verlockte mich zum Mitgehen, und so bettelte ich bei meiner Mutter darum. Dabei stellte ich mir vor, dass die Erntearbeiter mich aus Liebe und Mitleid mit Garben überschütten und der Aufseher mir über die Haare streichen würde, sobald er mich sah. Auch die bunten Vögel sah ich vor mir auffliegen, doch eine Schlange wagte ich mir nicht vorzustellen, selbst als mein Vater sagte, dass Schlangen nur gefährlich seien, wenn man mit blossen Füssen direkt auf sie trat.

Eines Abends gab meine Mutter nach und versprach mir, mich am nächsten Tag mitzunehmen. Von diesem Augenblick an war ich so aufgeregt, dass ich nicht einschlafen konnte. Vor meinem inneren Auge breitete sich das Land als endlose Fläche aus. Diese grenzenlose Weite war gegliedert in goldene Weizenfelder, unterbrochen von stattlichen Obstbäumen und durchzogen von kleinen, perlenden Bachläufen, deren helles Wasser sanft über den bunten Kiesgrund floss. In den Zweigen der Bäume sah ich Vögel sitzen, im Dickicht eines kleinen Wäldchens huschten Fasanen und Wachteln, und der Gedanke an ein Perlhuhn mit weissen Punkten im Gefieder nahm mir den Atem. In Wirklichkeit hatte ich bisher erst ein totes Perlhuhn an der Tasche eines Jägers hängen sehen, der einmal an unserem Haus vorbeigekommen war. In meiner Einfalt glaubte ich, ich könnte eines dieser Hühner fangen, indem ich hinter ihm herlief oder mich versteckte, um es zu ergreifen oder mit Steinen zu erlegen. Die Wasserläufe, von denen ich träumte, waren übervoll mit verschiedenen Fischen. Ich stellte mir vor, dass ich nur einen Korb ins Wasser zu legen bräuchte, damit die Fische hineinschwämmen, und dass ich den Korb nur aus dem Wasser zu nehmen bräuchte, dann wäre er voll mit zappelnden, hüpfenden, glitzernden Fischen. Alle Bilder, die ich mir nach den Berichten meiner Schwester gemacht hatte, projizierte ich auf den kommenden Tag. Gestoppelte Ähren, geschenkte Garben und Kaninchen, die aus dem Korn hervorspringen, dazu Vögel, die plötzlich aus einer Kuhle aufflattern. All das erwartete mich am nächsten Tag. Nur die kalte Haut am gewundenen Leib der Schlangen ängstigte mich, und ich war fest entschlossen, auf keine zu treten, damit mich keine biss. So hatte es mein Vater schliesslich gesagt.

Ich weiss nicht, wann ich in jener Nacht endlich eingeschlafen bin. Ich schlief unruhig. Als mich Mutter in der Frühe weckte, hastete ich aus dem Bett, um mein Gesicht zu waschen und mich anzuziehen. Mutter gab meiner Schwester und mir ein Stück Brot, dann packte sie das Bündel mit der Tagesration Essen, das Vater trug. Er ging voran, wir folgten ihm.

Früh am Morgen begann das Dorf sich zu regen. Die Bauern trieben ihr Vieh auf dem Dorfplatz zusammen. Die Herde wurde von den Dorfhirten auf die Weide geführt. Als wir an Sanûbas Grundstück vorbeizogen, sah ich zu ihrem Haus hin, weil ich mir wünschte, dass sie sah, wie ich mit meiner Familie zum Ährenlesen auszog. Wir durchquerten das Dorf und gingen nach Osten der Sonne entgegen, die in gewaltigem Glanz aufging. Die Bäume warfen lange Schatten. Vater drängte uns zur Eile. Er wollte so weit wie möglich kommen, bevor es allzu heiss sei. Wir wanderten über abgeerntete Felder zwischen Getreidegarben hindurch und auf staubigen Feldwegen, kamen an Viehherden vorbei und hatten schmutzige Gesichter, als wir endlich zu einem Feld kamen, an dessen einem Ende sich Leute versammelt hatten. Mutter erklärte uns, dieses Feld sei am Vortag abgeerntet worden und würde deshalb heute zum Ährenstoppeln freigegeben. Wir müssten uns nun zu den anderen stellen und warten, bis es soweit sei.

Wir stellten uns etwas abseits von dem traurigen Häuflein

der ärmsten Bauern des Dorfes und der Umgebung – Männer, Frauen und Kinder, schlecht gekleidet und barfuss, ungewaschen und mit verfilzten Haaren. Auch Greise, Krüppel und Bettler waren dabei. Sie sprachen mit scharfen, lauten Stimmen. Einige wollten schon gleich auf das Feld gehen, um mit der Nachlese zu beginnen. Doch der Aufseher schrie sie an und scheuchte sie mit seinem Stock zurück. Kaum waren sie bei den anderen angekommen, versuchten sie es von neuem oder schickten ihre Kinder vor, bis der Aufseher sie wieder beschimpfte oder schlug und ihnen zuschrie, sie sollten gefälligst warten, bis die Garben abtransportiert seien, dann könnten sie machen, was sie wollten.

Völlig niedergeschlagen und enttäuscht stand ich neben meiner Schwester. Die Wirklichkeit deckte sich in keiner Weise mit meiner Vorstellung vom Ährenlesen. Hier waren keine Bäume, keine Bäche und weder grosse noch kleine Vögel. Auch diese Äcker waren wüst. An den Feldrändern wucherten Brombeersträucher und Disteln. Die Sonnenstrahlen fingen an zu brennen. Mutter machte aus zwei Tüchern Kopfbedeckungen für meine Schwester und mich. Da näherte sich der Aufseher meinem Vater. Die beiden redeten miteinander, worüber ich mich freute, denn ich hoffte, dass wir nun endlich anfangen dürften. Doch der Mann sagte meinem Vater nur, dass der Acker erst gegen Mittag freigegeben würde, weil noch nicht alle Garben aufgeladen seien. Ausserdem hätten die Erntearbeiter an einigen Stellen ziemlich viele Ähren verloren, und diese müssten neu zusammengerecht werden, und auch nach dem letzten Beladen der Esel müsse man erst noch einmal zusammenrechen. Dann verriet er meinem Vater, dass in der Nähe ein anderes Feld abgeerntet worden sei, bei dem er auch die Aufsicht führte, und dass er uns später am Tag erlauben würde, dort an den Rändern nachzulesen, bevor man es für alle freigebe.

Als wir das hörten, freuten wir uns. Wir hatten das Gefühl, dass Gott uns bei der Hand genommen hatte und die Menschen es gut mit uns meinten. Dieser Aufseher war uns offenbar so wohlgesinnt wie seine Kollegen, von denen mir meine Schwester erzählt hatte. Vielleicht kannte dieser Mann ja unsere Situation oder meinen Vater, vielleicht sah er uns auch als Fremde an, als Leute aus der Stadt, die die Armut zu einer solchen Arbeit gezwungen hatte, an die sie nicht gewöhnt waren und die nicht zu ihnen passte.

Wieder einmal stand ich betreten da, wie schon an jenem Tag, als ich mit meiner Schwester und der Frau aus dem Dorf das erste Mal zum Grab des Volksheiligen gegangen war, weil es dort Harissa und Fleisch gab. Ich schämte mich und wünschte mir, ich wäre zu Hause bei Sanûba geblieben. Ich beneidete meine Schwester, die mutig genug war, sich unter solche Leute zu mischen, verbarg mich hinter meiner Mutter in deren Rock und wartete darauf, dass das Feld endlich freigegeben würde und ich loslaufen durfte, um wie die anderen Ähren aufzusammeln. In der Hitze begannen sich die Menschen langsam entlang des Feldrands zu verteilen, um eine bessere Ausgangsposition zu haben, wenn es endlich soweit war. Als der Aufseher ihnen dann schliesslich erlaubte, mit dem Stoppeln anzufangen, hasteten Frauen, Kinder und Männer in einer langen Reihe mit gebeugtem Rücken über das Feld. Sie bohrten ihre Augen in die Zwischenräume der Stoppeln, tasteten mit ihren mageren, krallengleichen Fingern den Boden ab und versuchten, einander die liegengebliebenen Ähren vor der Nase wegzuschnappen. Zügig überquerte die Kette der gebückten Menschen das ganze Feld, und was sie an abgebrochenen Halmen mit Ähren daran gefunden hatten, legten sie in kleinen Häufchen jeweils an einen bestimmten Platz.

Den ersten Lauf der Menschenkette über das Feld nannten sie den Hauptgang, weil es der ergiebigste Teil der Nachlese war. Sobald dieser Hauptgang abgeschlossen war, verliess sich jeder nur noch auf sich selbst, sein Glück und die Schärfe seiner Augen. Unempfindlich gegen Dornen, Steine und Stoppeln, ungeachtet der Schlangengefahr zogen sie einzeln so lange von einem Ende des abgeernteten Feldes zum anderen, bis dort keine einzige Ähre mehr zu finden war. Erst dann suchten sie sich andere Äcker und zogen in kleinen Grüppchen oder einzeln bis zum Abend über das Land.

Ährenlesen war harte Arbeit. Ich hielt mich bei meiner Familie, die ebenfalls über den Acker zog. Die Stoppeln, Disteln und Steine schmerzten mich an den Füssen und zerkratzten meine Hände. Am Anfang achtete ich gar nicht darauf, rannte ziellos in alle Richtungen, sammelte, was ich fand, mit meinen kleinen Händen auf und zeigte es fröhlich meiner Mutter, bei der ich es abgab und die mich lobte und ermunterte, weiterzusuchen. Nach zwei Stunden stand die Sonne im Mittag, und die gleissenden Strahlen stachen mir auf den Kopf und ins Gesicht. Da bestimmte Vater, es sei Zeit zur Mittagsrast, das Feld sei nun abgelesen, und der Proviant müsse schliesslich auch gegessen werden. Anschliessend wollten wir zu dem Feld gehen, das ihm der Aufseher angegeben hatte.

Wir suchten uns ein Fleckchen Schatten und setzten uns

hin. Vater band die gesammelten Ähren zusammen. Wir assen etwas und tranken lauwarmes Wasser aus unserer Blechkanne. Vater rauchte seine Zigarette. Nach der Rast gingen wir weiter in der eingeschlagenen Richtung. Soweit das Auge reichte waren weder Bäume noch Wasserläufe zu sehen. Das Land glühte in der Mittagshitze. Nachdem ich endlich hatte mitgehen dürfen, wollte ich genausoviel aushalten wie die anderen. Doch das Gehen erschöpfte mich, und allmählich fiel ich zurück. Meine Schwester blieb ebenfalls zurück, nahm mich an der Hand und machte mir Mut. Als sie sah, dass sie mir nicht helfen konnte, rief sie Mutter, die erst stehenblieb, dann zu uns zurückgelaufen kam und mich fragte, wie ich mich fühle. Sie gab mir einen Kuss und spornte mich an, wir seien gleich da. Doch bis zu dem Feld, zu dem wir wollten, war es noch weit. Mein Mund war ausgetrocknet, und mein Kopf brannte. Mutter wurde klar, dass es falsch gewesen war, meinem Drängen nachzugeben. Ich hörte, wie Vater ihr Vorhaltungen machte, mich überhaupt mitgenommen zu haben. Sie musste ihm recht geben. Sie nahm vom Trinkwasser, wusch mir damit das Gesicht ab und versuchte, mich abzulenken, bis irgendwo ein wenig Schatten zum Ausruhen käme. Doch nach wenigen Metern wurde mir schwindlig. Ich liess mich auf den heissen Boden fallen und weinte.

Auch die anderen blieben stehen. Die Sonne brannte unerbittlich. Allen lief der Schweiss über das Gesicht. Jetzt musste Mutter sich einige Büschel mehr aufladen, meine Schwester bekam die Wasserkanne an den Arm gehängt, den Rest nahm Vater in die Hand; dann setzte er mich auf seine Schultern. So trotteten wir durch die Gluthitze über die flimmernden Felder, bis wir zu besagtem Acker kamen. Dort warteten keine Leute. Die anderen Ährenstoppler waren der Meinung, dieser Acker sei erst am nächsten Tag fertig abgeerntet. Hinter den Erntearbeitern herzulesen war nicht erlaubt. Doch der freundliche Aufseher liess uns aus Mitleid die Ränder absammeln, von denen die Garben schon weggetragen waren.

An einem Rand des Ackers stand ein kräftiger Weissdornbusch, unter dem der Aufseher sein Lager aufgeschlagen hatte. Er machte meinem Vater den Vorschlag, mich dorthin zu legen. Dann brachte er mir einen Becher Ayran, und ich schlief ein. Als ich wieder erwachte, war es Nachmittag. Meine Eltern und meine Schwester hatten viele Ähren zusammengetragen. Der Aufseher ging hinter den Erntearbeitern her, zeigte auf eine grosse Garbe und sagte zu meinem Vater: „Die kannst du haben. Sie ist für den Kleinen. Den könnt ihr bei einer solchen Hitze doch nicht mit aufs Feld nehmen."

19. Kapitel

Die Ernte geht mit dem Sommer zu Ende. Dann macht sich in dieser Landschaft ein gelassener Herbst breit. Kein Wind geht, kein Regen fällt, und die Sonne scheint freundlich von einem wolkenlosen Himmel. Die Platanenblätter färben sich früh und schweben gelb zur Erde.

In ihrer ständigen Angst roch meine Mutter bereits den Winter. Sie spürte ihn schon bald kommen und ahnte das Schlimmste voraus. Ständig entwarf sie das Bild einer harten, dunklen, verregneten Winterzeit, in der wir ohne Wärme oder Hoffnung in einer Lehmhütte in einem abgelegenen Dorf sassen.

Wenn sie die Fabel von der Ameise und der Grille kannte, was ich nicht mit Sicherheit weiss, hat sie sich an das Beispiel der Ameise gehalten. Sie hatte in jenem Jahr bestimmt keine Gelegenheit gehabt, im Sommer zu singen, hat vielmehr hart gearbeitet, damit im Winter etwas zu essen da war. Auch im Herbst wollte sie den Speisezettel bereichern und entschied, dass wir nach der Getreideernte noch Oliven nachlesen sollten.

In den Wochen davor machten wir einen Spaziergang zum hügeligen Rand der Gemarkung, wo zwischen Felsen ein kleiner Bach sein Bett hatte. Dort angekommen, sammelten wir Holz und machten ein Feuer. Darüber hängten wir den Kessel, den wir uns von Sanûba ausgeliehen hatten. Mutter war bis in den Nachmittag mit Waschen beschäftigt. Sie wusch alle Kleider und war trotz ihrer Erschöpfung glücklich, denn sie konnte so viel Wasser heiss machen, wie sie brauchte. Vater schnitt Oleanderzweige und machte daraus einen Sichtschutz, hinter dem wir uns waschen konnten, ohne beobachtet zu werden. Aus Reis, Linsen, Zwiebeln und Öl kochte uns Mutter eine schmackhafte Mudschaddara, einen Eintopf, von dem wir alle satt wurden. Abends packten wir unsere Sachen und gingen nach Hause zurück. Gerne erinnere ich mich an den Bach, der sich um die Bäume schlängelte, an die Oleanderbüsche, die in den Biegungen wuchsen, und an die Pinienbäume. Die Sonne schien angenehm warm, wir waren nackt und frisch gewaschen, und zum Essen gab es die gute Mudschaddara. All diese Eindrücke sind in meiner Erinnerung lebendig. Dieses Bächlein hat meine Liebe zur Natur geweckt. Dort am Ufer konnte ich auch meiner Mutter helfen. Als ich sie später allerdings bat, mich zur Olivenlese mitzunehmen, liess sie nach den schlechten Erfahrungen beim Ährenstoppeln nicht mit sich reden. Nach der Olivenernte gab es auf den Feldern nichts mehr zu tun. Wir hielten uns jetzt mehr im Haus auf. Das Reisig, das wir als Brennholz für die kalten Wintertage gesammelt hatten, schichteten wir im Inneren der Hütte auf. Wir hatten Nahrungsvorräte. Mutter warf die Getreidekörner in heisses Wasser, um die Spelzen von der Frucht zu lösen, und machte Burghul daraus. Den restlichen Teil des Getreides schrotete sie zum Brotbacken. Sie rationierte die Vorräte und gab uns nur gerade so viel zu essen, dass wir nicht hungerten, doch satt wurden wir auch nicht. Sie half Vater dabei, ein Stück Boden aufzuhacken, um Rettiche, Zwiebeln und Mangold zu pflanzen. Auch Sanûba kam, um meinen Eltern zu helfen. Anschliessend ging Vater mit ihr in ihren Garten und hackte dort ebenfalls ein Stück Boden auf,

auf dem dieselben Gemüsearten gesetzt wurden. Sanûba kochte selten für sich allein. Sie gehörte gewissermassen zur Familie und ass meistens bei uns. Nüchtern war sie freundlich, sobald sie betrunken war, wurde sie allerdings laut. Doch Vater konnte auch in diesem Zustand mit ihr umgehen, denn sie hatte Respekt vor ihm und wollte nicht von ihm weggeschickt werden. Sie gab ihm sicher den besten Teil ihres Selbst. Ihr ging es nicht um die Sexualität. Was ihr fehlte, war Liebe, auch wenn sie, betrunken, die Männer anmachte und sich beschlafen liess. Sie wollte einen Mann, der zärtlich zu ihr war und sie beschützte. Hierfür hatte sie sich unseren Vater ausgewählt.

Der Winter kam. Nichts an unserem Leben in jenem Dorf änderte sich. Auch das Verhältnis zwischen Sanûba und unserem Vater blieb, wie es war. Wolken, Wind und Regen wurden zu einer dichten Decke der Schwermut, einer aus trübem Wetter und trüben Gedanken gewobenen Melancholie, die im grauen Licht dieser Jahreszeit alles einhüllte. Während wir uns in den kalten Nächten um das kleine Feuer drängten, erzählte uns Vater von seinen Reisen und Erlebnissen. Selbst al-Suidîja wurde in der Erinnerung, verglichen mit unserer derzeitigen Situation in al-Akbar, ein wesentlich weniger schrecklicher Ort, als es tatsächlich gewesen war.

Unsere Hütte war eine kleine abgeschlossene Welt voller Enttäuschungen. Die Hoffnung auf Veränderung, mit der wir am Morgen aufstanden, geriet jedesmal in die Klauen des Alltags und wurde bis zum Abend zunichte. Nur Vaters Geschichten liessen uns die Welt vergessen und entführten uns in Räume, die von seiner Phantasie gestaltet waren, hinaus aus der realen in jene andere Wirklichkeit, in die auch der

Träumer im Halbschlaf entrückt wird. Dort waren wir getrost und sogar fröhlich. Vielleicht erzählte uns Vater deshalb oft und gern seine Geschichten, deren Rhythmus so beruhigend war wie das Geräusch des nächtlichen Regens, dem wir gleichzeitig lauschten. Der Winter ging vorbei. Und in dem Mass, in dem es wärmer wurde, wurde das Essen knapper, bis wir wieder schier am Verhungern waren.

Eines Tages war ein Bauernjunge gekommen, um mit mir zu spielen. Er hielt mich fest, weil er mit mir raufen wollte, und ich wehrte mich. Schnell hatte er mich untergekriegt und auf den Boden geworfen. Daraufhin griff ich ihn an und war ein zweites und dann noch ein drittes Mal der Unterlegene. Hilflos vor Wut schrie ich ihn an: „Warte nur bis zum Sommer. Meine Mutter hat gesagt, ich bekäme mehr zu essen. Dann bin ich stark genug, um mit dir fertig zu werden." Am nächsten Tag kam er wieder und brachte mir ein Fladenbrot mit. Ich war zu stolz, es anzunehmen. „Wir brauchen dein Brot nicht. Wir warten auf den Sommer. Dann sammeln wir Ähren, schroten die Körner und backen unser eigenes Brot."

Schulterzuckend ass er den Fladen selbst, während ich mit knurrendem Magen dabeistand. Dann ging er und überliess mich meinen Träumen vom künftigen Sommer. Ich verzehrte die Früchte des Sommers, bevor sie gewachsen waren. Doch der Sommer hielt nicht, was ich mir von ihm versprochen hatte. Er gab uns für den Kochtopf nicht einmal einen Olivenstein. Mutter hatte im Laufe unseres Wanderlebens gelernt, unsere Mägen sogar mit einem Olivenstein zu füllen. Mit einem Olivenstein im Kessel war es immerhin möglich, ein Geräusch zu erzeugen, von dem man sich etwas Essbares versprach. Doch dieser Sommer brachte nicht einmal ein Geräusch, das Hoffnung erzeugen konnte, sondern nur schwarzen Staub, so dass die Erwartung, an der wir uns wie an einem Seil über den Frühling in den Sommer gehangelt hatten, sich verflüchtigte wie der Tau in der Morgensonne. Dieses Geduldsseil wurde mit einem wuchtigen Axthieb durchtrennt, und wir verloren den Halt und stürzten in die Abgründe der Angst und der Armut. Es war ein elender Sommer. Neben der grellen Sonne lauerten in den tiefschwarzen Schatten die dunklen Schrecken, die unsere Familie neuerlich peinigten, so dass wir lange nicht wussten, wo wir Zuflucht suchen sollten. In diesem Jahr kamen die Heuschrecken. Später erinnerte man sich an jenen Sommer als den Heuschreckensommer. Für uns war es ein Unglücksjahr. Wir hatten uns gerade ein wenig aufgerappelt, so dass das Unglück uns doppelt traf.

Gegen Ende des Frühlings wurde meine Mutter auffallend rundlich. Schon vorher hatte ich gesehen, wie sie alte Kleider aufgetrennt und daraus mit Nadel und Faden kleine Kleider genäht hatte. Als ich sie danach fragte, sagte sie, ich bekäme bald ein Brüderchen. Dieses Brüderchen würde demnächst von irgendwoher zu uns kommen und dann bei uns leben.

Mitte Mai war es dann soweit. In der Nacht weckte Vater meine Schwester und mich und ging mit uns zu Sanûba hinüber. Er zündete die Lampe an, sass schweigend da und starrte so finster vor sich hin wie sonst nur am Morgen nach einer durchzechten Nacht. Wir schliefen auf Sanûbas Matte ein. Als wir am nächsten Morgen aufwachten, war unser Vater nicht mehr da. Aber Sanûba erzählte uns, wir hätten ein

Schwesterchen bekommen, und ging mit uns hinüber, damit wir sie ansehen konnten.

Mutter lag in den Decken und hatte ein Bündel neben sich, aus dem ein rotes, verschrumpeltes Köpfchen schaute. Dieses Bündel drehte sie uns zu, so dass wir das kleine Gesicht sahen, und sagte: „Das ist eure Schwester." Dabei zog sie mich zu sich heran und gab mir einen Kuss. Ihr Bedauern und ihre Liebe für mich waren noch stärker geworden, denn ihre Hoffnung auf einen Bruder für mich hatte sich nicht erfüllt. Die winzige neue Schwester hatte niemandem etwas zuleide getan. Doch die Eltern empfanden sie als Last. Sie nahmen ihr von Anfang an übel, dass sie überhaupt auf die Welt gekommen war und sich darüber hinaus für ihr Kommen diese besonders widrigen Umstände ausgesucht hatte. Die alte Nachbarin versuchte, meiner Mutter gut zuzureden, doch sie blieb untröstlich. Sanûba lachte in einem fort und sagte: „Gib die Kleine einfach mir, ich ziehe sie gerne gross." Mutter jedoch schüttelte den Kopf, bekreuzigte sich und bat den Herrn um Gnade für ihre kleine Tochter.

„Heute abend werde ich tanzen und trinken", lachte Sanûba, woraufhin Vater sie fortschickte, sie solle uns in Ruhe lassen. Doch am Abend war er noch vor Sanûba betrunken und begründete das gegenüber Mutter damit, dass er die Misere vergessen wolle, in der wir steckten, und wie immer hatte sie Mitleid mit ihm. Da lag meine Mutter ausgelaugt von der Geburt, kraftlos und blass zwischen ihren Decken und hatte mit allen Menschen Mitleid, vor allem aber mit sich selbst. Während Mutter im Wochenbett lag, nahm Sanûba ihre Stelle im Haushalt ein, als sei sie ihre Schwester. Sie wusch und kochte, schlachtete sogar zwei ihrer eigenen

Hühner und brachte sie uns zusammen mit Lebensmitteln und Geld. Woher sie die Lebensmittel und die Hühner hatte, wussten wir. Doch woher das Geld stammte, blieb unbekannt. Als Mutter es nicht annehmen wollte, liess Sanûba es einfach auf der Rohrmatte liegen und sang beim Weggehen: „Uns ist so wohl ..." Erst am Abend sahen wir sie wieder. Da war sie betrunken.

Nach etwa einem Monat stellte Mutter fest, dass unsere winzige Schwester blind war. Ihre Pupillen waren mit einem hellen Häutchen überzogen. „Auf den Augen eurer Schwester liegt ein weisses Blütenblatt", liess uns Mutter traurig wissen. Wir verstanden nicht, wovon sie sprach, aber wir spürten ihre tiefe Bekümmerung und teilten sie mit ihr. Genau wie sie bewegten wir unsere Hände vor den Augen des Säuglings, um festzustellen, ob er die Bewegungen sah. Doch die Kleine weinte weiter und reagierte nicht darauf. Auch meine Mutter weinte und klagte deswegen und haderte wieder einmal mit ihrem Gott: „Was habe ich getan, oh Herr, dass du mich so strafst?"

„Versündige dich nicht am Allmächtigen", gab Vater ihr zur Antwort.

Daraufhin bat Mutter den Allmächtigen angstvoll um Verzeihung. Oft genug hatte sie schwarz gesehen, und oft genug war das befürchtete Unglück eingetroffen. Immer wieder hatte sie sich in ihr schwarzes Los gefügt, ihr Haupt in Demut gebeugt und sich dann doch irgendwann dagegen aufgebäumt. Aber sobald sie sich dabei ertappte, bekam sie Schuldgefühle, verbunden mit neuerlicher Angst vor den dunklen Mächten.

Auf jeden Fall dauerte es auch diesmal nicht lange, bis die

dunklen Mächte ihren schwarzen Mantel über das ganze Dorf warfen. Im Juni jenes Jahres kamen die Heuschrecken. Sie frassen alles auf, das Gras, die Feldfrüchte, die Bäume, einfach alles. Im Dorf verbreitete sich panische Angst vor dem Hunger, und Vater prophezeite, dass es wie in den Tagen des Seferberlik kommen würde. Die Heuschrecken zogen in riesigen Schwärmen als dunkle Wolken über das Land. Sie hingen vor dem Himmel und der Sonne wie ein schwarzer Schleier. Dann fiel dieser schwarze Schleier in sich zusammen und auf die Erde herab, auf irgendein Stückchen Grün, auf dem dann ein riesiger, wogender Teppich lag, aus dem als einziges Geräusch das Nagen und Schaben Tausender winziger, gleichzeitig arbeitender Scheren zu hören war – die Heuschrecken frassen alles kahl.

An einem der ersten Tage der Heuschreckenplage habe ich gesehen, wie sich ein Schwarm über die Maulbeerbäume in unserem Garten hermachte. Nach einer Stunde war kein Blatt mehr daran. Die Bäume waren restlos entlaubt. Nur merkwürdig längliche, rotbraune Knollen hingen noch an den Ästen. Die kleinen Insektenköpfe sahen wie Pferdeköpfe aus, und die Facettenaugen glitzerten gefrässig. Sobald es heiss war, fingen die Heuschrecken an zu wandern. Ihre Flügel verursachten einen dünnen, scharfen Ton, der durch das Flattern so vieler Tiere zu einem ungeheuren Dröhnen anschwoll, wenn der Schwarm über den Köpfen der Menschen dahinzog, um sich über den Himmel auszubreiten und dann irgendwo ins Land zu fallen und alles zu vernichten, was die Menschen angepflanzt hatten.

Am Abend des dritten oder vierten Tages, nachdem die ersten Heuschrecken gesichtet worden waren, gab der Büttel im Auftrag des Muchtars bekannt, was auf einer Versammlung gemeinsam von allen Dorfvorstehern in diesem Gebiet beschlossen worden war. Der Büttel lief von Haus zu Haus und teilte allen mit, dass Männer, Frauen und Kinder am nächsten Tag auf die Felder müssten, um die Heuschrecken zu bekämpfen.

Mein Vater ging zum Muchtar, um ihm mitzuteilen, er sei selbstverständlich bereit, mit aufs Feld zu gehen. Seine Frau liege aber im Wochenbett und seine Kinder seien zu klein. Doch der Muchtar drohte, ihn ins Gefängnis zu werfen. Die Gendarmen würden alle Häuser überprüfen, und sollte jemand zu Hause angetroffen werden und nicht auf dem Feld, würde diese Person zur Rechenschaft gezogen, falls es ein Kind sei, die Eltern. Mein Vater argumentierte weiter, dass wir arm und nicht von hier seien, dass wir im Dorf keinerlei Landbesitz hätten und es deshalb nicht zumutbar sei, eine ganze Familie zu solch harter und für sie ungewohnter Arbeit zu zwingen. Doch der Muchtar blieb stur. Er wies Vater an, sich mit seiner Familie auf einem bestimmten Acker einzufinden, damit er uns unter seiner persönlichen Aufsicht hätte. So gingen wir am folgenden Morgen zu besagtem Feld, wo schon viele Bauern versammelt waren. Jeder trug ein Palmblatt oder eine aus Binsen geflochtene grosse Patsche in der Hand. Damit sollten die Leute die Heuschrecken totschlagen, sobald sie landeten. Die Kinder mussten die toten Insekten in Behälter sammeln und sie in ein grosses Loch werfen, das mit Erde zugedeckt wurde, sobald es voll war.

Wir nahmen den Kampf gegen die Heuschrecken auf. Ein Schwarm nach dem anderen kam näher, verdeckte den Himmel und erfüllte ihn mit schrillem Summen. Manchmal liessen sie sich auch auf Köpfen und Schultern nieder. Dann schrien die Frauen und Kinder vor Schreck und Ekel auf und stoben davon. Es stach und brannte an den blossen Fusssohlen, wenn man auf die Insekten trat. Als gegen Mittag die Hitze glühender wurde, sammelten sich immer grössere Schwärme von Heuschrecken. Die Gendarmen schrien herum und drohten den Leuten mit ihren Knüppeln. Die Leute sassen in der Falle. Hinter ihnen die Gendarmen und vor ihnen die Heuschrecken, die sie vernichten sollten. Es gab keinen Ausweg.

Meine Mutter war Wöchnerin und von der Geburt noch geschwächt. Ich sah, wie sie mit ihrer überdimensionierten Fliegenpatsche auf die Erde schlug, wie sie mit den anderen vor- und zurückging und immer wieder keuchend stehenblieb, um sich den Schweiss von der Stirn zu wischen. Jedesmal, wenn sie zu meiner Schwester und mir herüberblickte, war ihr anzusehen, wie ihr das Herz wegen uns brach, weil sie Angst hatte, wir könnten einen Hitzschlag erleiden und daran sterben. Mit einem kleinen Korb in der Hand lief ich über den steinigen, dornigen Boden, über den Eidechsen und Schlangen huschten, und sammelte tote Heuschrecken. Manche der Insekten waren noch am Leben und krochen mit gebrochenen Gliedmassen umher. Ihr Blut verklebte meine Hände. Der widerwärtige Anblick war ebenso schrecklich wie meine Angst vor den Gendarmen.

Gegen Mittag ging meine Mutter zu einem der Gendarmen und bat ihn, jetzt nach Hause gehen zu dürfen, um ihr blindes Neugeborenes zu stillen. Unter Beschimpfungen wurde sie zurück in die Reihe geschickt. Auch Vater wandte sich an einen Gendarmen, der ebenfalls nichts davon hören wollte. Darauf beschimpfte Vater ihn als herzlose Kreatur. Zur Antwort schlug der Gendarm auf ihn ein und liess eine Schimpftirade auf ihn ab, die in der Bemerkung gipfelte: „Ich werde dir nicht den Gefallen tun, dich einzulochen, du Hund. Im Gefängnis würdest du doch nur eine ruhige Kugel schieben. Nein, du wirst hierbleiben und weitermachen. Wir sprechen uns noch, wenn das hier vorbei ist."

Vater presste die Lippen aufeinander und sagte nichts. Es hätte keinen Sinn gehabt. Ich konnte sehen, wie er den Gendarmen hasserfüllt ansah und noch einen Augenblick stehenblieb, bevor er zurückging. Als meine Schwester und ich weinend auf ihn zuliefen, nahm er uns bei der Hand und sagte: „Hört auf zu heulen. Das ändert nichts. Wir müssen zurück an die Arbeit."

Meine Mutter war nach diesem Vorfall zutiefst beunruhigt. Nachdem Vater sich eben so beherrscht hatte, musste sie davon ausgehen, dass er bei nächster Gelegenheit abhauen würde. Doch Vater blieb. Obwohl auch diese Arbeit Frondienst war, drückte er sich nicht wie damals beim Seferberlik. Vielleicht fühlte er sich irgendwie verpflichtet, bei der Bekämpfung der Heuschrecken mitzuhelfen. Vielleicht sah er auch die Gefahr, dass wir es auszubaden hätten, wenn er sich davonmachte. Oder er nahm es einfach auf sich, in dieser schweren Zeit bei uns zu bleiben. Doch all das war in diesem Moment nicht Gegenstand ihrer Überlegungen. Wir gingen wieder an die Arbeit und kämpften uns ab, bis mit dem späten Nachmittag der Einflug der Heuschrecken nachliess. Erst dann gingen wir nach Hause. Vater machte Feuer, Mutter setzte Wasser auf. Wir wuschen uns alle, und sie stillte unser armes, kleines Schwesterchen, das völlig erschöpft war.

Das ging so weiter, Tag für Tag, bis wir hörten, ein Trupp Soldaten sei im Haus des Muchtars einquartiert worden. Sie seien in unser Dorf abkommandiert worden, um die Kampagne zur Heuschreckenbekämpfung zu beaufsichtigen. Die Abteilung werde von einem Sergeanten aus Iskenderûn angeführt, der ganz besonders unerbittlich sei und noch auf niemanden Rücksicht genommen habe, besagten die Nachrichten aus den umliegenden Dörfern. Vater war deprimiert: „Wir haben überhaupt nichts zu sagen. Doch vor den Soldaten braucht ihr keine Angst zu haben. Grausamer als die Gendarmen können die gar nicht sein. Wir müssen sowieso die Arbeit machen, da kann es uns egal sein, wer uns antreibt."

In der Nacht besuchte uns Sanûba. Sie war nur leicht angetrunken und hatte eine kleine Flasche Arak für meinen Vater und etwas zu essen mitgebracht. Hemmungslos schimpfte sie über die Gendarmen und erklärte, was sie noch mit ihnen anstellen wollte. Dafür sei sie genau die Richtige, meinte sie, sie würden es sicher nicht wagen, einer Frau etwas anzutun. Vater tue jedoch besser daran, sich nicht mit diesen Büttteln anzulegen, denn als Mann würde er mit aller Strenge bestraft. Sanûba schwor, auf jeden zu schiessen, der versuchen würde, sie an die Arbeit zu prügeln.

„Wenn du das ernsthaft vorhast, warum hast du dich dann heute gedrückt?" spöttelte Vater.

„Gedrückt habe ich mich nicht", lachte Sanûba. „Ich habe genau wie die anderen gearbeitet, doch auf einem Feld, das ich selbst für mich ausgesucht habe, nicht der Muchtar, dieser Sohn eines ..." – bei dieser Gelegenheit verfluchte sie den Muchtar ausgiebig – „der uns am Tag die Gendarmen hinterherhetzt und sich abends hinter ihnen versteckt."

Sanûbas Besuch tat meiner Mutter gut. Zudem gefiel es ihr, dass auch Vater ein wenig aufgeheitert wurde. Beide fanden in Sanûbas Worten ein gewisses Ventil für die Schmach, die man ihnen angetan hatte. Was Sanûba da äusserte, bestätigte ihre Empfindungen. Mutter lud sie ein, mit uns zusammen zu Abend zu essen. Vater roch bald stark nach Arak. Als er später Sanûba nach Hause begleitete, ermahnte ihn Mutter zwar, nicht zu lange zu bleiben. Doch als er wieder einmal länger ausblieb, rechtete sie nicht mit ihm. Dieses Mal hatte sie nichts dagegen, dass er trank, um zu vergessen.

Am nächsten Morgen ging die Kampagne zur Heuschreckenbekämpfung weiter. Doch am Mittag änderte sich für uns schlagartig alles.

Einer der Bauern schrie nach meinem Vater. Andere Stimmen wiederholten seinen Namen. Von weitem sahen wir einen Soldaten mit einem Knüppel in der Hand auf uns zukommen. Mutter schreckte auf, liess ihre Heuschreckenpatsche liegen und rannte zu meinem Vater, um ihm zur Seite zu stehen. Voll panischer Angst vor dem Soldaten, der auf uns zukam, liefen wir hinter ihr her. Der Soldat fragte Vater, ob er der und der sei, und Vater bestätigte es. Daraufhin befahl ihm der Soldat, zum Sergeanten zu kommen. Als Vater nach dem Grund fragte, erklärte er ihm, er kenne ihn nicht. Die anderen Bauern hatten einen Kreis um uns gebildet und starrten uns an. Der Soldat brüllte: „Alle Mann zurück an die Arbeit. Die Heuschrecken fressen die Felder kahl, und ihr steht hier dumm herum." Da gingen sie davon und liessen uns mit dem Soldaten allein. Beim Weggehen verdrehten sie neugierig die Hälse.

Vater wirkte hilflos. Er hatte den Kopf gesenkt, stierte auf seine Füsse und machte den Eindruck, als laste auf ihm ein unbekannter Fluch. Wären wir nicht gewesen, hätte er das Dorf schon lange hinter sich gelassen. Selbst wenn es Tage gedauert hätte, bis Iskenderûn hätte er es schon irgendwie geschafft, und dort wären weder Gendarmen noch Soldaten hinter ihm her gewesen. In Iskenderûn hätte er weder Heuschrecken bekämpfen noch sich all die Demütigungen gefallen lassen müssen.

Der Soldat forderte ihn auf mitzukommen. Vater wies uns an, zu bleiben, wo wir waren. Der Soldat empfand wohl Mitleid mit uns, denn als er in Richtung der Bäume zeigte, unter denen der Sergeant zu finden sei, sagte er: „Es geht bestimmt nicht lange. Keine Panik. Die Kleinen können sich solange ein bisschen ausruhen." Noch einmal wollte Vater wissen, was der Sergeant von ihm wolle, und wieder antwortete der Soldat, er wisse es nicht, aber er solle jetzt mitkommen, er werde es früh genug erfahren.

Mein Vater ging mit dem Soldaten weg. Wir standen da und sahen den beiden nach. „Gott beschütze dich", rief ihm Mutter hinterher, „sag uns so schnell wie möglich Bescheid, was los ist, und lass uns nicht so lange im Ungewissen. Sag dem Sergeant, dass wir arm sind und fremd hier und dass du eine Familie hast."

Die letzten Worte stotterte sie, als gehorche ihr die Zunge nicht mehr. In ihrem Gesicht kämpften Kummer und Schmerz mit einem hilflosen Protest, der keinen Ausdruck fand. Am liebsten hätte ich ihre Hand genommen, um sie zu küssen, und ihr irgend etwas Liebes gesagt. Aber ich stand reglos da und bebte dabei innerlich vor Entsetzen, stumm wie die Sonne, die über der Wüste steht, und still wie die umfassende, schweigende Leere des Nichts, in das wir nun stürzen würden. Die Welt, in der wir lebten, war verflucht, hoffnungslos und leidvoll und erstreckte sich bis an den Horizont. Vater ging mit dem Soldaten davon. Wir blieben zurück und warteten.

Unter einem Blätterdach waren Karabiner und Schlagstöcke aufgehängt, dort sass der Sergeant auf einem Stein und wartete. Als er meinen Vater kommen sah, rief er schon von weitem: „Du, was machst du denn hier?"

Vater konnte es nicht fassen und rief zurück: „Abduh! Mensch, Abduh. Mein Gott, mein Gott." Er zitterte vor Freude und Aufregung. Die beiden Männer umarmten sich. Vater war zu Tränen gerührt. Er versuchte vergeblich, die Fassung zu wahren und die aufgestauten Gefühle unter Kontrolle zu halten. Langsam konnte ihn der Sergeant beruhigen, dann fragte er, wie er lebe und wie es der Familie gehe. Er schickte die Soldaten weg, damit sie nicht mithörten, was Vater berichtete; er selbst hörte ihm genau zu. Der Sergeant war ein Verwandter von uns. Ausserdem war er der Pate der Schwester, die mit uns auf den staubigen Feldern die Heuschrecken bekämpfte. Als der Sergeant nach ihr fragte, wies Vater mit einer Handbewegung in unsere Richtung. Dann fragte der Sergeant nach meiner Mutter, und Vater antwortete ihm, dass sie ebenfalls gegen die Heuschrecken eingesetzt sei. Der Sergeant wollte auch wissen, wie es uns hierher verschlagen habe und wie lange wir um Himmels willen schon hier seien.

„Ach, was haben wir für ein Schicksal", sagte Vater. „Wir sind erledigt, Abduh. Die Zeit hat uns zwischen ihren Rädern zermalmt." Wie Vater mit gebeugtem Nacken so da stand und sprach, beschrieb er vor Abduh, seinem Verwandten, rückhaltlos sein ganzes Leid. Der Sergeant war sprachlos vor Erschütterung. Was er hörte, ging ihm wirklich nah.

Bei seiner Ankunft hatte er sich vom Muchtar einen Überblick über das Dorf und seine Leute geben lassen und dabei auch nach Einwohnerzahl und Besitzverhältnissen gefragt, und nach dem Grossgrundbesitzer, dem der Grossteil des Dorfes gehörte. Bei dieser Gelegenheit hatte der Muchtar ganz nebenbei erwähnt, dass im Dorf auch eine fremde Familie aus der Stadt lebe, und Vaters Namen genannt. Mehr war nicht gesagt worden. Doch die Sache war dem Sergeanten nicht aus dem Kopf gegangen, und er hatte beschlossen, sich bereits am nächsten Tag nach dieser zugereisten Familie zu erkundigen. So hatte er uns gefunden.

Wir sahen Vater zusammen mit einem Soldaten zurückkommen. Er winkte uns, doch wir verstanden nicht, was er meinte, bis er meiner Mutter zurief: „Hör auf zu arbeiten. Das hier ist Abduh, unser Trauzeuge. Komm mit den Kindern, damit das Mädchen ihren Patenonkel kennenlernt."

Die Bedeutung der Worte Trauzeuge und Patenonkel war mir fremd. Aber auf einmal hatte ich das Gefühl, als würde der Himmel mein überhitztes Herz mit seinem hellen Blau kühlen. Ich spürte, dass die Sonne milder schien und meine Seele von einem grossen Glücksgefühl überflutet wurde. Da war einer aus der Stadt, der uns kannte, und ich war voller Zuversicht, dass es in seiner Macht stand, uns zu retten und zu verhindern, dass sich die Gendarmen noch einmal an meinem Vater vergriffen.

Wir rannten ihm entgegen. Meine Mutter war verlegen, weil sie ihn unter diesen Umständen wiedersah. Ich hoffte nur, dass sie ihre Tränen würde zurückhalten können, und versteckte mich hinter ihrem Rock. Er begrüsste Mutter, nahm meine Schwester auf den Arm, küsste sie und strich mir über den Schopf. Dann sagte er zu Vater: „Ab mit euch nach Hause. Heute abend komme ich vorbei, dann können wir in Ruhe über alles reden." Dann hielt er Vater noch einmal zurück und fragte: „Wer hat euch eigentlich befohlen, bei der Heuschreckenbekämpfung mitzumachen?"

„Der Muchtar!"

„Hast du ihm nicht gesagt, dass du nicht von hier bist, und ihm deine Situation geschildert?"

„Alles habe ich ihm gesagt. Ich war ja bereit mitzuhelfen, aber mit meiner Frau und unserem blinden Kind hätte er Erbarmen haben und eine Ausnahme machen müssen."

„Was für ein blindes Kind?"

„Ja, Abduh", sagte Mutter leise. „Wir haben noch eine Tochter bekommen. Auf ihren Pupillen liegen weisse Blütenblätter. Sie wird nie etwas sehen. Das Schicksal hat uns schwer geschlagen."

Vater bat den Paten, nicht zu spät zum Abendessen zu kommen. „Das Essen ist unwichtig", antwortete ihm Abduh. „Wartet damit nicht auf mich. Ich bekomme mit den Soldaten beim Muchtar zu essen."

Wir gingen heim. Auf dem Nachhauseweg sprachen die Eltern über den Paten, was für ein wichtiger Mann er geworden sein musste, um so eine grosse Abteilung befehligen zu können. Sicher werde er uns aus unserem Elend heraushelfen. Mutter schlug vor, für Abduh ein Huhn zuzubereiten, und Vater war sofort dafür. Wenn er es heute nicht ass, könnte man es ja aufheben. Als wir zu Hause ankamen, fühlten wir uns erleichtert. Irgendwie hatte sich unsere Krise entspannt, und gelöst begannen wir, den Platz vor dem Haus sauberzumachen und alles für den Besuch vorzubereiten. Mutter fegte den Weg, und wir besprengten ihn mit Wasser. Sie wusch ein Laken, falls Abduh bei uns schlafen wollte. Und bereits am späten Nachmittag begannen wir, auf dem Weg nach ihm Ausschau zu halten.

Sergeant Abduh kam nicht am Abend. Statt dessen suchten uns einige der angeseheneren Bauern aus dem Dorf auf, und wir waren ganz erstaunt darüber, wie freundlich sie sich auf einmal gebärdeten. Sie machten kein Hehl daraus, warum sie gekommen waren, sondern sagten ganz deutlich, dass ihnen daran gelegen sei, dass Vater bei Abduh ein gutes Wort für sie einlegte. Sergeant Abduh war ein disziplinierter und wortkarger Mann, dem der Ruf unerbittlicher Härte vorausging. An diesem Abend machte er seinem Ruf alle Ehre.

Abduh war zutiefst empört über das unmenschliche Verhalten des Muchtars uns gegenüber. Den ganzen Nachmittag hatte er mit verbissener Miene am Rand des Feldes gehockt und schweigend vor sich hin gebrütet. Am Abend war er zu seiner Abteilung ins Quartier beim Muchtar zurückgekehrt, wo vorher die Gendarmen untergebracht gewesen waren. Immer noch schweigend setzte er sich auf das Schlaflager, das für ihn hergerichtet worden war. Als ihm der Teller mit dem Abendessen gebracht wurde, gab er den Befehl, die Dorfvorsteher der umliegenden Dörfer, die Gemeindeältesten und die angesehenen Bauern zusammenkommen zu lassen. Er habe ihnen etwas zu sagen. Als sich die Versammlung eingefunden hatte, gab er dem Abendessen einen Tritt. Brot, Joghurt und Burghul flogen durch die Luft. Er sprang auf den Muchtar zu und schrie ihm ins Gesicht: „Bin ich ein Bettler an deiner Tür, du Sohn eines ...?" Er schlug ihn kurz hintereinander zweimal ins Gesicht und hielt sich die Männer, die dem Muchtar zu Hilfe kommen wollten, mit dem Schlagstock vom Leib. Dann gab er den Befehl, den Muchtar zu fesseln und über Nacht einzusperren, bis er am nächsten Tag ins Gefängnis gebracht werde.

Als die Anwesenden Anstalten machten, den Muchtar zu befreien, befahl der Sergeant seine Soldaten in Kampfstellung. Er war fuchsteufelswild und brüllte: „Glaubt nur nicht, dass ich mich nur in der Uniform stark fühle. Das hier hat mit meinem Dienstgrad nichts zu tun." Er riss sich die Achselkappen herunter und forderte jeden, der ein Mann sein wollte, heraus, ihm die Stirn zu bieten. „Euer Muchtar ist ein brutales Schwein", schrie er. „Gegenüber einem fremden Mann, einer Wöchnerin und einem blinden Kind fühlt er sich stark. Für eine heimatlose Familie hat er keinerlei Verständnis. Die hat er zur Heuschreckenbekämpfung getrieben. Doch seine eigene Familie und die Familien der besseren Herrschaften, eure Familien nämlich, und selbstredend die Grossgrundbesitzerfamilie, die durften daheimbleiben. Da haben die Herren Gendarmen ein Auge zugedrückt und übersehen, was sie nicht sehen wollten. Ich werde hier nichts übersehen, und deshalb werden von morgen früh an auch eure Familien die Heuschrecken bekämpfen. Und mit dir rechne ich ab, du ..."

Meine Mutter war bestürzt, als sie von dem Vorfall hörte, und machte sich die grössten Sorgen darüber, was das wohl für Folgen für uns hätte. Sergeant Abduh würde einen oder zwei Monate bleiben und dann abkommandiert. Bestimmt würde man sich spätestens dann an uns rächen. Jedem, der zu uns kam, versicherte Vater, er habe den Sergeanten nicht aufgehetzt. „Es stimmt, der Muchtar hat uns Unrecht getan. Und dass der Gendarm mich geprügelt hat, war nicht gerechtfertigt. Doch gesagt habe ich dem Sergeant davon nichts. Da könnt ihr die Soldaten fragen. Mit dem Sergeant will ich gerne reden, dass er den Muchtar freilässt, aber dafür, dass er ihn festgenommen hat, bin ich nicht verantwortlich."

Das war richtig. Und die Bauern wussten das. Sie wussten, dass der Muchtar ein grober, boshafter Kerl war. Einige von ihnen hatten sich ja für uns bei ihm eingesetzt und miterlebt, wie erbarmungslos er reagiert hatte. Auch am eigenen Leib hatten viele seine Brutalität schon zu spüren bekommen, und insgeheim waren sie voller Schadenfreude und wären nicht unglücklich gewesen, wenn die Soldaten ihn ins Gefängnis gesteckt hätten und er seiner Stellung enthoben worden wäre, die er schon lange rücksichtslos missbrauchte.

Den Sergeanten interessierten im Grunde die Bauern und die Art und Weise, wie der Muchtar sie behandelte, nicht. Er hatte auch keineswegs die Absicht gehabt, sich in Recht oder Unrecht bei der Amtsausübung einzumischen. Vielleicht hätte er, wenn wir ihm diesen Anlass nicht geliefert hätten, einen anderen gefunden, um dem Muchtar und somit dem ganzen Dorf seine Macht zu demonstrieren und die Leute zum bedingungslosen Gehorsam und zur Aufbietung aller Kräfte bei der Heuschreckenbekämpfung zu bringen, weil sie es nicht wagten, gegen ihn oder seine Soldaten aufzumucken.

Abduh kam nicht am Abend, sondern erst spät in der

Nacht. Als einzige Vorsichtsmassnahme hatte er sich für den Weg zu uns sein Gewehr über die Schulter gehängt. Dass ihn einer seiner Soldaten begleitete, hatte er ebenso abgelehnt, wie er sich geweigert hatte, auch nur einen Bissen von der Mahlzeit anzurühren, die für ihn im Hause des Muchtars auf dem Tisch mit Eiern und Hühnerfleisch anstelle des Burghul und Ayran angerichtet worden war. Er hatte sie seinen Soldaten überlassen und war mit finsterem Gesichtsausdruck und wortlos, wie man es von ihm kannte, fortgegangen. Als er bei uns ankam, liess er sich auf dem Lager auf der Matte nieder, das wir ihm auf dem grossen Vorplatz gerichtet hatten. „Wenn ihr etwas zu essen habt", liess er uns ohne weitere Vorrede wissen, „wäre es mir recht, ich habe nämlich Hunger." Er erwähnte uns gegenüber mit keinem Wort, was beim Muchtar vorgefallen war, und nahm wahrscheinlich an, wir hätten nichts davon erfahren.

Er ass mit meinen Eltern zu Abend und erkundigte sich bei beiden noch einmal eingehend danach, wie wir lebten. Als ihm Vater die lange Geschichte unserer Wanderschaft erzählte und die Zustände schilderte, die uns immer wieder weitergetrieben hatten, aus Latakîja über al-Suidîja bis zuletzt hierher, hörte er aufmerksam zu.

Vater war noch nicht ganz am Ende seines Berichts angekommen, da hörten wir Sanûbas Stimme, die schamlose Beschimpfungen brüllte, die sich auf unseren Gast bezogen. Die Männer aus dem Dorf hatten sie abgefüllt, gegen den Sergeanten aufgestachelt und dann zu uns geschickt, weil sie den neuen Befehlshaber provozieren wollten.

„Ist das Sanûba?" fragte der Sergeant.

„Ja", bestätigte Mutter erstaunt, „kennst du sie? Der Herr

möge ihr die Zunge abschneiden. Wenn sie nüchtern ist, ist sie ganz in Ordnung, aber wenn sie betrunken ist ..."

„Woher kennst du sie?" wollte Vater wissen.

„Ich habe gehört, was die Bauern den Soldaten von ihr erzählt haben. Ich weiss auch, warum sie mich so beleidigt."

„Ich bringe sie sofort zum Schweigen", versicherte ihm Vater.

„Das schaffe ich auch selbst. Sie soll ruhig herkommen."

Sanûba erschien und pflanzte sich mit in die Hüften gestemmten Armen vor dem Sergeanten auf. Ohne sich um Vaters Anwesenheit zu kümmern oder darum, dass der Sergeant unser Gast war, überschüttete sie ihn in unflätigster Weise mit einer Flut von Schimpfwörtern.

Der Sergeant hatte sich auf den Rücken gelegt und räkelte sich genüsslich, als habe er nichts gehört. Ungerührt entgegnete er: „Du bist also Sanûba!"

„Ja und? Willst du etwas von mir?"

„Ich werde heute nacht mit dir schlafen!"

Vater stand auf. Mutter biss sich auf die Unterlippe.

„Du bist vielleicht ein Grossmaul. Du und deine Soldaten, ihr seid doch alle nur Angeber", schrie Sanûba zurück.

„Ich schlafe heute nacht mit dir", sagte der Sergeant bestimmt, ohne auf ihren Spott einzugehen.

„Hast du das gehört?" wandte sich Sanûba an meinen Vater, „so einen Verwandten hast du bei dir zu Gast. Sag ihm, wer Sanûba ist."

„Halt den Mund", zischte Vater sie an. „Hau ab. Was willst du überhaupt hier! Wer hat dir gesagt, dass du herkommen und mit Beschimpfungen um dich werfen sollst?"

„Niemand. Und du? Dir passt es wohl nicht, wenn ich

hierherkomme. Bist du jetzt vielleicht etwas Besseres, weil dieser Mann da bei euch sitzt? Hast du Angst vor ihm? Befürchtest du, er könnte mir gefährlich werden?"

„Heute nacht schlafe ich mit dir", wiederholte der Sergeant ungerührt.

„Er macht nur Spass, Sanûba", versuchte Mutter zu beschwichtigen. „Er hat eine Frau, die ist so hell wie der Mond. Er will nichts von dir und auch von keiner anderen Frau. Setz dich doch zu uns. Hast du schon etwas zu Abend gegessen?"

„Heute nacht schlafe ich mit dir", sagte der Sergeant noch einmal, als hätte er nicht gehört, was Mutter gesagt hatte.

Sanûba liess nochmals eine Schimpftirade los. Den Sergeanten brachte das nicht aus der Ruhe. Er wiederholte nur immer wieder bestimmt und nachdrücklich denselben Satz. Irgendwann brach sie ab und stand schwankend da, als würde ihr plötzlich klar, dass der Mann vor ihr keine Witze machte.

Sie fürchtete sich vor ihm, weil er sonst nichts sagte und sich nicht aus der Ruhe bringen liess. Seine durchdringenden Blicke waren auf ihre Kleider geheftet. Das machte sie plötzlich nüchtern. Sie setzte sich neben meine Mutter und nagte an den Lippen. Etwas später legte sie sich hin und tat, als sei sie eingedämmert. Irgendwann schlief sie dann tatsächlich. Als Mutter sie weckte, um sie nach Hause zu schicken, wollte sie nicht aufstehen und erklärte, sie werde heute bei uns übernachten. Und das tat sie dann auch.

20. Kapitel

Vom nächsten Tag an gingen wir nicht mehr auf die Felder, um Heuschrecken totzuschlagen. Der Muchtar suchte uns persönlich auf und entschuldigte sich bei meinem Vater, und überall trafen wir nur noch freundliche Leute. Dennoch gab Abduh meinem Vater den dringenden Rat, das Dorf bald zu verlassen. „Du solltest deine Familie nicht in dieser armen Gegend aufreiben", hielt er ihm vor. „Geh zurück nach Iskenderûn und such dir dort eine Arbeit. Du solltest schon jetzt anfangen, entsprechende Pläne zu machen. Wenn ich nicht mehr hier bin, wird sich der Muchtar bestimmt an dir rächen. Du musst sogar schon jetzt vorsichtig sein. Wenn irgend etwas passiert, lass es mich auf jeden Fall wissen. Hast du denn keine Angst um deine Frau und deine Kinder?"

Vater dachte über das Gesagte nach. Die Ernte war vollständig vernichtet. Also konnten wir auch kein Getreide und keine Oliven nachlesen. Die Bauern würden ebenfalls Hunger leiden und bestimmt keine Schuhe in Reparatur geben oder Süssigkeiten kaufen. In diesem Jahr hatten wir keinerlei Chance, in diesem Dorf zu überleben, aber auch an einen Umzug in die Stadt war nicht zu denken. Wie die Dunkelheit einer nebligen Winternacht hatte sich zwischen uns und dem sehnlich gesuchten Lichtschimmer auf dem Bild unserer Zukunft ein Vorhang herabgesenkt, undurchdringlicher als eine dicke Wand. Vater hätte noch sehr lange nachdenken müssen, um eine Möglichkeit zum Ausbruch aus der Umzingelung durch Armut, Hunger und Entwurzelung zu finden. Er überliess deshalb das Weitere lieber dem Lauf der Dinge.

Während unser Verwandter, der Sergeant, im Dorf stationiert war, war er ständig bei uns zu Gast. Das bedeutete für uns Schutz, Hoffnung und Trost. Er interessierte sich sehr für Sanûba, was Vater genau registrierte. Vielleicht hatte Vater es Sanûba selbst gesagt und ihr verboten, zu uns zu kommen. Auf jeden Fall liess sie sich nicht mehr blicken, und als der Sergeant sich bei meinem Vater nach ihr erkundigte, bekam er zur Antwort, Sanûba sei eine heruntergekommene Trinkerin, von der keiner wisse, wann sie komme und wohin sie gehe. Möglich, dass der Sergeant sich irgendwie vor Mutter genierte oder vielleicht auch meinen Vater nicht in diese Geschichte hineinziehen wollte, jedenfalls fragte er nicht mehr nach ihr, ja er erwähnte nicht einmal mehr ihren Namen in unserer Anwesenheit. Und wir glaubten schon, er habe sie sich aus dem Kopf geschlagen. Doch ungefähr eine Woche später hörten wir durchdringende Schreie und Sanûbas Stimme, die abwechselnd fluchte und Vater um Hilfe rief. Ich hatte mich auf der Matte im Hof schlafen gelegt und wurde von dem lauten Geschrei wach. Ein Bauer kam gelaufen und rief, Vater solle kommen und Sanûba vor dem Sergeanten retten. Vater stand auf, nahm einen Prügel in die Hand und bemerkte zu Mutter, nun könne sie ihren Herrn bitten, diese Nacht möge ein gutes Ende nehmen. Ich spürte, dass er den Sergeanten hasste und ihn aus dem Dorf wegwünschte, so schlimm das auch für uns gewesen wäre.

Als Vater ankam, sass Sanûba an einen Baum gelehnt und blutete. Ihre Schultern waren entblösst, und überall auf ihrem Körper und ihrem Gesicht waren blutunterlaufene Stellen. Im Licht einer Lampe, die einer der herbeigelaufenen Bauern in der Hand hielt, sah Vater das Blut tropfen. Später sagte er zu Mutter, Sanûba habe eine Fehlgeburt gehabt. Mutter behauptete dagegen, das Blut sei aus einer Wunde an den Schenkeln oder am Bauch gekommen. Sie stritten deswegen miteinander. Die Bauern erzählten, sie hätten, als sie die gellenden Schreie in der Stille der Nacht hörten, ihre Flinten und Gewehre ergriffen, seien den Hilferufen nachgeeilt und hätten gerade noch gesehen, wie der Sergeant versuchte, Sanûba zu vergewaltigen. Er habe das Fenster herausgebrochen und sei so in das Haus eingedrungen, weil sie ihm nicht hatte öffnen wollen. Zunächst, so hiess es, habe er sich zwar eine ganze Weile Mühe gegeben, sie zu verführen, doch als er so nicht zum Ziel gekommen sei, habe er sie bedroht und sei dann tätlich geworden. Sie habe sich aber widersetzt und sei durch die Tür nach draussen gerannt. Beim Baum habe er sie dann zu fassen bekommen, ihre Kleider zerrissen und sie auf den Boden geworfen. Er habe sich mit ihr zwar auf dem Boden gewälzt, aber sie habe nicht klein beigegeben. Als sie die beiden erreichten, so erzählten die Bauern, habe der Sergeant sich aufgerappelt, seinen Revolver gezogen und gedroht, sofort zu schiessen, wenn jemand noch einen Schritt näher käme. Dann sei er im Schutz der Dunkelheit über die Felder geflohen.

Vater half Sanûba aufzustehen. Als aus der Gruppe der Bauern einer Anstalten machte, etwas gegen Vater vorzubringen, fuhr ihm Sanûba über den Mund. Vater brachte Sanûba zum Schweigen, indem er ihr vorhielt, der Sergeant hätte sich auf diese Weise an ihr dafür gerächt, dass sie ihn beleidigt hatte. Trotzdem wolle er am nächsten Tag mit ihm reden. Sie solle auf keinen Fall noch einmal so unüberlegt jemanden beleidigen und sich hüten, die Sache an die grosse

Glocke zu hängen. Er brachte Sanûba in ihr Haus, schloss die Tür hinter ihr und kam zurück zu uns.

„Jetzt muss ich mir auch noch Sorgen um Abduh machen", sagte er. „Hoffentlich tut ihm niemand etwas. Wenn die Bauern ihn finden, schiessen sie sofort auf ihn. Wenn ich nur wüsste, wohin er gegangen ist, dann könnte ich ihm sagen, dass er sich jetzt besser nicht blicken lässt. Oder ich würde ihn heimlich hierherbringen und im Haus verstecken. Ich kann ja nicht zum Muchtar gehen und die Soldaten nach ihm suchen lassen. Damit würde ich seine Autorität untergraben, und das wäre für uns nicht gut."

„Ich hätte nie gedacht, dass der Pate unserer Tochter so etwas tut. Er ist ein Teufel, Gott verfluche ihn."

Vater schüttelte den Kopf über Mutters Naivität. Ihm war von der ersten Nacht an klar gewesen, dass der Sergeant es ernsthaft auf Sanûba abgesehen hatte, Sanûba aber nichts von ihm wissen wollte. Es sah aus, als wäre Vater wirklich böse auf den Sergeanten, gleichzeitig jedoch nicht ganz unglücklich darüber, wie die Sache ausgegangen war, denn seine Sanûba hatte ihre Treue zu ihm bewiesen. „Sanûba hat ihrem Vater alle Ehre gemacht und wie ein Mann gekämpft", sagte er anerkennend.

„Gott lässt nicht zu, dass eine Frau mit unbedecktem Haupt vor ihn tritt", fügte Mutter hinzu.

„Sanûba ist ein feines Mädchen", stellte Vater fest.

„Wenn sie nur nicht so viel trinken würde", warf meine Mutter ein. „Wie sieht das denn vor den Leuten aus!"

„Sollen die Leute doch denken, was sie wollen. Sanûba kann sich betrinken, so oft sie will, das geht niemand etwas an."

Dann schwiegen sie. Die Wogen, die mit so grossem Getöse hochgeschlagen waren, glätteten sich zum klaren Spiegel der Nacht, von dem die stillen Sterne hier und da mit ihren Laternen auf uns herableuchteten. Entspannt wie ein Kind lag der allumfassende Kosmos im Schlaf und atmete kühle Luft, eine klare Brise aus den Bergen. Wenn Vater an seiner Zigarette zog, sah ich in ihrem Aufglühen sein dumpfes Gesicht unter der grauen Kapuze seines knappen Überwurfs. Daneben sass meine Mutter, ein kleiner, kompakter Block in Schwarz. Schweigend starrten sie ins Nichts und warteten darauf, wie es nun weiterginge.

Nach einiger Zeit regte sich Vater. Er warf den Zigarettenstummel weg und machte Anstalten aufzustehen. „Da hinten bewegt sich ein Schatten", hörte ich ihn sagen. Besorgt stand Mutter auf. Da erklang ein Räuspern in der Dunkelheit, und aus einiger Entfernung vernahmen wir eine Stimme: „Ich bin's, Abduh!"

Sie eilten ihm entgegen und fragten besorgt, ob ihm etwas zugestossen sei.

„Mir ist nichts passiert. Es ist alles in Ordnung", antwortete er knapp.

Er setzte sich mit meinen Eltern auf den Rand des Schlaflagers und bat Mutter um ein Kissen und eine Decke.

„Wenn ihr nicht wärt", erklärte er meinem Vater, „würde ich dieses verdammte Nest hier hochgehen lassen."

„Lieber Pate", bat ihn mein Vater, „beruhige dich doch!"

Welche Folgen der Vorfall sonst noch hatte, weiss ich nicht. Es hiess, das Dorf habe eine Abordnung nach Iskenderûn geschickt, um sich zu beschweren. Andere behaupteten, der Grossgrundbesitzer, dem der Getreidespeicher neben unserer Hütte gehörte, habe seinen Einfluss bei den Behörden geltend gemacht. Wieder andere behaupteten, der Sergeant habe sich davor gefürchtet, hinterrücks ermordet zu werden, und das sei der Grund gewesen, weshalb er letztendlich ging.

Über alle Gerüchte, die im Dorf verbreitet und uns von Sanûba zugetragen wurden, machte sich Vater lustig. Er wusste es besser, denn der Sergeant hatte ihm, bevor er ging, bei ihren nächtlichen Unterredungen mitgeteilt, dass er noch in anderen Dörfern wegen der Heuschreckenbekämpfung nach dem Rechten sehen müsse, dass die Plage bald zu Ende und dann im Dorf nichts mehr zu tun und auch nichts mehr zu holen sei, weil die Heuschrecken ohnehin alles restlos vernichtet hatten.

Vater hatte nicht den geringsten Zweifel an dem, was ihm der Sergeant sagte, denn er kannte ihn. Der Mann, der ihn bei der Hochzeit meiner Mutter zugeführt hatte, war konsequent und wortkarg. Wenn er etwas sagte, tat er es auch, und oft genug tat er Dinge, ohne darüber ein Wort zu verlieren. Wenn wir nicht gewesen wären und er uns nicht hätte schonen wollen, wäre er bestimmt fähig gewesen, dem Dorf eine Lektion zu erteilen, und hätte sich keinen Deut darum geschert, ob irgend jemand deswegen einen Anschlag auf ihn plante. Dennoch legte ihm Vater dringend ans Herz, nachts nicht allein durchs Dorf zu laufen.

„Wenn ich nur einen einzigen Soldaten zur Begleitung mitnehme, denken sie, ich hätte Angst", knurrte der Sergeant. Er liess sich nicht davon abbringen, nachts allein herumzulaufen. Wenn er durchs Dorf ging, trug er nicht einmal sein Gewehr, sondern hatte lediglich eine Pistole dabei. Am Tag nach dem Zwischenfall rief er den Muchtar, den Dorfrat und noch einige bessergestellte Bauern zu sich, um sie dann warten zu lassen, bis er fertig zu Abend gespeist hatte und die Soldaten zum Rapport angetreten waren und die Befehle für den folgenden Tag entgegengenommen hatten. Erst dann ging er mit drohender Miene zu ihnen hinaus. Als er spürte, dass sie eingeschüchtert genug waren, herrschte er sie an: „Wer von euch hat Sanûba zu mir geschickt, damit sie mich beleidigt?"

Sie schworen einen heiligen Eid um den anderen, dass sie es auf keinen Fall gewesen seien und auch keine Ahnung hätten, wer so etwas getan haben könnte. Sanûba sei eine Trinkerin, die nicht wisse, was sich gehört, und mit jedem, ganz gleich wem, Händel suche, wenn sie betrunken sei. Die Strafe, die er ihr erteilt hatte, habe sie verdient. Sie seien damit voll und ganz einverstanden, ja sogar froh darüber, und am liebsten wäre es ihnen gewesen, wenn er ihr auch noch die Zunge abgeschnitten hätte.

„Und was sind das für Gerüchte über mich?"

„Da sei Gott vor! Sanûba hat die Strafe nur allzusehr verdient. Am besten wäre es gewesen, Sie hätten sie gleich umgebracht und das Dorf von einer so lasterhaften Person befreit."

„Mir ist zu Ohren gekommen, dass verschiedene Leute aus dem Dorf sich mit meinen Soldaten anlegen wollen. Gut. Von heute an schicke ich jede Nacht auf jede Strasse einen einzelnen Soldaten, und zwar unbewaffnet. Und wer von euch ein Mann ist, kann ja versuchen, den ersten Stein auf ihn zu werfen." Damit liess er sie einfach stehen. Von seinen Soldaten schickte er allerdings keinen hinaus, sondern machte sich wie immer allein auf den Weg.

„Selbst wenn ich über ein ganzes Königreich zu herrschen hätte, würde ich dafür sorgen, dass jede Ameise im ganzen Land sich anständig benimmt. Glaubst du, da werde ich mit diesem winzigen Nest nicht fertig?"

Vater war von Abduh sehr beeindruckt. Am Tag, an dem er das Dorf verliess, kam der Sergeant ein letztes Mal zu uns. Er küsste meine Schwester, dann mich und riet unserem Vater noch einmal dringend, so schnell wie möglich das Dorf zu verlassen und sich bei ihm zu melden, sobald er in der Stadt sei, worauf Vater ihm versicherte, er werde nur noch so lange bleiben, bis er alles für die Abreise geplant hätte.

21. Kapitel

Aber die Abreise verlief in keiner Weise geplant, und schon gar nicht durch meinen Vater.

Nachdem der Sergeant aus dem Dorf weggegangen war, fehlte uns sein Schutz, und wir hatten Angst. Mutter bat Vater, nachts das Haus nicht zu verlassen, und drang in Sanûba, doch zu vergessen, was der Sergeant ihr angetan hatte und bei den Männern im Dorf ein gutes Wort für uns einzulegen und uns zu verteidigen, wenn über uns gesprochen wurde. Sanûba verzog das Gesicht zu einem gequälten Lächeln und äusserte sich nicht zu Mutters Ansinnen. Sie schwieg sich aus und war offenbar bedrückt über etwas, das wir nicht wussten. Vielleicht schmerzte es sie, dass wir an ihrer Loyalität uns gegenüber zweifelten, vielleicht auch, dass Mutter der anderen Seite ihrer Persönlichkeit offenbar immer noch nicht vertraute und nicht begriffen hatte, dass sie es nur gut meinte, dass sie wusste, was Recht und was Unrecht ist, und dass sie mutig genug war, für ihre Überzeugung einzustehen. Vielleicht war sie aber auch einfach darüber enttäuscht, dass Mutter sich wohl nicht klarmachte, welch unendliches Leid sie ertragen musste, über das zu klagen sie aber zu stolz war, und dass sie nur trank, um wenigstens manchmal zu vergessen.

Vorsichtshalber gingen wir nicht mehr hinaus auf die Felder. Der Sommer war inzwischen zu Ende gegangen, und die späten Herbstwinde wirbelten die im Sommer schutzlos ausgetrocknete Erde in grossen Staubwolken auf. In den Nächten tobte der Sturm noch heftiger als am Tag und rüttelte an Türen und Fenstern. In unserer Verängstigung gaukelte uns unsere Einbildung vor, draussen stünden die Leute aus dem Dorf und versuchten, die Türen und Fenster aus den Angeln zu heben, um über uns herzufallen. Vater lachte Mutter wegen dieser Wahnvorstellungen aus. Aber er war selbst bei weitem nicht mehr so unbekümmert wie sonst. Er ging auch nicht mehr weg. Nicht etwa, weil wir vielleicht Hunger gehabt hätten, wenn er uns nicht versorgte, sondern weil er nicht ohne Sanûba sein wollte und ausserdem Angst davor hatte, der Muchtar könnte sich an uns für die Demütigungen rächen, die er durch den Sergeanten während des Heuschreckensommers hatte hinnehmen müssen.

Dass Vater diese Gefahr sah und deswegen nächtelang kein Auge zutat, verriet uns unsere Mutter erst Jahre später. Vater sprach damals nicht darüber, um die Angst nicht noch zu schüren. Aber er machte immer öfter früh das Licht aus und hielt abends lange Wacht, um dann doch keinen erholsamen Schlaf zu finden. Während es hell war, versuchte er sein Glück als Flickschuster, aber niemand kam. Nur Sanûba brachte uns von Zeit zu Zeit ein paar Lebensmittel und schwor meiner Mutter, es habe wirklich niemand etwas gegen uns. Die Leute wüssten doch selbst, dass der Sergeant im Dienst der Regierung stand, und dass wer im Dienst der Regierung stehe mit Härte und Strenge handle, wie man das von den Gendarmen zur Genüge kenne. Wir bräuchten keine Angst zu haben, und es gebe keinen Grund, warum wir nicht unbehelligt weiter im Dorf leben sollten.

Als der Winter kam, gab es im ganzen Dorf nichts mehr zu essen. Sogar die Kräuter, die nach dem Kahlfrass durch die Heuschrecken an den Bachrändern nachgewachsen waren, hatten die Leute aufgegessen. Der Dorfladen war geschlossen. Niemand hatte mehr Getreide, das man gegen irgend etwas hätte eintauschen können, auch nicht gegen die Hühner, deren Eier die Leute, sobald sie gelegt waren, sofort einsammelten und gierig assen. Fleisch gab es nun überhaupt keines mehr, nachdem es schon vorher nicht zu den üblichen Nahrungsmitteln gehört hatte. Es gab auch keine Opfertiere zum Schlachten mehr, so dass jemand, der ein Gelübde getan hatte, es unmöglich jetzt erfüllen konnte.

Das einzige Lebensmittel im ganzen Dorf war das in Säcke abgefüllte Getreide in dem grossen Gebäude neben uns, wo der Gutsherr die Ernte vom Vorjahr zurückgehalten hatte. Die Fahrzeuge, mit denen er sonst immer wieder einen Teil seiner Vorräte nach Iskenderûn abtransportiert hatte, blieben aus. Vater beobachtete, dass die hungergepeinigten Bauern verstohlen um den Getreidespeicher kreisten wie Geier um das Aas in der Steppe. Sie nahmen das Gebäude in Augenschein und gingen dann vorbei. Sie traten nicht direkt heran, klopften es auch nicht ab und stellten Vater weder Fragen, noch sprachen sie ihn an.

An einem besonders kalten Tag starb die alte Frau, die neben uns wohnte. Sanûba war es, die ihre Leiche entdeckte, als sie schon anfing zu verwesen. Ein paar Bauern, die Scheichs und der Muchtar kamen und inspizierten die Hütte. Am Nachmittag trugen sie sie zu Grabe. Ausser meiner Mutter vergoss niemand eine Träne.

Wir setzten an diesem Tag keinen Fuss aus dem Haus. Mutter verbot es uns mit der Begründung, die alte Nachbarin sei gestorben und wir dürften nicht in die Nähe ihres Hauses gehen, sonst würden wir von der Toten träumen.

Wir hielten uns an ihre Anweisung. Zusammengekauert hockten wir den ganzen Tag auf dem Schlaflager oder um den Herd und schlossen am Abend früh unsere Tür. Wie freuten wir uns an jenem Tag, als Sanûba kam, unsere liebe Sanûba, die uns schon durch ihr blosses Kommen Ruhe und Zuversicht gab.

Sie erzählte uns genau, wie sie den Leichengestank aus der Hütte der alten Frau wahrgenommen, die Tür aufgebrochen hatte und hineingegangen war. Die anderen hätten sich nicht hineingetraut, die Scheichs nicht und auch die Dorfältesten nicht. Beinahe hätten sie die Frau zu Grabe getragen, ohne die Leiche zu waschen. Sie, Sanûba, habe es dann getan. Sie habe diese Pflicht an der Alten erfüllt, wie sie es auch an ihrer eigenen Mutter getan hätte. Von dem Hausrat habe sie kein Stück angerührt. Nach der Beerdigung habe der Scheich zu ihr gesagt: „Du hast dir ein grosses Verdienst erworben, Sanûba. Vor allem die Vergebung deines Herrn und seinen Lohn für eine gute Tat. Du darfst dir deshalb die Decken und Kissen nehmen. Den übrigen Hausrat werden wir unter die mir bekannten Bedürftigen im Dorf verteilen."

Sanûba hatte ihm nicht geantwortet und nichts genommen. Sie wisse schon, erklärte sie uns, wer den Hausrat der Verstorbenen bekommen würde, aber das sei ihr egal. Sie mische sich in solche Sachen nicht ein. Wenn allerdings die Alte eine lebenslustige Frau gewesen wäre und sich in ihrem Nachlass eine Flasche oder auch nur eine halbe Flasche Arak gefunden hätte, dann hätte sie sicher zugegriffen. Arak hätte sie interessiert, der ganze Rest nicht. Sie habe nur ihre Pflicht getan und sich nichts damit verdienen wollen, auch nicht irgend jemandes Vergebung. Ihr sei nach diesem Heuschrekkenjahr ohnehin alles egal!

In den folgenden Tagen entdeckte Vater nicht weit vom Getreidespeicher Weizen-, Gerste- und Hirsekörner auf dem Boden. Die Spur führte in Richtung der Felder. Er ging zur Hütte unserer verstorbenen Nachbarin. Die Tür war zu. Er schob den Riegel beiseite und entdeckte drinnen ebenfalls Körner. Die Diebe versteckten sich also in der Hütte und stahlen in der Nacht Getreide aus dem Speicher. Durch das Tor waren sie nicht hineingegangen, das war unbeschädigt. Also mussten sie durch die Wand eingedrungen sein. Er überprüfte die Mauern des Getreidespeichers auf allen Seiten. Er klopfte mit einem Stock dagegen, um herauszufinden, ob sie vielleicht in der Nacht ein Loch herausgebrochen hatten, das sie dann am Tag wieder zumachten. Das Mauerwerk war rundum völlig unversehrt. Keiner hatte die Wände des Speichers angerührt, denn wenn man ein Loch hineinschlug, fiel Dreck auf den Boden, und es war ausgeschlossen, dass die Diebe in der dunklen Nacht die Spuren so sauber beseitigt hatten, dass alles aussah wie zuvor. Als Vater Sanûba seinen Verdacht eröffnete, lachte sie: „Misch du dich da nicht ein. Das Dorf hungert."

„Das heisst, sie stehlen das Getreide aus dem Speicher."

„Was sollen sie denn deiner Meinung nach tun, damit sie nicht verhungern?"

„Und wenn es der Grossgrundbesitzer erfährt?"

„Dann hält er sich an den Muchtar und den Büttel."

„Und ich? Schliesslich wohne ich als einziger direkt neben dem Getreidespeicher."

„Von dir werden sie nichts wollen. Du hast ja schliesslich nichts gestohlen. Wenn sie dein Haus durchsuchen, finden sie bestimmt kein einziges Korn. Du kannst ihnen ruhigen Gewissens sagen, dass du nichts damit zu tun hast."

Vater hatte Bedenken, Mutter Angst. Irgendwann würde der Grossgrundbesitzer auftauchen und den Diebstahl bemerken. Vielleicht war sogar schon etwas durchgesickert und dem Muchtar zu Ohren gekommen, und der hatte vielleicht schon den Herrn benachrichtigt und die Gendarmen alarmiert. Dann würden sie Vater verhaften und verhören. Sie würden ihn schlagen, um ihn geständig zu machen, und ihm bestimmt nicht glauben, ganz gleich, bei welcher Instanz er schwor. Auch wenn er ihnen klarmachen konnte, dass er selbst nicht an der Sache beteiligt war, würden sie von ihm wissen wollen, wer die Täter waren. Dein Haus liegt direkt neben dem Speicher, was hast du gesehen? Was hast du gehört? Hast du einen Verdacht? Du musst doch etwas gemerkt haben! Warum hast du dem Muchtar nichts gesagt? All das würden sie ihn fragen.

Mutter drang darauf, sofort wegzugehen. Wir sollten den gesamten Hausrat verkaufen, damit einen Wagen mieten und nach Iskenderûn fahren. Es gebe doch wirklich nicht den geringsten Grund hierzubleiben. Der Winter sei gekommen, und wir hätten nichts mehr zu essen. Er, Vater, habe keine Arbeit, und es bestehe keine Aussicht auf irgendeine Tätigkeit oder Einnahmequelle. Wir hätten keine andere Wahl mehr. Die Welt sei unendlich eng geworden, und die Hungersnot lege sich als schwere Decke aus Geierfedern auf das Land. Dies sei die Zeit der Geier. Viele Menschen würden sterben, unzählige Tiere verenden, Seuchen ausbrechen.

Und selbst wenn es nicht soweit kam, sei da immer noch der unausweichliche Zusammenstoss mit dem Besitzer des Getreidespeichers. Wir hätten wirklich nur eine einzige Chance, nämlich wegzugehen. Vater stimmte Mutter zwar zu, war aber der Auffassung, wir hätten auch diese eine Chance nicht mehr. Denn wenn wir weggingen, gerieten wir noch stärker in Verdacht, an dem Getreidediebstahl beteiligt zu sein. Die Behörden würden uns suchen lassen, und dann wären wir nicht nur heimatlos und hungrig, sondern kämen dazu noch ins Gefängnis. Wieder einmal – war es das siebte oder das achte Mal in meinem Leben? – hing der Himmel als eine graue, undurchdringliche Decke aus Stein über uns. Wie konnte Er uns dort oben hören, wenn wir ihn anriefen? Das Wetter passte wie der Griff zu den Dolchen, die sich in unsere Brust bohrten. Unsere Gesichter bestanden nur noch aus Augen, Augen, die von einer unendlichen Flut von Tränen sprachen, die Tropfen für Tropfen von Leid erzählten. Leid stand überall geschrieben, im Leid lebten wir, Leid war unsere einzige Nahrung. Es war eine Nahrung, die unsere Körper abmagern, unsere Augen tief in die Höhlen zurückweichen und unsere Wangenknochen hervortreten liess.

„Und wenn du es dem Muchtar meldest? Würde man uns dann nicht vielleicht mildernde Umstände zusprechen?" fragte meine Mutter.

„Ich verpfeife niemand."

„Aber sie stehlen doch!"

„Das ist doch naheliegend in der Hungersnot! Warte noch bis zum Winter, dann werden die Menschen Menschen fressen. Das ist so. In der Zeit des Seferberlik haben die Mütter ihre eigenen Kinder gefressen. Die Katzen bringen ihre Jungen auch um. Dann kann man mit Stöcken und Gewehren nichts mehr gegen uns ausrichten. Stöcke und Gewehre bringen den Menschen höchstens den Tod, und der Tod bedeutet für sie Erlösung und Ruhe. Fassen wir uns also in Geduld. Wer weiss, vielleicht kommt die Rettung ja völlig unvermutet von ganz anderer Seite."

Nur Sanûba war weiterhin leichten Sinns. Sie führte ihren selbstzerstörerischen Lebenswandel in aller Gemütsruhe weiter wie bisher. Sie behandelte ihre Umgebung mit derselben Geringschätzung, die diese ihr entgegenbrachte. Ihr Spott und ihre Verachtung wurden dabei immer schärfer. Sie fluchte über alle und alles, hemmungslos, auch über Gott, ärgerte sich immer wieder, dass sie den Sergeanten nicht getötet hatte, und meinte, jeder dürfe doch tun und lassen, was er wolle, und sterben, wann er wolle, da am Ende schliesslich alle der Hungertod erwartete. Sie provozierte die Männer, indem sie deren Männlichkeit verspottete. Sie seien schon jetzt tot und taugten zu nichts mehr, seien impotent und nicht einmal mehr in der Lage, ihre Frauen zu befriedigen. Dünner und schwächlicher als ihre Frauen seien sie geworden. Und meinem Vater schrie sie ins Gesicht: „Und was machst du?"

Er hatte nichts dazu zu sagen. Wenn schon die anderen Männer im Dorf nichts gegen die Katastrophe ausrichten konnten, was konnte er dann tun! Sein Gesichtsausdruck zeugte von einer Verbitterung, die derjenigen der anderen in nichts nachstand. Er hasste sein Leben. Für dieses Dasein war sogar er nicht gleichgültig genug. Und nun musste er es ertragen, und es gab keine Möglichkeit mehr auszuweichen. Vielleicht hasste er sich damals und schämte sich, ein Mann zu sein. Sanûba erreichte ihn nicht mehr, so sehr sie ihn auch zu reizen versuchte. Er besuchte sie nicht mehr und wollte sie nachts auch nicht mehr nach Hause begleiten, angeblich war er immer zu müde. Zunächst wunderte sie sich über diesen billigen Vorwand und darüber, dass er ihr auf einmal ihre ungezogenen Redensarten so ohne weiteres durchgehen liess. Ich wusste nicht, was zwischen den beiden vorgefallen war, aber ich spürte, dass auch hier die Beklemmung zunahm und die sprachlose Angst über den Boden die Wände hochkroch wie ein Anstrich aus schwarzer Ölfarbe.

Irgendwann kam dann hoch zu Ross der Besitzer des Getreidespeichers wieder und brachte ein paar Wagen und Leute mit. Kaum hatte er das Tor geöffnet, hörten wir ihn brüllen und toben. Mutter schloss vor Angst die Tür und versuchte, Vater festzuhalten. Doch dieser öffnete sie entschlossen wieder. Wir seien unschuldig, erklärte er, wir hätten nichts damit zu tun und nicht davon profitiert, und wenn sie uns wirklich an den Kragen wollten, könnten wir lange die Tür zumachen, das spräche noch zusätzlich gegen uns. Am besten blieben wir, wo wir waren, und dann sollte eben kommen, was Gott für uns bestimmt hatte.

Der Gutsherr trat erregt wieder aus dem Speicher heraus. Er bestimmte, dass alles bleiben solle, wie es war, und keiner etwas anrühren dürfe, bis er wiederkam. Er schwang sich auf sein Pferd und preschte im Galopp davon ins Dorf hinein zum Muchtar. Die Nachricht von seinem Kommen verbreitete sich in Windeseile im Dorf, und es dauerte nicht lange, da hatten sich schon zahlreiche Neugierige beim Getreidespeicher eingefunden. Wir standen halb in der Tür, halb auf dem Platz und sahen schweigend auf die Szene vor uns, Vater mit finsterem Gesicht und Mutter zitternd und Stossgebete murmelnd. Der Himmel war bedeckt, und die Wolken zogen sich zusammen und kündeten von einer bevorstehenden grossen Explosion. Der eisige Winterwind blies über die im Schlamm versunkene Erde. Doch als dann das lang erahnte Schreckensszenario vor uns ablief, erschauderten wir deswegen und nicht mehr wegen der Kälte.

Der Muchtar kam zu Fuss herbeigeeilt. Er lief vor dem Pferd des Grossgrundbesitzers her. Den beiden folgten ein paar Männer. Der Muchtar schickte den Büttel in den Hauptort unserer Landgemeinde, um die Gendarmerie zu alarmieren. Wir sahen sie in den Speicher hineingehen, wieder herauskommen und um das grosse, langgezogene Gebäude herumschreiten. Sie prüften die Mauern, dann zeigten sie auf das Dach. Sie folgten der Körnerspur bis zur Hütte der verstorbenen Nachbarin. Auch dort gingen sie hinein, kamen wieder heraus und folgten dann weiter den Spuren. Die Bauern strömten in Scharen herbei. Kinder rannten auf den Platz vor dem Speicher. Die Männer, die mit dem Grossgrundbesitzer gekommen waren, stellten sich vor das Tor, damit niemand hineinging. Ein paar Bauern wagten sich vor, steckten den Kopf hinein und wichen dann wieder zurück. Dann hörten wir die Stimme des Gutsherrn laut und durchdringend nach Vater rufen, während der Muchtar mit der Hand in unsere Richtung wies: „He du! Komm her!"

Vater ging hin, und Mutter folgte ihm. Ich rannte hinterher, meine Schwester ebenfalls.

„Wer hat aus dem Lager gestohlen?" fragte der Grossgrundbesitzer.

„Ich weiss es nicht und habe auch nichts gehört, Herr", antwortete Vater in höflichem Ton.

„Du weisst es nicht und hast auch nichts gehört und wohnst direkt daneben! Du lügst! Dieb!"

„So wahr mir Gott helfe, verehrter Herr. Wir wissen es nicht und haben nichts gehört. Wir sind arm. Wir machen unsere Haustür am Abend immer sehr früh zu."

„Wer hat euch erlaubt, in diesem Haus zu wohnen?"

„Ihr Bruder, Herr."

„Und wieviel bezahlt ihr?"

„Wir bezahlen nichts."

„Und wozu wohnt ihr dann da? Damit ihr das Lager bewacht, das ist doch ganz offensichtlich. Aber ihr habt eure Aufgabe nicht erfüllt. Als Wächter gekommen, selbst Beute genommen. Ihr Hundesöhne!"

„Wir stehlen nicht. Ihr könnt den Muchtar fragen oder jeden, den Ihr wollt, auf Eurem ganzen Besitz."

Die Gendarmen kamen am Nachmittag. Sie nahmen den Tatort in Augenschein und machten Eintragungen in ihre Notizbücher. Vater und einige andere Bauern wurden festgenommen. Aus dem Lager wurden Säcke auf die Wagen geladen, und auf dem Platz begannen die Vernehmungen. Die Verhafteten wurden gefesselt und in die Hütte der verstorbenen Nachbarin gesperrt. Bald darauf wurden sie einer nach dem anderen vorgeführt. Man stellte ihnen einige Fragen und prügelte sie mit einem Stock. Jeder, der geprügelt wurde, schrie, bat und flehte, doch die Gendarmen prügelten weiter. Der Gutsherr sass dabei und beobachtete den Vorgang. Wenn er dem Kommandanten etwas ins Ohr flüsterte, feuerte dieser seine Männer um so stärker an: „Schlagt zu. Bis nur noch die Seele übrig ist. Um die braucht ihr euch nicht zu kümmern, die fährt allein zur Hölle. Ich bring sie um, wenn sie nicht gestehen."

Einer der Bauern nannte Sanûbas Namen. Wir sahen ein paar Gendarmen ihre Pferde besteigen und davonreiten. Es dauerte nicht lang, da stand auch Sanûba vor dem Kommandanten.

„So, du stiehlst also auch Getreide aus dem Speicher des Gutsherrn?" eröffnete er die Vernehmung.

„Ich habe nichts gestohlen. Aber du, für wen hältst du dich eigentlich? Du sperrst hier die Leute ein und lässt sie verprügeln? Meinst du, du bist der Herrgott? Und neben dir sitzt noch so ein Verbrecher. Mit dem habe ich eine alte Rechnung zu begleichen. Er weiss genau, wovon ich rede, und soll bloss nicht glauben, ich hätte irgend etwas vergessen. Er wird von meiner Hand sterben und das ganze Dorf soll Zeuge sein."

„Du Hure."

„Hure? Und deine Frau? Und seine Frau? Was sind das für Männer mit so verrufenen Frauen!"

„Wir?!"

„Und die ganze Regierung dazu."

„Willst du die Regierung beleidigen?"

„Ich verfluche den Sultan persönlich ... und euch als seinen verlängerten Arm."

Der Kommandant war riesengross und sah wild wie eine Bestie aus. Seine Pranken waren so gross wie Ruderblätter und seine Finger so dick wie Holzscheite. Er bebte vor Zorn, stand von seinem Stuhl auf und schlug Sanûba mit der Wucht seiner ganzen Kraft zweimal ins Gesicht, dann auf die Brust. Sie taumelte und fiel. Daraufhin trat er sie mit den Füssen an die Schenkel, in die Seiten und an den Kopf.

Sanûba schrie: „Bei dir reitet sonst bestimmt die Frau oben, und du liegst allemal auf dem Boden!"

Als der Kommandant dann den Befehl gab, ihr die Füsse für die Bastonade zu fesseln, wandten sich der Muchtar und einige Männer eilig an den Gutsherrn, er möge dem Kommandanten zuflüstern, es gut sein zu lassen, woraufhin dieser in die Menge schrie: „So wird es euch allen ergehen. Ich bringe euch einen nach dem andern um. Das Getreide kommt mir zurück. So wahr mir Gott helfe, ich lege eure Häuser in Schutt und Asche, ich ziehe euch bei lebendigem Leib die Haut ab, und euer Fleisch wird an den Stöcken kleben, wenn ihr nicht gesteht und das gestohlene Getreide bis aufs letzte Korn wieder herausrückt."

Mutter ging ins Haus und weinte. Sie schlug sich verzweifelt auf die Hüften und ins Gesicht und klagte: „Oh, mein Gott! Sanûba! Arme Sanûba! Sie bringen dich um. Und wenn euer Vater an die Reihe kommt, schlagen sie ihn, und dann kommt er ins Gefängnis. Oh, mein Gott! Wann nimmt dein Groll gegen uns endlich ein Ende?"

In dieser Verfassung trat sie auf den Platz hinaus. Wir weinten ebenfalls und liefen hinter ihr her. Sie ging zum Gutsherrn und kniete sich vor seinen Füssen nieder. Mit einem Tritt vor die Brust stiess er sie zurück, während der Kommandant den nächsten zur Vernehmung rief.

Ein weiterer Bauer wurde vorgeführt. Er war gefesselt, barfuss und gebrechlich und konnte kaum stehen. Er suchte Halt und bat um Gnade wegen seines Alters.

„Als du das Getreide aus dem Speicher gestohlen hast",

herrschte ihn der Kommandant an, „warst du nicht so alt oder du hast zumindest dein Alter nicht mehr gespürt, hä? Du hast in deinem Haus Getreide versteckt. Wer hat es dir geliefert?"

Er nannte einen Namen.

„Und die anderen?" hakte der Kommandant nach. „Sind das seine Komplizen?"

„Ich weiss nicht, wer seine Komplizen sind. So wahr mir Gott helfe, ich weiss es nicht. Ich hatte Hunger. Sie haben gesagt: ‚Stell diesen Sack bei dir unter' und mir dann dafür etwas daraus gegeben. Wir hatten solchen Hunger, da haben wir das Getreide gegessen. Ja, Herr, wir hatten solchen Hunger. Wir hatten vorher drei Tage lang nichts gegessen."

„Du hast das Hab und Gut eines anderen gegessen, und das ist verboten."

„Was soll man denn machen, wenn man so hungrig ist?"

„Dann stirbt man eben", schrie der Kommandant laut, „aber man isst auf keinen Fall das Hab und Gut eines anderen. Das ist verboten!"

„Und was tut ihr selbst?" rief plötzlich einer der Bauern aus der Menge. „Ihr esst das Hab und Gut der anderen und habt noch dazu euer eigenes. Im ganzen Dorf gibt es kein Ei und kein Huhn, das ihr euch nicht unter den Nagel gerissen habt."

„Du Hurensohn", schrie ihn der Kommandant an. „Du steckst hinter dem Ganzen. Du bist der Kopf der bösartigen Schlange, die uns hier nichts als Schwierigkeiten macht."

Der Verhaftete, der als nächster geschlagen werden sollte, erhob plötzlich seine Stimme: „Du kannst über mich verbreiten, was du willst. Ich sage dir offen ins Gesicht: Ich habe aus dem Speicher gestohlen. Habt ihr alle gehört? Ich habe gestohlen. Aber ich habe keine Angst. Ich habe meinen Kindern etwas zu essen gegeben. Macht mit mir, was ihr wollt!"

„Gut. Wir machen mit dir, was wir wollen. Warte nur, du Hundesohn, du weisst wohl nicht, mit wem du es zu tun hast."

„Wir wissen genau, mit wem wir es hier zu tun haben", schrie ein anderer Bauer. „Du stehst im Dienst der Regierung, und deshalb nimmst du uns aus. Versetz dich doch einmal an unsere Stelle!"

„Packt euch diesen Hund", brüllte der Kommandant. „Verhaftet das ganze Pack."

Mit Gewehrkolben und Prügeln stürzten sich die Gendarmen auf die Bauern, von denen ein Teil davonlief; andere blieben da. Ein Mann, dessen Sohn verhaftet worden war, packte den ersten Gendarmen, der auf ihn zukam, und rang mit ihm. Die Menge schrie. Jemand schoss in die Luft. Langsam wurde es dunkel. Alle Bewohner des Dorfes waren inzwischen auf dem Platz zusammengekommen und hatten um die Gendarmen und den Grossgrundbesitzer einen Kreis gebildet. Das Geschrei der Menge wurde lauter. Einer der Verhafteten ergriff die Flucht, andere versuchten es ebenfalls. Verwirrung entstand, und schliesslich schrie der Grossgrundbesitzer dem Kommandanten zu: „Sie fallen über uns her. Gib Schiessbefehl! Schiesst!"

Schüsse fielen. Die Menge stob in alle Richtungen auseinander. Männer brüllten, Frauen kreischten und Kinder plärrten. Füsse trampelten in alle Richtungen davon, und wir kämpften uns laut heulend mit unserer Mutter durch die hastenden Menschen zu unserem Haus durch.

Auf dem Platz wurde weitergekämpft. Wir hörten Schüsse, Gebrüll und Rufe. Bald war es uns in der Dunkelheit kaum mehr möglich zu unterscheiden, was da draussen vorging. Man konnte den Eindruck gewinnen, das Dorf werde von allen Seiten beschossen und überall tobe der Kampf. Befehle, Flüche und das Stöhnen der Verletzten drangen aus dem Getümmel, schrille Hilferufe von Frauen, und plötzlich ein rauher Aufschrei: „Feuer! Es brennt! Der Speicher brennt!"

Im selben Moment sahen wir helle Flammen aus dem Speicher schlagen und in ihrem Widerschein das gespenstische Getümmel, in dem die Gegner nicht mehr zu unterscheiden waren. Das Getöse lief vor dem Tor des Speichers zusammen, und auf einmal schlugen Äxte, Hacken, Stöcke und Füsse dagegen, bis es nachgab. Die Leute stürzten sich in den Rauch, der aus der Öffnung hervorquoll. Flammen schlugen durch den Qualm, der Wind fuhr in den Speicher, und im Handumdrehen brannte das ganze Gebäude lichterloh und warf seinen hellen Schein weit über die Felder der Umgebung. Wir beobachteten, wie die Bauern sich wie wahnsinnig in die Flammen warfen und Säcke herausrissen. Andere kletterten auf die beladenen Wagen, schlitzten die Getreidesäcke auf und leerten den Inhalt auf die Erde. Frauen und Kinder stürzten sich darauf und sammelten ungeachtet der Hiebe, die sie trafen, jauchzend und hektisch mitten im Kampfgetümmel die Körner aus dem Staub.

Das Feuer prasselte mit ungeheurer Kraft, und die Leute wichen zurück. Nichts mehr war unter Kontrolle. Da fingen die Gendarmen an, auf die Menschen zu zielen. Sie metzelten die Bauern einfach nieder. Das Schreien und Brüllen steigerte sich zu einem grauenerregenden Orkan, und keiner achtete mehr auf das Feuer oder dachte gar daran, es zu löschen. Ich beobachtete entsetzt, wie ein paar Bauern einen Gendarmen packten und ihn ins Feuer warfen. Er brüllte wie ein Stier auf der Schlachtbank. Vom Dach hörte man Sanûbas Stimme. Sie war entkommen, und sie war es, die das Feuer gelegt hatte. Sie spornte die Männer an, die Gendarmen allesamt ins Feuer zu werfen und vor allem den Gutsherrn nicht entwischen zu lassen. Sie stand in ihrem zerfetzten Kleid und mit aufgelöstem Haar am Rande des Daches – eine zürnende, furchtbare Dämonin über Feuer und Rauch, eine Hexe beim Tanz auf dem Vulkan. Die unten standen, riefen ihr zu, sie solle herunterkommen, am besten herunterspringen, bevor das Dach einstürze. Sie lachte kreischend und hysterisch und hob die Hand mit der Flasche, in der das Petroleum gewesen war, mit dem sie durch dasselbe Loch den Speicher angezündet hatte, durch das die Diebe das Getreide herausbefördert hatten. Sie verspritzte den Rest davon in rasender Ekstase auf dem Dach und hinunter auf die Erde über die Leute. Brennendes Holz flog herunter, glühende Balken stürzten in einer blutroten Funkenexplosion in sich zusammen. Die Menschen wichen erst zurück, traten dann aber wieder heran, um beim teuflischen Spiel mit dem Tod dabeizusein.

Dann kam der Höhepunkt des Infernos und gleichzeitig das Ende des Aufstands. Ein Gendarm war hinter einem Baum in Deckung gegangen und schoss von dort auf das Dach. Mit dem alles übertönenden langgezogenen Schrei der höchsten Saite einer Geige stürzte Sanûbas Körper auf den Vorplatz wie ein Fetzen Stoff in einem heftigen Windstoss. In dem Moment, in dem sie für immer verstummte, erhoben sich von allen Seiten Laute der Empörung und des Entsetzens in die angstgeschüttelte Nacht, die erst wieder dunkel wurde, als das Feuer den Getreidespeicher bis auf die Lehmmauern und Steinfundamente vernichtet hatte.

Gegen Mitternacht kam eine ganze Gendarmerie-Abteilung und besetzte das Dorf. Mit ihren Gewehrkolben schlugen sie die Türen ein und liessen ihre Knüppel und Peitschen auf die Menschen niedersausen. Sie trieben ganze Scharen vor sich her in den Hauptort im Zentrum der Landgemeinde und sogar weiter bis in die Stadt. Einige Bauern flohen in die Berge und begannen ein Leben als Gesetzlose. Häuser wurden durchsucht und das Unterste zuoberst gekehrt. Das Dorf blieb tagelang danach noch besetzt. Dann kam unser Vater zurück aus der Stadt. Sie hatten ihm weder den Raub noch eine Beteiligung daran nachweisen können. Sein erster Satz, als er über die Schwelle trat, war die Mitteilung, wir würden jetzt sofort abreisen. Wo er das Geld für den Wagen, den er aus der Stadt mitbrachte, aufgetrieben hatte, weiss ich nicht. Es war ein Einspänner. Wir legten unsere wenigen Habseligkeiten auf die Mitte der Ladefläche. Meine Schwester und ich setzten uns nebeneinander obendrauf, dahinter liess sich unsere Mutter nieder, die unsere kleine blinde Schwester zu uns legte. Vater nahm neben dem Kutscher Platz und schwieg während der ganzen Fahrt.

Es war Nacht geworden. Wir fuhren zurück. Durch die Dunkelheit, den Wind und den Regen. Im Winter.

Es war eine weite Strecke. Keiner sprach ein Wort. Ich legte meinen Kopf meiner Mutter in den Schoss. Sie breitete eine Decke über uns und sagte: „Schlaft ruhig, meine Kleinen, wir ziehen in die Stadt."

Nachwort

Mitte der fünfziger Jahre ist in der arabischen Welt eine grosse Anzahl von Prosawerken, sind zumal Romane erschienen, deren Autoren inzwischen voll in den Kanon des arabischen Literaturschaffens dieses Jahrhunderts aufgenommen sind. Diese Autoren haben damals entweder neu angefangen oder sie haben Werke vorgelegt, die in ihrem Gesamtwerk einen besonders wichtigen Platz einnehmen. Der Stil, den sie damals pflegten, der als Stil jener Zeit gilt, war der des Realismus oder, mitunter, des sozialistischen Realismus. Mit diesem Stil, der in den europäischen Literaturen zu jener Zeit oft schon als passé galt, trat die moderne arabische Literatur eigentlich in die Weltliteratur ein, und einer ihrer bekanntesten Vertreter, der Ägypter Nagib Machfus, rechtfertigte die Verwendung jenes Stils einmal mit folgenden Worten: „Ich schrieb zu einer Zeit im realistischen Stil, als ich heftigste Angriffe auf den Realismus las. Die moderne Weltliteratur hatte sich der Wirklichkeit schon in Hunderten von Werken gestellt und sich dann dem inneren Bereich zugewandt, den Bewusstseinsströmen, dem Unbewussten, dem Surrealen. Die Wirklichkeit, die ich darstellte, hatte dagegen noch nie eine realistische Behandlung erfahren, bis ich mich an die Verwendung der modernen literarischen Stilarten machte, von denen ich damals las. Wie denn hätte ich in eine Wirklichkeit eindringen können, deren äussere Erscheinung noch nie beschrieben, deren Beziehungsgeflecht noch nie beobachtet worden war."

Nagib Machfus war einer der Autoren, die ihre literarische Karriere schon früher begonnen hatten; nun aber, in den fünfziger Jahren, erzielte er mit seiner Trilogie den Durchbruch. Neu zu schreiben begannen damals zum Beispiel der Ägypter Abdalrachmân al-Scharkâwi mit seinem kritischen Roman über das ägyptische Dorfleben, *al-Arḍ* (Die Erde/Das Land), und der „Vater" der arabischen Kurzgeschichte, der Ägypter Jûssuf Idrîs.

Neu zu schreiben begann damals auch der Syrer Hanna Mina (Ḥannâ Mîna), der 1954 seinen ersten Roman, *Die blauen Lampen*, vorlegte. Es ist ein Buch über den Krieg, doch in anderer Weise, als Kriegsromane sonst häufig sind. Es geht darin nicht um Schützengraben-, um Fronterlebnisse von Soldaten. Es geht vielmehr um die Zivilbevölkerung, die syrische, die ohne ihr Zutun, allein durch die Präsenz der Mandatsmacht Frankreich, leidend in den Krieg hineingezogen wird. Das Werk ähnelt so, in seinem Interesse an der Wirkung des Krieges der Europäer auf den Mittleren Osten, Nagib Machfus' 1947 erschienenem Roman *Die Midaq-Gasse*. Es verbindet sich dadurch ausserdem mit der Trilogie (*La Grande maison, L'Incendie, Le Métier à tisser*) des Algeriers Mohammed Dib, die 1952, 1954, bzw. 1957 erschien. Das Werk offenbart schliesslich Elemente, die für Hanna Minas weiteres Werk prägend werden sollten: die realistische Darstellung, das Interesse an der verarmten Bevölkerung, die Hoffnung auf ein besseres Morgen.

Hanna Mina wurde 1924 in Latakîja geboren, in eine arme christliche Familie. Er arbeitete im Verlauf seines Lebens in zahlreichen Berufen oder besser Tätigkeiten, nachdem seine Schulausbildung, aufgrund der materiellen Verhältnisse seiner Familie, schon nach der Grundschule zu Ende gewesen war. So wirkte er unter anderem als Schmied und als Friseur, bis er schliesslich in den Staatsdienst aufgenommen wurde, wo er noch heute im Kulturministerium tätig ist.

Aus dieser Lebensvielfalt schöpft Hanna Mina den Stoff seiner zahlreichen Romane. *Mein Gedächtnis,* so erläuterte er das einmal, *das sind meine Erfahrungen, und der Reichtum der Erfahrung macht den Reichtum der Erinnerungen aus. Deshalb ist den jungen Schriftstellern zu raten, das Leben gründlich auszukosten und sich mit allem bekannt zu machen, was es zu bieten hat, ihre Häuser und Schreibtische zu verlassen, um alle Länder der Welt kennenzulernen. Theoretische* und *empirische Kenntnis ist Quelle von Kunst und Literatur. Aus Büchern gewonnenes Wissen bringt uns die Erfahrung anderer, doch diese muss durch unsere eigene Erfahrung ergänzt werden. Deshalb müssen wir das Leben als etwas Ernsthaftes, nicht als etwas Scherzhaftes leben. Ich selbst habe das Leben durch Bücher und durch Menschen kennengelernt, und ich habe nie den einen erlaubt, mir den Blick auf die anderen zu verstellen.*

Wie eigentlich alle arabischen Autoren seiner Zeit begann auch Hanna Mina seine schriftstellerische Tätigkeit mit der Veröffentlichung von Kurzgeschichten. Er schätzte diese später nicht mehr sehr hoch ein: *Meine ersten Geschichten hatten klare soziale Aussagen. Ich habe darin die qualvolle Existenz der Armen behandelt, gegen das Unrecht protestierend, das sie erdulden müssen. Doch diese Geschichten, die ich in syrischen und libanesischen Zeitungen und Zeitschriften veröffentlicht habe, sind nie in Buchform erschienen. Ich habe mich von ihnen getrennt, da sie mir zu direkt und zu dokumentarisch schienen, obwohl ich weiss, dass sie akzeptabel waren und freundlich aufgenommen wurden.*

Hanna Mina wurde als Romanautor bekannt und ist als solcher bis auf den heutigen Tag produktiv. Seinen Einstieg in diese Domäne schildert er folgendermassen: *Anfang der fünfziger Jahre wandte ich mich dem Roman zu, und mein Erstling,* Die blauen Lampen, *erschien 1954. Er erzählt von der Zeit des Zweiten Weltkriegs und dessen Wirkung auf mein Land. 1956 schrieb ich* Das Segel und der Sturm *– veröffentlicht erst 1966 –, einen Roman, der das Leben von Seeleuten und den Zustand der syrischen Gesellschaft in den fünfziger Jahren behandelt. Dann erschienen in den siebziger Jahren weitere Romane:* Der Schnee kommt durchs Fenster, *der vom Leben eines Schriftstellers und Kämpfers erzählt, der in den Libanon auswandern und dort leben muss. Danach* Die Sonne an einem wolkigen Tag, Der Anker *und* Bilderreste. *Der letztgenannte Roman behandelt das Leben einer Familie in den zwanziger Jahren dieses Jahrhunderts. Zur Zeit (1976) arbeite ich an dessen Fortsetzung,* Der Sumpf, *die das Leben dieser Familie in den dreissiger Jahren behandelt. So haben meine bisherigen Romane den grössten Teil der ersten und noch den Beginn der zweiten Hälfte dieses Jahrhunderts abgedeckt, und zwar nicht in rein historischer Form, sondern in einer Form, in der sich Vergangenheit und Gegenwart überlappen. Das heisst, die Vergangenheit bildet den Hintergrund zur Gegenwart, und das Werk weist auch noch in die Zukunft. Es erlaubt dem Leser und der Leserin, das Volk in dieser Periode kennenzulernen, ausserdem die politischen, wirtschaftlichen und gesellschaftlichen Verhältnisse jener Zeit.*

Schon mit diesen Hinweisen reiht sich Hanna Mina fest in die Gruppe jener arabischen Autoren ein, für die der realistische Stil der für das Schreiben in der arabischen Welt angemessenste ist. Seine Äusserungen zu dieser Frage klingen den eingangs zitierten aus Nagib Machfus' Mund durchaus ähnlich: *Der Realismus als Geschichte einer literarischen Strömung weist verschiedene Etappen auf: vom naturalistischen Realismus bei Zola über den kritischen Realismus bei Tschechow bis zum sozialistischen Realismus bei Gorki. Dabei besass der kritische Realismus zwei Dimensionen, die Vergangenheit und die Gegenwart. Diesen fügte dann Gorki eine dritte hinzu, die Zukunft. Dieser Realismus, dem anzugehören ich mich rühme, zeichnet sich durch eine historische Hoffnung und durch eine Sehnsucht auf die Zukunft hin aus, ebenso durch eine Beobachtung der Dinge in der Bewegung ihres Wachsens und das Verständnis ihres Werdens. Es handelt sich um eine „künstlerische Schule", die eindeutig das höchste ästhetische und intellektuelle Ideal besitzt. Wenn sie Individuen als Helden begreift, zeigt sie sie einerseits in ihrem Kampf mit den Verhältnissen, weist aber andrerseits auch auf ihren Sieg in diesem Kampf und ihre bedeutsame Rolle bei der Entwicklung der Menschheit. Es ist offensichtlich, dass wir diese Schule benötigen in unserem Schaffen, denn die wirkungsvollste Literatur unter unseren gegenwärtigen Umständen ist diejenige, die die Leserinnen und Leser lehrt, dass die Geschichte etwas von Menschen Gemachtes ist, nicht ein gegen die Menschen gerichtetes Schicksal, und dass der menschliche Weg, trotz aller Schwierigkeiten und Schmerzen, ein Weg ist, der gut endet, der Lebenswille und Fortschritt derer sichtbar macht, die auf den Strassen des Kampfes ziehen; und es ist offensichtlich, dass solche Literatur sich nicht beugt, nicht liebedienert und sich nicht unterkriegen lässt, sondern zu konstruktiver Arbeit drängt und zu mutigem Kampf auf dem Weg der Befreiung und des Fort-*

schritts und gegen jedwede imperialistischen und reaktionären Feinde.

In diesem Stil entstand dann neben zahlreichen anderen Werken auch der vorliegende Roman, *Bilderreste*, eine Mischung aus fiktiven und autobiografischen Elementen, ein Roman, den Hanna Mina selbst folgendermassen charakterisierte: *Ich schrieb* Bilderreste, *um durch die Augen eines drei- bis fünfjährigen Jungen das Leben einer Familie in den zwanziger Jahren darzustellen. Doch der Roman beschreibt ausserdem das Leben auf dem Land in jener Zeit, mit all seiner Ignoranz und Ausbeutung, seinem Elend und seiner Rückständigkeit, samt der Katastrophe mit der Naturseide, jenem nationalen Produkt, das von der Kunstseide vernichtet wurde und als Folge dessen die Seidenraupenzucht starb, eine der landwirtschaftlichen Tätigkeiten bei uns auf dem Land. Ebenso beschreibt der Roman den Kampf zwischen Bauern und Herren, der sich in einer Bauernrevolte offenbarte, die die offizielle Geschichtsschreibung übergeht, da sie individuell und isoliert war, aufblitzte wie eine Sternschnuppe und verlosch. Doch dabei liess sie ein frühes revolutionäres Zeichen am Himmel über dem im Elend versunkenen syrischen Land zurück, jenem Land, das allmählich immer mehr seine Verbitterung und seinen Trotz zeigte – in kleinen spontanen Aufständen, durch individuelle und gemeinschaftliche Handlungen.*

Hartmut Fähndrich

PS. Zur Erleichterung der Aussprache arabischer Namen wurden in der Übersetzung betonte lange Silben mit einem Zirkumflex (ˆ) versehen.

DAS LITERARISCHE WERK HANNA MINAS

al-Maṣâbîḥ az-zurq
("Die blauen Lampen", Roman) 1954

aš-Širâʿ wal-ʿâṣifa
("Das Segel und der Sturm", Roman) 1966

aṯ-Ṯalğ yaʾtî min an-nâfiḏa
("Der Schnee kommt durchs Fenster", Roman) 1969

aš-Šams fî yaum ġâʾim
("Die Sonne an einem wolkigen Tag", Roman) 1973

al-Yâṭir
("Der Anker", Roman) 1973

Baqâyâ ṣuwar
("Bilderreste", Roman) 1975

al-Abnûsa al-baiḍâʾ
("Das weisse Stück Ebenholz", Erzählungen) 1976

Man yaḏkur tilka l-ayyâm
("Wer erinnert sich an jene Tage", Erzählungen) 1976

al-Mustanqaʿ
("Der Sumpf", Roman) 1977

al-Marṣad
("Die Beobachtungsstation", Roman) 1980

Ḥikâyat baḥḥâr
(„Geschichte eines Seemanns", Roman) 1981

ad-Daqal
(„Der Schiffsmast", Roman) 1982

ar-Rabî' wal-ḫarîf
(„Frühling und Herbst", Roman) 1984

Ma'sât Dîmitriyû
(„Demetrius' Tragödie", Roman) 1985

al-Qiṭâf
(„Zeit der Lese", Roman) 1986

Ḥamâma zarqâ' fî s-suḥub
(„Eine blaue Taube in den Wolken", Roman) 1988

Nihâyat raǧul šuǧâ'
(„Das Ende eines tapferen Mannes", Roman) 1989

al-Wallâ'a
(„Das Feuerzeug", Roman) 1990

Fauqa l-ǧabal wa-taḥta ṯ-ṯalǧ
(„Über dem Berg und unter dem Schnee", Roman) 1991

ar-Raḥîl 'inda l-ġurûb
(„Aufbruch bei Sonnenuntergang", Roman) 1992